傅爱毛 著

精神病院手记

河南文艺出版社
·郑州·

图书在版编目(CIP)数据

精神病院手记 / 傅爱毛著. -- 郑州:河南文艺出版社,
2025.7. -- ISBN 978-7-5559-1844-8

Ⅰ. I247.5

中国国家版本馆 CIP 数据核字第 2025ZW4388 号

策　　划　　杨　莉　王　宁
责任编辑　　王　宁　熊　丰
责任校对　　樊亚星
封面题字　　赵　瑜
装帧设计　　　书籍/设计/工坊
　　　　　　　刘运来工作室　徐胜男

出版发行　　河南文艺出版社
社　　址　　郑州市郑东新区祥盛街 27 号 C 座 5 楼
承印单位　　河南瑞之光印刷股份有限公司
经销单位　　新华书店
开　　本　　700 毫米 × 1000 毫米　1/16
印　　张　　27
字　　数　　370 000
版　　次　　2025 年 7 月第 1 版
印　　次　　2025 年 7 月第 1 次印刷
定　　价　　88.00 元

印厂地址　　河南省武陟县产业集聚区东区(詹店镇)泰安路
邮政编码　　454950　　电话　0371-63956290

自序　我们的精神问题

——十年"深扎"手记

以"抑郁症病人"的私人身份，按正常程序住进一家精神病院，并在接下来的几年里，我根据自己的实际情况和工作需要，断断续续地出入了好几家精神病院，深入接触若干位心理医生，对一些比较典型的精神病人进行跟踪，仔细探究他们发病的深层起因、治疗过程以及预后状况。在将近十年的时间里，我放弃了别的所有选题，一心一意地专注在这个领域，写出了超过百万字的探索笔记，后来又几经删减和提炼，最终成为这部二十多万字的手记。

我何以会住进精神病院？

有段时间，上级要求我们这些专业作家定点"深扎"，这是一项不能推托的硬性任务。所谓"深扎"，就是深入基层，去了解各行各业的真实状况，从而写出血肉丰满的作品。

我申报的"深扎"地点是一家精神病院。

我之所以做出如此匪夷所思的选择，是因为我本人当时正处于隐性抑郁状态，这样做，也算是假公济私，既利己，同时也兼顾工作。

我考虑的是，如果以公派的名义，公开到一家医院去深入生活，存在诸多弊端：最终要么走个象征性的过场，要么只能了解一些蜻蜓点水的表面现象，我不想这样。所以我隐瞒了

1

深入生活的公职身份。

　　之所以关注精神病患者这个特殊群体，是因为我看到身边出现精神状况的大多是年轻人，大学生和中学生精神出问题的层出不穷，甚至连小学生也开始出现各种精神和心理问题，精神分裂、抑郁症和焦虑症很常见，那个数字若是统计出来，恐怕令人触目惊心。他们之中，有的人由于没有得到及时治疗，用极端手段结束生命的事也时有发生。无论发生在哪个孩子身上，精神出现状况只是个结果，那么，是什么原因导致了这样令人痛惜的结果呢？我想可能是这个世界出现了问题。就好像当树上的果子出现各种状况时，这不是果子本身的问题，而是树出现了问题；树之所以出现问题，是因为树赖以生存的土地和环境出现了问题。表面看上去，是这个时代的年轻人出了问题，他们焦虑抑郁，他们躺平摆烂，他们不婚不育，事实上，我个人感觉，是时代本身出现了问题，只不过这些问题特别明显地在年轻人身上呈现出来而已。那么，这一代的年轻人是令人失望的"问题青年"吗？不，我更倾向于认为：年轻人在以"问题"和"疾病"的方式唤醒时代、唤醒社会、唤醒人心，从某种角度而言，年轻人在以牺牲自己幸福的方式，来引领时代的觉醒。

　　找出问题的深层根源，使每个孩子都能健康成长并拥有幸福人生，使每个家庭都能美满自足，使所有的父母都能安详平静，尽可能地减少悲剧的发生，哪怕只能帮助到一个鲜活的生命，作为写作者，我都感到责无旁贷，哪怕被人严重地误解，那又如何呢？

　　大约十年的时间里，我本人由于太过深入这个令人避之唯恐不及的领域，几乎处于与正常社会隔离的状态，人们看待我的目光越来越充满疑惑与嘲讽，还有人专门写文章挖苦我，贴到我身上的标签多到不胜枚举，我不想做任何解释，因为我清楚地明白自己在做什么。当我把自己花费多年心血提炼出来的文字打印出来，自己拿在手上一读再读的时候，我认为，应该把它公开呈现出来，尽可能地让需要的人看到，从而帮到他们，哪怕被严重误读，我也在所不惜。如果我说这无关名利，有人一定会认为我矫情，然而，如果有谁跟我一样，去精神病院里，看到那一个个崩溃的孩子和迷失心智的年轻人时，就会理解我忧心如焚的紧迫感了。我发现，太多的家长由于对心理学一无所知，当孩子出现了非常明显的状况时，自己还蒙在鼓里，认为孩子一切正常，直到孩子从楼上跳下来，把自己摔得粉身碎骨，他们还在疑惑：自己的孩子好端端的，丝毫异常的迹象都没有，为什么会突然轻生呢？实际上，在悲剧发生以前，孩子可能无数次地绝望过，也发出过无数次的预警信号，然而家长们埋头在自己冠冕堂皇的所谓事业中，或者全身心地博弈在名利场上，对孩子的绝望视而不见、充耳不闻，像瞎子和聋子一样。这样的悲剧还少吗？

稍微留心就会发现，不只是住在精神病院里的病人，在所谓的正常人群中，也有许多人出现焦虑、抑郁、无意义感、无价值感等情状，虽然，这些正常人没有被贴上"焦虑症"或"恐惧症"等标签，但是在日常生活中，能真正享受安详自在以及喜悦满足的时刻却是少之又少。试问，在当下，谁的内心不是鸡飞狗跳？谁的日子不是一地鸡毛？为什么有的人拥有的物质财富越多，距离幸福却越遥远？为什么科学技术越是大跨度发展,人类会越不满足呢?在物资极度匮乏的时代,人的烦恼只有一个,就是饿肚子;当人们解决了温饱问题以后,烦恼反倒增加了若干倍,甚至活得顺风顺水的人,在望向生命的终端时也会痛苦不堪、无以解忧,因为生老病死的困局对每个人而言都在劫难逃。

面对难以言说的精神困境,人的出路究竟在哪里?不只是精神病人在面对困境,整个人类都在面临各种各样的精神困境,谁都逃不过"死亡"这个绝对困局。如果死亡是一切的绝对结束,那么生命的意义与价值何在?如果人的灵魂不灭,那不灭的灵魂将以什么方式持续存在?

作为一个写作者,如果不能直面人类的共同困境,只是写一些风花雪月的故事,或者只把目光聚焦在名利场上,什么讨巧就写什么,把拿奖获利当作写作的终极目标,我认为这是对文学的污辱和贬低。

直面人类的困境,这样的话题听上去好像不合时宜,也特别不自量力,甚至令人感觉悲壮而又可笑,然而,作为人类的一员,从众生平等的立场出发,就像位卑未敢忘忧国一样,谁都有权利思考人类的命运。尽管诸如"人类一思考,上帝就发笑"这样的谚语像真理一样广为流传,可是,有什么力量能剥夺一个人思考的权利呢?差不多十年的时间里,我对现代人所面临的各种精神困境进行深度思考,翻阅了大量最新的量子物理学的书籍,并阅读了大量的哲学书,试图了解生命的真相。我发现,许多精神病人并不像人们所以为的那样,头脑里只是一堆毫无头绪的乱码,他们中的一些人也在思考与探索,只不过他们在某一个问题上纠结太深,暂时性地把自己困住了而已,他们的思考并非全无价值,有时候甚至会有超越常人的洞见。

如果有谁想通过这部《精神病院手记》来满足肤浅的猎奇心,那他可能会失望。我感觉自己螳臂当车、不自量力地企图站在哲学的高度,去试着探索作为人的根本困境,并努力寻求困境中的突围之路。比如,我是谁?我从哪里来?我要到哪里去?还有,生命到底是什么?生命与死亡是什么关系?面对死亡这个绝对困境,生命是有希望和出路的吗?我发现,人是当真可以从死亡中突围的。我坚信,同样身处困境中的自己,通过十年探索,当真看到了那束照亮生命的光,但愿这束光也能照进每一颗被阴霾遮蔽的人心。

感谢碎碎老师,作为一名资深编辑,她有情怀、有格局,而且灵魂深邃、精神视野辽阔,特别珍贵的是,她温暖的爱意和强大的亲和力给了我太多的力量和勇气,使我始终保持正信正念,敢于藐视任何的打击和误解,把自己呕心沥血的文字公之于众,使它像萤火虫一样在黑暗中顽强地飞翔,给那些迷失的心灵以微光的引领,使他们迎来黎明,看到光彩夺目的太阳。

傅爱毛

日期 <u>2024</u> 年 <u>7</u> 月

5

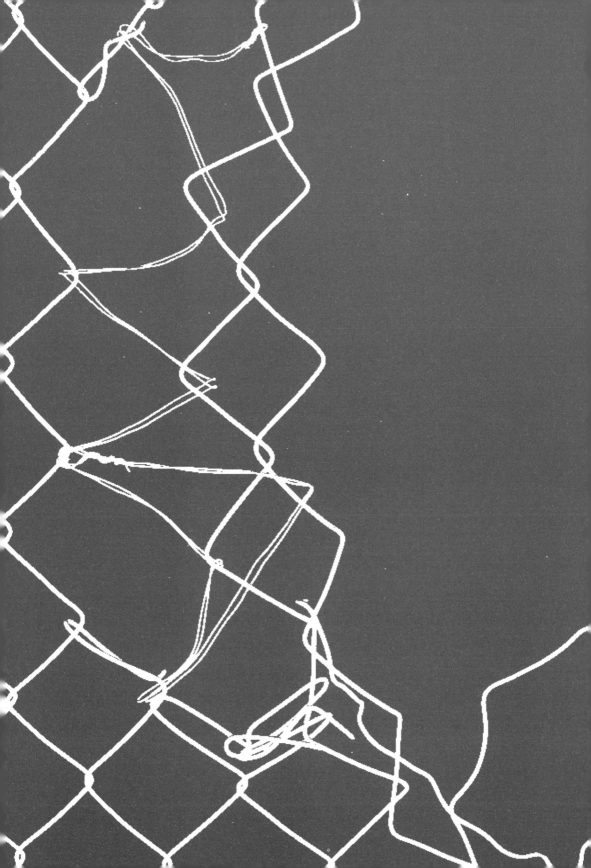

目 录
contents

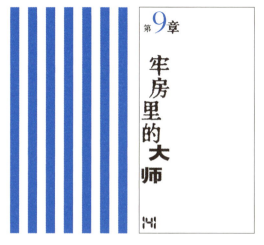
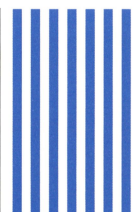

精 神 卫 生 中 心
诊 断 证 明 书

门诊号 945877
住院号 11054

姓名 <u>灵魂侦探</u> 性别 <u>女</u> 年龄 <u>42</u> 岁，经本院检查诊断为：

浴缸依赖癖

症状表现：

　　每当紧张焦虑或绝望时就会把自己没进浴缸之
中。时间最长的一次，连续浸泡了三天又六个小时，
宁可溺死都不肯出来。

日期 <u>2023</u> 年 <u>1</u> 月 <u>17</u> 日

诊断证明书
副联

姓名 <u>灵魂侦探</u>
性别 <u>女</u> 年龄 <u>42</u> 岁
门诊号 <u>945877</u>
住院号 <u>11054</u>
诊断 <u>浴缸依赖癖</u>

医师 ＿＿＿＿＿＿＿
日期 ＿＿年＿＿月＿＿日

医师 ＿＿＿＿＿＿＿

第 1 章

封闭 病房的 灵魂侦探

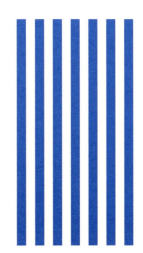

我想要亲眼见证，到底什么是正常，什么又是疯狂。

1

"这是什么地方？"

"精神病院的封闭病房。"

"为什么把我关进这里？"

"那你告诉我，为什么 2+2＝4？"

"这跟我被关在这里有什么关系？"

"等你弄明白就可以出去了。"

"你是谁？"

"你先告诉我你是谁。"

"我是个被绑架的人质。"我恨恨地说。

"那我就是 2+2。"

旁边一个女病人痴痴地笑着说："她有博士文凭。"我抬头仔细打量着 2+2，没想到她居然是个女博士。 我的羞耻感顿时减轻了许多。

没有太阳，亦没有月亮。 我睁开酸涨惺忪的眼睛，发现自己睡在精神病院的病床上，被关在壁垒森严的封闭病房里。 我确信自己是个正常人，出现在这个地方，是个天大的误会，只要我申明情况，就可以马上出院。 然而，在之后的好几个星期里，经过拼死抗争我才明白，我的精神是否正常不由我本人说了算。无论是医生还是护士，根本不听我申辩，他们那种漠然置之的态度使我感觉自己十足就是个白痴，我越极力申辩，越显得白痴。

当我被那种坚硬如铁的漠然激怒，变得歇斯底里，绝望地又哭又喊的时候，2+2 忍不住露出了阴险而又鄙夷的微笑，很不屑地说："你还是尽早投降吧！识时务者为俊杰，只要来到这里，所有的抗争都是徒劳。你问问住在这封闭病房里的人，哪一个不曾进行过殊死的抗争？最终都俯首听命，变得比绵羊还要乖顺。你肯定不会是例外，别装女英雄了。"

我是怎么来到这个鬼地方的，我怎么一点印象都没有呢？难道我的精神果真有毛病吗？怎么会发生这么严重的断片呢？好长一段时间里，我几乎每天都会想到这个问题，却不敢问任何人，怕别人发现我的异常，那我就很难出去了。我想，自己是不是暂时性的失忆，才会忘记进来的过程呢？病房的门死死地锁着，每扇窗户上都镶嵌着粗壮的铁条，要擅自"越狱"根本不可能，我想跟外面的亲友取得联系，以便被解救"出狱"，可病房里没有电话。是谁把我送来的，我不知道；为什么要把我送进这个鬼地方，我仍然不知道。我感觉自己就像是被绑架了一般，插翅难飞。最让我难以理解的是，自己的手机居然被医生没收了。

"凭什么没收我的手机？"我义愤填膺地问医生。

"这是医院的制度。"

"是谁制定了如此荒谬的制度？这里难道是关押犯人的监狱？"面对我的疑问，医生护士始终保持沉默，仿佛我提出的是一个白痴问题，应该被理直气壮地直接忽略。

"那你告诉我：2+2＝4 是谁规定的？"看到我变得越来越恼羞成怒，手不释卷的女博士再次拿 2+2 反问我。我直愣愣地望着这个女博士，反问道："你既然深谙 2+2 之道，为什么也待在这里呢？"

"你说的这里是哪里？"

"精神病院的封闭病房啊，你以为呢？"

"不！你可能在这里，但我确定不在。我待在属于我自己的时空里，我可以进入你的空间，你却进入不了我的维度。"女博士晃晃手中厚厚的书，"我刚刚还在跟星星聊天呢。"

"是吗？那你此刻在哪里？不会是在火星上吧？"

"此刻嘛，我暂时回到地球上的红尘凡间，与我的影子会合。"顿了顿，女博士慷慨激昂地背诵道，"坐地日行八万里，巡天遥看一千河。我可能在任何地方，却唯独不在这里，我有属于我自己的时空和轨道。"

我认真地打量一眼女博士，感觉她住在这里理所应当，就没再理睬她。她明显地思维混乱、不着边际，我却无比清醒，凭什么要与她为伍呢？然而，摆在面前的事实是，我与外面的世界完全失去了联系，除了在这个密闭空间里耐下性子做"病人"，别无选择。虽然我感觉自己完全正常，可医生显然不这么认为，他们掌握的最有力的证据是，我多次试图杀死自己。我想，这肯定是我老公告诉他们的，据此推测，应该是我老公把我送来这里的。说实话，就某个角度而言，医生说的倒是事实。不过，我认为"死"这个东西非常值得质疑，所谓"死"，不过是进入另一个莫比乌斯时间带而已，我在这个单调乏味的三维空间待了几十年，已经厌倦透顶，为什么不可以到另一个时空去换个方式待着呢？人们管这个叫"自杀"，真是活见鬼。我个人认为，自杀这件事情从本质上讲，根本不可能。因为，不存在绝对死亡这回事。人们通常所说的"死"，只是针对身体这个臭皮囊而言，我可以杀死我的身体，但不可能杀死真正的"我"，也就是我的灵魂。只有丢掉身体，灵魂才能最大限度地获得自由和重生。我老公认为，我之所以会产生这种荒唐想法，是精神出现了严重的问题，需要治疗。难道我就是因此才被送进这里的吗？这不是小题大做吗？

当我经过各种无所不用其极的抗争，明白所有抗争都无效的时候，就彻底沉默了。 在这样的环境里，连杀死自己的肉体都不再有可能。 显然，医生早就料到了住在这里的病人容易产生绝望情绪，把所有可能实施自杀的漏洞都堵绝了：所有的窗户都被钉死，通往外面的唯一一道门永远锁着，身上的病号服不用束皮带，是松紧带的裤腰。 所有病人在走进封闭病房的那一刻，身上的衣服和皮带包括鞋子都被收起来集中存放，根本不可能带进病房，所有病人在病房里穿的都是拖鞋。 想自杀，连门都没有。 出不去，又死不了，还不能跟亲友联系，除了住下来做精神病人，似乎别无选择。 欣慰的是，不是自己一个人被关押在这密闭的空间里，有一百多人被关在这里，每个人都拥有一张属于自己的床位。 像木头一样在自己的病床上躺了一段时间以后，我慢慢安静下来，不再抓心挠肺地每天试图"越狱"了。

意想不到的是，住在封闭病房里，和数十人同居一屋，我夜夜都能顺利地酣然入梦，没有失眠过。 而在外面的时候，我常常被失眠的顽疾折磨到生不如死。 睡了几个饱觉以后，我的心情发生了很大变化。 我想，既然住了进来，一时半会儿也出不去，索性安下心来，权当体验生活吧，反正自己的人生已经完蛋了。

在意识到人生没有希望以后，我反倒置之死地而后生，不再感到奇耻大辱，也不想再杀死自己，而是生出了一种没心没肺的力量。 这真是歪打正着。 在外面时，我总感觉活着没有任何意义，不如死了算了；关在这里，我反倒生出了巨大的逆反力，告诉自己一定要活下去，否则对不起精神病人这个美誉。 这时候我发现，作为一个正常人眼中的病人，我对这精神病院里的患者，也就是俗称的"疯子"产生了惺惺相惜般的巨大好奇，于是，决定做个打入敌人内部的特务，蹲点卧底，对这个疯狂的世界来个秘密而又深入的探察。 探察人的灵魂奥秘是我平生最大的爱好。

"终于想通了？"女博士笑眯眯地望着我问。

"想通了。"

"彻底臣服了？"

"臣服了。"

"承认自己有病了？"

"这个世界上谁敢说自己不是病人？"

"哈哈，这就对了嘛！ 你真乖。"

认清自己的处境，并确定了自己的身份与即时性人生目标以后，我非常理性地采取既来之则安之的策略，让自己以观光客的心态，开始认真参观病区，努力熟悉并适应环境。 我想要亲眼见证，到底什么是正常，什么又是疯狂。

2

这个专供女患者入住的封闭病区像宾馆的一整层楼，患者的衣食住行都在这个封闭空间里进行。 这里住着百十号患者，其中二三十岁的年轻人占八成，最小的十来岁，还是个天真的小丫头。 小丫头像欢快的麻雀一样满病区疯跑着，边跑边唱歌，护士不时地大声朝她喊着："安静，宝贝！ 安静！"观察室里的新来者，你搭眼一瞅就能感觉到明显的异常：有人坐在床上对着墙壁自言自语；有人木头桩子般僵直地躺着，如同木乃伊；还有人在痴嗔地傻笑。 初来者在观察室里住过几天，在药物的作用下，不再哭喊、不再号叫和挣扎以后，就会被转到普通病房了。 住在普通病房的患者都很安静，看不出疯病的迹象，她们或闲聊或闷坐默思，显得十分正常。 由于我本人喜欢读书，她们当中首先引起我注意的当然就是那个爱看书的 2+2。 这个自称博士的女人三十来岁，头发梳理得整整齐齐，脸上戴一副深度近视镜，那神态怎么瞅都不像病人。 我确定曾经在哪里见到过她，而且不止一次，然而，绞尽脑汁也想不起来到底在哪里见过。 不过，我还是依照思维定势，认定她有

"精神病"：没有病怎么会住到精神病院里来呢？这是普遍共通的大众逻辑。没想到，这个逻辑会如此迅疾地内化进我的潜意识。为了确认女博士是精神病患者，我有意跟她搭讪，问她正在阅读的是什么书。她礼貌地把封面展露给我看，原来是《水浒传》。我问她还读过什么书，她罗列出了包括《红楼梦》《金瓶梅》还有《三体》在内的一大串书单，在我问及她更喜欢哪一部时，她颇具主见地评论道："《金瓶梅》比《红楼梦》更具平民意识，最值得读的还是《三体》。你读过《三体》吗？必须读读这套书，必须读。""为什么？"我问。"读过以后，你就知道你在哪里了。""不用读我也知道，我在疯人院里。"我没好气地说。

这时，一个姑娘走过来，主动而又热烈地加入了讨论，不过她探讨的是完全不同的话题："你知道自己是从哪里来的吗？"姑娘开门见山地问道。看着她那严肃的表情，我立刻想到了连街上的流浪狗都知道的哲学三问："你是谁？你从哪里来？你要到哪里去？"我觉得她提出的问题相当严肃和深奥，回答起来非常困难，略加思考以后，我从最简单的生物学层面回答道："我从我妈的肚子里来。"姑娘道："我不是。我是由天神派来的！"没等我说话，她又紧接着问："没到你妈的肚子里以前你在哪里？你为什么选择你妈的肚子而不是别人的肚子呢？你到地球上来干什么？"若是在别的地方，如此脱俗的提问会使我哑然失笑，在这个特殊场所，我想到了那句略带调侃的格言："所谓疯子，就是醒着做梦的人。"很显然，姑娘正处在一个特殊的梦境里，我认为有必要对她的梦境给予充分的尊重，毕竟，按照佛陀他老人家的观点，整个世界都是肥皂泡一样的"梦幻泡影"，既然大家都活在梦中，她当然有权利为自己制造一个与众不同的梦境，并且以醒着昏睡的方式生活在独属于她的时空里，于是道："那你肯定身负重要使命了？""那当然。我男朋友非常帅，你相信吗？"我十分肯定地回答："当然！"

这姑娘长得很好看，配得上出色的帅哥。但我随即在心里质疑，有哪个帅哥会真心喜欢"天神派来的"疯子呢？ 于是用斩钉截铁的冷酷语气正告她："这世界上没有爱情！"姑娘自信地笑笑："我的帅哥非常爱我！ 看，我的婚纱漂亮吗？"我这才注意到，她手里握着一条蓬松洁白的卫生巾。 姑娘如此不可理喻，我恨铁不成钢地说："谁相信爱情，谁万劫不复！"姑娘显然不能理解我的警告，蝴蝶一般旋着轻盈的舞步往门外飘去，连她的"婚纱"掉在地上都毫无觉察。

由姑娘引发的诸多问题弄得我心绪烦乱，我突然强烈地渴望一只充满滚烫热流的浴缸，并开始下意识地在病区里寻找，然而，寻遍旮旯角落都不见浴缸的影子。 愈寻找不到，我的渴望愈甚，恨不得整个病区刹那间变成巨大无比的浴缸，使我可以即刻没身其中。 需要说明，本人患有"浴缸依赖癖"，每逢紧张焦虑或者绝望时就会奋不顾身地没进浴缸之中，就像鼹鼠遇到危险会躲进地洞里那样，浴缸就是我的地洞。 时间最长的一次，我在浴缸里连续浸泡了三天又六个小时，宁可溺死都不肯从水里出来。 如果可以选择，我希望来生做一条深水鱼，生活在海底，自由地穿梭在美丽壮观的海底世界，却又像不存在一样，哪怕最先进的潜水艇都无法打扰到我，我在海里生在海里死。 此刻，我虽因不能把自己没入浴缸而深感绝望，却发现住进这鬼地方倒也并非全无裨益，至少客观上遏阻了自己的浴缸依赖癖。

精神病院的住院部分为"开放"和"封闭"两种类型，开放病房的患者需要家属二十四小时陪护，必须寸步不离。 老公因没时间守在医院陪护我，于是，我被安排进封闭病房。 封闭病房全封闭管理，活动范围仅限于几百平方米的病区，只要住进来便插翅难飞。 更加吊诡的是，能否出院，并不取决于患者本人是否康复，精神病院有一条非常特别的规则："谁送来，谁接走。"也就是说，只要是住进精神病院的人，都必须有"送至人"，患者是不可能自己主动住进来的。 这个"送至人"可以是配偶，可以是家人，可以是工作单位的人，也可以是街道办事处的公务人员。 同样，没有"送至人"的同意，并亲自来接，病人想要自主出院，绝对不可能。

身在其中时我并不明白，好久以后，直到我自己出院我才知道，"谁送来，谁接走"这看似简单的六个字，对患者而言却比脚镣手铐还要可怕。明摆着，精神病人通常不可能自主求医，因为，精神病患者的最显著标志就是不承认自己有病。如果能够自己认识到自己有病，那一定不是精神病，或者还没有病到足够严重的程度，所以，几乎所有的精神病人都是被别人送到医院求医的。这样一来，就产生了一个非常严重的问题："送至人"根据什么把人作为精神病患者送进医院呢？要判断一个人是否患有精神病，有时候，连最权威的专家都感到棘手。但是，没有任何医学资质的家属，却可以理直气壮地充当"送至人"的角色，把自己的家人送到医院充当精神病人，而且，送的时候绝对不可能征求"病人"的意见，如果征求意见，"病人"十有八九不会同意，还会拼死抗争。为了避免麻烦，只有一个办法：家属在"病人"的饭里下助眠药，趁其熟睡之际把他送到医院，当病人一觉醒来，已经置身医院的病房里，插翅难飞了。或者干脆采取更粗暴的手段：直接打电话给精神病院，由院方派人来给"病人"武力注射镇静剂，促使其瞬间丧失意识，像僵尸一样听凭摆布。说起来，不管是家属在饭里偷放安定类的药物，还是医院派人注射镇静剂，都算是比较温和的送医措施。有的更简单，直接把人五花大绑，像押送犯人一样，把人强行送往医院，病人一路哭喊号叫，那场面简直像杀人一样，令人目不忍视、耳不忍闻。

在我被送往医院之后，老公刚好要出国公干。后来我才晓得，他出去前亦曾和医院反复沟通，院方向他保证，我住进医院的封闭病房绝对不会出现人身安全问题，还可以针对病状进行及时有效的治疗；反之，如果我不关在医院接受封闭治疗，极有可能随时发生自毁自伤的可怕事件，鉴于我此前已出现过自溺行为，且一人独居，又处于极度抑郁的状态，住进医院的封闭病房应该是最妥当的安排。医院分析得头头是道，老公放心出国。也是后来我才知晓，国外公干期间，他亦曾几次跟院方电话联络，医院传递给他的讯息永远是："状态良好，情况正常。"他要求和我本人通话时，都被院方以"遵守医疗规则"为由，依照惯例拒绝，理由是：和家属通话会搅扰患者的情绪，影响正常治疗。

和一百多名女患者共同居住在这个封闭病区里，区别只在于，众人皆疯我独醒。当然，这是我个人的主观认知，在医生看来，这恰是我作为"病人"的最有力之佐证，其判断标准是：一个人愈意识不到或不肯相信自己不正常，则表示这人已异常到不可救药之程度。在这里，要想成为医生眼里的正常人，就得心悦诚服地承认自己不正常，并老老实实、不加反抗地接受医生的治疗。

"精神病人"并非如想象和传说中那般可怕，相反，我亲眼看到了她们的许多可爱之处。这要感谢现代医学的发达，只要医生敢于下药，哪怕角斗场上最凶猛的公牛都会变成乖驯的绵羊。刚进来的头几天，我夜里睡觉时老是提心吊胆，担心某个病人半夜发作，突然暴力袭击自己，毕竟那么多患者共居一室，精神病人又无须为自己的行为承担法律责任。我很快发现这个担心纯属多余：凡新入住者，都要无一例外地被输入镇静药物，个个睡得死沉，被狼拖走吃掉都不会作声，哪里还会武力攻击别人呢？

人身安全无虞，剩下来的事情就好办了，我开始在病区里广交朋友，找患者聊天成为我消磨时光的最佳良方。我深信，住进这医院里的每一个患者身上都隐藏着幽微诡秘的故事，探究发生在她们灵魂深处不为人知的故事，成为我替自己分派的隆重工作。我暗自设想，在被接出去以前，我就暂且把自己当作灵魂的福尔摩斯，权当这精神病院就是我渴慕的海洋，我就是一条沉潜在海底世界的深水鱼。此后漫长的精神病院生涯里，我以"病人"的身份自觉承担起"灵魂侦探"的职责，乐此不疲地解剖着一个又一个超凡脱俗的灵魂，感觉既震撼无比又锥心刺骨，迫使我不顾一切地把这些"疯华绝代"的灵魂用文字展现出来，以此表示我的诚挚敬意。 每一枚饱受煎熬的灵魂都是值得尊重的，也是值得怜惜与呵护的，同时，我也希望把这些饱受折磨的灵魂作为医学标本呈现出来，以供专家研究，我期望每一枚骚动不安的灵魂都能获得安详与宁静。

至于从体裁上如何定义我写出的这些文字，我不去管它，我只想尽可能原汁原味地记述。 我所呈现出来的，只是一个个与灵魂相关的医学病例而已。

3

就从"总统夫人"开始吧。

总统夫人是我在病区里关注的头一个人。 这名女病人幻想自己是总统夫人。 在现实中，一个女人想要当上总统夫人，难度堪比登上月球，然而对精神病患者而言，这是轻而易举的事情，在想象与现实之间不存在障碍。 作为总统夫人，她举手投足极具派头，从不主动跟任何人说话，走起路来像国际名模那样目不斜视，只跟自己的宠物狗亲近。 虽然那只名叫特迪的绒毛狗是个玩具仿制品，也丝毫不妨碍她的宠爱。"特迪——"病房里不时传来总统夫人娇柔的唤狗声，尾音拖得长长的，优雅尊贵。 在现实生活中，她年近四十，依然是个待字闺中的资深"剩女"，那只"比电影明星还要英俊帅气"（夫人原话）的特迪狗才是她的"总统先生"。 不幸的是，"特迪总统"不辞而别，突然蒸发，无情地抛弃了夫人。 夫人常常像祥林嫂那样自言自语地讲述她跟特迪的往事，病房里的人都听腻了。 大家深信不疑：特迪失踪以前和女主人像情人一般相亲相爱、耳鬓厮磨。

"你怎么能那般狠心地把我丢下呢？ 特迪！"总统夫人常常独自坐在角落里，一边暗自垂泪，一边对着怀里抱的绒毛玩具狗絮絮低语。"特迪究竟发生了什么事情呢？"我问。"那天，我在游泳池里突然晕厥，眼看就要溺死，特迪跳进水里，竭尽全力把我拖上岸，自己却再也没有出来。"这是她讲出来的版本之一，下次再问，她讲出的可能是完全不同的版本，不过结局都一样：迪特为了救她而牺牲了自己的生命。 病房里的人都知道，特迪还好端端地活着，而且活得像有钱人家的公子哥儿那样尊贵无比，早已把夫人忘到九霄云外了，夫人每天编织出动人的故事来，是为了自欺欺人，作为女人，她不能接受自己居然被一只狗抛弃的残忍真相。

病人之间几乎没有任何禁忌，更没有外面的正常人所遵循的繁文缛节，大家开门见山、心想事成：你想做大公司总裁，你就是总裁；你认为自己是全球首富，你就是首富。 就像《圣经》上所说的那样，"神说'要有光'，就有了光"。 在精神病院里，疯子说我是上帝，于是他便是上帝。 医生的职责则是，千方百计地让一个自认为是上帝的人明白自己不是上帝，而是个肉体凡胎的普通人。 问题在于，要攻破疯子的"城堡"并非易事，有时最权威的医生把所有的技术手段都用到无所不用其极的程度也无济于事。 我虽性情沉郁，住进这疯子云集的医院以后也变得落拓不羁起来，从这间病房出来踱进那间，跟这个谈谈东，又跟那个扯扯西，像个地道的人来疯。 病人们跟我交谈的话题，大多无关日常琐屑之事，开口即直逼终极天问般的哲学命题。比如，我们死了以后要到哪里去？ 鬼长什么模样？ 你的梦飞跑时你能把它追回来吗？ 你夜里睡觉时活着吗？ 我们死后再见面你能认出我来吗？ 天堂距离地狱有多远？ 魔鬼全都住在地狱里吗？ 谁拿着天堂的钥匙？ 上帝派你来世界上干什么？ 这些在正常人听来不着边际的疯话，在这里，都是被兢兢业业进行探讨的日常话题。

由于长期用药的缘故，患者们的生物本能主要集中在吃上。 只有在"吃"的时候，他们才会显出固有的生动。 在日复一日重复刻板的时光里，病人们最兴奋的事情是吃零食。 每周两次，每次的半下午时分，是患者们的例行零食时段，这对病人而言堪称"欢乐的浪花"。 大家像鸭子那样被集中于餐室，先排排坐定，然后听到点名领取属于自己的零食袋。 零食由患者各自的家属送来，装在一只贴着名字的塑料包里。 不过，并非全部患者都荣幸地拥有属于自己的零食袋子，有的患者住院时间太久，家人长期不来探视，便没有零食可领；有的患者虽偶有家属探视，由于经济状况欠佳，或家人对患者的感情日渐淡漠，那这位患者也未必会有零食可享。 于是，在这样的时刻，便有人吃、有人看了。 拥有零食的患者眼里流露出富翁般的骄傲，如同成功人士那样，那些两手空空的患者，则如同遭遇霜打一般满脸羡慕和绝望，小小的零食袋子在这里竟成了"阶层"的标志。 然而，也恰在此时，病房里最动人的一幕出现了：拥有零食的富翁们和没有零食的无产者开始互动，富翁与富翁之间也开始以物易物，非等价交换。 互动的方式很简单也很原始，直接用手，或者干脆用嘴巴和牙齿进行。 比如，某富翁正在享用香肠，一个无产者走过来紧盯香肠，表现出对香肠的浓厚兴趣，富翁就会善解人意地举起香肠，慷慨大方地送至无产者嘴边，让对方分享一口。 再比如，某富翁正在畅饮可乐，一个无产者走过来馋涎欲滴地紧盯饮料罐，富翁就会举起罐子，让对方痛饮一口。 零食时段的绝大部分"交易"都这样直接完成，我甚至吃惊地看到了一幕更加动人的情景：有个患者从自己的袋子里掏出来半只西瓜，当时的季节，西瓜属于珍贵稀罕物，鲜红的瓜瓤立刻引来成群的围观者。 由于没有刀勺之类的工具（"刀勺"均属可能用来自伤的危险品，不允许携带使用），于是，那个富翁直接用手指抠挖着和大家共同分享这难得的美味。

对于病区里那个十来岁的小女孩豆豆，几乎所有患者的零食袋子都无条件地对她开放。 显然，天然的母性在这些女病人身上依然存在，小豆豆像只活泼可爱的麻雀，看到谁的面前放着袋子，就跑来直接把小手探进去，摸出喜欢的东西塞进嘴里吃掉，摸出不合口味的就再丢回去，袋子的主人都予以默许。 不过，其乐融融之中，亦有异数存在。 我注意到，一个气质典雅的高个子女人，几次把手伸向别人，均遭遇无声拒绝。 无论身材还是容貌，她都堪称美女，年龄不超过三十五岁，油亮的长发整齐地披在双肩，那千篇一律的蓝条条病号服穿在她身上居然别具意韵。 我禁不住想，这女人是遭遇了怎样的悲剧才被关进这鬼地方来的？ 为什么她居然没有零食袋子呢？ 看到她一次次遭到拒绝，我为她感到十分难堪，忍不住厚着脸皮，从一个患者手中讨得两块雪饼递至她手中道：尝尝这个？ 女人接过去认真品享起来，我转过身去不好意思再望着她。

有一次，我也应邀凑在别人的碗边分享了一口玉米糁，请我品尝玉米糁的是个患了"钟情妄想症"的女人，名叫王晓萌。 她三十出头，常常对着一张照片喃喃泣诉："海涛，我爱你。 我爱你呀海涛！"我端详过被她日夜紧攥的照片，那男人相貌平平、气质庸常，不过，爱情这玩意儿从来不讲道理和逻辑。 我武断地认为，她不是钟情妄想症患者，应该叫"爱情宗教狂"。 这女病区里相当一部分患者把自己弄成疯子，都是患了拿爱情当宗教的"爱情魔怔病"。 在精神病院里，治疗爱情魔怔病最有效的办法是药物抑制，也只有药物才能像灭火剂一样剿灭女疯子们心中那熊熊燃烧的情爱烈焰。 王晓萌已经在里面住了两年，药片服下好几斤了，仍然没有忘却那个平淡无奇的男人也算是奇迹，这不禁使我对爱情这劳什子刮目相看。 我思忖，自己是否应该对"爱情宗教狂"们击节鼓掌才对呢？ 这样想着，我忍不住问王晓萌："海涛在哪里？ 你爱他什么？"王晓萌怔怔地望着我，保持石头般的沉默。我又问："那个名叫海涛的男人，他知道你在这里天天想念着他吗？"毫无预兆地，王晓萌突然大声尖叫起来："让我出去啊！ 我要去见海涛！ 海涛，你等着我！"王晓萌的尖叫声引来了几个身穿白衣的护士，她们有的拿着针管，有的端着水杯拿着药，看到护士，王晓萌绝望地哇哇大哭起来，我也突然想起来自己头一次被逼服药的情景。

服药都是在饭后。护士高声叫喊"开饭了"，然后像驱赶鸭子那样，把各个病房的患者们往外驱逐着。病区和过道中间夹着个不大的空间，里面摆放着若干排简易连体桌椅，这便是病人的餐室。那天的饭食很简单，每人一个包子、半碗稀饭。我看看歪脸撇嘴的包子和色泽暧昧的稀粥，又瞧瞧胡乱堆放着的公用碗筷，感觉调动不起胃口，想回到自己的床位去，却发现餐室的门被锁死了。在这个封闭病区，到处都是锁，每个狭小的空间都要严密封闭，医护人员随身携带钥匙，即开即锁，几秒钟都不敢疏忽。由于饭食简单，就餐时间很快结束，大家又像鸭子那样开始排队服药。

护士如同老师上课点名那样，叫到谁的名字，谁便走到护士站的窗口前，一个护士把该吃的药片递至病人手中，病人在另外两名护士的严密监控之下把药片吞进嘴里，当着护士的面咽下，再随即喝上一大口水，以确保药片送抵腹中，再然后，还要把嘴巴张开，吐出舌头，接受护士检查，护士确信药片没有偷藏在舌根底下才会放病人过关。病人都像幼儿园小朋友那般乖驯听话。我原本想，自己刚进来，只跟医生打了个简单的照面，许多问题尚未来得及理清，比如，我究竟有没有病还有待确认，应该没有药片要服。谁知，我的名字还是被毫无疏漏地点到了，我本能地抗拒道："我不吃药！"此前我早就听说，精神类的药物服用到一定量，人就会变成泥塑木雕。不管怎么苦痛，我都想作为一个"人"活着，于是口气很坚决地说道："我不吃药！"

"为什么不吃？"护士瞪大了眼睛。

"我不认为自己有病，怎么可以随便开药给我吃呢？"

"大夫既然开了药，你就必须吃。"

"这药是治疗什么病的请你先给我解释清楚！"

"治什么病的大夫知道，我没有义务解释。"

"可我不知道自己患了什么病啊！"

"你不知道自己患了什么病，这就是你的病！"

此刻，我还不知道，"药"乃是精神病院的首要法宝，相当于捆绑病人的脚镣和手铐。把人变成百依百顺的小绵羊，这是精神病院的当务之急。"我不吃药！"我很坚决地说。

"药在这里，你必须吃！"

"不，我坚决不吃。除非说明我患了什么病，并拿出依据来。"

"你不肯服药，这就足以证明你有病，而且病得不轻！"

周围的患者也纷纷劝说："吃吧，吃吧，住在这里哪能不吃药呢？你不吃，保安就会拿约束带把你捆起来，撬开你的嘴巴，把药灌进去，你不吃也得吃！"于是，我最终还是像白痴那样听话地把药服下了。

4

"手机，手机，还我手机！我要给海涛打电话！"王晓萌的尖叫声一浪盖过一浪。这尖叫声引起了女老板的注意，她飞速跑过来，很慷慨地递给王晓萌一只"手机"———把可以折叠的梳子。看着这部别致的"梳子手机"，王晓萌慢慢平静了下来。递梳子的女人是个经营多家连锁公司的大老板，我头一次见到她时，她正端坐在病床上专心致志地跟国外某公司洽谈业务，她用来洽谈业务的不是手机，而是一把牙刷。她将那把牙刷正经八百地捂在耳朵上熟练而又老到地谈论着商务事宜，言语犀利、逻辑缜密，以至我走过她的身边时总是下意识地放轻脚步，唯恐影响到她神圣的工作。

这位敬业的女老板名叫焦艳丰，患了"手机依赖综合征"，具体表现为：每隔不到三分钟就要强迫性地翻看一次手机。她拥有三部性能超好的手机，其中一部叫作 Vertu。据她宣称，Vertu 是身份之象征，显示屏以超高硬度的蓝宝石制造，每颗按钮下的接触点皆用红宝石制作，全机内外从晶片到按钮皆由人手工镶嵌，外壳配以黄金或白金作装饰，充满超级富豪的味道。她本人拥有的那部 Vertu 当时价值十七万元人民币。 然而，她的包括这部 Vertu 在内的三部手机都不在身边，而是被其老公带出医院锁进了保险柜，她也像普通患者那样，依照规定在病房里面不准携带和使用手机。 住进来以前，她险些被手机折磨致死：她每天二十四小时开机，只要手机超过三分钟没有响声，她就会怀疑手机故障或自己的耳朵出现问题，即使在非常特殊的时刻，比如沐浴或如厕时，她也须臾不能离开手机，哪怕坐在便池上也要每隔几秒钟翻查一次手机，如同卓别林《摩登时代》里机械地拧着螺丝帽的工人那样。

最糟糕的是夜里。 焦艳丰每天晚上平均醒来二十余次查看手机，几乎没有睡觉的工夫，她的三部总价值几十万元的手机如同三个青面獠牙的怪兽，使她完全丧失了人身和精神的自由，以致到后来，哪怕她老公利用武力强行关闭掉她的三部手机，她也能在关机状态下不时听到手机铃声在耳畔警报般地疯狂鸣响。 她本人坦言，其奋斗目标是要拥有足够广阔的私人停机坪，她认为老公把她关在这里是为了侵吞她的财产。

女老板的想法倒也不无道理。 我感觉，精神病院的封闭病房毫无疑问乃是灵魂的监牢，软禁一个人的最好办法就是把他送到此地。 要把一个人关进监狱需严格依据法律程序，要把一个人关进精神病院却只要扣上一顶莫须有的"病人"之帽就搞定了。 于是，需要的时候，某个倒霉鬼就会轻而易举地"被疯"在精神病院的封闭病房里了，其"送至人"想让他住多久，他就得住多久。 我所在病房里有个老太太被儿子强行疯在里面，只因她违背儿子的意愿想要嫁人；还有个女人被其父母兄弟齐心协力地关在这里，源于她企图把手头的数百万个人资产捐赠佛门，她坚持要出家皈依；还有个女孩被长期弃置于病房，缘于其父母想要治愈她的同性恋倾向。 给我的感觉，封闭病房不只是治疗精神疾病的地方，还有个重要功能是关押叛逆者，谁的言行和思维脱离社会常规，谁就可能"被疯子"和"被病人"。"问题的关键是，怎么界定'常规'这个概念呢？"我问女博士。

"很简单，所谓常规，就是2+2＝4。"

"人的灵魂不是数学公式。如果人人都被高度格式化，这个世界还有什么意思呢？"

"不想被格式化，就到社会以外去生活。"

"请你告诉我，哪里是社会以外？"

"扎到社会最深处，就能出离社会，这叫'在相离相'。"

"请问你出离了社会吗？"

"出离不出离，只在一念间，不可着相。"

我发现，被关在精神病院的患者们，大多不肯在精神上遵守2+2＝4的社会铁律。在他们的意识里，2+2可能等于一丛玫瑰，也可能等于一匹神马，在被治愈以前，他们都拥有一个自己独创且独属于自己的封闭世界，那个封闭世界像"个人局域网"一样，不能与外面的社会接轨并网，于是被视为精神病人。精神病院所要做的工作是：采取一切手段，让他们最终承认并相信2+2＝4，与外面的社会并轨联网，老老实实遵守普遍共通的常规，否则就是"病人"。比如，依照常规，七十三岁的老太太即便死了老伴儿，也不能再嫁人。如果她一定要嫁人，那就是疯子，需要接受治疗。

5

"被疯子"的七十三岁老奶奶姓杨，大家唤她杨阿婆。老伴儿死后不到一个月，杨阿婆即公开宣布要改嫁，令其儿子大动肝火，但老太太不改初衷，儿子强行把母亲送进精神病院。儿子声称：父亲突然去世，母亲遭受过度刺激，造成脑神经短路而致疯。看情势，老太太只要不思悔改，儿子就打算让她一直疯下去。把老太太送进病房以后，儿子曾来探望过一次，老太太当众痛骂儿子，且声称：头天跨出这疯人院的大门，只要不死，第二天就大张旗鼓地改嫁。依照她的说法，她从十八岁嫁给自己老伴儿，整整忍耐了五十五年，已经很够意思了。老伴儿在自己的精心服侍下寿终正寝，自己剩下的日子已经不多，拿这风烛残年的零头替自己好歹活上那么几天，这何错之有呢？她不再是妻子，她是她自己，她要在闭眼之前做自己，变本加厉地活出自己。

　　被臭骂一顿以后，她儿子从此再也不肯露面。老太太要求出院，院方却联系不到作为"送至人"的儿子。儿子玩失踪，老太太只好被困在封闭病房里，倒是有位八十来岁的老先生隔三差五前来探视，不过，老头想带老太太出去"放风"的要求却每次都遭到坚拒，于是，这对惊世骇俗的老情人只好"'隔门'相看泪眼，竟无语凝噎"。我经常看到老太太认真地在一张纸上写着什么，有一次忍不住好奇凑近去，看到纸上写着诸如"×月×日58分钟""×月×日46分钟"之类的字样。看我满脸疑惑，老太太解释：上面记录的乃是自己活着的时间。我问：难道这些时间以外，您老不曾活着吗？她告诉我，只有和老先生在一起的时间才能算活着，别的绝大多数时候都不能作数。我恍然大悟，那被记录在案的某月某日都是老先生前来探望的日子，老太太居然拿"分钟"来计算"活着"的时间！

　　封闭病房的患者中，老太太年岁最大，按照民间"七十三、八十四，阎王爷不请自己去"的说法，老太太活着的每一天都可算是生命的倒计时，她活得比任何人都更认真，也更有滋味。我发现，哪怕只是几根菠菜和半杯白开水，在她眼里都如同金子般稀罕。当她吃着餐盘里普普通通的菠菜时，你会觉得，菠菜这东西肯定是世界上最好吃的美味佳肴。我忍不住问道："阿婆，菠菜真有那般好吃吗？"她把碗里的一根菠菜用筷子夹起来给我看着说："菠菜根是红的，你瞅；菠菜叶是绿的，你瞅；除了神，谁会有本事让菠菜长得这么好看呢？ 神费了多少的心思啊，把萝卜长成圆的，把大米长成白的，把菠菜长成红根绿叶，这多好！"阿婆说着，又自顾低下头去吃起饭来。她吃的是惯常的大众配餐：半碗二米饭，半碗混煮。"二米饭"是把白米和黄米间杂起来蒸成的饭，"混煮"更简单，把白菜、萝卜或土豆之类的蔬菜丢进锅里，放了盐巴和酱油炖熟即成。 阿婆看我专注地瞅着她吃饭，自言自语地说道："神若是对我家死鬼东西说，从坟墓里爬出来吧，给你吃二米混煮，老东西还不乐得跳出来笑歪胡子？ 老东西连一片菠菜叶子也吃不成了，我是吃一顿赚一顿。"

我忍不住又问："阿婆，您老人家是什么时候开始，把日子过得这般有兴头的？"

"我家那老东西死去以后。"

我吃惊地问："为什么？"

"他死了以后，我才相信，我也是会死的。"

"您此前，难道从来不相信您自己会死？"

"也晓得人人都要死，没有当真晓得。"

"现在当真晓得了？"

"当真晓得了！"

"怎么晓得了？"

"我跟我家老东西过了几十年，吵了几十年，突然，他没了。"顿了顿，老太太又说，"我亲眼看着他没了，我也会没的！ 一口气的工夫，说没就没了，就像做了一场梦。"

"于是，您老从梦中醒来，竭尽全力去享受这人生的盛宴，是这样吗？"

阿婆没顾得上回答，忙着梳洗自己，估计她的情人要来了。

菠菜根是红的，叶子是绿的，这是尽人皆知的常识，对这些常识我却从未留意，仿佛那是顺理成章的天经地义。 听了阿婆的话，再吃饭的时候，我开始重新认知和体验这些司空见惯的平常物，进而意识到：菠菜根是红的，叶子是绿的，这的确是只有神才能够创造的奇迹。

6

看着七十多岁的阿婆把声名狼藉的疯人院时光过得活色生香，患了钟情妄想症的王晓萌被气哭了好几场，一看到阿婆就朝她吐唾沫，一看到阿婆的未婚夫前来探望就破口大骂，于是，那位老先生每次前来，都会特意带两枝玫瑰，一枝送给阿婆，一枝送给王晓萌。王晓萌慢慢地安静了下来，也跟阿婆一起盼望着老先生的到来，并且坚定不移地相信，老先生对她产生了爱情，不然，为什么会送玫瑰给她呢？如此一来，杨阿婆就成了她的情敌。不过，对这个眼皮子底下的"情敌"，王晓萌并不在意，她年轻貌美，阿婆白发苍苍，她当然胜券在握。看到王晓萌对自己暗送秋波，老先生再来时，都会带一大袋子剪掉枝叶的玫瑰花，谁喜欢就送给谁，病区里几乎人手一朵，于是，这一天就成了女封闭病区的玫瑰节，女病人们都兴奋得如同过年一样，这样的疗效，显然是任何灵丹妙药都难以达到的。唯一美中不足的是，王晓萌再次陷入巨大的失落之中，认为老先生的爱情太不专一，又开始要死要活要见海涛，医生只好再次对她加大药量。她这种俗称"花痴"的病人，对爱情的渴望到了登峰造极的程度，没有爱情就会像鱼儿离开了水一样，会干渴而死。七步之内有芳草，上帝的安排总是恰如其分：病区里一个名叫肖君的患者，对她不躲不避，像是产生了浓烈兴趣，两个人很快就形影不离，她这才暂时消停下来。

看到女病人们因为一朵花和一个白胡子老头而幸福成那个样子，女博士恨恨地皱着眉头小声说："生而为女人，那点骨髓深处的贱气是怎么都剔除不去的！贱！天生的贱坯子！"听到她这样说，我心想，虽满腹才学，身为女人，难道她当真不需要爱情吗？ 她看上去滴水不漏，比医生还正常，为什么也被关在这个地方呢？ 莫非像我一样，也是个卧底的探子不成？ 这样想着，我便下意识地开始躲她。 当她觉察到我的有意躲避以后，反倒挑衅地凑过来，端详着我手中的玫瑰问："你也喜欢玫瑰？"

看她那鄙夷的眼神，仿佛在说，只有没出息的女人才会喜欢玫瑰。 我不屑跟她斗气，实话实说道："当然！"

"很可惜，绝大部分女人喜欢的并不是玫瑰本身。"

"不管多么强悍的女汉子，骨子深处还是个渴望爱的小女人。"

"那你知道为什么女人如此渴望爱情吗？"

"为什么？"

"因为上帝给了女人一个子宫，而子宫是空的。 像一条空荡荡的口袋一样，给多少都填不满。 女人对爱的贪婪就像男人对权钱名利的贪婪一样，永远没个够。 贱！ 天生的贱坯子！"

"你难道没有子宫？"

"我的子宫不是空空的口袋，而是一口甘甜的泉眼，可以源源不断地分泌爱。 我拥有足够多的爱，不需要像叫花子那样整天端着一只乞丐碗乞求男人的施舍。 女人从娘胎里出来就端着一只索爱的乞丐碗。 不，简直是盆。 所以，女人的那个东西叫盆腔，永远要不够、填不满。 人的身体结构就是命运，不信不行。"

"你当真不需要爱？"

"我本身就是爱，我的爱可以装满一个太平洋，永不枯竭！"

没等我反应过来，女博士就转身走了，望着她的背影，我对自己身为女人的事实感到羞愧，把手里的玫瑰花直接丢进了垃圾桶。 没想到，又过了几天，等所有的玫瑰都枯萎掉被扔进垃圾桶里以后，我无意间看见女博士趁人不备，鬼鬼祟祟地把垃圾桶里的干玫瑰捡起来，带回自己的病房去了。 我大感好奇，不动声色地跟踪她，结果发现，她把干玫瑰洗净、捣碎，然后贪婪地直接放进嘴里慢慢咀嚼，就像是男人们在很过瘾地抽烟那样，那副贪馋相令我不忍直视。我暗想：尊贵的女博士，你比王晓萌也并没有高明多少啊。再见到她时，我故意恶毒地问："请问干玫瑰吃起来是什么味道？"

"恰好跟上帝的味道一模一样。"女博士回答得不卑不亢。

"玫瑰与上帝有什么关系？"

"玫瑰是上帝派来人间的信使。"

"这位玫瑰信使对你说了什么？"

"对不起，如果你自己没有足够的福德可以听到上帝的讯息，我也无可奉告。"

"看来你对玫瑰是真心实意地喜欢啊！"

"那当然！我是喜欢玫瑰本身，她们喜欢的是男人。"

"难道，你不喜欢男人？！"

"怎么可能不喜欢呢？我是女人嘛。"

"你这么明白的一个女人，怎么会出现在精神病院里呢？"我终于不管不顾地问出了这个我早就深感疑惑的问题。

女博士郑重地回答："因为男人。请问这个答案你是否满意？"

7

与王晓萌形影不离的肖君，是被父母强行当作病人关在这里的同性恋女孩。父母原本要治疗她的同性恋倾向，她在这里却如鱼得水。这里的女患者，年轻貌美者触目皆是，大学毕业者不乏其人。进来没过三天，她就和一位戴眼镜的美女患者如胶似漆了。在外面那个正常世界里，她被视为异类，据她讲，其父母因她"辱没门风"的行为曾打算双双自杀，她本人亦曾两次割腕、一次服毒。 关到这里，远离父母亲邻和正常人群，她倒是彻底摆脱了压力，面对众多异类，其"怪异"被自动消解，她像个正常人，除了情有独钟的那个"眼镜美女"，她对许多患者都怜香惜玉。 患者大多非常敏感，动辄伤心感怀，肖君看到哪个病人伤心就会主动安抚，像个绅士一般。 女病人们不知晓她存在性别取向问题，脱衣换衫概不避讳，每当无意间看到谁赤裸的胴体时，她总是礼貌地回避，不过，在本能的驱使之下，她又会忍不住偷偷窥视。 在这个女儿国里，她如同红楼公子贾宝玉，很显然，她短时期内不打算出去。 有时候，看到她与王晓萌手牵手亲密无间地在走廊上散步，我会禁不住心生悲哀：得成比目何辞死，愿作鸳鸯不羡仙。 然而好景不长，当肖君牵了另一个女人的手散步时，王晓萌又再度崩溃，甚至闹到要绝食自杀。看着这一幕幕的爱情悲喜剧，女博士又开始冷嘲热讽：

"上帝设计出的爱情这款生物软件虽堪称神来之笔，终究存在巨大的漏洞，需要改进。"

"如果你是上帝，你将如何改进爱情这套生物软件呢？"

"可以把人类的爱情设计得就像某些忠贞不渝的动物那样，终生只痴恋一个配偶。 如果一方死亡，另一方要么殉情，要么孤老终生，从基因源头上就杜绝移情别恋这种可能性。"

"万能的上帝为什么没有把人类的爱情设计得如此完美呢？ 我相信这里面自有玄机。 据说，对爱情最专一的鸳鸯也经常移情别恋。"

"移情别恋的是男鸳鸯！ 女鸳鸯宁可孤绝而死都不会变心。"

"女鸳鸯非常伟大啊！"

"不，这恰恰证明了女鸳鸯的狭隘和偏执。 你知道为什么女人会成为性别歧视的对象吗？ 因为女人终生都在仰赖男人给的爱情，这种对感情的超强度依赖大大地限制了女人人生的深度与阔度，遭到鄙视很正常。"

"你是说，女人应该滥情吗？"

"恰恰相反，女人应该专情专意地爱自己。 当女人足够爱自己时，她才有能力爱男人，并使自己成为爱。 女人必须把自己活成爱，否则，女人将永远都是一条感情匮乏的空口袋，天天像乞丐一样坐在那里等待男人给自己施舍爱情。"

"我最烦的就是有人生而为人却不说人话，请问女人怎么把自己活成爱？"

"我最遗憾的是有人生而为人却听不懂人话。 活成爱就是让自己的生命绽放成一朵玫瑰花！"

与到处留情的肖君相比，病房里同样"被疯子"的那个住在走廊尽头的神秘女人要悲惨得多。 根据种种迹象判断，这女人大有来头：一般的单间病房都要住进六至八个患者，走廊尽头的那个单间却只住着这一个女人，窗户上则是双层的隔音装置。 如果说整个女封闭病区是个与外部隔绝的"罐子"，她的房间则是装在罐子里面的罐子。 那女人绝大部分时间都待在自己的专用病房里，不参与患者们的集体活动，有两个特护轮流二十四小时陪伴她，如同她的贴身丫鬟那样。 除了大夫，病区里没有人看到过她的真实面孔，她散步时脸上捂着个大口罩，还戴着深色墨镜，从未有须臾摘下来过，以至我冒昧揣测，她或许是个众所周知的大明星？ 可是，当她那装了隔音装置的房间里传出惊人的摔砸声时，病区里又有人隐约传说：她是某高干夫人。 她在走廊上踱步时安静得就像影子一样，然而，每过一段时间，她那密闭的房间里就会发生掩饰不住的"内部地震"，每一次"地震"都是以惊人的闷响开始，然后是撕心裂肺的哭号声，使医院如临大敌。 所幸每次的哭号声都不会持续太久，一针下去，她就会安静得像哑巴一样了。

据说她在那个单间病房里住了好几年，除了发出不成人腔的哭号与嘶叫声，她已基本丧失语言功能。 我感觉她的灵魂就像一间无人居住的老屋，正在慢慢地腐朽。 我对女博士感慨："在她身上发生了怎样的故事，她到底经历了什么呢？"女博士鄙夷地说："这世界上的痛苦总共也就那么几类，来到精神病院这么久了，难道你没有发现？ 想要痛苦得别出心裁，真不是那般容易。 痛苦的版本可能各不相同，总体上却大同小异，太阳底下确实很难找到新鲜事物，也无非是钱权名利情和怨恨恼怒烦，除了这点人所共知的鸟事，还能有啥子新鲜玩意？"

"别这么自命不凡好不好？ 你也长了一身俗肉。"

老先生再次带着鲜花来到病区时，我把一朵鲜红的玫瑰插在了那个神秘女人的窗户上，希望她能够感觉到人间的些微暖意。 女博士看我这么做，冷冷地说："你以为这朵玫瑰能拯救她？"

"玫瑰如果救不了她，你的学问照样不好使！"

"她需要的可能恰恰是学问！ 你知道痛苦的终极根源是什么吗？ 智慧不够。"

"你那么有智慧，怎么也会痛苦呢？"

"你哪只眼睛看到我痛苦了，请问？"

"不痛苦你会住到这个鬼地方来？"

女博士慷慨激昂地说："我为众生而痛苦，我为地球而痛苦。"

"对宇宙而言，人类的存在如同蚂蚁一般，别自作多情了。 你以为你是耶稣？"

女博士听了我的话，像一头驴子那样在病区走廊上痛苦地踱起步来。 在病区走廊上踱步是封闭病房里的独特风景。 患者的最大活动天地就是这道不足百米的室内走廊。 我常常看到，患者们不停地从走廊这头踱至那头，有的患者甚至会连续数小时不停歇地穿梭往返，如同笼子里团团打转的困兽。 与踱步者同样执着的还有个绰号"抹布女"的洁癖患者，她手里永远拿着一块抹布，不厌其烦地蹲在走廊上擦地，她不允许走道上有半个脚印留下。 似乎只要看到有脚印出现，她就会活不下去，那脚印仿佛直接踩踏在她的眼球和心脏上。　病房走廊上铺着洁白的地板砖，每天有护士专门打理，通常都不可能有脚印留下，然而抹布女愣是能看到不存在的脚印存在，就像福尔摩斯在案发现场发现作案者留下的蛛丝马迹那样。　于是，走廊上就会出现这样的景观：只要踱步者踱步不停，抹布女就会擦拭不止，双方仿佛在默不作声地暗自较劲儿。　作为旁观者，我就会联想到磨道里蒙着眼睛的驴子。　交战双方默无声息且面无表情，陀螺一般转得我头晕眼花，许多时候我忍不住想大声狂叫：统统给我停下来，否则立即拉出去枪毙！

　　当然，我从来没敢放任自己叫出来过，而是在忍无可忍的时候强迫自己加入其中，让自己也变成一头磨道里的驴子，比交战双方都更加倔强和执着，我由此证明了一个潜在真理：只有深入其内，才能穿越其外。

第2章

报复
被抛弃
命运
的总统夫人

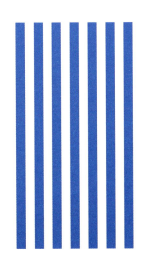

人**本**，地**不**事地
病**大**是切**并**事切地
神最就**真**到**的**切
精的**事**能**真**的真
看**存在**真
物存在……

1

跟我同病房的一个名叫小静的姑娘害怕蜘蛛，每次上床睡觉前都要反复抖搂床单，搜暗藏的蜘蛛，半夜醒来，她还要把枕套翻过来，一寸一寸地搜索，确认没有蜘蛛特务暗藏在里面才敢重新入睡。尽管这般严防死守，还是会有胆大包天的蜘蛛半夜潜进她的梦里，把她吓得哇哇大叫着从床上跳起来。小静的"蜘蛛恐惧症"令医生大伤脑筋。看得见的蜘蛛尚且好办，麻烦的是梦里的蜘蛛。没有任何办法可以阻止蜘蛛钻进梦里，医生不可能给梦扎上围栏。"梦"是上帝为被禁锢的灵魂专门开设的放风场所。因为害怕蜘蛛钻进无孔不入的梦中啮咬自己，小静只好整夜醒着不睡觉，可是，不睡觉带来的麻烦比梦还要可怕，她会在光天化日之下，清楚地看到并不存在的蜘蛛满天飞舞。我发现，精神病人的最大本事就是，能真切地看到并不存在的事物真切地存在，比如鬼、神、上帝、死去的外祖母，还有未曾出生的小妹妹。查房的时候，医生引导小静道："你明知道梦是假的，为什么还要害怕呢？"

小静答："谁说梦是假的？我是真的做了梦。"

"做梦是真的，梦本身是假的，梦里的蜘蛛当然也是假的。"

"假蜘蛛咋会追着咬我呢？"

"它咬你也是假的！　你看看，伤在哪里？　它当真咬过你，就会有伤痕留下。"

于是，小静掀起衣服，露出了肚皮上一个核桃大的伤疤。　这个好几年以前的旧伤疤，成了假蜘蛛作案的真凭证，这些个真假混杂的现实与梦境，令医生焦头烂额，只得让心理医师协助治疗。　在精神病院里，精神科医生和心理科医生泾渭分明。　精神科的医生只管对症下药，把药拿来，就等于牵走了耍猴人的猴子。　心理科的医生则需要循循善诱，根据蛛丝马迹的线索，来艰苦卓绝地探察病人灵魂深处比量子纠缠还要幽微复杂的无形之发生，而且收费昂贵，以分钟计价，每次治疗五十分钟，收费在数百甚至千元以上，治疗十次八次都不会有明显效果。　很多患者家属认为，心理治疗不划算，还是服药更实惠。

小静很幸运，遇到了不收费的心理治疗师，是个刚走出校门的小伙子，来病房实习的。　说是心理治疗，因为不收费，又是实习的性质，不是那般正规，就在病房过道里找个相对安静的角落就地进行，没有任何私密性可言。　每周两次，实习医师小秦都会拿着一本蜘蛛画册，强迫小静观看和辨认。　刚开始小静把眼睛捂上，死活不肯看到那丑陋的爬行动物。　实习医师采取循序渐进的疗法，先是在她的耳边每天若干次重复"蜘蛛"两个字，让她从听觉上耳熟能详，进而习以为常，然后拿了描写蜘蛛的文章强迫她读，直到她能滚瓜烂熟地背出："这世界上的蜘蛛有四万多种——"心理医师的目的很明确：先让她对蜘蛛脱敏，然后爱上那丑陋而又狰狞的爬行动物。　好长一段时间过去，小静只要听到蜘蛛二字还是会神经性地痉挛，实习医师有些不耐烦地对她说："凡是你没有亲手触摸到的事物，都是不存在的。　比如梦中的蜘蛛。"

小静问实习医师："你触摸过你祖爷爷的手吗？"

实习医师道："他死的时候我还没有出生呢。"

小静问："那他存在不存在？"

实习医师气得差点晕倒，马上结束了对小静的免费心理治疗。见此情景，女博士低声对我说："可以给小静植梦。梦是可以创造，也可以植入的，想让她做什么梦，她就能做什么梦，比如，让蝴蝶飞进她的梦里，蜘蛛自然就会消失。"

"怎么让蝴蝶飞进她的梦里呢？"我认真地问。

"电影《盗梦空间》可以详细告诉你。"

"如果连梦都可以被控制，人与机器还有什么区别呢？"

"你以为你的梦不受控制？在你生来的时候，你就携带着一个记忆库，也就是灵魂 DNA，就像一个无形的生物软件，在这个软件上，保存着你累生累世的灵魂数据，你的整个思维模式都在不自觉地接受它的牵引。你以为你在自主选择自己的人生，实则却是一架被基因密码暗中操控的无人机，这世界上的绝大部分人都是无人机。无人机，晓得吗？"

我沉默着走开了，心想，如果人当真就是一架被灵魂基因操控的无人机，活着还有什么意思？怎么才能摆脱这种暗箱操控呢？

比起另外两个恐惧症患者，小静还不算特别麻烦，那边有两个人分别害怕纽扣和肚脐眼，这就不好办了，谁的衣服上没有纽扣，谁身上没有长着个不大不小的肚脐眼呢？我倒是很喜欢那个名叫陈丰的"肚脐眼恐惧症"患者，她每晚钻进床下睡觉，白天也总是尽可能地把自己瑟缩在角落，似乎在极力抹杀自己的存在。有一天，当我被病房的拥挤和吵嚷折磨到忍无可忍时，灵机一动，学着陈丰的样子，俯身钻进了床下。我先用卫生纸一层层地铺满在地上，再把垂在床沿边的白床单拉下来，把床下的空间遮蔽得严严实实，就为自己创建出了一方私密世界。一个人躲在自己的世界里真是惬意啊，仿佛置身于朝思暮想的浴缸热流之中，此后，每当我烦不胜烦或极度渴望浴缸之时，就会趁人不注意，悄悄钻进床下隐遁起来。

"你钻进床下是什么感觉？"我问陈丰。

"就像是钻进了肚脐眼儿里。"陈丰答。

"谁的肚脐眼？"

"妈妈的。"

"你妈妈在哪里？"

"肚脐眼里。"

"谁的肚脐眼？"

"我家玉米地的肚脐眼，四方形的黑色木头盒子。"

　　原来她说的是棺材。 在她很小，还不明白什么是死亡的时候，她妈妈就睡进棺材里被埋进了坟墓，那个坟墓，就是她家玉米地的肚脐眼。 她亲眼看着妈妈钻进肚脐眼里再也没有出来过，于是，顽固地想要钻进肚脐眼里去寻找妈妈。 我想起了刚进来时，大夫对我进行的一次测试：他拿出一沓子图片给我看，让我迅速说出自己的直觉解读，他给出的一张图片我至今还记得，在平坦的、长满了绿色庄稼苗的田地里，隆起了一个孤零零的土堆，搭眼一瞅就是坟墓，但是，我给出的解读是"大地的肚脐眼儿"。 大夫愣怔片刻，又拿出一张图片，上面用文字注明了是火葬场的高烟囱，他又问我看到了什么，我连十分之一秒钟都不曾犹豫，十分笃定地回答："是上帝在抽烟。"医生很遗憾地叹了口气，很可能在他看来，我的脑袋已错乱到不可救药，需要下狠药治疗。

　　他不知道，多年以前，我住在三十二层的公寓顶楼，每当我感觉极度无聊的时候，就会爬到楼顶的露台上，借助望远镜去看上帝抽烟。 那时候城里的火葬场用的还是旧设备，火葬场位于远离城区的市郊，那个高高的烟囱里冒出来的青烟无遮无挡，老远都能看到，站在三十二层的楼顶露台上看，更是触目惊心。 每一次看着那个烟囱，我都会想到两句诗：大漠孤烟直，长河落日圆。 在我的印象里，那个烟囱几乎没有停止过冒烟。 我晓得，那被烧掉的，都是这个城里的人，于是，每天走在大街上的时候我就会想，不知道这些人当中，有哪些即将变成上帝的香烟，上帝一刻不停地在抽烟，人简直就是上帝种植在地球上的烟草，他自己种、自己抽，想抽哪一支，就抽哪一支。 想到自己也终将成为上帝手中的一支雪茄烟，也许可能就在明天，我就感觉万事皆空。 把我从空茫中拯救出来的，就是"大地的肚脐眼"。 肚脐眼是什么？ 联结母亲与婴儿的生命管道。 当我把地里隆起的坟墓看成是大地的肚脐眼时，才感觉死亡没有那么可怕，而是像地里的庄稼一样生生不息和绵延不绝。 那一刻，当我听到陈丰把妈妈的坟头解读为肚脐眼时，有一种难得被认同的欣慰。

陈丰问我："你钻进床下是什么感觉？"

我不假思索地回答："就像钻进浴缸里。"

每次查房时，医生只要发现"肚脐眼"不见踪影，就会强行把她从床下硬拖出来。 肚脐眼很顽固，照医生的话说是病得很严重，医生只要转身离开，她马上就会再次钻进床下去。 有一次，我和肚脐眼不小心同时被医生发现躲在床下，我的主治大夫语重心长地对我说："你怎么能跟她学呢？ 她是个拒绝出生的胎儿，执迷不悟地要回到妈妈的子宫里去，你是念过研究生的钢琴师啊，怎么能让自己蜕化成胎儿呢？"我相信，想要逃回子宫的人并非只有我和肚脐眼两个人，隔壁病房的害羞症姑娘也迫切地想要回归妈妈的子宫。

"害羞症"是我私下里的非专业命名，这姑娘的病症很奇特，刚开始是害怕别人看到自己，后来发展到害怕自己看到自己。 她最恐惧的东西是镜子，无所不在的镜子、铺天盖地的媒体以及处心积虑的广告商们联手合作，众志成城地使她坚信：她的头发需要漂染，眉毛需要再植，眼皮需要开刀割成双层，眼线需要电纹，鼻梁需要垫高，下巴需要截短，脖子需要拉长，面颊需要做瘦脸手术并开挖酒窝，嘴唇需纹线和漂红，胸部需要丰乳，小腹和大腿需要抽脂，肚脐需要做成美丽的形状，小腿需要植入钢管增高，脚踝需重新塑型，简单地说，她需要重新投胎。 未住进精神病院以前，她穿梭在大大小小的美容医院里，在自己的身体上玩了无数花样，单是鼻梁就反复折腾过好多回，最终，那个久经沙场的鼻梁像地震灾区的高楼，岌岌乎危若累卵，她的脸部已经如同百变神妖一般不堪再塑，那原本的底版被篡改得面目全非，父母感觉她已变成彻头彻尾的陌生人，亲朋好友打量她的目光亦愈来愈陌生，她只好把自己也变成自己的陌生人，从而以陌生抵制陌生。 她换过几任男友，皆因她不断改变形象，令对方倍感陌生弃她而去，到后来，连她自己也感觉自己是个陌生人：她确定无疑地相信，她肯定不是她自己。

　　她认定，美容医师在反反复复的手术中把她给搞丢了，就像是一个人被弄丢了影子一样。 一个人难道可以不是自己吗？ 这太可怕了，她决心寻回自己。 她相信，国内的美容师水准太臭，她要飞去韩国，找到最权威的美容医师重新打造自己。 当然，前提条件是，囊中必须具备足够数额的钞票，这是她孤注一掷的最后举措，如果不能成功弄到所需钞票，除了死她已别无选择。 上帝慈悲，她发现自己的身体里还有个天然的赚钱资源未曾开发利用，就是子宫。 她准备采用代孕的途径来谋取这笔韩国再生之行的费用，一劳永逸地解决"我是谁"的问题。 就在她积极筹划着代孕事宜，距离成功只有半步之遥时，父母强行把她送到精神病院，其直接诱因是：她整天在脑袋上顶着一条床单状的大面纱，连去厕所都不愿摘下来。

2

　　病房里有两个人罹患"神经性厌食症"，其中一个确实肥胖，在减肥过程中物极必反地患上了厌食症，她只要吃进些许食物，就会把手指伸进喉咙里迫使自己再呕吐出来，于是她每天的生活就简化成了两件事：吃了呕，呕了再吃。　另一位跟她完全不同，倒是丝毫都不害怕肥胖，怕的是"毒"。"有毒！"这是她的口头禅之一。　油条里有地沟油的毒，馒头里有增白剂的毒，猪肉里有瘦肉精的毒，鱼身上有避孕药的毒。　因为感觉到处都有毒，她吃东西挑剔到刁钻之程度，已经差不多把自己饿到奄奄一息了。　她的第二句口头禅是"同归于尽"。　她常常半晌半晌木偶般地呆坐着，如果有谁靠近，她就会像突然睡醒过来那样没头没脑地撂出一句：同归于尽！

　　"同归于尽"这四个字每天在她的嘴里重复无数遍，听得人抓狂，恨不得一把将她掐死。　护士对她喊：开饭了！　她回答："同归于尽！"护士讲：该服药了。　她依旧回答："同归于尽！"哪怕喝口白开水她也要咕噜一句："同归于尽！"好像喝进肚子里的不是水而是砒霜。　同归于尽！　同归于尽！平常听惯了，倒也没觉得特别难忍，但是那天，我的情绪糟糕到极点，突然对她的口头禅忍无可忍，劈头盖脸地冲她嚷道："没有人跟你同归于尽！　你自己去死吧！　死吧！　死吧——！"

　　三声啸叫过后，病房里突然寂静了，如同漆黑的棺材一般。　我死死地闭上眼睛，让自己尽可能平静地挨过那漆黑如墓的瞬间。　我终于号叫了出来！号叫出来才晓得，我早就想要大声号叫了，无数次啊无数次，那声啸号从喉咙里涌上来，我把它镇压下去。　事实证明，哪里有压迫，哪里就有反抗，那声啸号如同来自困于铁笼之中的野兽，回响在整个病区，缭绕不绝且挥之不去。　好不快哉！　病房里所有的人都在望着我，永远不苟言笑的"同归于尽"突然对着我笑了，然后，诡谲而又阴险地再次对着我的耳根悄声低语："你逃不脱，大家都要同归于尽！"我晓得，不应当与疯子争吵，然而此刻我已无所顾忌，冲口喊道："不，我不要同归于尽，我要好好活着，你去跟魔鬼同归于尽吧！"直到被关进输液室拿约束带捆绑在床上，还能听到她直着嗓子号叫：同归于尽——同归于尽！　听着她的号叫，我的精神在瞬间还是垮塌了下来。　我承认，她可能道出了一个无可回避的事实，除非逆流而上，否则在劫难逃！ 当时代的列车已经用速度替代方向的时候，回到源头可能是唯一的出路，可是，源头在哪里呢？ 想到这里，我突然猛烈地咳嗽起来，一个病人走到我面前，惊恐地说："可能是食管癌！"我抬起头来，死死地望着她，咬牙切齿地说："不是食管癌，是时代癌！"

这个女人倒是既不怕肥，亦不怕毒，单只怕"癌"。 通常人们都是谈癌色变，她是不谈癌就色变。 如果听到有人咳嗽一声，她就会说"可能是肺癌"；若是干呕，可能是胃癌；脸色发黄，可能是肝癌。 她的灵魂里心想事成地生出了"精神癌"。 医生不厌其烦地告诉她，癌细胞不会无缘无故地滋生出来，让她放心大胆地吃饭睡觉过日子。 不过，这对她的"恐癌症"没有半丝帮助，哪怕脸上被蚊子叮出个小小的包，她也会相信那是恶性肿瘤生发的先兆，她捂着脸上的包要求大夫对她的面部进行核磁共振检测时，大夫丢给她一把蚊子拍，让她去消灭病房里的蚊子。 她绝望地举着那柄烂了两只角的塑料蚊拍，痛苦不堪地控诉医生：瞅瞅，我一个患了绝症的病人，他还让我打蚊子！ 还有半点人道没有了！ 啊？ 说着话，她举起那只劣质蚊拍，"啪"地朝墙壁扇去，一只蚊子即刻血肉模糊地粘在墙壁上不再动弹了。 她指着那一小摊鲜红的血迹问医生："就是它吗？"医生像成功治愈了垂死的病人那样回答："对，它就是癌细胞！ 癌细胞已被你成功消灭，你可以放心大胆活下去了。"

医生这样回答，在专业上叫"顺势疗法"。 天可怜见，做个精神科大夫必须如此地煞费苦心和随机应变，智商若是不够高，实在难以应付狡猾多端的疯子们。 那个医生还没有来得及因一次成功治疗而流露出微笑，女病人随即发现，自己的脚后跟上不知何时隆起了一个更大的包。 当她又缠着医生要求对她的脚后跟进行核磁共振检测时，医生没有吩咐她打蚊子，而是给她增加了几粒淡白色药片，用于剿杀她那盛夏的蚊蚋般猖獗的癌病臆想。

病房里的蚊子特别猖獗，把人体当免费的面包和可乐恣意享用。 我闲着没事时，就拿蚊拍打蚊子，被打死的蚊子血肉模糊地横尸在雪白的墙壁上，我感觉特别有成就感，我给每只被打死的蚊子都取了名字。 正当我打得乐此不疲时，女博士突然出现，阴阳怪气地问："你也感到恐惧吧？"

"什么意思？"

"她们害怕蜘蛛，害怕病毒，害怕癌细胞，说到底都是恐惧症。 人人都生活在恐惧中，你没有恐惧会以蚊子为敌？ 你的恐惧是什么？"

"我为什么要告诉你？"

"我可以帮你打败恐惧，把你的恐惧像蚊子一样拍死在墙上。"

"然后呢？"

"你就可以无忧无虑地活在这个危机四伏的世界上了。"

我很认真地说："我的恐惧很深，恐怕你无能为力。"

"不，所有的恐惧都像蚊子一样脆弱，你只要告诉我，我就能把它拍死！"

"别的呢，我倒是都不恐惧，在这个世界上，我唯独只恐惧一件事情。"

"什么？"

"死。"我很认真地说。

女博士望着墙壁，缄口不语。 我故意激将："拍啊你！ 请你把死亡像蚊子一样拍死在墙上吧！ 我是真的害怕死亡。"我说的是实话。 自从我目睹我二十二岁的婆家弟媳和二十三岁的婆家小姑突然死亡以后，死亡的恐惧一刻都不曾远离过我，我无时无刻不看到死神的狞笑。

"我不能拍。"

"为什么？"

"你所恐惧的东西根本不存在，我怎么能把不存在的东西拍死呢？"

"你是说死亡根本就不存在？"

"死亡存在的时候，你不在；你存在的时候，死亡不在。 你和死亡永远不可能迎面相遇，你永远不可能听到你自己的死亡讯息，所以，你不会死。"

"你没有死过，怎么知道死者不知道自己死了呢？ 我听说，在死亡来临的那一刻，灵魂从身体里面脱窍而出，如同轻烟一样袅袅升起，可以在半空中清楚地看到亲人们悲伤的哭泣。"

"这足以证明，死亡根本不存在，不然，是谁在目睹亲人们悲伤的哭泣呢？"

"能目睹到亲人在哭泣，那恰好说明，死亡确实存在，不然，亲人们为什么要哭泣呢？"

"既然能看到亲人的哭泣，就证明了死者依然存在。"

我被绕晕了，正在不知所措时，忽然看到头顶面纱的害羞症女孩走了过来，于是急忙转身逃开了。 自从住进精神病院，"害羞症"女孩的状况倒是得到了某种程度的抑制。 病房里没有随处可见的镜子，这使她较少被强迫暗示，不过，对她而言，"眼睛"是更加可怕的镜子。 玻璃镜子好歹不会嘲笑她，"眼睛镜子"把嘲笑和讥讽清晰映现出来，只要被谁多看一眼，她就会如遭弹击。 在病房这样狭小拥挤的集体场所，不和别人的眼睛遭遇几无可能，于是，她绝大部分时间都要蒙着那块她从外面带进来、令其父母忧心如焚的黄面纱，像阿拉伯女人那样，把自己严严实实地遮掩起来，从而创造性地给自己开辟了面纱掩盖之下的私密空间。 住在精神病院的封闭病房里就是这点最无奈：没有半寸私人空间，二十四小时暴露在眼睛们的疯狂注视之下，哪怕夜里睡着了，也要被摄像头监控着，这种排斥个人私密空间的集体生活对我而言比药物还要可怕。 看到女孩固执己见地把自己躲藏在面纱后面，我心里十分羡慕。

"现在，你相信了吧？"女博士问我。

"相信什么？"

"人是不会死的，只是转换了生命形式而已。　能量是守恒的。"

"这倒是真的。"

"你能保证自己下一世还能投生成人身吗？　如果让你选择，你下一世预备投生成什么？　我打算做一棵菩提树。"

"那你为什么要做树呢？"

"树无知无觉，没有痛苦。"

"也就是说，作为人，你深感痛苦啦？"

女博士嘴硬地说："为什么要排斥痛苦呢？　痛苦就像火焰，使灵魂淬火成钢。"

"既然如此，你下辈子为什么要选择做没有痛苦的树呢？"

"这么给你说吧，在生生世世的轮回中，你我什么都做过：做过树，做过动物，也做过人。　我选择做树是想让自己歇歇，然后，打起精神再做人。说实话，做人的确很累很痛苦，不过，你不觉得，做人很有意思吗？"女博士说完，朗诵道："伏请世尊为证明，五浊恶世誓先入。"

这时尊贵的总统夫人走过来说："都一样！"

我一愣，莫名其妙地问："什么都一样？"

总统夫人轻轻吐出来两个字："特迪。"

千真万确，"总统先生"，也就是那只名叫特迪的狗还活着。　据夫人亲口讲述：发现特迪失踪以后，她付了重金委托私人侦探帮忙，一定要活着见狗，死了见皮。　私人侦探发现，特迪走失后，被一个名叫刘伊秋的女人收养。　夫人心急火燎地找上门去，那女人死活不肯还狗，让她拿出证据来证明自己是特迪的主人。　狗脸上不曾写名字，狗身上也不曾植入芯片，她无可奈何。　失去特迪以后她感觉自己活着已毫无意义，既然失而复得，她岂肯轻易放弃？　从来不肯开口求人的她，找到做副市长的同学，要副市长帮她索狗。

副市长是她认识的最高官员，虽深感荒唐，却也不便使用行政手段粗暴地干预狗事，那个刘伊秋又软硬不吃。 最后，副市长想出了个折中的策略：像情敌决斗那样，命人把狗牵到广场上，两个女人分站两端，把狗放在与两个女人等距的中间位置，让两个女人同时唤它，它跟谁走，就归谁所有。 那一天广场上的围观者人山人海，记者们也闻风而动。 事关人狗至情，作为新闻，此等猛料不可多得。 事实上，特迪认出了夫人，甚至像以前那样，跑到她身边，伸出舌头温柔而又动情地舔了舔她的手。 夫人泣不成声，蹲下身子正要跟它热烈拥抱时，特迪转过身去，义无反顾地跟着那个女人走了。 她这才明白，特迪的亲热只是最后的告别，它早已心意别属。 自己竟被一只狗背叛和抛弃，这让她情何以堪啊！ 对她而言，被抛弃事件并非首度发生，在特迪以前，有五个男人抛弃过她。

"五个啊！ 可入吉尼斯纪录了。"总统夫人痛心疾首地伸出五个手指道，"我捧出自己的心倾情倾意地爱了五次，被抛弃了五次。 男人的名字就叫抛弃！"

正是被男人抛弃过五次以后，她爱上了特迪，从此与男人绝缘。"狗比男人好。 狗身上有浓密柔软的狗毛，那是上帝创造的天然毛毯。 你知道人们为什么爱狗吗？ 狗是热的！ 这个世界太寒冷了，上帝便创造了会跑的狗毛毯，让女人把它抱在怀里取暖。"夫人伸出舌头来，温情脉脉地舔了舔怀里抱的绒毛玩具狗，"寒冬腊月里，整个世界滴水成冰，你把狗搂在怀里，还会感到寒冷吗？ 每个女人都需要一条这样的毛毯来裹住自己的心。 谁能想得到呢？ 特迪也跟男人一个德行！ 奇耻大辱啊！"夫人慨叹。

特迪的抛弃行为终结了她被抛弃的命运，此后，她再也不准许自己被任何人抛弃了。 她打破诺言，花枝招展地又开始与男人交往，以闪电般的速度与一位很体面的男士约定了婚期，殚精竭虑地为自己安排了一个盛大到夸张的婚礼，还特意邀请副市长同学做主婚人。 当备受瞩目的婚礼进行至高潮时分，主婚人依照常规程序，礼节性地询问她是否愿意嫁给新郎时，她斩钉截铁地吐出了三个字："不愿意！"然后，从容不迫地走出婚礼殿堂，让新郎、主婚人和全体来宾瞠目结舌地愣怔在现场，直到她优雅的身影确凿无疑地消失在礼堂门外，人们才明白，大家伙集体被抛弃了。

就是抛弃。 这场婚礼的名字就叫作"抛弃"！ 她费尽心机地举行这场婚礼的目的就是为了抛弃。 她用她那花团锦簇般盛大到隆重的抛弃行为，为自己的被抛弃命运实施了最有力的反戈一击，之后，她几个月闭门不出。 当她再度出现的时候，依然身披婚纱、胸佩红花，像华丽的新娘那样，从一家豪华酒店出来，再走进另一家，温文尔雅地询问大堂经理："请问您见过我的新郎没有？"当别人询问谁是她的新郎时，她回答："总统先生。"于是，她得到了"总统夫人"的雅号。 哪怕住进精神病院的封闭病房，夫人还是痴心妄想地等待着自己的总统先生。

不过，她的等待注定了毫无结果的悲剧，那位新郎在婚礼结束以后就羞愤地结束了生命。 当她残忍地报复了无辜者以后，命运也对她实施了更加决绝的报复：得知新郎自杀的当天，她的精神崩溃了。

3

"你爱那位新郎官吗？"我问总统夫人。

"举行婚礼的时候还不爱。 得知他自杀的那一刻，我就爱上了他。"

"现在还爱吗？"

"没有一刻不爱！ 如果上帝能让他复活，我会两膝着地，跪倒在他面前，去亲吻他的双脚。"

"你所说的爱，只是愧疚而已，你没有力量饶恕自己。"

"我是个杀人犯，我有罪。"

"你的确有罪，所以，上帝让你出现在这里。 但是，他最终必须为他自己的行为和命运负全责。"

"在自己的婚礼上被公开抛弃，这样的羞辱你能承受？"

"施加羞辱是你的事情。是否接受羞辱，是他的事情。很遗憾，他选择了接受。如果他拒绝接受，不会有任何人可以羞辱到他，所以，他得为自己负全责。"

"无论如何，是我杀死了他。"

"他并没有死，只是变了一种生命的形式而已，死亡是不存在的。"说出这几句话来，我大吃一惊，我怎么变成了女博士的传声筒呢？

"没有死？那他在哪里？"

"他处处不在处处在，你所看到的一切都是他。"

夫人疑惑地盯着眼前的砖墙，问："这墙上的砖头就是他？"

"对。他死了以后，无论埋在哪里，最终都将化作泥土。砖头是什么做成的？难道不是泥土吗？"

她茫然地望着窗外的天空，看到正好有鸟飞过，于是道："这鸟也是他？"

"对呀。鸟吃的粮食是从哪里来的？土里长出来的！所以，鸟就是他。"

我压根儿不相信这些鬼话，只是在鹦鹉学舌地重复女博士的话而已。我无时无刻不在害怕死亡这个魔鬼，谁知道我内心巨大无边的恐惧呢？我盯着她的眼睛说道："只要我不抛弃自己，谁都别想抛弃我。我是我自己的主人。"

"不。你最终一定会被抛弃。你逃不过被抛弃的命运。"

"谁？你告诉我，谁能抛弃我？"

"你的身体终有一天要抛弃你的灵魂，独自死去，使你成为孤魂野鬼。"

　　实在说来，她道出的事实让我难以招架。　我的身体终将抛弃我，这是肯定的。　不过这同时佐证：我的身体不是我。　那么，"我"当真存在吗？　如果存在，"我"到底是什么？　是住在身体里的灵魂吗？　灵魂究竟是什么样子？　它是气体还是液体？　它有体积吗？　它有重量吗？　它离开身体以后还存在吗？　如果存在，它以什么方式存在呢？　它有知觉吗？　离开身体以后，它又将栖息于何处？　它会感到孤单和恐惧吗？　它会再来这个世界吗？　以什么方式来？　我不敢再让思维肆无忌惮地奔逸下去了。

诊断证明书
副联

姓名 <u>黄蘑菇</u>
性别 <u>女</u> 年龄 <u>29</u> 岁
门诊号 <u>159754</u>
住院号 <u>11069</u>
诊断 <u>害羞症</u>

医师 _____
日期 ____年 ____月 ____日

精神卫生中心
诊断证明书

门诊号 <u>159754</u>
住院号 <u>11069</u>

姓名 <u>黄蘑菇</u> 性别 <u>女</u> 年龄 <u>29</u> 岁，经本院检查诊断为：

害羞症

症状表现：

　　头上总是顶着一个床单状的大面纱。害怕别人看到自己，害怕自己看到自己。恐惧镜子，害怕相机，认为人被相机瞄准一次，人就死一回，镜头里的图像就是"灵魂尸体"。

日期 <u>2023</u> 年 <u>3</u> 月 <u>17</u> 日

医师 _____

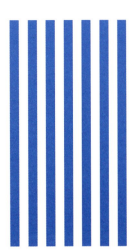

第3章

害羞症
女孩的
致命面纱

047

希一那完
实有那最最
人，你进
，豹一次
其你对和
能男决的
个像攻
你猎样。
望成坚
决
彻底攻。

1

我有点嫉妒害羞症女孩拥有的面纱。 那面纱妙不可言：她躲在里面能看得到别人，别人却看不到她。 面纱是由她自己特制而成，又宽又大，能够自上而下像麻袋一样遮住她的大半个身子，她站在你面前，你也只能看到她的小腿和两只脚，她在病房里走起路来如同一只巨大的蘑菇在无声地移动。 那块巨幅面纱呈粉黄色，她便被大家唤作"黄蘑菇"。 她除了害怕镜子，还害怕相机和类若相机的所有玩意儿，尤其是手机。 她把手机叫"手枪"，把所有被拍摄下的图像都视作"鬼魂"。 据她解释，被相机瞄准一次，人就死了一回，那咔嚓的快门声恰如扣动手枪扳机的声音，"咔嚓"，子弹出膛，被拍摄者应声而亡，那被摄取在镜头里的图像就是横陈的"灵魂尸体"。 可以肯定，任何人都不可能再回到照片里被定格的瞬间了，照片的存在印证了一个事实：瞬间即是永恒，永恒即是瞬间。 黄蘑菇不想躺枪，便只能面纱裹身。但是，"眼睛武器"却躲不开。 对她而言，人的"眼睛"比任何最尖端的武器都更可怕，人的"眼睛相机"不仅摄取人的魂魄，还会吞噬和毒化人的灵魂，如同眼镜蛇的毒腺。 每当被某人的眼睛猎获时，她就会发出骇人的惊叫声，面纱成为她须臾不可或缺的庇护伞。

"难道你从没有面对别人扯下面纱的时候吗？"我问她。

"有。　前提条件是，对方处于全盲状态。"

住进精神病院以前，她最喜欢去的地方是盲人按摩所，面对双目失明者，她可以放心大胆地除掉面纱，与他们毫无顾忌地当面交谈。"哪怕近在咫尺，彼此能够感觉到对方的呼吸，他们也看不到我。　即使双手触摸到我的肌肤上，他们也对我视而不见！　我喜欢这些没有眼睛的人。　为了躲开眼睛的枪口，天晓得我花费了多少心机！　到处都是眼睛啊，有人的地方就有眼枪。　既能与人当面交流，又能避开眼枪的扫射，这几乎不可能，直到我无意之间走进盲人按摩所。　那个没有眼枪的地方对我而言就是天堂。"

提到盲人按摩所，黄蘑菇会滔滔不绝，还会忍不住笑出声来："哈哈，世界上居然有这么有趣的地方！　感到抓狂时，我就去做按摩。　按摩，并非我身体的需要，我真正需要的是与人近距离接触。　不，是零距离接触。　接触是什么？　就是亲近啊！　哪怕说上一火车话，都不如拿手指尖碰触一下你的头发梢。　你晓得，为了躲避眼睛，我总是想方设法与人隔绝开来，这种隔绝让我加倍渴望与人亲近。　亲近？　晓得啦？　我渴望亲近。　非常非常渴望。"

"你说的亲近是什么意思？"

"我从我妈的眼睛里看到的也尽是冷漠，叫人不寒而栗。　你拉过你妈的手吗？"

我很遗憾地如实回答："几乎没有。"

"你是从你妈的肚子里爬出来的，为什么你连你妈的手都没拉过呢？"

我望着她，无言以对，她提出的是一个相当致命的问题。　她又问："那你跟谁最亲近？　我是说身体的亲近。　谁？　是你丈夫吗？"

我尴尬地摇摇头，感觉更加无言以对，竟然像女博士一样，在心里下意识地背诵起诗来："至近至远东西，至深至浅清溪。　至高至明日月，至亲至疏夫妻。"黄蘑菇继续问："你难道从来都不亲近任何人吗？"

"不。　只要回到家里，我就会跟我的猫和狗黏在一起，能不分开就不分开。"

黄蘑菇哈哈大笑起来，突然问："你知道为什么街上的宠物店越来越多吗？因为人类已经丧失了跟同类亲近的能力。"

"你为什么偏偏喜欢盲人呢？"

"盲人关闭眼睛，用两只手直接跟人亲近，这太奇妙了！上帝没有给手指设计眼睛和嘴巴，手指却会说出世界上最动听的语言，还会在人的身体上无声地吟诗唱歌！只有在那个黑暗的世界里，我才会真正开心。"

对黄蘑菇而言，暴露出面孔比私处走光还要可怕，脸才是她真正的"私处"，是她的灵魂写真图。除去面纱，无异于灵魂当众全裸。然而，就像最深藏不露的隐身者渴望现身、洁癖患者嗜洁如命一样，她又无时无刻不渴望能无所顾忌地摘掉面纱，仿若赤身裸体直接跳进湖泊里尽兴畅游。既摘掉面纱，同时又不暴露自己，还能旁若无人地畅享与同类零距离亲近的酣畅，除了面对盲人，还有更好的办法吗？

"你知道按摩是什么吗？让身体与身体直接对话。"黄蘑菇说。

"看来动物们不会使用语言并非缺憾。"我道。

"语言是沟通的最大障碍。"

"这么说，眼睛也是障碍了？"

"当然。盲人用手指推拿我的身体时，我的身体就会像凤凰琴一样，唱起如泣如诉的歌曲来。按摩就是，让害羞的灵魂在黑暗中尽情尽兴地跳舞和歌唱。"

"你特别喜欢黑暗。"

"灵魂是害羞的，像雪白的鸽子，它躲在身体里，谁都看不到它。你不觉得黑暗很有意思吗？美国有一种专门的暗餐店，里面一团漆黑，前去就餐的人从点餐到用餐和结账，始终不见一丝亮光。两个人坐在对面吃饭，谁都看不到谁，有趣吧？"

"的确很别致。　能看到不是更好吗？"

"不，眼睛会制造打扰，眼睛还会非常严重地误导。　灵魂在黑暗中才会无拘无束地完美呈现，像吉卜赛女郎那样狂野不羁。　灵魂是什么？　光啊！没有黑暗做背景，光怎么可能闪耀呢？"

黄蘑菇的话使我想到了几句古语：五色令人目盲，五音令人耳聋，驰骋田猎使人心发狂。　这姑娘是真的喜欢黑暗，她后来甚至跟一个盲人小伙谈起了恋爱，死活要嫁给盲人。

"谈恋爱的时候你也戴着面纱吗？"我故意问她。

"跟盲人谈恋爱是天底下最称心如意的事情。　谁都难以想象那种妙趣。盲人全靠想象活着，他愈爱你，就把你想象得愈美，这种想象永远不会破灭。　面对那双比黑夜还要黑暗的眼睛，你不再害怕时间。　时间制造的衰老是女人终生的死敌，女人不知道要耗费多少心血与时间殊死搏斗。　面对盲人，你却可以一劳永逸地立于不败之地，你成了暗夜里永不凋谢的玫瑰，到八十岁还会在爱人的心里昂然怒放。"姑娘说到这里，哈哈大笑起来。"你相信吗？　女人只有在盲人的世界里才能彻底解放，获得大自在，否则，活到死累到死，到八十岁还想对自己千刀万剐、脱胎换骨，为什么？　老死以后躺进棺材里还想做大美女。　美给谁看？　男人！　女人的每一个细胞都恨不得变成鲜红的嘴巴对着男人呼唤：爱我吧！　女人终生为美所累，变作鬼都不得解脱。"

"你其实很美，我看到过你的脸！"我说的是实话。

"那又怎样？　女人的美就像皮夹子里的钱，终归要被时间偷光，变成身无分文的穷光蛋！"

"你比谁都在意美，就像有钱人怕贼惦记一样，你害怕时间偷去你的美。　你不是害羞症，你是恐老症。　你怕老甚于怕死！　你是脸的奴隶，标准地道的脸奴！"

"不，全世界女人都是脸奴，唯独我不是，我用面纱把时间遮挡住，时间就不能再掳掠我了。 时间是最大的贼。"

我故意道："时间那偷儿有特异功能，隔着面纱也能偷你，这是注定的，你一定会被偷光，由大美女变成老太婆，如果你活得足够长的话。"

"不怕，时间那贼能偷去挂在脸上的，偷不去藏在心里的。 再说了，就算被偷成穷光蛋，又有什么可怕？ 盲人的眼睛不吃饭。"

"盲人的眼睛不吃饭？ 好玩儿！ 那，谁的眼睛会吃饭呢？"我故意逗她。 我感觉，每个疯子都是哲学家，与疯子聊天其乐无穷。

"眼睛比嘴巴贪吃。 嘴巴最多吃满一只胃，眼睛却是两个无底洞，吃多少都不够，女人再怎么千刀万剐地折腾，都喂不饱男人的两只眼。"

"你的眼睛吃饭吗？"我问。

"男人的眼睛女人的心，都是吃不饱的贼天坑，女人脸穷心里就饿，拿什么都喂不饱。"

我反驳道："女人脸富心里才饿呢！ 把上天给女人的那点皮相财富悉数挂到脸上，男人顺手摘去，根本不可能再往你心里撩，女人二十五岁就开始变老，花期比玫瑰还短。"

"心吃得深而宽，眼吃得窄又浅，眼比心挑食难待候，总在寻吃的，饿死鬼一样；心有的吃，到处都是现成的资粮，掐着尖儿都吃不完。 再说了，女人为什么要拿自己的美喂给男人吃呢？ 除了取悦男人，女人在这个世界上就找不到别的事情好做了？"

"还真让你说着了。 对绝大部分女人来说，男人就是她终生为之奋斗的事业。 生命不息，奋斗不止！ 对于男人而言，女人至多不过是床上用品而已。"

我不无恶毒地对她说："我家楼下就有一个女人嫁给了盲人按摩师，不过，那女人依然每天变着法子打扮自己，她比她的盲人丈夫年长十二岁，她丈夫年轻英俊。"

2

　　此后好多天，黄蘑菇都躲着我，好像在生我的气。 她越躲，我对她的窥探欲越强烈。 见我着了魔般地跟踪黄蘑菇，女博士就像是我肚子里的蛔虫一样，恶毒地冲我说："谁看到她那张脸谁遭殃！"

　　"那你肯定看到过啦？"

　　"当然。 遮盖是最明目张胆的勾引！"

　　"她其实很美。"

　　"那不是美。"女博士说得斩钉截铁，"不是美。 是性感。"

　　我惊叫："性感？！"

　　"她那种性感比美大两万倍！ 如果她不披上面纱，男人就会在劫难逃！"

　　"不知她自己对此是否有意识。"

　　"她可能隐约地意识到了，自己是男人的灾星。"

　　黄蘑菇的主治医生是男性，只是不知道，这位医生是否看到过她的脸。如果她能如其所愿地嫁给盲人，也算是对男人们积德行善了，不幸的是，黄蘑菇的父母死都不允许她嫁给盲人，和盲小伙分手以后，黄蘑菇自己魔怔了。

　　"那小伙子后来怎么样？"我问黄蘑菇。

　　"他娶了个盲姑娘。"

　　"都怪你父母！"

　　"不。 是他放弃了我，我直到最后都在坚持。 在他婚礼前夕，我去逼问他，到底我哪一点比不上盲姑娘！ 我就是不甘心输给一个盲女孩。"

"小伙子怎么回答？"

"他对我说：'我想摘掉墨镜。死都想！想死了！我每一秒都想把这副压在鼻梁上的墨镜攥在手捏烂揉碎，用牙齿把它嚼成碎渣，吞进肚子里吃掉！'"

"这是小伙子的原话？"

"他就是这么说的，沤烂我都忘不掉。"

"他随时随地都可以摘掉墨镜嘛。"我嘴上这么说着，心里明白：面对一双明亮的眼睛，要摘掉那副用于庇护尊严的墨镜，需要千钧之力。

"听他说出这话以后，我才猛然意识到，和我相恋期间，他没有一次当着我的面摘掉过墨镜，他害怕我看到墨镜后面那两个丑陋的黑洞。"

"就像你害怕男人看到你必将衰老的那张脸。"

黄蘑菇像个受难者般问我："你知道什么是爱情吗？所谓爱情就是，你袒出你那发炎淌脓的烂疮疤，我袒出我那难以启齿的恶隐疾，你不笑话我，我也不嫌弃你。"

我接过她的话说："然后让烂疮疤与恶隐疾相濡以沫、相互疗愈。但是，需要拿出怎样的豪勇，才能向所爱者呈出自己那爬满虱子的灵魂与肉体呢？"

3

病人们日夜厮磨，难免龃龉，患有偷窃癖的吴芳乐此不疲地在病房里连续行窃，弄得病房里鸡犬不宁。吴芳作案的时间多在深夜，夜间是病房最为安静的时候，在药物的作用下，患者们个个都被深度致眠，吴芳却是个特例，镇静药对她几乎不起作用。生命的个体差异性在精神病患者身上彰显得淋漓尽致，无论从生理机能还是灵魂层面而论，总会有一些人旁逸斜出于群体之外。 比如吴芳，一到夜里，她就会如同注了鸡血般双目炯炯，伺机而动。 许多患者都有自己特别心爱的器重之物，要么是纪念品，要么是信物或吉祥宝贝：一张小照，甚或是一缕头发，都可能成为患者的"护身符"。 这些东西在别人眼里分文不值，对患者本人却是性命攸关。 有名患者脖子上挂着一只拇指般大的小葫芦，二十四小时不离身，据她说那葫芦里装着"法气"，是她心爱的男人吐进去的。 有那口法气在，她平安无事，失了那口法气，她就会失魂落魄。 因丢失了小葫芦，她闹腾了整整七天，把她的主治大夫都险些折磨疯，万般无奈，院方出面协调，并事先预备好一模一样的小葫芦，煞有介事地把那个早已抛弃她的浑蛋男人请进病房，让他当着女病人的面往葫芦里吐了一口"法气"后，重新挂到她的脖子上，病房里才算暂时恢复了秩序。 那只装了法气的宝葫芦就是被吴芳偷去的。

通常情况下，吴芳偷了东西以后，只是把所偷物品藏匿起来，不会毁弃，对她而言，乐趣好像只在于偷窃行为本身，至于所偷物品价值几许她全然不加理会。 尽管病房里到处装着监控器，想捉住吴芳那只行窃的手却十分艰难。 吴芳的主治大夫李铭是个在专业上颇具探索精神的年轻人，他专门拿出时间，白天守在病房蹲点，夜里不眨眼地守在监控室里盯着摄像头，吴芳还是成功偷窃了钟情妄想症患者王晓萌随身携带的一帧小照。 丢了照片以后，王晓萌不可避免地躁狂起来，又号又骂，寻死觅活。 在没能够对照片的魔力祛魅以前，只能顺势而为，帮她找出那帧比生命还紧要的照片。 照片上的那个人，使我无数次地心生疑惑，我忍不住问女博士："为什么一个在任何方面都既普通又平庸的男人，会对某个女人产生如此巨大的魔力，这到底是为什么呢？ 实在太荒唐了！"

"什么叫爱情，爱情是什么玩意，这就是也！"女博士阴阳怪气地回答。

"如果这就是传说中所谓的爱情，那爱情就应该立即去见鬼！ 家里养的宠物，一旦做了绝育手术，终生都不必再受爱情的折磨了，足见所谓爱情，不过是一种以生理机制为基础的精神病毒，没有那么浪漫和神圣，医生应该像切除盲肠那样，拿手术刀切除爱情生发腺。"

"当真切除了，人活着该多么乏味啊。 人生百年，若不弄点爱情之类的盐巴做调味品，怎么挨？"

"王晓萌爱的那个男人算个什么玩意儿呢？ 一个小混混，怎么也成了爱情男主角？"

"一只蟑螂都可能成为爱情主角，这就是爱情的伟大之处。"

"对一只蟑螂也能爱得要死不活，这恰恰证明了爱情本身的盲目性和可笑性。"

"你肯定也铭心刻骨地爱过某一个男人吧？ 那男人有什么奇特之处，以至可以担当起爱情男主的角色呢？"

"莫非你对爱情彻底免疫了？"

"别废话，还是帮王晓萌找照片吧，不然会出人命。 爱情不当紧，人命却关天。"

由于吴芳是个惯偷，王晓萌丢了致命小照以后，大家认定作案者非她莫属，护士和大夫轮番上阵，软硬兼施外加威胁利诱，请求她把照片拿出来。她宁死不肯承认偷窃行为，李铭大夫只好发动大家集体寻找丢失的照片。 大家手忙脚乱地像掘金一般到处翻寻，搞得人仰马翻，唯独吴芳悠然自得地冷眼作壁上观。 病房里乱成一团糟的时候，女博士冷笑着悄悄对我说："其实，吴芳最得意的就是这人仰马翻的效果。"

"吃饱了无聊，总得找点事情闹闹嘛。"我调侃道。

"不然，大家怎么可能关注到她呢？"

"被关注，真有如此重要吗？"

"一个人若是长期得不到任何关注，就像庄稼得不到阳光照耀一样，会慢慢枯萎。"

"被谁关注？"

"被这个世界。"

"能被世界看见的，充其量会有几个人？ 难道其余绝大部分的籍籍无名者都要枯萎而死吗？"

"被关注就会产生重要人物的感觉，谁不想成为重要人物？"

"死亡来临的时候，名垂青史也好，籍籍无名也罢，终究都是一场空。多少叱咤风云的重要人物都死了，地球不是照样转？ 对地球而言，无论多么重要的人物都是蚂蚁一枚，真正的高人恰恰多是隐居者，他们根本无须关注。"

"既然如此，你为何不现在就结束你那蚂蚁般的生命呢？ 莫非你是隐居的高人？"

"蚂蚁有蚂蚁存在的乐趣。"

"那你说，蚂蚁的存在有什么意义呢？"

"别意义绑架好不好？ 凡事都要探寻意义是人的臭毛病！ 那你说，吴芳这么偷来偷去有什么意义？"

"她偷窃行为背后潜藏的深层动机，是畸形的被关注欲。"

为了表示对女博士的高谈阔论不屑一顾，我故意闭上眼睛保持沉默，心里暗想：如我这般平庸如蚂蚁的一个人，活着有意义吗？ 对我妈而言，绝对有。 在那一瞬间里，我突然特别想念我妈，心想，等出去以后，我头一件事就是去看她，并鼓足勇气拉住她的手好好抚摸一番。 想到这里，我转过身来正对着女博士，涨红了脸对她说："尽管卑微如蚂蚁，可是，在上帝召唤我以前，我决不会主动退出人生，我要活着品尝我妈做的香椿菜！"

"为了品享妈妈的香椿菜而活着，好，有意义！"

女博士从鼻孔里冷笑了两声，走开了。 我对自己说，哪怕像空气一样活着，我也要好好呼吸。 想到这里，我突然怔住了：空气的存在感低到可以被忽略不计，然而，离开空气几分钟，人就没命了，这世界上还有比空气更伟大的存在吗？ 可是，它却如同完全不存在一样，在而不在，不在而在。 空气需要像吴芳这样费尽心机地博取存在感和关注度吗？ 笑话！

4

吴芳和世界上绝大多数人一样，没有任何过硬的本事和特质，想要出头露面，获得重要感和存在感，只能另辟蹊径。 大家一边钻窟窿打洞地寻找丢失的照片，一边指桑骂槐地讥讽她，吴芳任人褒贬，面带竭力抑制的得意和镇静，看上去就像电影里的女主角。

"为了博取存在感，就要做贼吗？ 真不值得！"我对女博士说。

"表面上她在行窃，实际上她是在挑战既定的命运。 命运是上帝摆好的一盘棋，她每一次出手行窃，都是在倔强地移动上帝的棋子。 哪怕她的行为无足轻重，她终究是动了上帝的棋盘。"

"动了上帝的棋盘？"

"是啊。 什么是偷窃？ 就是去动不能动的东西。 窃钩者诛，窃国者侯。 你不想动上帝的棋盘吗？"

"动了如何，不动又如何？ 如果原本都是一场梦，动与不动都一样。"

"你是个典型的虚无主义者！ 这样活着有什么劲头呢？"

"明知道最终都得死，为什么还要殚精竭虑地瞎折腾呢？"

"你明知道吃进肚子里的美味要变成屎，为什么还要吃呢？"

"我天生没出息，就是想毫无意义地虚度此生，像蚂蚁一样越不受关注，我活得越自在。"

"像蚂蚁般活着就很自在吗？ 小孩撒泡尿都能淹死你！"

"真淹死了又如何？ 就地随缘罢了。 一场闲富贵，狠狠争来，虽得还是失；百岁好光阴，忙忙过了，纵寿也是夭！"

　　每一次，看到病房里由她制造的混乱逐渐升级，最终抵达不可开交的高潮，吴芳就会把偷窃的物品悄悄放回某个易于发觉的地方，于是，由她导演的闹剧落下帷幕。这种自导自演的游戏在病房里反复上演，渐渐丧失了戏剧性效果，吴芳就把不安分的手伸向了黄蘑菇的面纱，因为对它下手预示着更大的挑战。不过，这一次她遭遇了自己的滑铁卢，夜里正行窃时，主治大夫李铭一声断喝摁住了她的双手，在人赃俱获之下，吴芳羞愧地把那条面纱蒙到自己的头上，使自己开成了病房里的第二朵蘑菇。

　　把吴芳当场抓获以后，主治大夫开始对她实施"厌恶疗法"：把她叫到办公室，不厌其烦地反复播放她的行窃录像给她看。这录像是李铭大夫从监控器里翻录出来专门作厌恶疗法用的，自吴芳开始作案，到她羞愧地蒙上那块偷来的面纱，如同一部完整的"微电影"，吴芳乃是这部电影的女主角，其表演技术出神入化，因为她超越了演技。按照通常逻辑，吴芳面对那段录像，应该感到无地自容，从而拒绝去看那部微电影，当然，不看不行。在护士的监督之下，她必须像服药那样一天三次半秒不差地仔细观看，这录像就是她的"药"。

　　然而，事情却出乎意料。吴芳对那部微电影不以为耻反以为荣，看得津津有味、乐此不疲。这部录像歪打正着地使她跨越过像上帝一样高悬头顶的平凡身份，成功地实现了出人头地的明星梦，她怎能不感到欣喜若狂呢？她做梦都没有想到，自己会在精神病院的病房里成为引人注目的明星，上演一部精彩绝妙的微电影！尤其让她感觉骄傲的是，连她一向崇拜的主治大夫李铭都心甘情愿地做了她的配角演员，护士们更可怜，只能跑跑龙套，其余的百多名病友只能做观众，这怎不令她笑傲众生呢？

5

看到吴芳像获得了奥斯卡金像奖的女明星一样在病区里穿梭，还不时拿腔作势地摆"范儿"给人看，我厌恶地对女博士说："不出意外的话，这个很可能平庸至死又至死不甘平庸的女孩，将至死都难以治愈自己的偷窃癖，除非她被命运意外青睐，当真出人头地成为众人注目的人物。"

女博士冷冷地说："你以为你比她高明？ 你不是也在千方百计地证明你的独特吗？"

我一愣，气急败坏地回击她道："你倒是不用证明，你天生就是孤本绝版的独特存在！"

"还真叫你说对了。 你能找出第二个我来吗？"

"像你这般自负之人，还真不多见，能在这里遇到你，真是天大的荣幸。"

"彼此彼此，幸会幸会。"女博士讽刺完了，又摆出一副推心置腹的样子说，"你也是独一无二的孤本绝版，每个人都是。"见我一头雾水，又补充道，"众生平等，凡圣无二，凡圣只在一念间，每个人天生都既平凡又伟大，既普通又独特，你相信吗？ 你当真独一无二！"说完，女博士又开始背诗："每个人都是广袤陆地的一部分，如果海浪冲掉了一块岩土，欧洲就缩小……"

我打断她道："我不想知道丧钟为谁而鸣，别给我整这些虚无缥缈的玩意儿，我晕！"然后就走开了。 她就像危险的黑洞，靠近即是毁灭，却又有一种巨大的磁力在吸引着我飞蛾扑火般地靠近她。

与偷窃癖相比，对付黄蘑菇的"害羞症"更加棘手。 自从面纱遭遇过被偷窃的经历，她晚上睡觉都要将其抱在被窝里。 望着移动在病房里的这只巨大的"蘑菇蜗牛"，许多时候我都恨不得冲上前去，一把扯下那块该死的面纱，拿脚把它踩成稀巴烂的抹布，没有人知道，我对那袭面纱有多么地羡慕嫉妒恨。

黄蘑菇的主治医师年轻帅气，毕业于名校，博士学位，他撰写的论文不断发表在国内外权威刊物上，他那张贴在病区墙壁上的医生简历傲娇四方，面对女孩头上的那块薄薄的面纱，他却如同黔之驴一般束手无策。 他是女孩的第三任主治大夫，前两任包括一位威名远扬的老教授，皆被那块面纱折磨到几近疯狂，继而无可奈何地选择了激流勇退。 其中一位大夫不甘心失败，曾把那块面纱以暴力方式强行拽下来带出病房，期望采用这种强迫性的"逆势疗法"治愈她，结果，黄蘑菇把白色的床单披在身上，躲在里面险些把自己的舌头咬断，幸亏护士及时发现才没有酿成更严重的医疗事故。 从此，大夫们轻易不敢再对任何患者采取过激疗法了，担心出现极端的意外事件。 虽然住在封闭病房的患者们想要找到自杀工具非常困难，甚至为了严防上吊，连洗脸的毛巾都被护士撕成手帕那样的小方块，却不能撬掉患者的牙齿。 咬舌事件发生以后，没有谁愿意再做黄蘑菇的主治大夫，黄蘑菇成了令医院极其头疼的棘手难题，直到博士大夫自告奋勇地接管了黄蘑菇。

黄蘑菇头上的那块薄纱几乎成了医院的耻辱性标志，院长本人都忍不住感到汗颜，恨不得亲手把它扯下来。 可怜的博士年轻气盛，也不知自己是否手握金刚钻，就贸然揽下了棘手的瓷器活，他的失败像旗帜一般被众目睽睽地顶在脑袋上，那面纱存在一天，失败的屈辱便笼罩他一天。 这位傻博士也算煞费苦心，每天查房时都要不厌其烦地反复夸赞女孩的"勇敢"，进而像新郎官心急火燎地想要揭下新娘的红盖头那样，期待着美丽的姑娘能够勇敢地摘下面纱。 然而，任凭他口吐莲花，姑娘就是不摘面纱。 她像顽皮的孩子一样乐此不疲地跟博士玩着捉迷藏游戏，可怜的博士越来越抓狂，查房时他常常呆痴地盯着那块像乌云一样笼罩在姑娘头顶的面纱，半天都不言语，他脸上的绝望和痛楚越来越掩饰不住。看着博士大夫黔驴技穷的痛苦模样，女博士开心得乐不可支，我讽刺她："看来，幸灾乐祸这种低级趣味在高端人士身上也不大容易克服。"

"不。我是为爱情而感动。这是迄今为止，我在病区看到的最为动人的爱情故事。"

"我倒是没有看出任何爱情的端倪来。"

"当事人也没有看出来。"

"自己心里生出了爱情，自己竟然不知道？"

"真正致命的爱情，总是旁观者最先察觉。"

"博士大夫久经沙场，不可能轻易沦陷。"

女博士摇摇头："但愿可怜的博士永远不要摘下那块面纱。"

我忽然记起女博士此前说的话：男人不能看到黄蘑菇那张掩藏在面纱之下的脸，谁看到，谁遭殃。之后，我就不忍心再看博士大夫的脸了。那张脸已经出离艰深的痛苦，呈现出视死如归的平静。

6

谁都不曾料到，几天以后，很突然地，黄蘑菇一夜之间宣告痊愈并迅速出院，她的主治医生，那位博士大夫也随之从医院消失而去。直觉告诉我，一定有什么非同寻常的事情发生了，然而，所有的医生和护士都三缄其口，仿佛那两个人根本不曾存在过。

黄蘑菇为什么突然出院？博士大夫去了哪里？为什么医院对此讳莫如深？这成为埋藏在我心底深处的不解之谜，当我想拿这个问题跟女博士探讨时，女博士也不见了。通常而言，病房里有谁要出院，大家都知道，她怎么会不告而别、突然消失呢？我寻遍病区的每个角落，都没有她的身影，我去问护士，护士对我不理不睬，我不甘心，一次次地反复去问不同的护士，问得多了，护士极不耐烦地说："哪有什么女博士？ 你又在做梦！"护士的话使我如坠云雾：这位女博士究竟是什么来头？ 为什么医生和护士都要否认她的存在呢？ 这精神病院的封闭病房里到处都藏着诡秘之谜，令人着迷。 又过了好久，直至出院以后我才得知真相：博士大夫跳楼了。

治疗精神病的医生跳楼自杀，这对医院来说是丑闻，自然要严密封锁消息。 然而，为了表示对博士大夫的缅怀，我必须说出真相。 这真相是在他死后好几年我才千辛万苦弄清楚的。 我知道，说出真相会引起医院的不满，但是，不能还原真相，我对不起自己的良知。

博士大夫姓杨名钟，当时已三十五周岁，还是独身状态。 杨博士虽学历不低，收入却不高，年近不惑连房子都没能买上。 在精神病院工作的大夫收入都不高，远远不能跟普通医院的医生相比。 在这里，手术刀根本派不上用场，药物也是人所共知的那几种，且对用量的限定非常严苛，出现量的偏差，其后果不堪设想。 医院没有那些高精尖的设备，更不需要心脏支架之类的介入疗法，想要取得比较好的疗效，只有一剂妙药：对病人用心。 只有"心力"用到，治疗方见成效，而"心力"这东西跟药物截然不同，精神病院的医生大多不会让自己对病人深层投入，只让药物和技术出场跟患者周旋，亦不会轻易动用自己的灵魂资源。 杨钟博士是精神科大夫里的特例，自二十多岁踏入精神病院的大门，他就把自己彻底交了出来，这是一种身不由己的交付，就像热恋者激情难抑地交出自己的赤诚之心给情人那样。 在别的大夫看来，这种交付是医格不成熟的表现，修炼到炉火纯青的境界，自然能够做到"涉水不湿身，临火不动心"，超然其外、游刃有余。 杨博士不然，对自己的每个患者都会尽心竭力，他的治愈率最高，经他治愈的患者复发率最低，这在医院里尽人皆知。 他没有偷懒地直接用药物攻击黄蘑菇的表面症状，而是忍着失败和被嘲笑，缓慢地修复着她那被扭曲的灵魂。 黄蘑菇是他成功治愈的最后一名患者，只是，他的治疗方法十分独特。据已经康复出院的黄蘑菇讲：出事那天下午，杨博士把她叫到自己的办公室，苦口婆心地劝导她摘下面纱。

在那个天气阴郁的下午，我相信，杨博士也和病房里的绝大部分患者一样，对那块该死的面纱突然感到深恶痛绝，连半秒钟都不能忍耐。多年以来，杨博士点点滴滴的隐忍和压抑下去的全部挫败感，都像硫酸一样凝聚在了那薄薄的面纱之上，彼时，那面纱在他心里已经燃烧成了熊熊烈焰，令他血脉偾张。他先是心力交瘁地劝说黄蘑菇，继而充满绝望地鼓励甚至威逼她摘下面纱。那袭面纱像泰山压顶一般钳制着他作为医生的神经，令他骤然抵达了忍耐的极限，与此同时，掩藏在面纱之下的致命之诱惑，又令作为男人的他欲火焚心。在那一刻，他的身份开始变得模糊而又暧昧，时而医生占上风，时而男人占上风，医生和男人的双重身份时而殊死搏斗，时而又默契合作。他认定了，自己三十五载人生所承受的全部挫败都是由那面纱造成的，面纱就是他全部屈辱和全部希望的象征，只要摘下面纱，自己的人生就会云开雨霁、豁然晴朗。面纱就在其眼前，触手可及，只要他轻举手臂再动手指，那座压得他抬不起头来的"泰山"，就会如同一片凋枯的树叶般飘然萎坠了。

这太他妈欺负人了！不，他不能再被一片该死的枯树叶欺压和嘲弄下去，再也不能了！他的人生必须拨云见日，掀开新篇章！想到自己的窘迫和绝望，他理性的堡垒哗然一声全部崩塌了，瞬息之间成为怒不可遏的疯子，不顾一切地一把扯掉那块他曾经千万次想要消灭的面纱，一不做二不休，把故意跟他作对几乎把他逼至绝境的黄蘑菇摁倒在沙发上，像疯狂的猎豹一般撕开她的衣服，连想也没想，就把自己那充满仇恨的阳具利刃般捅进了她的下体，红了眼的斗牛般疯狂而又大刀阔斧地冲刺起来。

黄蘑菇在突如其来的猛烈冲击之下大声号叫着，那凛烈的号叫声如同催征的号角，猎猎地激荡和鼓舞着挫败已久的博士，博士就像战场上彪悍的勇士一般连续冲刺几十个回合不肯停歇，黄蘑菇震耳欲聋的号叫声由惨烈渐趋欢畅，很快演变成为烈火烹油般痛快淋漓的赞歌。她欢快的赞歌刺激又麻痹着博士的知觉神经，使他完全忘记自己身上的白大褂，由医生直接过渡至纯粹的雄性动物。当人们闻声而至时，那医患二人还在缠作一团难分难解。现场目睹者都被这场面惊呆了。由于太过荒诞，连两个当事人也不完全清楚正在发生什么。

伏在黄蘑菇身上意犹未尽的博士过了两分钟才惊醒过来，锥心刺骨地睁开懵懂的眼睛好不容易弄明白了眼前的现实，并凭着医生的职业敏感，在最短的时间内准确无误地领悟到了这个突发事件的内涵，以及由此可能引发的外延。醒悟过来的瞬间，博士像汽笛一样尖叫着向几十米开外的走廊尽头冲去。当人们缓过神来朝他追去时，他已经麻利地攀跃上窗台，连半秒钟都不曾迟疑，就义无反顾地跳了下去。追在最前面的年轻实习医生刚来得及伸出手，他伸出的手掌还不曾触及博士的白大褂，那袭白大褂已经像一只巨大的白蝴蝶一样飘坠到楼下去了。尾随其后的人们先是把头探至窗外惊愕万状地观望，几秒钟以后又尖声啸叫着向楼下奔去。等大家冲至楼下，博士已无可救药地魂归西天，他用巨大无边的死亡成功抵御了必将面临的耻辱。被死神的魔爪紧紧攫住的那一时刻，他脸上因耻辱呈现出的羞惭未能平复，他微启的嘴唇和半睁的双目似乎在痛心疾首地惊叹："我的天啊，这是怎么回事！"

人们正围着魂断气绝的博士发愣时，黄蘑菇从楼上尖叫着冲了下来。破天荒地，这是自她入院以来首次主动地当众揭下面纱，那面纱像蝴蝶的羽翼般拖曳在她身后，使她看上去如同腾云驾雾的天使。她不管不顾地拨开人群，趋身向前，先是把那面纱认真覆盖在博士身上，然后小心翼翼地抱起他跌得破碎不堪的脑袋失声痛哭起来，可惜博士大夫已经感受不到她怀抱的温暖了。

就是从那时起，黄蘑菇恢复正常，再也不曾披戴过面纱，并很快被其父母接出医院。 黄蘑菇告诉我，她出院以后又过了好长一段时间，博士大夫才被火化，此前他始终躺在殡仪馆里，等待着从远方赶来的家人与院方交涉有关他死亡的诸般事宜。 博士大夫死了以后，黄蘑菇刻不容缓地以咬舌自杀相胁迫，要求即刻出院，并言之凿凿地向院方坦承：是自己主动勾引博士，博士被逼无奈才屈身就范的，博士知道自己浑身是嘴也讲不清楚，只好选择了决绝的沉默并以生命作为最后的担当。

由于黄蘑菇屡惹风波，医院迫不及待地想要摆脱她这个灾星般的累赘，顺水推舟地把她丢出医院。 事已至此，她的家人碍于女儿的声誉也不便追究什么，息事宁人地同意接她出院。 出院那天，她不顾家人劝阻，连家门都不曾迈进，直截了当去殡仪馆寻找博士大夫，然后，像博士的妻子那样陪伴在其身边，直至博士的遗体被推进焚尸炉的最后一分钟都不曾离开半步。 在她强烈执意的请求下，那块柔软曼妙的粉黄色面纱最终做了博士大夫的裹尸布，像女人的怀抱那样温暖而又柔情地包裹在他残破的头部，和他的遗体一起化作灰烬。

可怜的博士生前绝不会想到，黄蘑菇的面纱会摘下来披到自己的头上，让他在这世界的最后一刻成为一朵黄蘑菇。

7

我再次见到黄蘑菇是在两年以后，她已做了街头摆摊卖袜子的小贩。 那时我正一腔热血地要做心理治疗师，整天像个特务一样，对曾经的病友们明察暗访、跟踪循迹，希望从这些鲜活的案例中汲取心理治疗的精髓，并幻想着自己成为治疗灵魂的名医。 遗憾的是，许多病人出院以后就销声匿迹了，并不好找，能找到黄蘑菇是个奇迹。她气色不错，精神状态也很好，不过，始终没有嫁人，而且声称此生不打算出嫁。

"博士死了，我嫁谁呢？"

当我询问她不嫁的缘由时，她睁大眼睛反问，仿佛我是白痴。

"你是什么时候开始爱上博士大夫的？"我问。

她笑了，邀我闲时到她家做客。她独居在一套四十来平方米的小房子里，很愿意跟我聊聊自己的"疯人院恋情"。据她坦言，她在精神病院第一眼看到博士就爱上了他。在医院里她是个被大夫们抛弃的患者，就像没人肯要的皮球那样，她从一个大夫那里被踢到另一个大夫那里，没有哪个大夫愿意再做她的主治医生接管她。在封闭病房里，每个患者都有自己的主治大夫，患者们就像无父无母的灵魂孤儿，所属的主治大夫就是其"认养者"，别的患者都有大夫"认养"，只有她被抛来踢去，这给她造成深不可测的伤害："我连一棵树都不如啊！那院里的树都有人认养，我却是没人肯要的垃圾！"

为了掩饰被遗弃的屈辱和痛苦，黄蘑菇只好把自己更深地躲藏在面纱后面，从小到大，她从来不曾肯定和接受过自己，表面上，她不能接受的是自己略显肥胖的外形，实质上她真正不能接受的，是自己作为女性存在的最私密的阴部。"你不觉得那个东西很丑陋吗？"黄蘑菇问我。不过，真正惊到我的是她屋里赫然触目的男性阳具造型。她把那些澎湃昂扬的塑胶阳物挂在墙上做装饰，实在比挂一件骷髅头还要匪夷所思。"我感觉，女性的阴部是世界上最丑陋、最恶心和最肮脏的，我不能原谅上帝把女人的性器官造得那般不堪入目，令我不堪忍受的还有每月必至的例假，这使我对女阴更加恶心到呕吐。每个月来例假那几天，我都会寻找各种借口躲起来，不跟任何人尤其是男人近距离接触。我感觉那时的自己比猪猡还要肮脏，只要靠近半步，男人就会嗅到我身上令人掩鼻的血腥气息。我处过几任男友，却不曾跟任何一个发生过实质性的身体关系，不是我严守贞操，而是我耻于暴露自己。"

　　私处的存在对她而言就是一道永不弥合的伤痕，她认定，那是上帝烙在女人生命里与生俱来的天殇，一旦意识到自己是女人，女人就不可遏阻地开始流血了："女人带伤而来，又携伤而去，在最好的年华里，无可救药地血流如注，这就是生而为女人的宿命。"

　　黄蘑菇还在娘胎里的时候，爹妈都认定她是个生着小鸡鸡的男孩，医院的 B 超也探明她是男孩，不料她爬出娘肚子的时候，身上却没有那个提前预告的小鸡鸡。父母无法掩饰失望和沮丧，为了保住颜面，对外谎称生下的是个男娃，之后带着她搬家。她是父母生下的第七个女孩，父母对他们创造的"七仙女奇迹"甚为沮丧，他们想葫芦娃想疯了，她自小就被父母依照自己的意愿装扮成男孩：留男孩发型、穿男孩衣服，玩手枪之类的男孩玩具，她也深信自己是男孩。但她发现，自己唯独缺少男孩那个小鸡鸡："我恨死了那道标示女人性别特征的伤痕，感觉它丑陋，不体面，无法容忍。你说，好端端的女人，怎么会生出这般丑陋的伤痕来呢？"

　　她不能理解造物者的用心，同时又感到愤愤不平。相比之下，男人那个东西就要漂亮许多。她崇拜男人那个阳物，崇拜到嫉妒。愈崇拜男人的阳物，她愈不能接受自己。

　　"住进精神病院以前，你确实有过恋爱经历吗？"我问。

　　"怎么可能没有呢？我不断地恋爱，又不断地分手，我内心越爱慕男人，越不敢在男人面前暴露自己的伤痕，我相信，让自己倾心爱慕的男人目睹自己烂疮疤一般令人恐怖的私处，就会毁坏我作为女人的形象，男人无论如何都不会再爱我，因为害怕失去爱情，哪怕是死，我也没有勇气对心爱的男人袒露自己。"

　　她虽做过许多次整容手术，事实上，那对她而言都是治标不治本的枉然，她真正想整容的是下体："我绝望地发现，再怎么整来整去，那个地方都不可能真正改变。 越绝望，我越羡慕男人那个物件，我常常在网上搜索男人那个东西来观赏，愈看愈羡慕。 在我看来，男人那玩意儿特别漂亮，像报晓的公鸡一般，气宇轩昂、威武雄壮，这世界上我第一崇拜的就是男人的阳物，除了挂在墙上我最爱的那几件，在我的闺房里，还放着许多件模拟阳具造型，都是我最喜欢的收藏。"

"你的家人和朋友看到过那些收藏品吗？"

"爸妈发现我的收藏品以后愤怒到捶胸顿足，以为我堕落到不可救药，恨不得一棍子把我直接打死。 你相信吗？ 直到被博士发疯地压在身下的时候，我还是货真价实的原装女儿身。 博士如果活着，可以为我做证。"

"不用博士做证，我完全相信。"

"如果你不能接受自己的身体，又怎么能够真正接纳男人呢？ 真不晓得，在此之前，你是怎么跟男人谈恋爱的。"

"说实话，每当我倾心爱慕的男人要靠近我时，我就会下意识地退缩。 他们越逼近我，我就会越找借口躲避。 我好像是给自己设定了一条无形的界线，画地为牢，死死把自己圈定在里面，没有哪个男人能真正闯过那条线。 刚开始恋爱时一切正常，只要进入实质性阶段，距离我愈近，就会愈发现我的不可接近。 每个试图得到我的男人最终都会气馁地掉头，弃我而去。"

"男人掉头跑掉以后，你是什么感觉呢？"

"绝望到要死。"

"是你的躲避把男人赶跑的，你怎么又绝望到要死呢？"

"我心里并不想让男人跑掉。"

"近又近不得，远又远不得，你到底想让男人怎么办呢？"

"我也不知道。"

"你其实希望能有一个男人，像猎豹那样对你完成一次最坚决和最彻底的进攻。"

　　"从来没有一个男人这样做。"

　　"他们的浅尝辄止让你十分失望，你认定，是你自己魅力不够，他们才弃你而去的是吗？"

　　"如果他们当真喜欢我，就不会掉头走掉。"

　　"男人走掉以后，你就会更加自我否定和自我退缩！"

　　事实上，接近过她的男人没有一个知道，她之所以躲避和退缩，乃是因为她的胆怯和恐惧。她几乎用美容医院的手术刀把自己身上除那个部位之外的地方都重新翻修过一遍，还是没有力量让自己迎着男人袒露出自己的"疮疤"："曾经有段时间，我甚至考虑想做变性手术。我幻想着，手术可以使我如愿以偿，骄傲地拥有一枚昂首挺胸的阳具，那样的话我就不用再躲避了。"

　　"为什么最终放弃了变性手术？"

　　"费用太高。主要是，我下不了那么大的决心。"

　　很显然，自我否定和自我放弃、被否定和被放弃，这才是黄蘑菇根深蒂固的病源。博士大夫冒着种种压力，在谁都不肯要她的时候主动接纳她，使她在沉沦中看到了一缕希望的曙光，她对博士心生好感，当然不足为奇。然而，像既往那样，她对男人愈爱，便愈退缩，她无力打破这个长期形成的恶性模式。

　　当博士大夫决绝地扯下她的面纱，不容商量地把自己的阳具像旗帜一般插进她女性的"天殇"之时，她的整个生命都被这个男人瞬息之间彻底占领了。就在那一刻，她终于接受了自己作为女人的事实，博士拿自己的生命治愈了她，她的生命里也只盛得下博士这一个男人。

　　如同千年的铁树，她终生只绽放过一次女人花，这女人花只绽放给她生命里唯一的男人。这个男人没有放弃她，拿自己的生命做武器对她进行了最彻底的进攻，瞬间的进攻完成的却是永恒的占领与救赎。

　　黄蘑菇身着雪白的婚纱参加了博士的葬礼，并从内心深处把那场葬礼当作了自己和博士的婚礼。 她是博士大夫永远的新娘，怎么可能再嫁人呢？

诊断证明书
副联

姓名 **贵妇人**
性别 **女** 年龄 **38** 岁
门诊号 **658461**
住院号 **11032**
诊断 **偷窃癖**

_____

_____

_____

医师 _____

日期 ____年 ___月 ___日

❀ **精 神 卫 生 中 心**
诊 断 证 明 书

门诊号 **658461**
住院号 **11032**

姓名 **贵妇人** 性别 **女** 年龄 **38** 岁，经本院检查诊断为：

偷窃癖

症状表现：

偷窃欲发作时，若不偷点东西就会生不如死。
偷撕别人的卫生纸，偷洗脸液，见什么都想偷。

医师 _____

日期 **2021** 年 **6** 月 **12** 日

每个人都是一个独立的世界，谁能真正占有谁呢？

第4章

患上偷窃癖的贵妇人

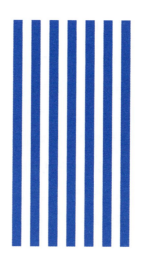

1

"你知道世界第一跑车是什么牌子吗？"

精神病院是个奇特之地，在这里许多东西都被患者以别样的逻辑重新命名。 比如手机，病房里一个名叫"跑车女"的患者就固执地认为手机属于医疗器械。 为了治疗毒蛇缠身般的孤独症，她拥有联通和移动两部手机，每部手机里面装载两只芯片，同时拥有三个微信账号，每个账号上都加有数百名亲密好友，这些统统都是她医治孤独的必用药。 住到封闭病房里以后，她的医疗器械和必用药被医生无情地剥夺，使她抓狂到无法呼吸，她不时地用双手抓挠着胸口，如同岸上的涸辙之鲋。

"跑车女"三十六周岁，酷爱疯狂飙车，在她不厌其烦的渲染下，连病房的耗子都知道，其父身家百亿，曾送给她一辆名牌跑车做生日礼物，在一次飙车游戏中，她的爱车碎成一地残骸，她本人则在高强度刺激之下崩溃，成了个癔症患者。 自从住进病房，她的话题从未离开过跑车，无论逮到谁她都是张口就问："你知道世界第一跑车是什么牌子吗？"一段时间过后，病房里患了失忆症的病人都能准确无误地背出世界十大跑车的牌子。 每当跑车女气定神闲地背诵各款著名跑车时，我就会陷入巨大的沮丧之中，感觉自己活得失败透顶。 女博士看到我生无可恋的表情，不失时机地讥讽道："你也很喜欢世界名牌吧？"

　　我回敬她："很遗憾，我对名牌毫无感觉。"

　　"那为什么你听到名牌二字就满脸绝望呢？"

　　我实话实说："想想看，你含辛茹苦地上三十年的班，所挣的钱还不及人家拿来随便玩玩的一辆跑车，你那三十年不是白活了吗？当你一辈子拼死拼活挣得的那二两碎银，还不够人家随心所欲地购买一颗钻石的花费，连人家养的宠物狗都穿戴名牌时，你怎么可能不怀疑人生呢？"

　　"人生的账不应该这么算。"

　　"依你的高见，应该怎么算？"

　　"名牌跑车也好，钻石也罢，都只是媒介物，得到它们并不是终极目的，目的是通过它们得到幸福。她有一辆名牌跑车所得到的满足感，可能与你欣赏一段音乐所得到的完全等值，甚至可能，你听音乐所抵达的幸福指数远高于她，所以，你赚大了！你省略掉跑车和钻石这些高价媒介物，直接抵达幸福这个终极目标，这叫作灵魂的量子跃迁！"

　　"都什么年代了，你还玩精神胜利法！你知道世界十大名钻的名字吗？你抚摸过真的钻石吗？不要让贫穷限制了你的想象！"

　　"也不要让钻石误导了你的思维！你只需要看到一朵花盛开，连半毛钱都不用花，就可以非常开心，为什么要跟钻石较劲呢？钻石是上帝制造出来专门耍弄有钱人的。一个人拥有的金钱越多，上帝兜售给他的幸福越贵。如果上帝不创造出像钻石这样登峰造极的荒谬，有钱人拿什么做动力去榨干自己的心血呢？"

　　"如果你能吃到葡萄，就没有这套奇谈怪论了。"

　　"上帝卖给穷人的幸福非常便宜，一块钱五斤；卖给富人的幸福贵得吓死人，五十万元一两。幸福才是人人都想吃的葡萄。"

　　"富人也不是白痴，为什么不去购买便宜的幸福呢？"

"没办法。 要得到等量的满足感，穷人只需一枚鸡蛋，富人却需要一颗钻石，这是上帝的法则。"

"你确定自己是上帝的代言人吗？"

"如果人来到世界上就是为了幸福地安享此生，就应该挑选最便宜的幸福去享用。"手不释卷的女博士说到这里，晃晃手里一本厚厚的书，得意地宣称，"比如读书就既便宜又划算。 读一本好书得到的幸福、快乐和满足可以装满整整三列火车，还能受用终生，一辆名牌跑车随时可能让人粉身碎骨！ 至于钻石的血泪史，不说也罢！ 看过电影《血钻》吗？ 钻石几乎是罪恶的直接象征。 学会了幸福炼金术，就可以坐地生金，哪怕身无分文，也能享受亿万富豪都享受不到的幸福。"

我认真地问："你此刻坐在精神病院的封闭病房里，一定像亿万富豪那样感觉特别幸福吧？"

"那当然。 幸福与我身处的环境半毛钱的关系都没有。 如果我必须住在纽约的豪华别墅里才能幸福，那我的幸福就太过寒碜了。 你知道幸福是什么吗？"没等我开口，女博士就无比陶醉地说，"幸福是上帝赐给每个人的灵魂钻石，就藏在我们自己的心里，只是我们没有发现而已。 有一天，当你看到了它的存在，你就会忍不住幸福地哈哈大笑。 人之所以痛苦，就是因为不知道自己拥有幸福的钻石。"女博士说到这里站起身来，幸福地朗诵起她曾经朗诵过一百遍的诗歌来："我有明珠一颗，久被尘劳关锁；今朝尘尽光生，照破山河万朵。"

2

此前我始终怀疑女博士跟我一样是个卧底，她一开口背诗我就确定无疑地相信，她也是货真价实的疯子一枚。 虽然有的幸福确实像菠菜一样便宜，但所有的名牌都很贵。 我明白自己将永远无缘于世界十大名牌，而跑车女则连手纸都必须使用名牌，世界就是如此荒谬。 由于封闭病房里没有名牌厕纸出售，跑车女住院以后严重便秘，护士每隔两天就要给她灌肠，这也不能改变她对名牌嗜好如命的恶习。 据她自己说，有个女伴不经意间开玩笑说，跑车女的包包看上去像是赝品，她二话不说，掏出包里的名牌水果刀就向女伴当胸捅去，幸亏那女孩躲避及时，不曾刺中要害，哪怕被关在拘留所，她也没有悔过之意，耿耿于怀的仍然是："那臭三八胆敢污蔑我使用赝品，是可忍孰不可忍！ 我可以对天盟誓，哪怕一条非名牌卫生巾本姑娘都不曾使用过。"遗憾的是，这位名牌女直到三十六周岁，也不曾遭遇富丽堂皇的名牌爱情和名牌男人。

"晓得吗？ 这位名牌女其实是个私生女，她妈妈是一个艳光四射的红牌坐台女，听说她的生身之父地位显赫，就是这位躲藏在暗处的名牌父亲拿自己的钱袋子一手打造出了这位名牌女。"百事通女博士告诉我。

"有人就是会投胎，一投就能投个高官爹，不服不行。"

"投胎这事确实是个技术活，这里头大有讲究呢。"

"那请你告诉我，来生怎么才能投个好人家呢？"

"不是你想投谁家就能投到谁家，这跟高考投档一样，吃米还需量家当。"

"高考投档看分数，那灵魂投胎看什么呢？"

"看你积累的福德资粮多少。 上一辈子积分高，下一辈子才能投得好。"

"还是行善积德那一套流行了几千年的老古董，这种无稽之谈你也信？"

"你有什么根据证明它是无稽之谈？ 这是量子科学！ 能流行几千年，恰恰证明了它的价值。 你说说，现在流行的那些时尚烂玩意，哪个能流行几千年？ 呸！ 最多各领风骚三五天。"顿了顿，女博士问道，"你家吃饭的碗多少钱一只？"

"大概十几块钱吧。 你问这个干什么？"

"我在拍卖会上见过一只碗，烂了个小豁口，要价五千万，还抢不到手，晓得为什么吗？"

"肯定是文物呗。"

"流传几千年的经典也是文物，比有形的文物还要值钱，是无价之宝。一只古董碗能卖五千万，一部文物级的经典卖五个亿都值。 富豪们只知道忙着收藏古董碗，却不懂得去品享文物级别的经典，真是白痴。 这种文物经典十块钱就能买一本。 有眼不识金镶玉，无情难奏凤凰琴！ 现在人没福。"

我改变话题道："跑车女投胎投到了一位高官父亲，却还是住进了精神病院，可见，投胎并不能对命运起决定性的作用。"

"那位高官只肯给她提供名牌奢侈品，拒不给她提供名牌出身，而且，那高官提供名牌奢侈品有个非常严苛的附加条件：不准许她公开自己的身份，否则断供。 估计她是走捷径投机取巧投的胎，就像有人走后门进名校，只会浪费资源。"

"哪怕把自己从脚指甲到眼睫毛都武装成名牌，她也仍然是坐台小姐之私生女。"

"生命无赝品，人人都是神的造物，如果她自己没有分别心，谁能轻看她呢？"

"真正能修到没有分别心的，那都是高人。 让一个视名牌如命的女人没有分别心，笑话！"

"可是，咱这家精神病院不是名牌啊！ 你知道世界十大名牌精神病院都在哪里吗？"

"这个我还真不晓得。 你知道十大名牌殡仪馆在哪里吗？"

"这个我也不晓得。 不过，每家殡仪馆都有 VIP 贵宾炉。 听说贵宾炉所用的助燃剂都是货真价实的名牌，烧出来的骨灰芳香扑鼻！"女博士露出怅然若失的表情，感叹道，"唉，还是名牌好啊！ 听说咱这医院的 VIP 病房里使用的都是名牌坐便器。"

"别说了，再说我也便秘了。"

女博士突然笑了："我倒是从来都不便秘。"

"莫非你拥有一个名牌屁股？"

"不！ 我有一颗名牌金刚心！ 万事万物只要入了我的金刚心，都会被转化成宇宙名牌。"

我冲女博士挤挤眼睛："你才是正宗名牌女啊！"

非名牌不用的跑车女很快就转院了，听说她去了外地一家非常高档的名牌精神病院，享受 VIP 豪华单间待遇，每月的住院费最低也要好几万。 住在高档名牌精神病院的患者非富即贵，要么就是教授或者专家之类很有思想的人。 令我疑惑的是，那些处于社会最高阶层的人，活得光鲜体面，为什么还会患精神病呢？ 看我双眉紧蹙，女博士讽刺道："你看上去痛苦不堪，绝对不是在为那阿堵物而伤心的吧？"

"关你屁事！"

女博士阴阳怪气地说："痛苦跟痛苦大相径庭，有的痛苦低级，有的痛苦就非常高级，我主要是想知道你的痛苦在哪个层次。"

"尊敬的博士，请问什么叫高级痛苦？"

"我个人认为嘛，有形有相的痛苦基本上都属于低级痛苦。 比如，为了金钱和地位、物质与财富，以及情仇恩怨之类的，都属于低级痛苦。 所谓高级痛苦嘛，就是指，为一些虚无缥缈的事情而感到痛苦，比如人为什么活着，人死以后灵魂到底有没有轮回。"

"您的学识着实高级！"我挖苦道，"请问穷人饿肚子的痛苦，属于高级还是低级？"

"你厉害！ 这其实不是低级和高级的区别，而是根本和枝节的区别，是我表达失当。 饿肚子的痛苦，值得尊重，但是，根本痛苦和枝节痛苦存在天壤之别。"

"什么意思？"

"解决了根本问题，枝节问题就不在话下了。 绝大部分人都在人生的细枝末节上苦苦地纠缠，痛苦到生不如死，归根结底都是认知不到位造成的，提高认知才能从根本上解决问题。"

"那些患了精神病的专家学者，他们那伟大而又高级的神经是怎么崩盘的呢？"

"肯定是在根本问题上被缠绕住了，就像胎儿在娘肚子里发生了脐带绕颈一样。 名牌女最纠结的事情就是身份，跳出来看，身份只是个假象。 如果她勘不破身份这个假象，住在多么高档的精神病院里，都不可能解决根本问题。"

"怎么解决根本问题呢？"

"很简单，跳出三界外，不在五行中。"

"照你这么说，只有哲学家才配做合格的心理医生。"

"所以嘛，目前哪怕是取得了正规资格证的心理医生，都很难从根本上治疗灵魂问题。 心理治疗师一抓一大把，真正从根本上悟道者屈指可数，医生自己还泥菩萨过河呢，怎么可能拯救别人的灵魂呢？ 做心理医生比给心脏放支架的外科医生难多了。"

听说名牌女在那家高档精神病院里并未痊愈，她出院回家以后，拿刀刺伤了自己的妈妈，差点酿出命案。 她坚信，只有杀掉做过小姐的妈妈，才能雪洗自己的耻辱。 她心里原本一直期盼着，她爹的原配夫人去世以后，她爹能娶她妈，从而给自己一个合法的身份，然而，她爹的原配夫人去世以后，她爹马上跟他的私人护士结了婚，她对名牌身份彻底绝望了，最终也没能走出自己的知见之牢。

3

作为精神病院的卧底，我感到十分得意的是，处身封闭病房没多久，我就能运用自己摸索出的一整套技巧，成功地探索出患者们最幽微的故事了。然而凡事都有例外，病房里一个跟吴芳同样患了偷窃癖的贵夫人就壁垒森严，我用尽手段也未能从她的嘴里套出半句实话。 这位贵夫人本身倒是出身名门，坐拥万贯家财，但是，在她的偷窃欲强烈发作的时候，若是不偷点东西她就会生不如死，就像毒瘾发作一样不可遏制。 住在病房里实在无甚好偷，她甚至不得不偷撕别人一小段卫生纸装在口袋里，才会在鸡飞狗跳般的焦虑之中，获得一点暂时性的满足而平静下来。 她跟患了"关注缺乏症"的吴芳情况完全不同，她要啥有啥、呼风唤雨，究竟为什么非偷不可呢？ 她越不开口，我越想打开她心里的潘多拉魔盒。 有一次，看到她又在病区里火烧火燎地团团打转，却始终找不到机会和目标下手，我悄悄地把自己的一瓶洗脸液装作不经意地暴露在她面前，当她鬼鬼祟祟地把那只小瓶子抓到手里的时候，猝不及防地被我攥住了那只尊贵的偷窃之手。 据说贵夫人在外面已经被若干次当场抓获，所以她并不惊慌，几乎是从容不迫地就势坐下来，视死如归般地望着我，良久，突然莫名其妙地开口道："你老公偷了几个？"

我愕然地望着她："你什么意思？ 我老公从来不偷东西！"

"哈哈哈。"她先是歇斯底里地大笑，继而直视着我的眼睛，"所有的男人都是小偷，没有例外！ 你老公怎么可能不偷呢？ 别自欺欺人了！"

我恍然大悟，反问："你老公肯定是个惯偷儿啦？"

"绝对比你老公偷得多！ 你相信吗？"

"绝对相信！"不然，怎么可能养成她如此顽固的偷窃癖呢？ 她甚至连保姆的廉价口红都不放过。 偷家里的保姆也便罢了，糟糕的是，她还偷超市和商场，到亲戚家去做客，她也会顺手牵羊，在商场更是被保安当场捉拿过多次，越偷越上瘾，不偷不能活。

"送奶工、钟点工，卖菜的还有洗衣的，只要是个女的，越是卑贱，他越有兴味去偷，你说说，他咋就那般没出息呢？ 啊？ 他若是偷个有名堂的大家闺秀，我心里也不会这般剜着疼了！"

"谁？ 谁这般没出息？"

"还能是谁？ 下里巴人，打死都不会是阳春白雪。"顿了顿，贵夫人突然语重心长地提醒我，"你的手该做保养了。 女人嘛，贵就贵在一双手！"

贵夫人人到中年，那双手却圆润白皙，不输羊脂玉。 见我端详她的手，贵妇人道："我老公是个不折不扣的穷光蛋大美男。 我带着万贯家产下嫁他，他却生就是个泥腿子，怎么改造都不行。 尊贵这东西，不能速成，得养。"说到这里，贵妇人突然伤痛欲绝地抽泣起来，"泥腿子就是泥腿子，偷嘴吃也是个不登大雅之堂的土包子！ 放着西餐大菜不去碰，偏喜欢烂白菜煮臭豆腐，一个字：贱！"

我望着她凛然不可侵犯的目光，心里说：正因为你太"尊贵"了，你老公才会那般犯贱。

"我换了几个保姆，他偷了几个，一个都没放过。 那些保姆土到掉渣，有的年龄比我还要大，他照偷不误。 我就是想不明白，他到底是搭错了哪根筋！"

"他可能习惯了豆浆油条，消化不了西餐大菜。"

"男人都是贱坯子！ 越烂贱越稀罕。"贵夫人像梦游一样突然站起身来，如同毒瘾发作一般瑟瑟发抖起来，看到我手里的那瓶洗脸液，她才回到眼前的现实，气恨地说："一个体面男人，偏偏喜欢在猪槽里揾食吃，你说怪不怪？"

　　你偷的东西也稀巴烂贱嘛！　我在心里说。

　　"她若是真尊贵，就该去偷点尊贵的东西来犒赏自己。"女博士溜进来悄声插话道。　我感到奇怪的是，我心里想什么，为什么女博士总能清清楚楚呢？

　　"她应该去偷什么呢？"我漫不经心地问。

　　女博士非常认真地说："偷心。"

　　"请问，你也曾经偷过吗？"我问女博士。　她突然面露悲怆，忧伤地说："男人是习惯性的小偷小摸，女人是天生的贼，只要还在喘气，女人就不可能完全泯灭灵魂深处那种窃取男人之心的贼念，那是上帝给女人设计的一套剔除不掉的病毒程序，一句话：女人天生就是不主贵！　不过，这是上帝的有意设计，不能怪女人。"

　　"上帝为什么要对女人如此用心险恶呢？"

　　"因为上帝是男人，他对自己创造出来的女人既爱又恨，还有说不出的恐惧，他想让女人永远依赖男人、惦记男人，离了男人就不能活，唯有如此，女人才会永远依附于男人。　说到底，男人这种动物貌似强悍，实则既自卑又脆弱，唯恐女人占了自己的上风，千方百计要打压女人。"

　　"所以，作为男人，上帝仅抽取男人身上的一根肋骨创造了女人，让女人永远以男人身体的一部分而存在，是吗？"

　　"女人是什么？　男人的骨中骨和肉中肉，所以男人永远在偷女人的身体，到一百岁还想偷，占有了女人的身体，男人自己的身体才会感觉完整。"

　　"女人则永远在偷男人的心。　上帝让女人与男人共用一颗心，偷得了男人的心，女人才会获得灵魂的完整性，所以女人最重要的是，自己要有主心骨。"

　　"男人偷身，女人偷心，这么偷来偷去，做人好累。　看来，还是神仙自在。"

女博士听到"神仙"二字，立刻开始诗朗诵："'世人都晓神仙好，惟有功名忘不了！'禅者偷心，贼者盗宝，人人都是贼，谁都别笑谁。"

4

我独自坐在病房里，郁闷地想，只要贵夫人的丈夫继续偷下去，她的偷窃癖就不可能治愈，要想治好她，必须先治好她丈夫，然而，谁又能治好男人偷吃的恶习呢？ 这也是上帝的设计，要治得修改基因密码。 不料，没过多久，贵夫人就出院了。 由于贵夫人多次出入精神病院，她丈夫偷得如鱼得水，居然跟小保姆偷偷生下了一对龙凤胎，于是，非常决绝地提出离婚，要娶小保姆。 贵夫人亲眼看到那对嗷嗷待哺的婴儿以后，就爽快地在离婚协议书上签了字，还送给前夫一套房子作为新婚礼物。 由于她自己没有孩子，她对小保姆的孩子视如己出、百般疼爱。 小保姆没有想到，贵夫人会把老公和房子一起慷慨地拱手相送，兴奋到大喜过望。"我后来才知道，她那样大方，原来是别有用心，留着后手呢！"小保姆亲口对我说。 其时，小保姆作为抑郁症患者，被丈夫送到了这间封闭病房里。 小保姆抑郁的原因很明确，那个男人自从跟她结婚以后，就跟他的前妻，也就是贵夫人开始频繁地偷情，偷得肆无忌惮明目张胆，使得小保姆感觉，人家还是一对夫妻，自己还是保姆，她这个保姆还免费代孕，心甘情愿地替人家生了一双儿女。 那个男人来精神病院给小保姆送东西时，我偷偷问他："你怎么会出轨自己的前妻呢？ 不是说好马不吃回头草吗？"

他望着我，很无辜地回答："你问问全天下的男人，有谁愿意跟自己的妻子上床？"说完这句话，他非常委屈地叹了口气，嘀咕道："我就是想不明白，好端端的女人，一旦做了妻子，咋就变得面目可憎，叫人难以忍受了呢？"

　　我无言以对。停了会儿，又问他："你妻子，不，我是说，你前妻的偷窃癖好了没有？"

　　他答："好了。彻底好了。"

　　我有点不相信："她不偷东西了？"

　　"不偷了，连一根针都没再偷过！"

　　我百思不得其解地问女博士："以前，她丈夫偷保姆时，她把自己气成了偷窃癖，现在，她丈夫成了别人的老公，她的偷窃癖反倒不治而愈，这是啥道理呢？"

　　女博士先是哈哈大笑，既而道："当她把丈夫当成自己的占有物时，别人偷一点，她都会觉得吃了大亏。当丈夫成为别人的老公时，她能得到一点，都会感觉占了大便宜。人天生爱占便宜。事实上，每个人都是一个独立的世界，谁能真正占有谁呢？"

　　"谁都不能占有谁，婚姻的存在还有必要吗？"

　　"究竟，婚姻也是个假象。天下的事情，一当真就坏菜。"

　　"照你这么说，这世界上什么是真的？"

　　"一切都是梦幻泡影。"

　　"既然如此，人在梦境里活来活去，究竟有什么意思呢？"

　　"借假修真呗！"

　　"借什么假，又修什么真？"

　　女博士答非所问地说："如果你想要全部，上帝一点都不会给你；如果你只要一点，上帝会给你很多；如果你什么都不要，就能得到全部。"

　　"别来这些玄的。生而为人，谁能不贪婪不执着呢？"

　　"所以，生而为人，人人皆苦，谁都干不过人性。"

　　"那你说，生而为人，只能束手就擒，接受人性的蹂躏吗？"

　　"事情没有那般悲观，总有一些超越在人性之上的高人。"

精神卫生中心
诊断证明书

门诊号 159766
住院号 11213

姓名 李蒙 性别 女 年龄 24 岁，经本院检查诊断为：

公主病

症状表现：

　　总是幻想自己是电影明星。常常一边背诵影视剧里的台词，一边翩翩起舞，把影视剧和现实生活混为一谈，觉得自己就是女明星。

日期 2023 年 5 月 11 日

医师 _____

诊断证明书
副联

姓名 李蒙

性别 女 年龄 24 岁

门诊号 159766

住院号 11213

诊断 公主病

_____

_____

医师 _____

日期 ___ 年 ___ 月 ___ 日

每个人天生都携带着一种致命的遗传绝症。这种绝症叫作死亡病。

第5章

女护士
和
电影明星

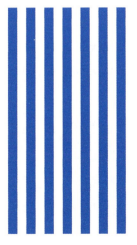

1

接下来说说"公主"吧。 公主是病区里颇具姿色且受过高等教育的一个病人，然而，她笑起来的表情却十分低俗：拖泥带水，不成体统又缺乏自尊。 她基本不跟女人说话，只爱与男人搭讪，如此一来她笑的概率便大受影响：除了男大夫，走进女封闭病区的男人寥若晨星。 只要男大夫走进病房，她立刻如同注射了鸡血般兴奋起来，像过度绽放的花朵一样满脸灿烂。 据公主自述，其父乃某地一富豪，她乃富豪之独女，自小到大她想要的东西没有得不到的。 公主愈来愈乖张怪戾，父亲担心她闹出何不食肉糜的笑话，决定让她感受一下民间疾苦。 富豪老爹煞费苦心地把她送至乡间远房亲戚家生活一段时间，公主竟然爱上了亲戚家清俊纯朴的儿子。 然而，那农家小伙挚爱的却是青梅竹马的邻家村姑。 公主想尽办法欲把小伙从村姑手里夺为己有，无果。 她老爹鼎力斡旋，替小伙安排了他想都不敢想的远大前程，给小伙子创造了"朝为田舍郎，暮登天子堂"的奇迹，公主和其父都以为，小伙子会感恩戴德地成为他们家的乘龙快婿，然而任凭怎么施加压力，小伙子都拒不接受公主送上门的豪华爱情。

遭遇乡下小伙的坚拒后，公主任凭父母拜托亲朋好友介绍给她怎样的豪门公子她都视而不见，要且只要清俊的乡下小伙。 倒不是她情有独钟，恰因得不到，乡下小伙才成了她的天上明月。　她软硬兼施地用尽千般手段，甚至借助于父亲无所不能的威慑力，仍然得不到，不疯掉反倒是咄咄怪事了。　倒是应了那句俗语：这世间什么最好？　想要而又得不到的。

　　住在封闭病房的公主依然享受着远远优越于别人的生活：一日三餐特厨小灶，拥有整个病区最夸张的零食袋子，如同把多余的零食扔进垃圾桶里那样，公主把自己无处施展的"爱情"一厢情愿地投射至她看得到的每位男大夫身上。　绝大部分时间，公主都百无聊赖地躺在床上，每当大夫快要查房时她就会突然爬起来，精心描眉涂唇。　镜子由玻璃制成，在病房里属于高危物品，整个病区只有护士站那里悬着一块几寸见方的小镜子，那块简陋的镜子牢牢地镶嵌在护士站的窗户里，谁想借助镜子梳妆，必须置身于护士的监控之下，这也阻止不了公主装扮自己。　公主对时间的把握非常精准，每当她把自己涂抹得山清水秀之际，查房的时间不迟不早刚刚好，看到帅哥大夫进来，她立刻笑得如同盛开的玫瑰，满脸都是爱慕和欢喜。

　　男大夫们对公主都严厉不起来，宽怀大度地听任她跟着自己。　大夫完成例行工作要离开时，她会亦步亦趋地直送至门口，大夫咔嚓一声把门锁死转身走掉以后，她还要极不体面地趴在门上，透过窄窄的一线缝隙久久地痴望其背影。　连背影也看不到的时候，她才会恋恋不舍地转过身来。　转过脸的刹那，她会完全变成另一个人，由绽放的红玫瑰变成瑟瑟秋风里的枯叶。

　　她那貌似伟大的爱情只不过是荷尔蒙驱动之下的本能流露。　每当她不管不顾地对男大夫起腻时，小护士李娜就会忍不住骂她"犯贱"。　小护士骂得大声而又响亮，很直接。　李娜面对帅哥大夫时倒是从来都不犯贱，然而，她眼睛里那种含情脉脉的情愫想藏都藏不住，她自己却完全没有意识到。　有一天查完房以后，当帅哥大夫正和护士李娜一起坐在护士站谈着什么的时候，公主不顾一切地冲进去，用尽全力把一口痰吐到李娜的脸上，然后扑到李娜身上乱抓乱挠起来，李娜一连声地骂着"贱坯子"，一边委屈地大哭起来。

这时，帅哥大夫的妻子———一个端庄的女大夫走进来劝她说："你跟病人斗什么气呢？ 难道你心里也生了病不成？"

爱情这东西像咳嗽一样，很难藏得住。 都在一个病区里日夜厮磨，帅哥大夫那年轻的妻子怎么可能完全没有察觉呢？ 病人爱上她的丈夫，她可以不介意，对一个痴情的小护士情敌，她就没有那般淡定了，所以，才话中有话地敲打李娜。 病区恢复了平静，年轻的女大夫要离开时，刚走到病区门口，还没有来得及拿出开锁的钥匙，突然风波再起：一个上了年岁的女患者冲上前去，对准女大夫的后背把一只牙刷恶狠狠地丢了过去。 这又是怎么回事呢？ 我惊愕地望过去，发现年过半百的女患者把自己的嘴唇涂得就像公鸡的红冠子一样。 这个女患者在病区里已经住了好几年，年轻时美到不可方物，嫁了个很有钱的男人，然而，像所有俗不可耐的故事那样，当她姿色不再时，男人又有了新宠，她则把自己折腾成了笑柄。

"她把嘴唇涂成那个样子，难道她也喜欢上了帅哥大夫不成？"我偷偷对女博士说。

"这病区一百多号女人，谁不把帅哥大夫当自己的梦中情人？ 女人天生的那点向男人邀宠的贱气深入骨髓，不可救药。"女博士恨恨地说。

她说的倒是实话。 这一百多号女人被关在封闭病房里，有的人一关就是数月，住院时间论年计算的也不在少数，在这女人的牢狱里，男大夫是她们所能接触到的稀缺异性，日久天长，她们心底深处那点女人的情愫除了投射给男大夫，别无出路。"一个女人都到了这般年岁，还对爱情贼心不死，真是不可理喻。"我道。

"但凡尝到过甜头的女人，谁能忘掉那点男欢女爱的柔情蜜意呢？ 那是要女人命的东西。 女人贵就贵在这里，贱也贱在这里，甜在这里，也苦在这里，这是女人的炼狱，也是女人的天堂。 女人若是能越过这道坎子，就自在了。"女博士说。

　　我望着她的脸，猛然发现她竟然也涂了口红，虽没有那般夸张，在不动声色中却更加用心。她平日里总是素面朝天，为什么帅哥大夫查房这一天，她偏偏这般用心地涂了口红呢？难道她也对帅哥大夫情有所动不成？好像是看穿了我的心思一样，女博士自我解嘲地说："女人嘛，把自己拾掇得山清水秀，也算是对上帝的致敬！我看青山多妩媚，料青山看我应如是嘛。你今天瞅上去心情大好，万里无云万里天，是遇到了什么开心事吗？"女博士意味深长地问。

　　"你不认为上帝创造的这个男女混搭的世界妙不可言吗？"我心照不宣地回答。

　　"岂止世界美妙，男人这挨千刀的阿物也妙不可言嘛，不然人生该多么无趣啊！"女博士说。

2

　　病区里还有个同样被护士骂作"小贱人"的女孩，名叫李蒙，她相貌秀丽、身姿窈窕，即使放在外面那个花花大世界里也十分打眼。正因为相貌出众，她幻想自己是电影明星。往往，她一边滔滔不绝地背诵影视剧里的台词，一边就地旋舞，就像绕着花朵旋转的蝴蝶一样。她把影视剧和现实生活混为一谈，在想象中自己就是当之无愧的女明星。

　　李蒙的美貌使护士李娜十分反感，几乎拿她当眼中钉，那潜台词昭然若揭地刻在李娜的脸上：一个疯子凭什么生得那般貌美呢？岂有此理！疯丫头李蒙确实很美，当她像蝴蝶一样忘情地起舞时非常陶醉，李娜看不惯她这份洋洋自得的明星感觉，屡屡打击她。李蒙丝毫没有收敛，于是李娜的愤怒一天比一天地汹涌澎湃起来。李蒙是个病人，李娜的工作是照顾病人，李蒙疯魔而又虔诚地认定自己是明星，依照疯子的逻辑，她认为自己是明星那她就是明星，一个是精神病院打工的小护士，一个是美丽迷人的女明星，谁的幸福指数更高一目了然，小护士怎么可能心理平衡呢？

护士李娜不能容忍李蒙的开心。李蒙越开心，她越愤怒。她想让李蒙痛苦，最好是痛苦到痛不欲生，这样才合情合理。然而，尽管她对李蒙使出了非常恶毒的伎俩来羞辱和打击她，李蒙还是很开心。她之所以开心，是因为她认定自己是电影明星。要想使李蒙陷入痛苦，只有一个办法：让她明白，她不是电影明星，而是个疯子。

让一个疯子清楚地明白自己是疯子，这对一个小护士而言是不自量力的事，然而李娜不信那个邪。她想尽办法，试图击碎李蒙的明星梦，使她清醒地意识到自己的可悲处境。问题是无法告诉疯子她是疯子，就像无法告知死者他已经死去了那样，"死亡"伤及不到死者，"疯狂"亦伤及不到疯子，这是上帝慈悲而又伟大的设计。小护士使尽浑身解数，亦没有办法让李蒙知道自己是疯子而非明星。事情如此诡谲，怎不令小护士恼羞成怒呢？她只要看到李蒙兴高采烈地在病房里旋舞，便大骂李蒙犯贱。

终于有一天，李娜成功地把李蒙从幸福的云端拖拽下来，让她仿佛从天堂直接坠落到地狱里那样，痛苦而又绝望地大哭起来。能把刀枪不入的疯子骂哭，护士李娜相当有成就感，然而，令她没有想到的是，一个整天幸福地飘荡在云端的疯子一旦哭起来，那是排山倒海、非同小可。李蒙比哭倒长城的孟姜女还要气势如虹，最终，这种痛哭居然给她带来了一场意想不到的爱情。爱上她的是病房里年龄最小的那个小豆豆的爸爸。这位爸爸来探望女儿时，无意间看到了哭得梨花带雨的李蒙，对她一见钟情，于是在征得李蒙父母的同意以后，把她接出医院，然后很快就跟李蒙结了婚。我是在自己也出院以后才知晓这个爱情故事的。

爱上李蒙的男人名叫郑应成，他是当真爱上了李蒙这个比自己小二十岁的女孩，不介意她是个病人，哪怕她一辈子都生活在梦中他也完全接纳。据说结婚以后，李蒙在不服药的情况下，出人意料地自然康复，成了幸福的小妻子，还生了个漂亮的宝宝。既然妻子不服药可以自然康复，这位爸爸把自己的女儿也从精神病院里接了出来，一家人幸福地生活在一起。这样一个故事听上去相当传奇，如果事实确凿，就足以证明：对精神病患者而言，看不见摸不着的"灵魂之药"比最昂贵的有形药物更具疗效。为了证明爱情是比物质更物质的药物，我必须亲眼见证这一事实。不过，找到他们一家人却相当困难。当我费尽周折地找到郑应成一家时，李蒙生的娃都快三岁了。我瞅准机会，很不礼貌地问那个名叫郑应成的男人："当初为什么会下决心跟一个精神病人结婚呢？"

郑应成直言不讳地说："我自己的女儿豆豆七岁就被诊断为精神分裂症，我的前妻，就是豆豆她妈，由于无法面对，先是陷入重度抑郁，后又得了乳腺癌，最终跳楼身亡。我这样做，也有前妻之死带给我的反向作用力，我偏不信邪。"

"豆豆唱歌很好听。"我讪讪地说。

"她妈至死都不能接受豆豆是精神病这样的事实，她认为精神病是奇耻大辱，让她活不起。"

"那你怎么看待这种事情呢？"我问。

郑应成反问："同样都是病，患上癌症和白血病，都是正常现象，患上精神分裂就是奇耻大辱，这是什么逻辑？"

听郑应成这样说，我想到了桑塔格《疾病的隐喻》那本书。如果每一种身体疾病都有一个隐喻的话，那么，精神疾病本身又在昭示什么真相呢？谁的身心不撕裂？谁又敢说自己是身心灵的完美结合体？根据精神分析师的说法，所谓"癌"，就是爱之"碍"。换言之，患了癌的人，某种程度而言就是"匮爱症"。那么，患了癌也要感到耻辱吗？我没有细思下去，接着问："豆豆那么小就患了精神分裂症，是遇到了重大刺激吗？"

"刺激只是外源,她天生携带有精神分裂的基因,是我前妻的外婆遗传下来的,那位外婆不到三十岁就自杀了。"

"请原谅我的直言不讳,你不怕李蒙把病遗传给你儿子吗?"

郑应成望着我,良久,才认真地说:"每个人天生都携带着一种致命的遗传绝症。

"这种绝症叫作死亡病。

"人人生而必死。 可是,有谁因为死亡的必然发生而拒绝过生命吗?人的存在本身就是个病,那么有限的肉身里面,却装载着那么无限的灵魂,这是最可怕的顽疾,上帝也无奈,带病运行是人生常态,谁敢说自己绝对没病?"

这时,李蒙走过来很认真地问我:"你也喜欢仙境吧?"

我正不知所措时,郑应成解释道:"她这段时间正在扮演爱丽丝,表演一部叫作《爱丽丝梦游仙境》的电影。"

"也就是说,她并没有完全康复?"我小声问。

"不,她没有病。 病的是人的观念。 你不觉得她美得就像童话故事吗? 每个人都生活在自己编织的故事里,她的世界有些与众不同而已,谁不是活在各自的剧本里? 谁出生的时候没有携带着属于自己的人生剧本?"

3

跟郑应成说话的时候,我忽然听到一个熟悉的歌声从不远处传来。 需要说明,郑应成和李蒙一家生活在中原伏羲山上一个很大的农家院里,他把原本破落的院子买过来以后,经过重新打造,成了个很独特的山间庄园,整个院子有两三亩大,全部用原生态的石头垒筑而成,置身其中恍若身处仙境,倒是很适合爱丽丝在此梦游。 循着歌声信步来到一棵足有二百岁的杏树下,我看到他们的女儿豆豆，正在放声歌唱，陪在她身边的竟然是原先那个护士李娜。看到李娜，我像电脑死机一样差点傻掉。几年过去，我还清楚地记得她在病房里大骂李蒙的情景，她怎么会放下身架，来给李蒙做保姆呢？李娜看到我这个昔日的患者，丝毫没有流露出尴尬之意，像从前做护士那样镇静自若地招呼我：

"你还好吧？"

"非常好。你看上去也很好啊！"我道。然后，我俩在大树旁边坐下开始闲聊。

"我非常向往乡野生活。我在大学读的专业是心理学，可是，在精神病院的封闭病房工作了三年，我差点疯掉。"李娜有些羞愧地笑笑，"当时，我对蒙姐的态度极其恶劣，你也看到了，郑哥要把她接出去结婚的时候，我才猛然意识到，自己的心理当时已出现严重问题，我不能在那个封闭病房里继续待下去了。于是接受郑先生的聘请，来他家做了家庭医生。"顿了顿，李娜又纠正道，"其实，也只是个心理陪护员。我也认为，蒙姐和豆豆都没有病。所谓病，只是人的一种偏见，她们只是偶尔生活在平常人肉眼看不到的异度空间而已。"

"那个异度空间是什么空间？"我认真地问。

李娜沉思了一会儿，指着眼前的一堵墙壁说："你能进入这道墙壁里面吗？"

我笑笑："听说印度有人能穿墙。"

"但是，对蒙姐而言，思维的墙壁根本不存在，她可以轻而易举地打开一扇无形之门，然后穿门而过，进入一个仅属于她个人的巨大广场。当然，这只是个比喻的说法。"

"她到那个异度广场上去干什么呢？"我问。

"演电影啊。她是那个广场上光彩夺目的大明星。"

"打开根本不存在的门，在根本不存在的广场上演不存在的电影！ 唉，生活在幻觉中也怪可怜的，幸亏有郑先生疼她。"

"她认为存在，那就绝对存在，对她而言，意识本身就是物质，所想即所得。 不是她可怜，是我们的认知力太可怜了。 埃隆·马斯克说，人类生活在真实世界的概率不到十亿分之一。"

"什么意思？"

"意思是说，整个人类都生活在幻相里，却误把这个幻相当了实相。"顿了顿，李娜接着说，"既然所有人都生活在幻相里，那么，幻相对人类而言，就应该是实相。 所谓真假，也只是相对而言的概念。"

"很遗憾，我仍然无法理解李蒙那个莫须有的维度空间。"

"这个世界并非只有一个时空，有多少个人，就有多少个时空存在，严格地说，一个人根本无法进入别人的个人时空，至多在别人的灵魂客厅里碰个面，就算是深交了，一般而言，人与人的相遇都在最表层。"

我笑笑："那你说，此刻我与你相遇在哪个时空里？"

李娜没有回答，而是问："你知道郑先生家的这个庄园里有多少房间吗？"没等我回答，她自己道，"大小两个会客厅，五个卧室，一个茶室，还有放映厅，书房，棋牌室，洗衣房，佛堂，冥想室——"李娜忽然打住，对着我凝视了一会儿，又接着道，"其实，每个人的灵魂都是一座庄园，我们一生中所遇到的人，相遇的时空维度都不一样。 大部分都只在客厅相遇，极少数在茶室相遇，连绝大多数的夫妻也不过在卧室相遇，至于你我嘛，只是在庄园大门口的边道上擦肩而过，还不曾相遇呢。"

"那我什么时候可以进入你的灵魂会客厅呢？"我笑着用调侃的口气问。

"我基本上不会客。"

"为什么？"

　　"我的客厅太简陋了，招待不起客人。"沉默了一阵子，李娜说，"对于大部分女人而言，脸就是她的会客厅，我此生的遗憾就是，父母没有给我一张美丽的脸。 不过，当我关掉了脸面这扇客厅之门以后，我的生命就不再被喧嚣打扰了。 我发现，太多拥有天赐美貌的女人，把整个人生都变成了一场持续不断的超级 Party（聚会），很遗憾，我不喜欢 Party。"

　　"关掉客厅，拒绝 Party，享受单身？"

　　"倒也不一定单身。"

　　"那你说，男女间的婚姻是在哪个维度里？"

　　"最世俗和最肤浅的那个维度。"

　　"一男一女的两个人，生儿育女、厮守终生，这一切都发生在最肤浅的维度里？"

　　"难道你认为，身体与身体相遇就能创造出深度空间吗？ 身体遵循的原则是快乐，爱情遵循的原则是理想，婚姻遵循的原则是社会，婚姻只是个社会组织而已，其存在的最大价值是：合法地制造生命。 所谓婚姻，就是个制造孩子的小型生产公司。"

　　"那你不打算组建这样一个炮制生命的小公司？"

　　"对我而言，完成自己才是我人生的重要使命。 如果自己还是个未完成品，为什么要着急生孩子呢？ 许多时候，所谓生儿育女，不过是半成品的迭代复制，哪怕复制十代半成品，都不如圆满一个人。"

　　"你要把自己完成到什么程度？ 完成以后将是什么状态？"

　　李娜沉思了好一阵子，磕磕绊绊地说："很难表达。 如果一定要勉强表达的话，就是生死合一的状态，用大俗话来说，就是了脱生死的涅槃状态。"

　　"涅槃这个词太高深了。 请你告诉我，进入深维空间的途径在哪里？"

　　"就像耶稣的指引，进窄门。"

"窄门是什么门？"

"我也正在摸索。"李娜站起身来，下意识地往前走去，我尾随着她，绕过了几道弯以后，来到了一座石屋的门前。 那石屋上的木门很别致，直接用一根根仍带树皮的原木做成，就像从地里长出来的一排密集的树桩那样，我感觉，春天来时，从那木门上直接开出花朵来也不奇怪。 不过李娜并没有带我走进那座石屋。

"请问，这座石屋存在于哪个时空维度？"我故意问。

"它不是屋子，它是一道门。"

"我还以为是一间庙宇呢。"

"庙宇本身也只是一道门。 不管多么堂皇的庙宇，都只是一道门而已，只有穿过那道门，才能与神佛相遇。"

"既然庙宇只是一道门，就是说，神佛根本不在庙宇里啦？"

"也在，也不在，只看你心里有没有。"

"绝大部分庙宇都在远离人烟的深山之巅，要去朝拜一次，还要跋山涉水。"

"我们的身体就是一座庙宇，何必远途劳顿呢？"

"士别三日，当刮目相看啊！"我丝毫不带调侃地说。

李娜道："佛在灵山莫远求，灵山只在汝心头。 我只是跟着郑先生鹦鹉学舌。"

这时候我才明白，郑先生是个禅师。"在山野仙境里工作，比在精神病院做护士自在吧？"我问。

"我感觉自己不是在工作，是在修行。"

"修行？"

"此身不向今生度，更待何时度此身？"李娜又冒出个金句。

"你当真不在意结婚生子的事情？ 不怕老了受罪？"

"就算是儿女成群，也不过是肉身的延续。 肉身是什么？ 色壳子。 真悟了，肉身受的罪那都不是罪；若不悟，哪怕成群的儿孙伺候着，死都是个大苦。 这个苦，谁能替代？ 又怎么可能避免？ 想起来我爹，我就觉得可怜。"

"你爹他怎么了？"

"还不到六十岁就得了癌，临走的时候，他自己兄妹五个，还有我们姐弟三个，都尽心尽意陪护着他，给他用最好的镇痛药，可是他还是痛苦到叫人于心不忍，我只要看到他的眼神就会心碎。 他不想死！ 那种不想死的痛苦，无药可医。"

"谁想死呢？"

"如果他悟明白了，走的时候就不会那般痛苦了。 了悟生死这件事，不是别人能帮得上的。 各人吃饭各人饱，各人生死各人了。 如果自己执迷不悟，再多的儿女都枉然。 孝的最高境界不是侍身，而是帮父母了脱生死。如果一味侍身，儿女越孝顺，父母越贪生怕死，死的时候也越痛苦。"

"请你原谅我的好奇，是什么契机，让你在短短几年的时间里，了悟如此之深呢？"

李娜望着我，意味深长地问："真想知道？"

"如果冒犯到你，请见谅。"

"很遗憾，我感觉你暂时没有力量能够冒犯到我。"

我尴尬地耸耸肩膀："看来是我肤浅了。"

李娜笑笑，很平静地说："我是个石女。"

我先是愕然，继而转移话题道："是否结婚生子，真是无关紧要。 对了，李蒙她有一天会完全醒转过来吗？"我嘴上问着，心里想的却是，上帝让李娜生不出孩子，却让她意外地觉悟了，能生出孩子的女人不算有本事，能开悟觉醒的女人，万里挑一。

这时郑应成正好走过来，接口道："蒙蒙是否醒转过来，已经没有关系了。 我们生活的这个现实世界，又何尝不是一个梦幻仙境呢？ 真正醒着的人，能有几个？ 蒙蒙喜欢做电影演员，那就做演员；豆豆喜欢唱歌，那就唱歌。 这样有什么不好呢？"我不知道该说什么，突然想到了被女博士当作座右铭的一句话：一切有为法，如梦幻泡影，如露亦如电，应作如是观。

诊断证明书
副联

姓名 小楠
性别 女 年龄 25 岁
门诊号 655964
住院号 22165
诊断 双性同体病
_____
_____

医师 _____

日期 ____ 年 __ 月 __ 日

✤ 精 神 卫 生 中 心
诊 断 证 明 书

门诊号 655964
住院号 22165

姓名 小楠 性别 女 年龄 25 岁，经本院检查诊断为：

双性同体病

症状表现：

自己跟自己谈恋爱。觉得自己非男非女或既男又女，坚信自己是雌雄同体人。

医师 _____

日期 2023 年 5 月 11 日

过度防护乃是对生命的最大伤害。

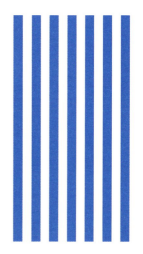

第6章

飞越疯人院

1

由于对"爱情"格外渴望，病房里有个名叫小楠的女孩一本正经地自己跟自己谈起了恋爱。 怎么谈呢？ 依照男左女右的规则，用握在左手里的"男手机"跟右手里的"女手机"谈。"发现喜欢的新款手机面市时，我就会极度焦虑。"小楠说，"我们班的十三个女生中，我是唯一没有谈恋爱的女孩，我是个瘸子。"小楠把"瘸子"两个字说得特别重。 小楠的右腿又细又弯，比左腿短了好几厘米。"从小学到高中，我的成绩一路领先，考进大学以后，身边的同学撒开膀子拿爱情犒劳自己的时候，我嗜好手机，我知道，爱情这门功课，我注定要交白卷。"

"于是你就关闭了自己的心扉？"我问。

"上帝设计出了许多自体恋爱的小生物。"小楠道。

小楠的手机都像真人那样有名有姓、性别各异：珍妮和杰克，或者约翰逊与苏姗娜。 因为须臾不离地携带着性别各异的手机之缘故，小楠坚信自己是非男非女或既男又女的雌雄同体人。 对雌雄同体的生物情有独钟，闲来无事时她就埋头在学校的图书馆里认真钻研，对绝大部分雌雄同体生物的生活习性了如指掌，并能如数家珍地说出它们稀奇古怪的名称：大西洋扁贝、藤壶、棉垫蚧虫，还有欧洲扁蛎。 她对雌雄同体生物的热爱就像同龄人对歌星的痴迷那样，哪怕身处病房，她也会不管不顾地讲述这类小生物的趣闻，发现我这个新来者以后，她在第一时间对我进行启蒙："陆地蜗牛是一种雌雄同体小生物，它的雄性生殖器官中包括一只装满爱情之箭的小囊，它可以随时发射这种细细的骨质导弹，有趣吧？"看到自己的讲述引发了我的兴趣，小楠禁不住兴奋地夸赞，"瞅瞅这些小家伙，爱情方式远比人类有趣！　人类只有异性恋和同性恋两种方式，人家陆地蜗牛可以自体恋，酷不酷？"

"从某种角度而言，人也是雌雄同体的生物，谁不是父精母血的混合体呢？"我说。

"上帝给了每只陆地蜗牛雌雄两套生殖器，却吝啬地只给了人类一套，他老人家为什么要故意折磨人类，让男女两性苦苦地彼此寻找呢？"

"据我所知，尽管陆地蜗牛拥有雌雄两套生殖器，它们的爱情也需要另一个伙伴的参与，它们不会自己跟自己做爱。"

"棉垫蚧虫就不需要寻找爱情伙伴，绝对自体繁衍！　玉米能独自结穗，母鸡能独自下蛋，人作为高等生物，却必须男女合作才能生孩子，真是令人扫兴！"

我望着小楠的脸说："据我所知，玉米想要结出穗子来，也需要同伴授粉合作，植物也有性别。　如果让我选择，我宁愿做没有腿的人，也绝不做最完美的蜗牛！　这个世界上有一亿多种生物，上帝恰好把我设计成了人，这是亿万分之一的奇迹。　对我而言，能够以人的身份来到世界上，就是中了宇宙头彩。　我生生世世都不要做蜗牛。"

小楠摇着头大哭道："我就是想做蜗牛，死都想做蜗牛！"

"你以为，做了蜗牛，就不会再渴望爱情了？　对爱情的渴望使你如坠炼狱，是吗？　爱情没有你想象的那般美好。　再说，你不是蜗牛，怎么知道蜗牛没有因为爱情而痛苦呢？　虽然它们各自拥有雌雄两套生殖器，当爱情发生时，它们的烦恼是你无法体验的。"

2

"你知道爱情的最大魔力是什么吗？"女博士问我。

"当然是能给人带来巨大的满足感。 还能是什么？"

"你说的满足感是指什么？"

"被认同，被呵护，被接纳，被疼惜，被爱。"

"爹妈也可以给到这些，这些不是爱情的核心特质。"

"是性的满足吗？"我感觉这样说羞辱和贬低了爱情。

"性为什么会带给人如此巨大的满足呢？ 因为性器官拥有非常敏感的神经系统，同样是人体器官，头发和指甲迟钝到连痛感都没有。"

"你到底要说明什么？"我问。

"生物体最敏感的部位就是性器官。 上帝这样设计，是为了让生物在性交时产生快感，从而繁衍后代。 如果性交不能带来快感，猪都会避之唯恐不及，就会绝种。"

"也就是说，性快感是上帝为繁殖设计的奖励机制？"

"单就肉体而言，这点乐子好像是不可逾越的天花板。 很遗憾也很可怜：无论怎样花样作死，这也只能算是低级的生物天花板，如果打不破这个天花板，人就无法突破动物的局限，这就仿佛葛朗台无论拥有多少金子，都无法理解莎士比亚的美妙。 仔细想想，一个人终生以摩擦身体的某个器官为最高快乐，跟一个对象摩擦失效了，就再换个对象；常态摩擦失效了，就变态摩擦。 无论怎样花样作死，说到底就是摩擦那个用来排污的肉体器官，这太他妈可笑了！ 其人生的巅峰快乐，就是一个 GDP！"女博士说完，朗声大笑起来。

小楠自从爱上了雌雄同体的生物以后，就真心诚意地相信自己也是双性同体人，在她用男手机跟女手机谈恋爱到不能自拔时，被送到精神病院。 住进精神病院以后，小楠甚至不需要任何道具，她的左手跟右手也可以谈情说爱，又甚至，连她脚上的两只鞋子和两只袜子也能陷入热恋。 她常常半晌半晌地坐在那里自言自语，仔细倾听就会发现，那其实是男女两个情人在对话：温言款语、情意绵绵，连大夫都束手无策时，救星出现了。 这个患者是个名叫王炎峰的"阴阳脸儿"。 她的左半边脸白皙红润，右半边脸上则长满了又浓又密的黑毛。 这个阴阳脸女人比小楠大十来岁，已经年过而立了。从青春期开始，她就无所不用其极地疯狂折腾她的右脸，经过了千刀万剐的各种折磨，她的右脸比当初还要惨不忍睹。 死心绝念以后，她不再跟任何人说一句话，也不再走出自己的闺房半步。 在闺房里待了将近三年以后，她开始自己跟自己说话，一说就是半天。 由于她和小楠都喜欢喋喋不休地自言自语，便被安排住在了同一间病房里。 不料，在同一间房里住了一段时间以后，两个人由自言自语发展到彼此对话，进而成了形影不离的密友，甚至晚上要挤在同一张窄窄的床上睡觉，白天则手拉手彼此依偎，像连体人一样。由于小楠的右腿不方便，她走路的时候就喜欢把身子搭在王炎峰的身上，须臾不肯分开。 再然后，两个人同时出院，同时宣布痊愈。 据说，出院以后，她们就租房子过起了同居生活。

因为那个时候我着了魔般地想做心理治疗师，我出院以后，立刻去寻找她们两个人，遗憾的是，想尽了各种办法也未能找到其踪影，因而无法了解她们一起生活的真实状况，这令我相当沮丧。 后来偶然的一个机会，我有幸见到了小楠的妈妈，当我问到小楠时，她愤怒地说："不要对我提到她，她死了！ 丢先人的脸啊！"不过，她还是给我提供了小楠的地址。

3

  见到小楠和炎峰已经是我出院以后好久的事情了，她们生活在一座废弃的破庙里，这个小庙远离人烟，在一座荒山上。 在她们住进来以前，庙里有个老尼，已经到了耄耋之年，三个人认识以后，就成了一家人，她们照顾老尼的日常生活，老尼则教她们种地和治病。 她们一家有几十上百口：鸡鸭鹅，猫狗猴，若是把成群的小鸟也算上，那就不计其数了。 她们在院里院外种满了各种植物，红薯、芋头、苞谷、花生、南瓜，各种菜蔬。 看到这样一个现实版的世外桃源，我喜不自禁，应邀住下来待了一个星期。

  老尼也是个苦命人。 她十八岁嫁人，一连生了五个儿子，五个孩子都眉眼灵动、个个如同小精灵，却没有一个活过周岁。 接二连三的打击使她丈夫彻底绝望，也跟着儿子们去了，她成了远近闻名的"克星"，人们都离她远远的，怕沾上她的霉气，她下山去赶圩，小孩子们拿石头投她，于是，她从此不再离开这个小山包。 那时候她刚三十出头。 一个人守在山上干什么呢？ 想念她那些升天的孩子。 想啊，想啊，想到没法子的时候，她便在石头上刻了孩子们的像，然后像神一样敬在屋子里，一个孩子一间房。 慢慢地，她的家就变成了一座小庙。 她在每个孩子的石像前都摆上山核桃之类的瓜果做饭食，然后对着孩子们念念有词。 时日既久，她的孩子们都"活"了过来，跟她在一起有说有笑、好不热闹，她也完全走出了悲伤，变得满脸都是喜气，还在山包上种满了瓜果菜蔬。 那么多的东西，她一个人吃不了，于是山上的猴子和别的动物也来采摘了吃，渐渐地，猴子和小鸟们都成了她的儿子，她成了整个小山包的妈妈，再到后来，甚至连植物和石头都成了她的孩子，哪怕与一只猴子她都能说上半天话。 年深月久，她的话越来越少，与此同时，她的两只手变得越来越魔力无边，只要她把手抚摸在一棵树上，树上的鸟儿就会欢快地鸣唱起来；南瓜生了病，她拿手一摸，南瓜就好了；豌豆不肯开花，她拿手一摸，豌豆就开花了。

　　那一年，有个生不出娃的女人来山上寻死，被她看到了，她把女人领回自己的院里住下来。女人一句话不肯说，就是不停地哭，她也一句话不说，只是不停地拿自己的手去抚摸那个女人，就像妈妈疼爱地抚摸自己的婴儿那样。没想到那个女人回去以后不久就生下个大胖小子，于是，她会治病的消息就传开了，不管遇到什么疑难杂症，人们都来找她医治，她越拒绝，人们越死缠烂打，她被迫开始给人治病。怎么治呢？用手摩挲。不吃药也不打针，不开药方也不使魔法，哪块地方长了病，她就用手摩挲哪块地方，谁知道，这一摸病就好了。于是，求上门来的人越来越多，不管她怎般推脱，人们就是要把她当神医，她只好继续摸，这一摸就摸了几十年，经她的手摸好的病不计其数，她住的院子当真成了神的庙宇。小楠和炎峰听说了这个神医以后，奔波劳顿来看病。虽然她们在一起其乐融融，身上的病终究是病。来了以后，连她们自己都没料到，她们会住下来，再也不打算离开，不过，好几年过去了，我看到，小楠还是瘸子，炎峰的右脸也还是原样。

　　"你们住在这里，是想继续给自己治病吗？"我问。

　　"不，我们想学着给别人治病。"她们异口同声地说。

　　"可你们自己的病还没治好呢！"

　　"早就好了！"她们再次异口同声地说。

　　我看看小楠的病腿，再看看炎峰的右脸，那条病腿还像原先一样又细又短，那半边脸还是又黑又青。然而，我注视着她们的眼睛时，当真感觉，她们健康得就像两株红高粱。这时候，炎峰对着我意味深长地说了一句话："康健的用不着医生，有病的人才用得着。"

　　我看看小楠，再看看炎峰，发现她们的眼睛里弥漫出圣母般的暖光，心想：真正能把病治好的，就是这道光吧？坐在旁边的老尼说："过来，孩子，让我给你摸摸，你就好了。"

我望着老尼，就像望着千年古树一样，忽然感觉，她就是一座庙宇，她就是一个山包，她就是一块岩石，她就是一棵苞谷，她就是地老天荒。 只可惜，我与老尼结缘太晚，否则我可能根本不会被送进精神病院的封闭病房，我感觉她才是真正的精神科医生。 不，是灵魂医生，精神病院里没有这样的医生。

4

住进精神病院的封闭病房以后，时间凝滞成为黏稠的油漆，我像一只跌落漆桶里的昆虫，不知道在里面待了多久，几乎在我忘记了外面世界的存在时，终于迎来了令人欣喜的特别盛宴：放风。

放风对封闭病房的患者而言，堪称隆重盛大的节日。 不要说四肢健全的大活人，哪怕一株盆栽植物，经年累月关在封闭的房间里也会枯萎。 住进病房里那么多日日夜夜，我才首次迎来了放风的节日。 封闭病房的病人们放风的时候，若干个保安及医护人员要高度戒备地围在四周，防止随时可能的意外，比如"飞越疯人院"的事件发生。 患者们最惬意的放风活动，对院方而言是最棘手的重负，所以寻找各种借口减少原本就少得可怜的放风安排，成为院方的家常便饭。 医院的借口冠冕堂皇：最大程度地保障了患者的人身安全。 这使我刻骨铭心地认识到：过度防护乃是对生命的最大伤害。 可是医院为了保证不出安全事故，宁可把病人变成活木乃伊，在这里，安全远重于治疗。

在一百多人共居的封闭空间里憋闷了几十天，沐浴着没有墙壁、没有铁栏杆、没有大铁锁的阳光，我从未想到会如此地满足，我也是首次发现，高不可攀的"幸福"原来竟是如此简单。 我大口大口地呼吸着扑面而来的清新空气，让自己的身体最大限度地与绿油油的草坪紧密相贴，同时让自己的眼睛贪婪地吞食着繁茂的绿意。

　　五十分钟的常规放风与漫长的囚徒生涯相比，显得过于短暂。　五十分钟就要结束，医生宣布让大家列队集合的刹那，我的大脑里忽然跳出一个灼亮的火球：逃跑！　此前我从未有过这样的打算，然而，一旦离开那个封闭的空间，我突然死都不想再进去了。　我想马上出院，一刻都不能再等待了，哪怕是卧底的特务，我也不想再当了，我想出去！　到外面的自由世界去。　我丈夫的国外公干还得半年多，我原本觉得可以忍耐，此刻我却觉得半年就等于一个世纪。　时间过于急促，我来不及做周密思考，亦很后悔没有早做打算。患者们被要求站成两列开始点数，错过这个"越狱逃跑"的良机，不知还要在里面煎熬多久。　我有意识地在草坪上磨蹭着，让自己站到队伍最末尾。医护和保安分布在队伍的前后左右，如临劲敌，严阵以待，在如此严密的监控之下，逃跑的希望非常渺茫。　在我看来，医护人员未免小题大做：这些人当中的绝大部分长期服药，已被调治得像绵羊一般温驯，被动接受摆布成为牢不可破的习惯定势，患者的灵魂被药物的绳索长期五花大绑，其肉体必然形同朽木，哪怕想逃也跑不动了。　我住得不是太久，我的双腿还具备逃跑的力量，但如何才能逃得脱呢？

　　我跟随在队尾无奈地往楼上走着，同时着急地想着对策。　那个牢狱般的封闭病房在八楼，转眼已行至七楼楼梯口，再不跑就没有机会了，手持警棒的保安就在身后紧跟着。　这时，我突然听到"咔嚓"一声响，这响声惊雷般刺激着我，我太熟悉这咔嚓声了，熟悉到刻骨铭心。　一想到随着那"咔嚓"声响自己就要重陷牢狱，我半秒钟都不能忍耐，马上不顾一切地转过头来。跟在后面负责断后的保安厉声呵斥道："干什么？！"我用半秒钟的工夫观察了地形，又用半秒钟的时间让自己骑跨到了楼梯栏杆上，像杀人不眨眼的女匪一样歇斯底里地对保安喊道：离我远点！　胆敢靠近半步，我马上跳下去！

保安呆住了。几个闻讯转过头来的医护人员也傻子般站住了。跳下楼梯栏杆只需几秒钟，从七楼坠落至楼底，也不会超过一分钟。只要眨眼间的工夫，这家精神病院就摊上事了！保安和医护人员全都脸色煞白，我清楚地明白自己占据着非常有利的地势，必须充分利用才好，简短的审时度势之后我歇斯底里地喊道："拿手机来！赶快拿手机来！两分钟内不拿手机来，我马上跳下去！"

很快，手机递到我手里。

很快，老公的声音清晰地传至我的耳膜。我像个不折不扣的疯子那样声嘶力竭地大叫："不管你在哪里，不管你在干什么，立刻滚回来把我从这个鬼地方接出去！否则你就等着替我收尸吧！"事实上真想出院，大可不必采用如此极端的方式，说到底医院并不是监狱，也是讲人性的，如果我强烈要求与家属通话，医生也能满足我的要求。然而在那一刻，我鬼使神差完全失控，过后好久我还在为自己的行为深感惭愧，同时也不能理解，自己为什么会做出如此极端的举动。

虽然是一时失控的举动，效果却达到了。"跳楼"事件发生之后的第三天，我被老公接出医院。仅用几十个小时，我老公就从太平洋彼岸飞回来，依照精神病院"谁送来谁接走"的铁律，在他此前与院方签署的责任书上亲笔签字，迅速替我办理好手续，把我接出了封闭病房。

也是临要离开的时候，我才深深地感到，这病房里的"在押"患者多么地渴望离开。当我接到护士传达的"解禁"通知，脱下那套我恨之入骨的蓝条条病号服，换上由护士转交给我的便装时，整个病区一百来号患者瞬息之间全都知晓了："有人要出去！"这个消息对她们的震慑力不亚于小型地震。我不无惊奇，自己要出去的消息是怎样旋风一般迅疾刮过每间病房的呢？患者们看上去迟钝麻木，在"走出病房"这件事情上，她们为什么心有灵犀不点就通地如此敏感呢？如同接到了无声的号令，患者们从各自的病房里走出来，包围在我住的病房门口。 她们隆重地站在那里，对这件事表达着源自本能的深切关注。 身着便装的我从病房出来，向病区紧锁的铁门走去时，她们像行注目礼一样全体目不斜视地痴望着我。 那些患者不管年龄大小，也无论因着怎般的缘由被关进来，都如同被父母送进幼儿园的孩子，无时无刻不在心里祈盼着能早日被接出去回家。 我快步行走着，竭力不让自己左顾右盼，并为自己当着她们的面逃生般地离开封闭病区感到罪过。 早知如此，应该悄没声息地溜掉才对。 我迅疾地走着，欲以最快的速度摆脱她们焦灼绝望的目光。 穿过走廊了。 走到门口了。 护士把那串象征自由和解放的钥匙拿出来了。 咔嚓一声，那紧锁的铁门朝我洞开了。 快，快，赶快离开！ 然而，就在我的双脚就要跨出门去的刹那，我突然听到一声撕心裂肺的哭号，就在我转过身来的一刹那，病房里患失语症的"哑巴女孩"猎豹般向我扑来，死死地攥住了我的手臂，如同倔强的小蛮牛。 她拼命要把我往病房里面拖拉。很显然她不舍得我离开，因为我跟她住在同一间病房，是彼此默契的好友。她凭着那一厢情愿的逻辑和倔强，要把我拉回病房，螳臂当车地要阻止我离开。 护士们有的生拉硬拽哑巴女孩，有的在旁边大声呵斥她马上松开，不然就叫保安拿约束带捆绑她。 女孩很快被拉开，我狼狈不堪地往楼下急奔而去，女孩的哭号声还在身后如影随形地啮咬着我。 跌跌撞撞奔至楼下，我停住脚步，回过头来往楼上仰望，忍不住痛哭失声。

　　要离开了我才知道，自己从内心深处对这群朝夕相处的"疯子"竟是缱绻难舍，无限的眷恋。

精 神 卫 生 中 心
诊 断 证 明 书

门诊号 <u>159598</u>
住院号 <u>11026</u>

姓名 <u>陈浮萍</u> 性别 <u>女</u> 年龄 <u>42</u> 岁，经本院检查诊断为：

重度抑郁症

症状表现：

感觉人生无聊，与现实中的一切格格不入。
不愿意与人见面和交流。总是怕。感觉对什么都
怕。有自残行为。

日期 2023 年 1 月 17 日

医师

**诊断证明书
副联**

姓名 <u>陈浮萍</u>
性别 <u>女</u> 年龄 <u>42</u> 岁
门诊号 <u>159598</u>
住院号 <u>11026</u>
诊断 <u>重度抑郁症</u>

医师 ＿＿＿＿＿

日期＿＿年＿月＿日

陌生
面对陌生
的时候，灵魂
当然没有
必要再
设防……

第7章：

神院 的 间 屋
精病 里 一 魔
　　　里 　魔

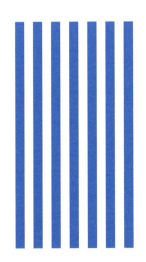

1

　　这个世界真是诡异。 在精神病院的时候我感觉自己非常正常，而且是众人皆醉我独醒的那种颇具优越感的正常，我坚信自己没有病，之所以住在里面，是为了假戏真做，完成"灵魂侦探"的秘密任务，那是我的个人爱好。出院以后我却发现，自己处处异常，跟外面的现实格格不入。 别人看我的眼光都像是打量外星人一样，使我感觉，我的额头上仿佛被烫上了无形的红字。 我同时感觉，外面的世界复杂到令我难以想象难以驾驭的程度，就像一道微积分数学题，我完全没有兴趣去求解。 不到两个月的时间，我再次陷入重度抑郁的泥潭，感觉人生万般无聊：人们拼上命所谋求的，无非钱权名利，无非爱恨情仇，无非得失与是非，每个人都忙得像陀螺一样晕头转向，好像在做十二分重要的事情，事实上绝大部分都是毫无意义的瞎折腾。 然而，如果我不加入这可笑与荒谬之中，似乎更加可笑与荒谬。 在外面这些正常人的眼里，我活得简直是个笑话，在我的眼里，那些正常人的行为才是天大的笑话。 那一天，我在电视的实况转播里看到，我的一个做了领导的女同学正在台上慷慨激昂地发言时，突然被戴上一双锃亮的手铐带走了，我一下子惊呆在沙发上，不敢相信自己的眼睛：上一秒钟她还得意得如同一只爬上竿头的猴子，下一秒就死机了。

　　虽然与现实中的一切都格格不入，我仍然坚信自己是个正常人，只是过分喜欢独处而已。　也是奇怪，住在封闭病房的时候，我总是千方百计与人交流，处心积虑地想要解读别人的灵魂，出来以后，我反倒不愿意与人见面或者交流了：在里面时，我认为自己是正常人，别人都是病人，面对病人我没有任何心理负担。　来到外面以后，所有人都认为自己是正常人，我才是病人，他们再怎么装得若无其事，都无法掩饰打量我时那种异样的目光。　那目光很复杂：好奇，怜悯，嘲笑，还有幸灾乐祸的优越感，每一种都是剧毒。于是我只能把自己关在房间里，不与任何人接触。　这样又过了几个月以后，我发现必须竭力控制，才能不去医院买药。　事情就是如此吊诡：在里面时，我极力排斥吃药，我坚信，药会使我灵魂枯萎，变成活木乃伊。　出来几个月以后，我却特别渴望吃药，就像渴望咖啡一样。　同时，我清楚地明白，如果我继续吃药，就可能形成严重的依赖。　我不明白，自己是因为有病需要吃药，还是因为在医院里被迫吃药而成了病人。　我不想依赖药物而活着，于是，在痛苦到难以忍耐的时候，我就把自己没进浴缸里。　当我的浴缸依赖癖越来越严重的时候，我清醒地知道，整天躲进浴缸里装鱼是行不通的，我终归是个大活人，是人就得走进社会去竞争、去抢夺、去拼命，而这一切都令我深恶痛绝。

　　对独处的渴望，使我越来越排斥和害怕人群。　如果必须去见一个人，或者必须到一个公众场合去参加熟人的聚会，我提前好几天就开始焦虑，仿佛要上战场打仗一样，真是如同热锅上的蚂蚁啊。　如果必须跟几个人一起吃饭，强迫自己坐到餐桌旁时，每一秒钟我都会感觉煎心煮肺般的折磨，吃完饭回到家以后，会累到精疲力竭，仿佛要虚脱了一般，要一个人独处好久才能缓解那种生死疲劳。　作为一个社会生物，我几乎完全丧失了与人接触的能力，照医学术语来讲，就是丧失了社会功能。　这样怎么生存下去呢？　摆在我面前的只有两条路，要么待在自己的密闭房间里，终老至死，要么想办法走出来融入人群，逐渐培养自己的社会功能。 经过痛苦的思考以后，我接受家人的建议，决定去看心理医生。

2

虽然我对精神病院并不陌生，但是此前我一直待在封闭病房里，几乎如同被装在密闭的罐子里一样，要在光天化日之下走进精神病院去看医生，对我而言仍然十分具有挑战性。 我特意挑选了一家十分偏远的医院，像做贼一样，戴上墨镜捂上口罩，并穿了一件长长的风衣。 尽管如此全副武装，我还是在精神病院对面的小园子里徘徊了数十圈以后，才鼓足勇气迈进那个大门。 硬着头皮挂号、排队、等候，而后，才忐忑不安地坐到了一位女大夫面前。

"感觉怎么不好了？"女大夫问。

我只回答了一个字："怕！"便抑制不住地流起泪来。

女大夫耐心等待我情绪平复，又询问了诸如害怕什么、怎么个怕法、这害怕对我造成了怎般的困扰之类的问题，然后开了单子让我去做各种心脑检测，具体地说，就是对着电脑反复回答各种荒唐可笑的白痴问题。 我希望最好不要进行什么心理治疗，让大夫直截了当地给我开些治疗脑神经的药，就像做外科手术那样把"害怕"从我的大脑里切除，使我可以落落大方地走进人群，跟人无拘无束地侃侃而谈，并且在人群中如鱼得水、左右逢源。 女大夫很笃定地断言：我需要的不是药物而是心理医师，她拿出处方笺，麻利地写下一个手机号码，还在后面注明"姚大夫"三个字。 这手机号码便是她开具给我的处方，"姚大夫"则是她提供给我的药。

第二天，我依照预约准时来到这家远离市中心的精神病院，去跟我的"药"见面。 刚走近门口，就听到一个女人的鬼哭狼嚎，随即，我看到几个身强力壮的男人把一个中年妇女从白色面包车里拖了出来，那女人拼命挣扎着，鞋子蹭掉在地上，两只手被布条捆绑着，披头散发地被抬进候诊室去了，隔着长长的走廊还能听到她尖厉刺耳的叫骂声："没良心啊没良心，我替你们做吃做喝，你们把我当牲口塞进车里五花大绑，我不会放过你们这群白眼狼！"

我感到头皮发麻：这就是人们常说的"疯子"。自己怎么主动来到这里？我想要转身逃离。是立刻回家把自己浸入浴缸呢，还是进去看心理医生？我犹豫不决，最后还是硬着头皮，忐忑不安地向心理咨询室走去。这家精神病院的环境比普通医院好很多，有大片的绿地和休闲场所，医院西北角居然还有个像模像样的篮球场。不过，随即我就一激灵：在精神病院这个地方，绿地、花木和篮球场可能都是必需的"医疗设备"。

循路标走近一座楼，我看到一块白色木牌高高悬挂于楼体正中，上书三个红色大字：心身科。我愣愣地看着那个"心"字，禁不住暗想："心"到底是什么东西呢？这是个专门治疗"心"的地方，俗话说，心病还须心药医，解铃还须系铃人。这世界上果真有"心药"存在吗？那是些什么样的药？不过，在这特殊的地方，"心"字所指称的含义肯定不是心脏。在普通医院里，治疗心脏的地方属于"内科"，再细分的话，还有"心血管内科"，也叫"心脏专科"，主要治疗心脏，包括心腔、心肌、心内膜、心外膜、中心纤维体和心血管的疾病。心血管内科的常见疾病有冠心病、心肌炎、心肌梗死、心绞痛等。我对普通医院的心内科相当熟悉，我奶奶常年心脏病，我已久病成医。但是，在精神病院这个地方，"心身科"的心与心脏无关。在这里，心的含义是，而且只能是，也应该是：灵魂。这里所要治疗的是悲哀、绝望，抑或迷茫和无奈这些关涉灵魂的疾患和病痛。但是，灵魂究竟藏匿在什么地方呢？它生得怎般模样？它有重量和体积吗？医院里有没有类若核磁共振机器那样的医疗器械可以捕捉住灵魂的影子呢？在看不见又摸不着的情况下，怎么来治疗它？ 我感到惶惑而又茫然。

<h1 style="text-align:center">3</h1>

咨询室的护士替我开具了一张收费条，让我先去交费，之后护士把我带进一间约二十平方米的屋子，嘱我坐下等候，然后在门楣处挂上"正在咨询，请勿打扰"的红色木牌。 我坐下来打量这间屋子：四围是雪白的墙壁，墙上挂着一只醒目的钟表，钟表下面摆放一只长条沙发，沙发上端端正正放着两个海绵垫子，整个环境温馨恬淡、简约大方，两把椅子和一只小茶几看上去更是安恬自在，端放屋角的花瓶里大束怒放的绢花尽心尽意地妩媚着，浅绿色织锦窗帘上密布精致考究的纹绣图案，一切看上去都十分具有家居氛围，我甚至忘了这里是医院，感觉仿佛置身于茶室，正期待着某位朋友前来赴约。 这就是进行心理治疗的所谓咨询室吗？ 怎么不见任何医疗仪器呢？ 甚至寻不见血压计、温度计和处方笺之类看病所必备的物品，怎么打量都不像看病的地方。

几分钟后大夫推门走了进来，是位三十多岁的男士，这就是我通过电话预约的心理治疗师姚大夫。 坐定以后，两个人不约而同地互相打量着对方。眼前的男人斯文儒雅、英俊帅气，目光安详、面带微笑，如果不是穿在身上的那件白大褂，我根本无法把他跟医生对上号。 此前，医生给我的印象是呆板矜持、不苟言笑，僵持着毫无表情的职业化面孔。 这位姚大夫倒是没有居高临下的架势，和我面对面坐在小茶几的两边，像朋友那样和颜悦色地望着我，那目光仿佛在说：请问你遭遇了什么麻烦？ 我怎么才可以帮到你？ 我下意识地低头打量自己的衣着，忽然有些自惭形秽，我忽然意识到已好久没有给自己买过新衣服了。 没容我多思，姚大夫开口道："说说看，感觉怎么不好了？"

　　姚大夫的声音略带磁性，那磁性如同无形的电波传导至我的耳膜，我真切地意识到，自己状态不好、日子不好，感觉不好、情绪不好，桩桩件件都不好。　面对亲切和蔼的大夫，因为那"不好"太过繁乱芜杂，我意识到表达的艰难。　我窘迫地望着他，只勉强说出了个"怕"字，如同在女医生面前那样，绝望地抽泣起来。　当着陌生男人的面痛哭，我感到难堪尴尬，但没有办法控制。　我觉得身体里面还藏匿着另一个人，是隐藏在暗处的那个人在哭泣，我没有力量阻止她，只为"那人"感到万分汗颜。　姚大夫平静地看着我哭，不时地递纸巾给我。　我这才注意到小茶几上放着抽纸盒，里面盛满雪白的纸巾，好像专门在等待着让人擦泪用。　走进这心理治疗室的人都要流下很多眼泪，或者，灵魂里储蓄了太多无处排泄的泪水，才会走进治疗室来的吗？　等我平静下来，姚大夫开口道："能不能说说看，你害怕什么？　为什么害怕？"

　　我在心里说：怕什么呢？　别的都不怕，就是怕人。　是个人都让我害怕。　在我的眼里，人比老虎豹子还要令人恐惧。　哪怕你最好的朋友，都会在你猝不及防的时候，毫无来由地恩将仇报，把你置于死地。　但是，这种深入骨髓的恐惧，怎么可能三言两语就说得清呢？　于是，我下意识地拿手往自己的包里探去，并习惯性地摸出了香烟和打火机。　香烟，这基本相当于我的浴缸替代品。　身处外面，焦虑和绝望海啸般将我淹没，感到窒息难耐的时候，我就会把自己没入烟雾的浴缸。　我下意识地抽出香烟刚要点燃，忽然意识到这里是精神病院的心理咨询室，自己正作为患者坐在治疗师的面前，我将握在手里的打火机又悄悄放了下来。

　　姚大夫望着我，微笑着问："想抽烟？"

　　"是的。　啊，不。　我只是顺便拿出来而已。"

　　姚大夫笑了："你可以抽，没关系。"

　　我疑惑地望着面前的男人："我知道医院不许抽烟。"

"这里是心理咨询室，在咨询室里你可以抽烟。"

我将信将疑。我此刻确实非常需要拿香烟来代替浴缸。我感觉一切都乱套错位不对劲，必须用香烟来抵御这种不适感，于是我点燃了香烟，深深地吸上两口，缓慢陶醉地吐出浓浓的两团烟雾，待烟雾像水蒸气一样把我裹挟起来使我感觉如沐浴缸热流时，我才长长地喘过一口气，满足而又难为情地笑笑礼让道："您也来一支？"

姚大夫很温和地笑笑："谢谢，我不抽烟。"

接下来，我迷离惶惑地大肆抽烟，姚大夫认认真真地看我抽烟，等我抽完三支烟，姚大夫说："今天时间已到。如果需要而且愿意，你可以预约下次的见面时间。"

我看看墙上的钟表，分针刚好指向十点五十。国际惯例五十分钟，半分不差。这就是自己花费几百元人民币购买到的"心理治疗"吗？荒谬透顶！我忽然恶从胆边生，想要给面前的白大褂男人来个恶作剧，于是，严肃了表情，用诚恳的口吻认真说道："帅哥，我的主要问题是每时每刻都想把自己没入滚烫的浴缸之中，并希望生活在浴缸里面永远不要出来。我想要做水生动物，比如鱼或泥鳅，而不是一个女人。请问您有办法把我变成鱼或泥鳅吗？如果您有把握做到，请再替我预约个时间。谢谢！"我拿挑衅的目光不屑地望着他，心说：如果做心理医师如此简单，我就是心理医师的医师。糊弄鬼去吧！

他意味深长地望着我的眼睛，我也毫不示弱地望着他，对望了足足一分半钟，白大褂开口道："下周一上午十点整。"

我想对着他的鼻梁大喊："见你的鬼去吧！"不过，我的骄傲要求我必须表现出的教养阻止了我，我礼貌地站起身来向门口走去，离开以前我又扭头回眸，看到白大褂男人也在定定地凝视着我。我睬也没睬他满含期待和疑惑的目光，大踏步义无反顾地转身离去，没有说再见。

4

从精神病院回到家，我就迫不及待地又把自己没入浴缸，当滚烫的热流裹袭我的脖颈，浑身上下每个细胞都如鱼得水地大声鸣唱起来，我枕着浴缸的壁沿，先点燃香烟，再把音响打开，让莎拉·布莱曼的《斯卡布罗集市》云雾般在浴室里缥缈弥漫，我惬意地闭上眼睛。

躺在那里，脑际再次不可控制地闪现出那个千万次闪回的念头：死是什么？ 人死以后灵魂还存在吗？ 如果存在，这个脱离了肉体的灵魂将孤独地走向何方？ 这个念头就像阴狠的眼镜蛇，紧紧地扼住我的咽喉，愈缠愈紧。我抑制不住地大声尖叫起来，锐利的尖叫声几乎把天花板顶破，使我感觉痉挛窒息，命悬一线。

除了浴缸和香烟，我最嗜好的是咖啡。 我对咖啡的要求有两条：极致的浓和足够的烫。 只有这样，咖啡因才会被彻底激发出来，达到最欢畅的极致和饱满。 我喜欢极致。 对我而言，极致就是飞扬之美。 很早的时候，我就感觉自己的人生出现了裂痕，这裂缝源于我对死亡的恐惧。 死亡的暗示无处不在，我无处可逃。 人为什么会死？ 如果注定是生而必死的铁律，生命的存在究竟有什么意义可言呢？ 一想到生而必死这件事，我就感觉自己赖以生存的天地就要天塌地陷。 生命将何以为托呢？ 每当我感觉将要坠入万丈深渊时，就会非常渴望疼痛。 当火焰炙烤般猛烈的痛感袭来时，我才会感觉欢畅无比，于是，我总是下意识地拿点燃的香烟灼烧自己，或者拿薄薄的刀片划伤自己，享受那种痛且快的感觉。 当我身上的灼伤和划伤愈来愈掩饰不住时，我再次求助于姚大夫。

精神病院的候诊大厅，还像往常那样人满为患。 疯子们也依然像往常那样，各种姿态、千奇百怪。 精神病院的保安比别处都多，别处的保安都端坐大门口，而精神病院的保安则分布在医院的各个角落，候诊大厅里尤其随处可见。 来此就诊的疯子们都可能是具有强烈攻击性的"危险动物"，必须时时防范他们伤人毁物。 想到有那么一天，自己也可能成为警棒驱逐下的"危险动物"，我恐慌地匆忙越过候诊大厅，向五楼的心理咨询室走去。 边走边想：万幸啊万幸，自己暂时还不曾沦落为"危险动物"。

像此前那样，先去收费处交上几百元的心理治疗费，然后被工作人员带至咨询室等候。 坐定以后，我感到有些恍惚，同时伴随着强烈的荒谬感：上次从这个房间走出去以后，我就没打算再进来，临离开的时候还恶意地挖苦了大夫几句，戏谑而又轻佻地称他帅哥，心说什么心理治疗，只是像聊天那样说了几句无关痛痒的闲话而已，何苦要花费银子，正经八百地掐着钟点找个身穿白大褂的陌生人瞎聊呢？ 所谓心理治疗，简直是玩笑。 在我这么胡思乱想的时候，姚大夫推门走了进来。 姚大夫这次没有直接在椅子上坐下，而是顺手脱掉白大褂，把它挂在靠墙竖立的衣架上，然后才在我对面坐定。姚大夫身着深蓝运动装，脚上是一尘不染的白色运动鞋，我把他从头打量到脚，还是感觉他怎么看都不像医生，然而，所谓的心理治疗还是在预约的十点钟准时开始了。

"最近感觉好不好？"姚大夫微笑着问道。

我心想，废话。 如果感觉好我花钱来找你干吗？ 不过，说出口的却是："还可以吧，就是觉得害怕。 害怕得要死。 除了害怕，倒也没什么特别不好的感觉。"说完，我的面颊热辣辣地发起烧来，觉得自己说出的话既蠢且傻。 姚大夫十分善解人意地笑笑，认真地轻声问道："能不能说说看，你到底在害怕什么？"

害怕什么呢？ 当然是害怕人、害怕社会。 除了人与社会，别的我倒也不是特别害怕，我甚至感觉，连蛇与老虎都没有人可怕。 但是，这些莫名其妙的想法怎么说得出口？ 我抬起头向四周环顾，发现这咨询室的门是锁着的，姚大夫走进来以后，就顺手把门锁住了，而且门楣上挂出了"请勿打扰"的牌子。 在这一刻，我醍醐灌顶般意识到，这间屋子是与世隔绝的密闭空间，整个世界都被锁在了门外。 最微妙的是，自己此刻不是自己，而是另一个名叫"陈浮萍"的陌生人。 自从双脚踏进这家精神病院那一刻起，我就没敢把自己的真名说出来过，这时精神病院还没有实行实名问诊制，也无须出示身份证，许多患者都是给自己编个假名来看病的，医院心照不宣地绝不探究。 不过编造假名看病也有弊端：无法使用医疗卡，需要全自费。 尽管有种种不便，我还是坚持使用"陈浮萍"这个假名。 想到自己此刻是并不存在的"陈浮萍"，或者，自己是完全陌生的"别人"，"陈浮萍"这个"别人"在这间咨询室里所说的一切都与我本人无关，我立刻松弛了神经，并在心里下意识地嘀咕：我不是我自己，我怕甚！ 我可以隐匿在陈浮萍这个道具后面，向面前的大夫陈述我的刻骨痛楚，这个名字如同诡谲的隐身衣，躲藏在隐身衣里面安全而又踏实。

于是我不再顾及自己淑女不淑女，大大咧咧地拿出香烟来，一边痛快地吞云吐雾一边想，不是我在看医生，是"陈浮萍"在看医生，鬼才知道陈浮萍是谁。 这感觉妙不可言。 于是，借助陈浮萍之口，我毫不设防地向姚大夫述说我的种种烦扰和悲苦。 这一开始，便像密闭已久的罐子打开了缺口，再也刹不住车，我吃惊地发现，自己的灵魂里面居然淤堵了那么多的话要述说。 那灵魂仿佛一栋陈年老屋，这老屋在过去几十载中积存了大量垃圾和毒素，尘垢渗落在灵魂的每一寸空间和每一条看不见的缝隙里，此刻，我开始着手艰难地清除这些经年累月的尘垢，这工程浩大烦琐，进展起来十分艰难，却又不得不进行，否则自己就可能窒息致死。 我一边不停地抽烟，一边不可遏止地滔滔不绝，说到伤心处任由泪雨滂沱，说到高兴处放任自己朗声大笑。 我吃惊地发现，自己居然在不知不觉之间，把深埋于灵魂的犄角旮旯里最隐蔽的东西都抖搂了出来，如此痛快淋漓，以致我忘记了时间的存在。

在我述说到最昂扬澎湃的时候，姚大夫指指墙上的石英钟，很客气地提醒："时间到。"

我的述说被迫戛然而止。 墙上钟表的指针正指向十点五十分，可我还有许多深藏内心的话不曾说出，我迫切地需要把那没有说出来的话点滴不留地陈述出来，就像把一团乱麻一根一根地捋出头绪那样。 我产生了如鲠在喉的强烈堵塞感，这感觉令我焦灼难耐。

姚大夫总结道："你今天呈现出的状态非常好，我希望这种状态能够良性持续。"他从椅子上站起身来，做出送客的架势，我也有些意犹未尽地站起来，不过这次我没有恶作剧地戏称他帅哥，而是礼貌地问道："姚大夫，请问我是否还需要再来？"

姚大夫耸耸肩，摊开双手望着我："你认为呢？"他的肢体语言很明确：这难道还存在疑问吗？ 治疗才刚刚开始。

"那请再预约个时间给我好吗？"

"下周一上午十点"。

回到自己那间位于三十二楼的小屋，像惯常那样，我迫不及待地把自己没入滚烫的浴缸之中，因为咨询室里非同寻常的感受亟待我慢慢消解，如同牛吃了满肚子的杂草需要静静地反刍。 浸身于浴缸，我开始仔细回忆自己和姚大夫之间每一个最不经意的眼神以及每一句对话，就像演员走下舞台卸了妆以后反复品咂台词那样。 我发现自己在心理治疗室里对姚大夫说出的话，居然不曾对任何人说起过，甚至连对自己也不曾说起过。 必须承认，我常常需要自己跟自己说话，夜深人静的时候，意冷齿寒的时候，抑或窒息绝望的时候，我都需要自己跟自己说话。 我对自己所说的都是些不宜对外人道的私密之语，可是，我居然把那些连对自己都不曾说出也不敢说出的话，对着萍水相逢的人说了出来，那原因只有两个字：陌生。

5

是的，陌生。姚大夫是我的陌生人。他的家庭、他的生活环境，他所有的私人资料对我而言都是不可企及也没有理由企及的"陌生"，他用白大褂把自己作为"人"的真实严丝合缝地遮掩起来，当然，自己对他而言更加陌生，陌生到连姓名都是假借的符号。"陈浮萍"是我的庇护伞。陌生面对陌生的时候，灵魂当然没有必要再设防，当灵魂终于找到自由舞蹈的空间时，我也迷恋上了心理咨询室。每隔一段时间，我就会像瘾君子发了毒瘾，必须去见姚大夫，这种见面很快成为不可遏阻的惯性。

必须承认，心理咨询室是间"魔屋"，这屋子如同世外桃源，是个与世隔绝的密闭而又纯净的空间。所谓的"世外"，是指现实之外。我相信，心理咨询室是个超越于现实的虚拟所在。这虚拟与网络的虚拟又决然不同。网络的虚拟表现于介质，而咨询室的虚拟表现在感觉上。咨询室实实在在，可以真切地走进去，堂而皇之地坐在里面，咨询师也面对面地坐在与你咫尺之遥的旁边，连他的头发和眉毛都可以尽收眼底，甚至，在你伤痛流泪的时候，他会亲手为你递上柔软的纸巾。然而，发生于咨询室里的事情，却又不折不扣就是虚而拟之的海市蜃楼。

事情就是如此的诡谲，我勘不破这诡谲之局。刚开始在我眼里，姚大夫仅是个大夫，在和他倾心交谈过若干个五十分钟以后，他的身份愈来愈暧昧不明，模糊地介于医生和男人之间。身穿白大褂时我感觉他是个医生，脱下白大褂，他就会由医生置换为男人。面对这个英俊帅气的男人，我深切地意识到自己是个女人。于是，来精神病院进行心理治疗这件事情愈来愈微妙：就表象而言，是患者来看医生，用更精确的语言来讲，是咨客来见咨询师，然而在我的实际感觉中，又好像一个女人来约会一个男人。于是，咨询室的气氛便静海深流般曼妙了。 对我而言，咨询室就是梦的故乡。 姚大夫没有使用任何医疗器械，亦不曾让我服用任何药物，但我确实开始感受到某种程度的被治疗，我的灵魂之树如同接受了阳光的拂照，开始泛出娇柔的嫩绿。 在某个刹那我会觉得，这间咨询室对我而言如同无形的巨大浴缸，里面装载的是类若温泉的无形暖流，那暖流在整个房间蒸腾氤氲、缓缓荡漾，使我如沐春风。 只要走进这间屋子坐下来，我的灵魂就会挣掉羁绊和累赘，从坚硬的躯壳里脱窍而出，如同白色的雏鸽扇动轻灵的羽翼，欢快地盘旋飞翔，流连忘返。

　　是不是在现实生活中，我的灵魂瑟缩在坚硬的壳甲里，找不到飞翔的空间，感到深重的窒息呢？ 在咨询室里，我和姚大夫之间隔着小小的玻璃茶几，近在咫尺，却连手指尖也不曾碰触过。 严禁肢体接触，这是心理咨询的基本原则，姚大夫恪守职业道德。 然而随着咨询渐进渐深，我感觉自己和他愈来愈亲近。 姚大夫，这个陌生男人，比世界上任何人都更加了解我内心的痛楚，无论多么隐秘的感受我都愿拿来跟他倾诉；连夜里做了噩梦也禁不住要告诉他。 只要遇到困惑，我头一个想到的就是给他发短信，我跟他任性，跟他赌气，跟他发脾气使性子，跟他哭，跟他吵架。 不知不觉间，我的心理治疗已进行三个月的时间，从刚开始的不大规律，到后来雷打不动的周一上午十点。"周一上午十点"，不知道从什么时候开始，这个时间对我万般地神圣起来，无论有多么重要的事由，我都不允许它搅扰这具有特别意义的五十分钟。

　　姚大夫仿佛一道强光，照亮了我的灵魂。 然而，对姚大夫的依赖愈深，我愈认识到事情的荒谬：许多时候，坐在咨询室里呆望着对面的姚大夫，我会感到钻骨入髓的绝望。 愈绝望，愈生活得病态；愈生活得病态，愈需要去看心理医生，愈去看心理医生就愈绝望，就这样形成了恶性怪圈。 就在我感觉生无可恋时，很偶然地遇到了一个尼姑，使我义无反顾地跳出那个怪圈，走出了心理治疗室那间魔屋。

人携带着地狱，无处不是地狱。如果心里是天堂，则处处是天堂。一个人内心里是如果心里天堂，则是自有天堂。

1

尼姑法名常净，二十多岁，长得貌美如花，气质如兰，已经出家好多年了。 她是接到母亲病重的消息，特意从寺庙里赶回来看望母亲的。 她母亲住在我家附近的一个高档社区里，我是在社区旁边的超市里认识她的。 在这个灯红酒绿的城市里，她那光光的脑袋和一身尼姑打扮，使她显得分外不同，单单她身上那一袭飘逸的素布青衣，就显得特别的超凡脱俗，我一下子就被她深深地吸引住了，天天追着她问这问那。 于是，我和常净成了最亲密的友人，我对她没有丝毫的恐惧和排斥，因为，她的存在代表着红尘之外的世界。 我感觉常净跟我一样，对社会畏之如虎，我最过激的行为，也无非是把自己没进浴缸里，再或者把自己反锁进房间里，她干脆一脚把红尘踢开，比我逃避得还要彻底。 当我问她为什么出家时，她说那不叫出家，叫"上岸"。 在她的眼里，众生所在的这个世界就是个"五浊恶世"：红尘滚滚、浊浪滔天，人们被欲望裹挟着，身不由己地在里面挣扎翻滚，只有早日上岸，才可能得到解脱。 我表面上不动声色，心里却悄悄地计划着，要怎样才能像常净那样，尽早逃离这个被常净称为"火宅"的万丈红尘，踏向终极解脱之路。 不过，出家对我来说不太现实，常净是单身，我有孩子。 我感觉，生孩子可能是我此生所犯的重大错误：自己还什么都没闹明白呢，却稀里糊涂又胆大包天地带了个生命到世界上来，愚痴！ 由于跟常净的交流越来越深入，我在日常生活中也越来越孤僻，除了常净几乎不跟任何人说话，于是在别人看来，我更加不正常了。

常净的妈叫常红，还在怀着常净的时候，就被常净她爸抛弃了，像天下所有的男人那样，他爱上了别的女人，这别的女人是常红的亲妹妹，常红痛苦得无计可施，开始拖着孕身跑庙：从这个寺庙出来，又赶往另一个寺庙，不跑就痛不欲生。 临生产时，常红还在马不停蹄地跑庙，情急之下把常净生到了一个尼姑庵里。 常净还在娘胎里就整天听人念经，出生以后，只要一听到念经声就异常安静，听不到就会哭闹不止。 更诡异的是，一被带出寺庙常净就生病，到哪家医院都治不好。 常红相反：怀着常净时不跑庙就生无可恋，生下常净以后，一到寺庙就头疼。 于是，常红接受一个老尼的建议，给了庵里一笔钱，把女儿放在寺庙里给尼姑们带着，她则重整河山，拼尽全力捞世界，而且使出了狠手：把常净她爸，也就是自己的前夫送进了牢里，把上位的小三，也就是自己的亲妹妹逼到服毒自杀。 等到她拥有了宝马香车和别墅豪宅，并且拥有了自己的公司，对男人那个物种也彻底死心绝念，想和女儿一起享受荣华富贵的时候，却无论如何都无法再让女儿回到红尘凡间了。 常净三岁就能背《心经》，五岁能背《金刚经》，七岁熟背《楞严经》，在外面勉强念了几年书，还不到十八岁，就迫不及待地正式出家了。 在此后的若干年间，女老板常红与尼姑常净之间展开了旷日持久的拔河赛，女儿一心要做吃斋念佛的尼姑，她则一心想让女儿享受富贵荣华。 为了把女儿拉回繁华世界，常红去找寺庙里的高僧理论，高僧告诉她，常净天生就是佛门之人，还在娘胎里时，她就在渴慕佛门，所以常红才会拖着孕身跑庙，真正想要跑庙的是肚子里的常净，不是她常红，常净只是借用了她的肚子，两个人井水不犯河水，根本不是一路人。 常红不肯罢休，想尽一切办法要拯救女儿，很自然地，我成了母女之间的传话员。

2

我问常红："为什么一定要让常净回家呢？"

"你不知道她在庙里多受罪！ 一天只吃两顿饭，不是青菜拌稀粥，就是白水煮芋头，白天干活种地，夜里念经打坐，那是人过的日子吗？ 我不能忍受我的女儿一辈子守着青灯孤影，亲手在土里刨食！ 别人家的孩子出国的出国、留学的留学，她怎么可以把大好的人生白白葬送在寺庙里呢？"为了阻止常净出家做尼姑，她把所有能用的手段都用尽了，常净宁死不屈。 怕惹出人命来，她才采取权宜之计放女儿出的家。 女儿走了以后，她放下工作，自己在距离寺庙最近的小镇上租房子住下来，为的是能够随时照顾女儿，然而，女儿却不领情，连她的面都不见。 于是，她改变了策略，丢下女儿，自己回城里挣钱，希望能替女儿打下一片江山，吸引女儿回来，结果愣是把自己逼成了企业家。 然而一切都是徒劳，女儿常净还是守着青灯孤影毫不动心。

我问常净："为什么不能听妈妈的话回家呢？ 她已经在美国给你买了房，你知道有多少人对此求之不得吗？ 你只要肯回来进她的公司，总裁的宝座就是你的。 你放着女总裁不做，偏偏去做尼姑，这是啥逻辑？"

常净道："她认为我在地狱里，我则感觉她在火宅里。 一个人心里若是装着个地狱，住到月球上又能如何？ 不读华严经，不知佛家富！ 她那几两碎银算啥？ 如果她是真富足，就不会活得张牙舞爪、吃相那般难看了！ 所谓总裁，说到底能裁个啥？ 老天爷才是真正的总裁。 老天爷打个喷嚏，所有的总裁都得玩儿完，我若是也给自己冠一顶总裁的帽子，那不是笑话吗？"

"你不做总裁，回来享清福也好。"

"我在庙里才是享清福呢。 她这样想方设法骗我回来，不是第一次了。我看到她一天到晚要操心八百件事情就崩溃，这种日子对我来说就是炼狱。我已打定主意，这次回去，此生都不会再回来，这是我最后一回见她，特意多留几日来了缘，再走就是永诀。 佛门之人，不打妄语。"

"她只有你这一个孩子，你当真能抛得下她？"

"生老病死，概莫能外，她只能自己度自己。 无论我在与不在，她的肉身色壳子都要毁灭，难道我能使她肉身永驻？ 如果她执迷不悟，我守着她能怎样？ 如果她悟透彻了，我跟她从此陌路又何妨？ 父子也好、母女也罢，谁不是人间过客？ 如果彼此牵绊、死都不肯放手，那就谁都不得解脱。 各自的果报各自受，通往涅槃的路得独自去走，我抛下她就是成全她。"

"怎么是成全她呢？"我问。

"她在世界上的最大挂碍就是我。 因为替我操心，她食不甘味、夜不能寐，就算拥有整个世界也不可能幸福。 我抛下她，如同一刀斩断牵系在我们之间的绳子，她就自在了。"

"你这一走，你们这段母女缘分也就到此为止了。 我想不通，如此缘浅的两个人，为什么偏偏成为血亲母女呢？"

"说了你也未必懂，不相欠则不相见。 这都是因果轮回。 我离开她，两人之间的孽债也就一笔勾销，从此不再纠缠，可以各得其所了，否则还会多生累劫、千般纠缠，谁都不得解脱。"

我问："那你说，我女儿和我上一世是啥关系？"

常净道："情不重不生娑婆，爱不深不堕轮回。 不是冤家不聚头，冤冤相报几时休。 所谓关系，不过因果而已。 一定要说关系的话，我是因，世界是果，除了这个因果关系，别的都没关系。"

3

对常净的话我似懂非懂，但我知道她去意已决，于是劝慰常红道："如果常净不是你的女儿，是个八竿子打不着的陌生人，你还会如此替她揪心吗？"

"我吃饱了撑的？"

"对常净来说，你已经是陌生人了。一入佛门深似海，从此红尘无故人。你想想，未生之前她是谁，此身殁后你是谁？缘分有长短，有聚必有散，当了即了当断则断吧！所谓母爱，也没有多么神圣，不过自私加本能而已。有的妈妈会为了自己的孩子掐死别人的孩子，这是爱吗？如果母爱当真伟大，一个做母亲的人就应该把天下所有的孩子都当成自己的孩子去爱，甚至把动物也当成孩子去爱。"

常红听了我的话，沉默良久，说："我知道她早就对我恩断义绝了。如果不是我千方百计逼迫她，她根本不可能回来见我。她跟她那挨千刀的爹一样，都是白眼狼。"

"既然如此，你还拦着她干吗呢？就因为她在你肚子里借宿了九个多月，你就想终生把她据为己有？把她放生了吧！她只是你肚子里曾经的租客。放生她，就是放生你自己，亲人之间最大的成全就是彼此放生。这话都是常净对我说的，她爹都不管她，你干吗抓住她不放呢？"

"她爹只管自己享乐，哪里顾得上她呢？"

"可她对我说，她一点都不恨她爹，反倒恨你对她爹和她小姨出手太狠，把她爹送进了牢里，还抢占了他的公司，对你自己的亲妹妹都赶尽杀绝。"

"她就是黑白不分、是非不辨！她爹从来不问她的死活，就像她不存在一样，我一切都是为她好。 为了她我险些把命搭上，她偏偏向着她爹跟我作对。 我下那样的狠手是为了谁？ 还不是为了她的利益？ 我若是不出手，她一分钱都落不到，会被别人抢个精光！ 再说，他们是怎么对付我的？ 如果她小姨拿我当亲姐，就不会夺走我的丈夫了。 他们合谋害我的时候，恨不得把我置之死地而后快，何曾有过丝毫的心慈手软呢？ 常净没有爱上过哪个男人，她若是爱过，就理解我了。"

"她没爱过男人，是她上辈子积累的福报，对女人而言，最遭罪的可能就是爱上一个男人。 没听人说，智者不入爱河？ 也许，她爹那样对待她，恰是放了她的生，使她乐得自在。 人活在世，还有什么比自在更难得的？你贵为公司董事长，当真自在吗？"

"我是想把她移民到美国去就放心了。 她若终生待在寺庙里，我为谁辛苦为谁忙呢？"

"出来就一定比佛门自在？ 你真相信国外是天堂，自己去就是了，何必拉扯她呢？ 再说，美国既不是天堂，也不是保险箱，真正的天堂可能恰恰在常净所在的寺庙里也未可知。"

"天堂？ 天天吃着清水煮白菜，白天干活晚上念经，起早贪黑没明没夜，有时候还要出去讨饭，比农民工都苦。 如果你的女儿拿着碗沿街乞讨，你心里会是啥滋味？"

"她表面上乞讨，实则是修行。"

"这算是哪门子修行呢？ 我千辛万苦开办一个产值几十亿的公司，恨不得把老命都拼上，就是为了让自己的女儿端着个要饭碗挨门乞讨？"

"如果乞讨是她的人生功课，她就非做不可。 也许正因为你挣的钱太多了，老天才让你女儿乞讨。 她若是不乞讨，你很可能根本发不了财。 你就把她放生了吧，人各有命。"

"你这是啥逻辑？ 你先把你自己的女儿放生了给我看看！ 若是能放得

下她，我早就远走高飞了。 那你告诉我，天堂在哪里？ 如果可以随心所欲，你会把你女儿安置在哪里？"

这次轮到我沉默了。 我承认，我也像常红牵挂常净那样牵挂我的女儿，那种牵肠挂肚的羁绊沉重到使我难以承受。 我也想远走高飞，可哪里是我的远方呢？ 美国是常红的天堂，回到佛门是常净的天堂，如果上帝允许我选择，我该把女儿安置在哪里呢？ 我在心里寻寻觅觅，感觉哪里都不稳妥。我为什么要把女儿带到这个危机四伏的世界上来呢？ 真是罪过。 当我拿这个困惑跟常净交流时，常净不客气地对我说："你也是芸芸众生，自己也在受命运的百般摆布，像风中芦苇一样，连脚跟都站不稳，怎么可能掌控子女的命运呢？"

"难道我要撇下女儿不管不问吗？ 是我把她带到世界上的。"

"你说得对，你只是带她来，你不带，别人也可能带她来，投胎到你的身体里，也只是个相对特殊些的缘分而已，你不是她的创造者，不可能掌控她的命运，命运有它自身的运行规则。 天下父母都自以为是地认为，自己能主宰子女的命运，这基本上是虚妄之想，佛陀的长子善星比丘下了地狱，他作为父亲也完全无能为力。"

"如果你有孩子，如果可以选择，你会把孩子安置在哪里？"

常净平静地说："随所住处恒安乐。"

"也就是说，一个人是否能快乐，还是取决于住在哪里啦？"

"这里所说的住，不是居住的意思，而是安驻、安静和安详的意思。 只要心是安详宁静的，无论置身于任何外部环境，都能恒常快乐。 就本质而言，美国也好、寺庙也罢，都只是外相，一切取决于内心的感受。 一个人内心里携带着地狱，到哪里都是地狱；如果自己心里有天堂，则无处不是天堂。"

"那怎么在心里打造一个天堂出来呢？"

沉默了良久以后，常净回答："修。"

"修什么？"

"当然是修心啊。命由己造，相由心生，万法唯心所现。"

"只是修心就能抵达天堂，为什么人们都向往诗与远方呢？"

"境界真能修到位，柴米油盐就是诗与远方。诗与远方在心里面，不在外面。"

"那你为什么非去外面的寺庙不可呢？"

"寺庙就是我的诗与远方。"

常净终究还是撇下妈妈，决绝地奔向自己的诗与远方。

后来听说，常红伤心之下，找了个小帅哥聊以慰藉，小帅哥处心积虑地让常红跟自己正式结婚，并成为公司法人，然后把常红一脚踢开，和网红女孩穷奢极欲地品享起富豪生活来。常红痛断肝肠地再次开始跑庙。

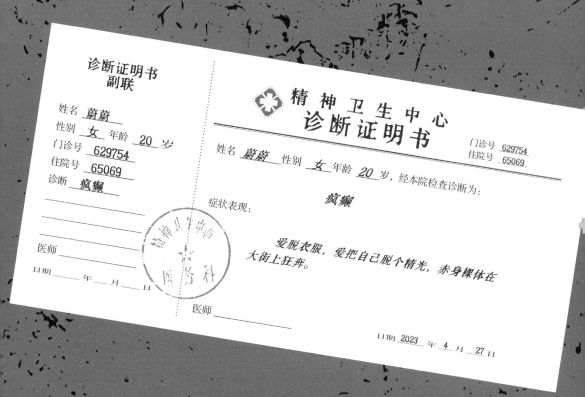

诊断证明书
副联

姓名 蔚蔚
性别 女 年龄 20 岁
门诊号 629754
住院号 65069
诊断 疯癫

医师 _____
日期 ___ 年 __ 月 __ 日

精 神 卫 生 中 心
诊 断 证 明 书

门诊号 629754
住院号 65069

姓名 蔚蔚 性别 女 年龄 20 岁，经本院检查诊断为：

疯癫

症状表现：

爱脱衣服，爱把自己脱个精光，赤身裸体在大街上狂奔。

医师 _____

日期 2023 年 4 月 27 日

第 9 章

牢房里的大师

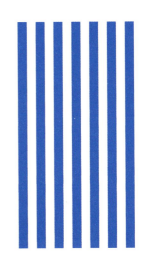

这世界上发生的任何貌似荒谬绝伦的事情，都分毫不差的潜藏着水到渠成……

1

"宋达坐牢了，你知道吗？"常净走后没多久，我正百无聊赖时，突然接到一个意外的电话，我惊得一下子跳了起来，"坐牢？　为什么？"

"他杀了人。"

"你没有搞错吧？"

"千真万确。　跟他妻子姜明心一起干的。"

打来电话的是我久不联系的一个熟人，可能是她感觉这消息太令人震惊，才忍不住告诉我的。　人们总是喜欢爆炸性的丑闻，只要一听说，就会奔走相告，每多告诉一个人就会多得到一次心理满足，就像品享了一次免费的大餐一样。　挂断电话以后，我立刻像打了鸡血一样兴奋起来，并迅速做出决定：一定要去监狱里探望宋达。　我虽然对现实社会避之唯恐不及，然而，遇到特别奇葩的人物与事件，就会兴致大发。　我认为，这些奇葩人物是人类中的异数，透过解剖和挖掘他们的精神世界，可以拓展人这种生物的灵魂边界。　虽然人的身体结构已基本定型，在一百万年间，可能连一枚牙齿都不会增减，然而人的精神疆域却具有无限的探索空间，我天生对人的灵魂世界怀着根深蒂固的兴趣。

宋达是谁呢？　一个"艺术大师"，别号"师爷"。　他妻子姜明心是本城电视台的当家花旦，男人们心中的女神级大明星。 大师爷加女明星的组合足以照亮一座城和半拉天。 可以想象，听到他们的意外消息，我心里会掀起怎般的风暴。 当然，我之所以对宋达坐牢反应如此剧烈，还有一个原因：他曾经羞辱过我，令我没齿难忘。 哪怕在梦中，我都想对他反戈一击。 我打定主意，一定要亲眼看到成为阶下囚的宋大师是怎样一副嘴脸，这是必须的，否则对不起我所受的羞辱。 虽然作为一个非亲非故的外人，要去探望监狱里的宋达有相当大的难度，但是这对我不是障碍。 能把自己折腾到精神病院的人，身上都有一股子拗劲儿，我身上的那股子拗劲儿比别人更甚。 而且，我可以百分百地断定：宋达不会拒绝我的探望，他没有那个胆量。 这倒不是说我跟他之间存在着深刻的友谊，而是我掌握着他的重大秘密，这个秘密比死都让他更难以面对。 哪怕被烧成灰，他都不想让我把这个秘密公之于众。

　　宋达是一个解构一切庄重、神圣和意义的虚无主义者，他为所欲为，敢于打破规则与底线，而且把打破规则视为"前卫"之壮举，他最著名的语录就是："所谓规则，就是专门用来打破的。"他能量冲天，人生座右铭就是"玩转地球"。 对于这样一个超级大玩家来说，坐牢是什么感觉呢？ 我对此充满了罪恶的好奇。 从骨子里讲，我与很多人一样，具有幸灾乐祸的本能。 就礼节而言，我探视宋大师顺理成章，因为他是我曾经的导师。 当然，作为我们那个圈子里的"教父"级人物，他很慷慨地把自己当作所有人的导师，这样的教父坐了牢，值得被隆重探视。 这种好奇心超过了我对精神病院里任何一个超级疯子的兴趣。 我知道自己的行为不可理喻，但是，不疯魔不成活，不让自己乖张地疯魔一次，怎么对得起精神病院呢？ 庆幸的是，上帝一路绿灯，帮我扫除了所有的障碍。

2

　　虽然事先做了足够的思想准备，我还是没有料到，在见到宋大师的第一秒钟，我就被震惊到几乎死机的程度。 我像发现新大陆一样惊奇地发现：宋达脑后的小辫子消失了！ 巨大的陌生感几乎把我击蒙。 小辫子是宋达作为"大师"的标志，宁可把灵魂抵押给魔鬼，他也从未丢弃过自己那条举世瞩目的小辫子。 此刻，失去那个标志大师身份的象征物，他看上去什么都不是。

　　我盯着宋达，宋达亦望着我。 良久，他自嘲地笑笑，开口道："你看我像不像没穿衣服？"不等我回过味来，又道，"自从剃光脑袋以后，我就感觉自己像个赤裸的小丑。"宋达下意识地摸摸自己的光脑壳，"说实话，好长时间里，我都感觉自己一丝不挂。 我也是刚刚才意识到，辫子对我而言就是一块遮羞布，或者干脆就是一块裹尸布。"说到这里，宋大师爽朗地哈哈大笑起来，大师不愧是大师。 我不曾料到宋达能如此坦诚。 在以大师自居的那些眩晕的日子里，想让他对人说出一句简单的坦诚之语，比让他去死都难。此刻，当他全然坦诚时，我反倒有些不知所措。 看来，在内心深处，人根本无法自欺。 他几十年以来把辫子当命根子一样宝贝着，人们都认为他是在玩酷，事实上他是在抵挡恐惧。 一种根深蒂固和如临深渊般的巨大恐惧。 那条辫子就是他的降落伞和安全阀，剪掉那条辫子，他的灵魂不只是被彻底扒光，成了个赤裸的精神小丑，而且从悬空的钢丝绳上跌落下来，摔个稀巴烂。 很显然，恰恰是粉身碎骨以后，他绝地逢生地寻找到迷失的自己。

　　"我做梦都没有想到，自己会剃个光葫芦瓢！ 上帝太他妈幽默了，不服不行。"宋达自嘲地摩挲着自己的光头。 面对他浩浩荡荡的自嘲，我有些窘迫地安慰他道："辫子嘛，不过是一撮头发。 堂堂一个大男人，还怕剪掉区区一条小辫子？"

"是啊，不过是一撮头发。 你知道中国历史上因为剪掉辫子死了多少男人吗？"

没剪辫子时，宋达是大师，剪掉辫子，他成了阶下囚，被剪掉的辫子乃是"大师的袍子"吗？ 作为命运的玩物，这世界上谁又不可怜呢？ 我低声道："你女儿蔚蔚很漂亮，她小时候我见过。"

宋达直愣愣地望着我："我亲手杀死了我女儿。"

宋达的坦诚几乎把我吓倒，我内心的恶毒彻底消散，代之而起的是一种油然而生的悲悯。 原来，宋蔚蔚十七岁就患了严重的疯癫症。 宋达和姜明心都是耀眼夺目的社会名流，打死都不肯面对女儿是精神病这样的事实。"疯子啊！ 我宋达的女儿是疯子，这比癌症都可怕。"这是我头一次听宋达提起女儿。

宋达两口子把女儿的病视作家丑，多年以来严守秘密，煞费苦心地维护着家庭的光华，女儿是光华笼罩之下的暗疮，愈捂愈烂。 后来，宋蔚蔚的病情日益恶化，以致彻底疯癫。 担心被邻里亲友发现端倪，他们给女儿服用超剂量镇静药，使她不分昼夜地躺在床上昏睡，没过几年，蔚蔚的身体也废掉了，渐渐丧失行走能力，变成了蜷缩在床上的一块巨大而又丑陋的肉团。 他们夫妻都是视体面如命根子的人，面对这令人胆战心惊的"羞耻"，两个人的神经都越来越濒临崩溃，最终，他们决定亲自替女儿实施"安乐"，彻底消灭使他们蒙羞的耻辱。 到底是亲生女儿，他们把事情安排得相当隆重：择定个大吉大利的好日子，就像女儿要出嫁那样，给她洗澡净身、梳头化妆，换上漂亮的新衣服，然后给她服下超剂量安眠药，让她悄没声息地滑进梦渊，再然后，把她庞大而又丑陋的身躯塞进衣柜里，偷偷埋在了自家别墅后院的樱桃树下。

事情过去了两年多，本来神不知鬼不觉，所有的亲友也都相信，他们的女儿已在美国定居。 然而，自从秘密"安乐"了女儿以后，姜明心却愈来愈陷入罪恶感的煎熬之中不能自拔，她噩梦般地老是看到女儿的眼睛在暗夜里紧盯着她，使她如芒在背、不得安宁。 终于有一天，她再也不能忍受那双紧盯着她的眼睛，很突然地，她自作主张给公安写了一封自首信，然后吞服整瓶安眠药躺在女儿生前的床上企图去追随她，幸亏宋达发现及时，把她送去医院抢救过来，那封自首信却无可挽回地抵达了目的地。 事发以后，宋达一句话都不曾替自己申辩，坦承了全部事实，被判处有期徒刑二十五年，姜明心获刑十二年，由于精神失常，暂时在精神病院接受治疗。

3

据宋达讲，蔚蔚的悲剧发生在她十七岁的豆蔻年华。 那一年，她灾难般地迷恋上了自己的绘画老师郑路雨，郑路雨当时四十五岁，比宋达还要年长三岁，他处心积虑地引导蔚蔚做自己的人体模特，完成几幅裸体肖像，把蔚蔚引诱上床，品尝过她这枚鲜嫩的"草莓"以后，郑路雨对她已无半丝兴致，蔚蔚却对他疯狂般地着了魔，并最终走向了疯癫。 令宋达恼羞成怒的是，蔚蔚的病也算出奇，她犯了病就脱衣服，稍不留神就会把自己脱个精赤溜光，赤身裸体往大街上狂奔。 为了阻止她脱衣服，他和姜明心甚至拿胶带把女儿的双手捆缚起来。 捆住手以后她又哭又号，那声音撕心裂肺，令宋达两口子心惊胆战。"也是住进这监牢以后我才慢慢领悟到，离地三尺有神明，这世界发生的事情上帝都看得清清楚楚，我们夫妻把脸面看得比别人的命都重，上帝偏偏要残忍地剥下我们的脸面，那脸面就像穿在蔚蔚身上的衣裳，我们以怎样的虚荣看重它，上帝就要以怎般的残忍把它剥去，这都是天意。 怕她到街上出丑，我们强行给她服用镇静药，然后锁进屋里，再也没让她出来见过人，还对外编造了她出国留学的谎言。"

宋达平静地说着往事，尽管他说得从容淡定，我仍然能感受到他内心的惊涛骇浪。人到事处迷，聪明反被聪明误。因为心里有鬼，便感觉人人都看到了藏匿在自己心中的鬼，他们处处下意识地掩耳盗铃，很快，所有的亲戚邻居还有同事好友都以为，宋家的女儿宋蔚蔚到美国去留学，并取得了绿卡。既然如此，蔚蔚更加不能再见人。刚开始他们一家住在市内的公寓，蔚蔚被锁在小卧室里，每当有人来做客时，两口子就会心惊胆战，唯恐她突然弄出不得体的动静引起客人怀疑。担心家丑外扬，他们时刻如履薄冰。后来，两口子实在承受不了那种无时无刻不存在的高强度压力，在偏远的市郊买了别墅搬进去。即使搬到远离市区、单门独户的别墅，蔚蔚这个巨大的"家丑"始终没有从他们的心头放下过半刻，只要蔚蔚存在，他们的生活就如同隐匿着可怕的不定时炸弹。

"我醒着害怕，夜里做梦也害怕，害怕秘密曝光，丑闻大白于天下，害怕蔚蔚在我们夫妻死后没有着落。因为家里有个患病的疯孩子，自己连死的权利都被剥夺而去。谁都不会相信，当我听到熟人的讣告时，甚至会生出羡慕之心：作为死者，他们可以坦然地闭上眼睛去安享清静，我却没有这个权利。只要蔚蔚活着，即使睡进那个世界我也死不瞑目。我甚至不能选择自杀，必须让自己活着，活着是我的责任，也是对我的惩罚，生命对我而言成为炼狱和酷刑。被折磨得生不如死时，我常想：如果能让蔚蔚从世界上消失，对我来说肯定是最大的解脱。"

宋达手里捏着即将燃尽的烟头突然沉默了，他的表情变得安详恬淡，他微笑着自嘲地问："都知道了吧？"

我一时没能领会他的意思："知道什么？"

"我家烂包的丑闻！"宋达恶作剧般讪笑着重复道，"我女儿是疯子！我是杀人犯！我和我老婆都坐了牢，这惊天丑闻人们都知道了吧？"

看着宋达狰狞的笑，想到他昔日那不可一世的张狂，我忽然也来了邪劲，忍不住恶毒地回答："那还用说？ 您本人是耀眼的大画家，您夫人是光芒万丈的电视台主持人，你们家的烂事路人皆知，网络上铺天盖地都是你们家的传闻。 抖音上说，你睡过的女人有两打之多，网友们正在人肉搜索，要把你的传奇人生挖掘到底，让大家奇闻共欣赏呢！"

宋达低下头去死死地闭上了眼睛。 几分钟后，他抬起头来面带微笑地盯着我，平静地说："我现在不害怕了。"

"不害怕了？"

"还有什么好怕的？ 我从来不曾像此刻这般轻松过！ 让人们因为我家的丑闻去狂欢吧！"

看到宋达面如死灰，我意识到自己的话太残忍了，于是道："郑路雨作为师长，诱惑未成年女学生，禽兽不如！"

宋达闷头抽烟，沉默良久才扔出来两个字："报应。"吐出一口烟圈后又说，"不怪人家，是我该得的报应。"又抽了几口烟，宋达说，"我睡过的年龄最小的女孩不满十六岁，比蔚蔚还小，是我最好的朋友的掌上明珠，她也对我着了魔，跟在我屁股后头拿鞭子抽都甩不脱。"

"后来呢？"

"被我甩脱后，做了几年街头小太妹，然后跳了楼。 我以为隐瞒得滴水不漏，却瞒不过天眼。"

"天眼在哪里？"

宋达抽着烟，像是自言自语般地发表长篇感言："人不可以毫无底线地为所欲为，这不是法律，也不是道德伦理，它是一条黄色警戒线，这条警戒线叫天道，天眼，天刑！ 以前我从不相信天道的存在，才敢肆无忌惮地把好友不到十六岁的女儿诱上床，到现在她爹都不知道，她女儿是被我毁掉的。 自从蔚蔚出事以后，我无时无刻不看到那条黄色警戒线的存在，这条线是上帝刻在人心里的。 心被蒙蔽时，人就看不到这条线了。 很多时候人们故意假装看不见，自欺欺人地认为，看不见就等于不存在。 有一天，上帝会把账单如期送达，谁都在劫难逃。"

"天道有轮回，上苍饶过谁？ 我也收到过上帝的账单。"

"以前我认为，上帝的账单是一对一的关系，张三欠你的，一定要由张三来还，你欠李四的，必须还给李四。 现在我才知道，上帝的运行规则不是这样。"宋达说得十分认真。

"在你看来，上帝是怎么运作的？"

"跟银行的操作很相似：所有的钱都放在一起，算总账。"

"我听不懂你的意思，请举个例子。"

"例子明摆着：我害死了好朋友的女儿，我的这位好朋友到现在对我还十分友好，我以为逃脱了惩罚，谁能想到呢？ 郑路雨站出来替我的好朋友报了仇，我此前跟郑路雨无仇无冤，他只是我女儿的课外美术老师。"

"这也许只是个偶然。"

"不不不！ 世界上根本没有偶然。 那么多美术老师，为什么我偏偏找郑路雨做我女儿的老师？ 这就叫鬼使神差。 地球是圆的，世界也是圆的，大家都在上帝的网络上，没有任何人可以成为漏网之鱼，上帝的大数据分毫不差，不会出现偶然。"宋达讲到这里，脸色由酱赤到煞白，"我坚信，一切的发生都是上帝精心的导演，这世界上发生的任何貌似荒谬绝伦的事情，都潜藏着分毫不差的水到渠成，偶然背后都埋伏着绝对的必然，必然是淹没在海平面以下的冰山，偶然只是峥嵘而出的小岛，灾难早已日积月累，人们却瞎子一般视而不见。 等到看得见时，早已回头无路了。 瞎子啊，比盲人还要无明的瞎子！"

听到他的长篇大论，我无言以对。 宋达手里捏着即将燃尽的烟头，安详恬淡地微笑着，突然问我："见过裸奔吗？"

我摇摇头："经常听说，从未亲睹。"

宋达梦魇般幽幽地说："以前听到裸奔这事，我总认为是拉风搞怪，后来蔚蔚一次又一次地裸奔到大街上的时候，我就想，上帝通过蔚蔚的病，在告诉我什么呢？"

我发自内心地说："我也相信，这世界上发生的每一件事，都包含着上帝的隐喻。"

蔚蔚的"裸体癖"几乎把宋达逼至疯狂，只要稍不注意，蔚蔚就会把自己脱光，如果被锁在家里，她就在家里裸奔。宋达两口子只好把她反锁在她自己的卧室里，任由她赤裸。也是奇了，大冬天里，哪怕冻得瑟瑟发抖，蔚蔚也要一丝不挂，以至于"裸奔"这个意象如同疯狗一般日夜折磨着宋达的神经。每当焦虑难耐的时候，宋达就让自己沉醉而又投入地创作裸奔图。他偷偷描画过无数幅他们一家三口的裸奔图：玩转地球的大画家，耀眼夺目的女明星，再加上一个豆蔻少女，三个人赤身裸体地在大街上不管不顾疯狂奔突，长长的披发在空中飘舞飞旋，尾随其后的是他们家啦啦队样的宠物们，车水马龙的红男绿女立于街道两旁侧目而视，这就是他笔下荒诞不经的"裸奔图"。

4

亲眼观赏到宋达创作的家庭裸奔图已是好久之后的事情了。那时宋达已完全适应了监狱生涯，还在狱中争取到了召开个人画展的机会。刚刚入狱的时候，他闭门谢客，死都不肯跟任何探访者见面，没想到不久以后，他不仅能坦然地公开在狱中开画展，还落落大方地邀请熟人旧友前去观展，狱方也把他作为认真改造的典范，在不违背原则的情况下，为他大开绿灯，还让他在狱中为犯人开办艺术讲座。大家接到画展邀请以后，都以为会看到一个失魂落魄的囚徒，没想到，处心积虑地表演了几十年大师的宋达，生平第一次看上去像真的大师那样，谦卑诚恳、毕恭毕敬，作为犯人的光头和囚服反倒使他比任何时候都更具大师的风采。头一次去探视，是为了报复，之后再去，我都会诚心诚意地跟他交流，那种幸灾乐祸的恶毒已荡然无存。

画展上最引人瞩目的，就是他的《裸奔组图》，美到触目惊心。谈及自己所画的系列裸奔图，宋达坦承，这批作品是他最鬼使神差的"胡涂乱抹"，在画这些图时，他根本不是在有意识地创作，而是在下意识地排遣煎心煮肺的焦虑，他也从来没有想到过，会拿这些最私密的狂涂乱抹当作品展出。那时候蔚蔚的病状已不可逆转，他时时都濒临崩溃的边缘。"那每一幅画作都是出自我灵魂深处的呐喊啊。"有一次去参观画展时，宋达对我说："自从蔚蔚疯掉以后，我就变成了一块沉默的石头，常常连续几天都不想开口说一句话。我越沉默，内心的号叫声越是排山倒海。每次描画裸奔图时，我的情绪都处于崩溃的状态，如果不能即刻涂画，感觉自己就会像人体炸弹一样炸裂。必须画，不画会死，会爆，会粉身碎骨。"

我装作漫不经心地说："经书有言：凡掩盖者，必要揭开。"

宋达很认真地问："你体验过意义的枯竭那种最彻底的绝望吗？"

他终于提到了"意义"，他居然提到了"意义"。在这个解构大师的字典里，居然还有意义二字！他喃喃自语道："所有的意义都被耗竭净尽了，一切都毫无意义。艺术，狗屎！爱情，狗屎！家庭，狗屎！女儿，狗屎！当所有的神圣和意义都被狗屎化的时候，自己怎么可能不狗屎？当一切都沦为狗屎的时候，怎么可能不绝望呢？"

绝望之余，宋达和妻子产生了陪女儿共同赴死的念头。他的生命欲微弱到奄奄一息，任何不经意的一丁点挫败感，都能促使他丧失掉仅有的一丝现世热情，甚至偶尔听到一件与自己八竿子打不着的衰事都能使他想要结束生命。"若是蔚蔚还活着，我会每天陪着她，给她梳头发扎辫子、给她念书，给她认识这个世界上的一草一花。现在我才明白，那才是世界上最有意义的事情。任何冠冕堂皇的事业、任何举世瞩目的狗屁名堂，也没有替女儿梳头发扎辫子更有意义。"说到这里，宋达直直地望着我，连声道，"可是我亲手毁灭了我女儿的生命。我是个杀人犯。"

我沉默良久，低声说："你是想让她解脱。"

"不，不，不！这是自欺欺人的借口。我真正想要解脱的，是我自己。我讨嫌她牢牢地拖住我的后腿，使我不能无牵无挂地活。一想到她，我连酒都喝不痛快啊，那就是精神上的酷刑。我来世上只有一趟，背负着她这个大累赘，那日子形同炼狱啊！我心里无数次偷偷盼着她能自己死去，我还悄悄对神许愿，想让老天直接带她走。你能相信吗？一个当爹的，天天盼着亲生女儿死掉。"

我惊愕地望着宋达，企图转移话题，可他执拗地无法停止："我理所当然地认定，自己是优越的，是精英，是享有特权的，是不能与普通人相提并论的特殊存在。直到被关进因牢，我才意识到，哪怕作为疯子，蔚蔚也是个独一无二的生命。从我把她关在阁楼上不见天日那一刻起，就开始在扼杀她了。我先用黑暗的小屋囚毙她的灵魂，又拿药片杀死她的肉体，我是个十恶不赦的杀人犯。"宋达忽然把手捂在脸上哭出声来，"可怜的蔚蔚，她死了我才意识到，她是个人，是个跟我一样的生命啊！"

面对宋达的眼泪，我感到不知所措，搜肠刮肚地勉强安慰他道："既然已经丧失感知力，至少她走的时候没有痛苦，她的罪也算受到头了。"

宋达长长地叹了一口气道："蔚蔚虽说病得昏昏沉沉，被关在屋里一整天，晚上我们下班回家喂她吃饭时，只要听到门响声她就会兴奋不已，嘴里还会发出含混不清的声音。有段时间，她的窗户檐下住了一窝蝙蝠，听到蝙蝠的声响，她也会面露微微的笑意，这说明她并非完全没有感知力。"

我再次试图转移话题："等你出去了，可以好好替她做个超度，让她来生有个好命。"

　　听我这样说，宋达自嘲地笑了起来："出去？ 哈哈！ 我这辈子遇到的最有意思的一件事情就是坐牢，正是坐在牢里我才感觉自己活着，吃得香、睡得熟，我根本没打算再出去。"

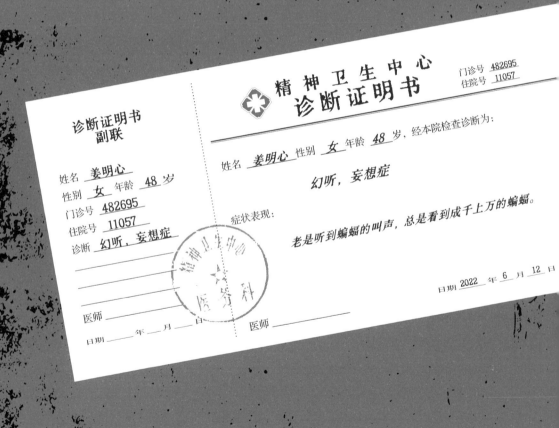

精神卫生中心
诊断证明书

门诊号 482695
住院号 11057

姓名 姜明心 性别 女 年龄 48 岁，经本院检查诊断为：

幻听，妄想症

症状表现：

老是听到蝙蝠的叫声，总是看到成千上万的蝙蝠。

日期 2022 年 6 月 12 日

医师

诊断证明书
副联

姓名 姜明心
性别 女 年龄 48 岁
门诊号 482695
住院号 11057
诊断 幻听，妄想症

医师
日期 年 月 日

我的**心**
就是我女
儿的**坟场**，
我**没有**一
刻**安宁**过，
没有一刻！

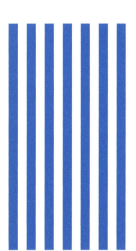

第**10**章

埋在别墅
后院的
女孩

155

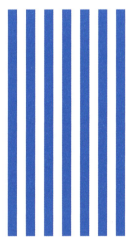

1

　　宋达家别墅后院里种了好几棵樱桃树，满树的樱桃红得烈焰灼灼，像一枚枚跳动的心脏。 有次探视回来时，宋达交给我几百根细长的白纸条，嘱我帮他挂到别墅的樱桃树上，作为清明节送给女儿的礼物。 他告诉我，蔚蔚十来岁时，他最喜欢做的事情就是替女儿扎辫子，坐在牢里，他日夜着了魔般地想做的事情就是再替女儿编一次辫子。 疾病使蔚蔚的身体变了形，她的一头乌发始终美丽如初。 每当抽完一盒香烟，他都会把烟盒撕成一根根细纸条，就像替女儿扎头发的丝带一样。 我把纸条系在樱桃树上，樱桃树就成了长发婆娑的美少女。 我对着樱桃少女说：蔚蔚，扎上爸爸给你的发带，你看上去好漂亮啊！

　　宋达坐牢带给我的兴奋劲儿过去以后，我很快又陷入了抑郁的泥沼之中，而且愈陷愈深。 宋达在我们那个所谓的艺术圈子里，是玩得最得心应手的人，而且能量逼天，最终却是那样一个惨痛的结局，这使我对红尘万丈的世界更加心如死灰，感觉一切折腾都是徒劳，一切的成功和辉煌也都是梦幻泡影，还是常净英明，一脚踢开这个破烂世界，头也不回地去了寺庙。 然而，我想走常净的路却是行不通，别的都可以撇开不论，要把女儿丢在万丈深渊的世界上，我做不到。 我就这样把自己卡在世界的夹缝里，上不着天下不着地。 我痛苦地发现，自己越来越不能适应社会了，就像外星人不幸流落到地球村一样，格格不入。 探视过宋达几次以后，我的耳畔老是有个声音在问："你是谁？ 你在哪里？ 你到这里干什么？"这是我在监狱墙壁上看到的标语，当时感觉很怪异，后来明白，这是在提醒囚犯，让他们时刻处于警醒状态。 没想到，这个"犯人三问"会长在我心里，不时对我发出灵魂拷问，闲来没事时，我就会对着空中那个莫须有的老天爷回答：我是一个人，此刻在地球上。 到了第三问，我挖空心思也想不明白，自己到地球上来干什么。

可以肯定，我作为人出现在地球上完全是个偶然，如果我爸和我妈不认识，那么，我在哪里呢？ 我又是什么？ 我姥姥很偶然地生下了我妈，我奶奶很偶然地生下了我爸，我爸很偶然地认识了我妈，于是，我妈很偶然地生下了我，我的出现是一连串偶然中的偶然。 有我也好，没我也罢，地球上并不缺我这一个人。 如果我即刻死掉，仿若森林里无关紧要的一片树叶坠落一样，对森林半点影响都没有，既然如此，我到地球上到底来干什么？

这个"监狱三问"又使我联想到了那个人人皆知的"哲学三问"："我是谁？ 我从哪里来？ 我要到哪里去？"可以肯定，我从虚无中来，也必将回到虚无中去，我的存在本身也是个虚无，既然如此，我为什么还要在地球上苦苦地忍受折磨呢？ 地球是什么？ 茫茫宇宙中一枚小小的尘埃，就像恒河中的一粒沙子那样，我就仿若无边无际的沙漠中一只随时可能干渴而死的蚂蚁，我所有的爱恨情仇、我所有的烦恼苦痛，没有任何意义，这就是我作为一个人的终极存在真相吗？

有时候，正走在大街上，我会下意识地突然站住，被迫回答三问中的某个疑问，我的脑子会随时随地突然断片，就像电脑死机，陷入空白之中，我需要想破脑袋才弄明白，我正站在某某街道的某个地方，我要到某间超市去买某件东西。 后来为了减少麻烦，每当需要出门时，我事先写一张小字条，标明自己要到哪里去，去干什么。 有时候，哪怕拿出小字条也无济于事，我明明认识字条上的每一个汉字，却不明白那些字组合起来在表达什么意思。当断片事件发生得越来越频繁时，我就不想再迈出家门一步了。 然而，哪怕是躲在家里，该死的三问还是会时常在我的耳畔回响，令我抓狂。 有一天，久违的女博士突然出现，看到我被折磨得生不如死，便对我说："你不用再苦苦追问了，什么你是谁、我又是谁，没有你也没有我，你我从根本上讲都不曾出生，也不存在，说什么从哪里来、到哪里去呢？ 去如不去，来如不来，如来如不来，是名如来。"

我越听越迷惑，再问："如果我们都不曾出生过，没有我也没有你，现在是谁在跟谁说话呢？"

"影子跟影子。"女博士道，"一切都是梦幻泡影。"

"哪怕只是影子，那影子也是个存在之物吧？"

"不，只是能量的暂时显现。 这个世界不存在任何物质，至多只是像影子一样暂时现个形，时候一到，自然尘归尘、土归土。"

"既然是尘归尘、土归土，那尘与土总是存在的吧？"

女博士狡辩道："本来无一物，何处惹尘埃。 没有尘亦没有土，没有明镜也没有台。"

我最讨厌女博士背诗，她一背诗我就抓狂。 我质问她："少给我玩虚的！ 你到底是谁？ 你究竟存在还是不存在？ 你为什么老是神出鬼没呢？ 你到底是谁？"

女博士答："我是你外婆的外婆，你祖母的祖母，你妈妈的妈妈，你女儿的女儿，你子孙的子孙，你祖宗的祖宗，你就是我、我就是你！"

我被她彻底激怒，抓起茶几上的杯子不管不顾地朝她砸去，她就像孙悟空一样，当我向坐在沙发上的她砸去时，她出现在桌子上；当我砸向桌子时，她出现在椅子上；当我砸向椅子时，她出现在墙壁上；当我砸向墙壁时，她出现在半空中；当我砸向半空中时，她消失不见了。 我大声问："你在哪里?"

她答:"我处处不在处处在!"

"快给我现出形来!"

"你所看到的一切有形之物都是我。"

当我把我家的客厅砸得一片狼藉时,就被再次送进了精神病院。 此前,看到别的患者几进几出精神病院,我感觉不可思议,没想到自己也未能幸免。 不同的是,上次我完全不知道是怎么进来的,这一次我非常清醒。 在外面待了一年多的时间,我感觉还是里面比较自在。 在外面要面对复杂的社会和八百件人生琐事,每一件事情都令我头疼欲裂,在里面只要戴上一顶病人的帽子,便万事大吉,可以把八百件事情全部覆盖掉。

说来也是吊诡,一住进精神病院,我立刻就不那么抑郁了,而且相信:自己是个卧底的特务,到医院里来做福尔摩斯灵魂侦探。 我之所以很顺利地同意住进医院,还有个隐秘原因:我想像姚大夫那样,做个心理治疗师。 只是坐在密闭的咨询室里跟人聊聊天就能赚到生活必需的银子,这真是最适合我的职业。 我没把这个想法告诉过任何人。 不过,依照我的要求,我这次被安排在开放病区,基本处于自由状态。

2

再次住进医院我才知道,宋达的妻子姜明心也在这家医院里住着,她属于服刑人员保外就医,被判刑以前她的精神就已经出现了问题,在牢里住了很短一段时间,就被送到医院来了,不过她住在封闭病房里。 受宋达的辗转委托,我只要有机会,就会跟他妻子姜明心见面,给予她适当的陪伴。 没出事以前,宋达视其妻子如空气,共同沦落为杀人犯以后,他才终于看到了妻子作为一个大活人的存在,然而要见妻子一面,几乎不可能。 姜明心住在封闭病房里，虽不需要陪护，宋达还是安排他的一个侄女隔三差五到医院，把姜明心从封闭病房里领出来，在医院的草坪上晒晒太阳放放风。 每一次姜明心被领出来我都会陪着她。 与她相比，我觉得我的人生还不算最糟，这给了我些许可怜的优越感。

从封闭病房被带到医院的草坪上晒太阳，这对患者来说是一件值得欣喜的事情，然而，昔日的女明星茫然而又惶惑，对明丽的阳光毫无感知。 她的花容月貌也已消失殆尽，从她的眼睛里可以看到，她对这个世界上的一切都不再有兴趣，她的全部关注都凝聚在一个点上：女儿蔚蔚。 刚开始，我怀着复杂的心情坐在她身旁，她都像石头一样默然无语，到了第三次，姜明心突然死死地攥住我的一只手，什么话也不说。 四十多岁的姜明心瞅上去如同六十老妪，此前她心高气傲，睥睨天下，此刻她就像街头拾荒婆。 看到她的指甲又长又脏，我忍不住替她修剪起指甲来，她像小女孩一样乖顺地听凭我修剪。 经过几次磨合以后，她冷硬的目光里渐渐融化出了温软的信赖，她把手伸进贴身内衣，掏出一张照片说："瞧，我女儿蔚蔚，漂亮不漂亮？"

我认真端详照片，小女孩确实比花仙子还要美。 那美丽的女孩此刻已被她的亲生父母埋葬在樱桃树下，想到此我有些不寒而栗，姜明心突然开口道："喂蔚蔚吃药时，她乖乖张开嘴巴吃了下去。 蔚蔚好乖。 她不知道我和她爸要害死她。"

我看着她的脸，不知说什么，姜明心显然也没打算听我说话，她已忘记我这个大活人的存在，完全陷入自己的梦呓之中。 她双目凄迷，虚虚地望着远处的屋顶继续述说，像是自言自语，又像在讲给人听。 此后，姜明心像祥林嫂一样，每次见面都把那段发生在暗夜里的谋杀不厌其详地讲述给我听，我听得耳根生茧，她还在讲个不停。 似乎每讲一遍，她的罪恶感就会减轻几分，又好像只有全身心地浸淫在罪恶感的折磨里，她心里才会好过些许。

3

据姜明心讲，喂给蔚蔚吃的是高效安眠药，宋达亲自买回来的，喂的时候，她的手哆嗦得很厉害，她清醒地知道自己是在犯罪。 杯子里的水泼洒出来，把蔚蔚的衣襟弄湿了一大块，她却怎么都不忍心把药放进蔚蔚的嘴里。看着蔚蔚一脸的无辜和懵懂，她转过身去哭了起来，期期艾艾地对宋达说，算了吧，别让孩子吃了，再吃会要了孩子的命。 宋达不说话，抓过瓶子，一次往手心里倒了十来片药，对蔚蔚说："乖，张开嘴，把药吃下去，吃下去就好了！"孩子听话地张开嘴巴，可是一次吞进嘴里那么多药片，孩子咽不下去，喝了两次水，还是咽不下去，直着脖子干呕起来，把药片吐出来两颗。宋达把蔚蔚吐出来的药片又捡起来送进她的嘴里，蔚蔚用劲伸伸脖子咽了下去。 百十片高效安眠药吞进肚子，这是要命的剂量。 姜明心大声哭喊起来，拼命地叫着："蔚蔚，蔚蔚！ 老宋，老宋！ 我害怕，我害怕啊老宋！"她哭着拿手指去抠孩子的喉咙，想让蔚蔚把吞进肚里的药片再吐出来。 宋达把她推开，气急败坏地呵斥："迟了，已经迟了！ 你这么折腾只会让她更遭罪。 叫她太太平平走吧！"姜明心拿手捂住嘴，拼命憋着气，不让自己哭出声来。 宋达又咬着牙从瓶子里倒出一撮药片，也不点数，哄着孩子说："蔚蔚，乖，张开嘴，把药吃下去吧，吃下去就好了。"孩子不愿吃，拿眼睛时而望望爸爸，时而又望望妈妈，那眼神儿跟羊羔似的。 姜明心又忍不住大哭起来，连声叫着："老宋，老宋，不能啊老宋！ 我们闯下大祸了！"宋达不理睬她，耐心地哄蔚蔚张开嘴巴，把手里那撮子药片全部倒进蔚蔚的嘴里，然后往蔚蔚的喉咙里猛灌水。 蔚蔚呛得咳嗽起来，药还是一片不剩地咽进了肚子里。 瓶子里一片药也没有了。 望着那个空空的药瓶，姜明心知道，真是晚了，一切都晚了，哭着往楼下奔去。

　　她扑倒在沙发上号啕大哭，突然想到，应该叫医院的大夫来，大夫有办法。 只要抓紧时间就来得及。 她跳起来抓起桌子上的电话，准备打120。 刚拨出两个数字，忽然又想，只要医生赶来，事情就会大白于天下，所有的熟人都会知道蔚蔚没有去美国留学，她是个惨不忍睹的疯子！ 此刻，他们夫妻合伙喂她吃下了整瓶安眠药，她和宋达都是杀人犯！ 即便蔚蔚被医生救活，他们也已经犯下滔天大罪，不能，不能啊。 她又放下电话跌倒在沙发里哭起来。 不知道过了多久，她迷迷糊糊看到宋达从楼上走下来，一屁股跌坐在沙发上，先点燃一支烟抽上，然后低声咕哝着："睡着了。 她睡着了。"姜明心想冲上楼去，宋达死死拖住了她。 他们在客厅的沙发上蜷缩着，宋达一支接一支地抽着烟，看着一缕又一缕白烟，姜明心想：孩子此刻怎么样了？真是睡着了吗？ 她难受不难受？ 自己要不要去帮她？ 她已经上路了吗？她一个人走在路上害怕不害怕？ 到那个世界谁照顾她呢？ 不，她不能让孩子独自走，在这样的时刻她应该陪伴在孩子身边寸步不离。 她几次要往楼上冲，都被宋达死死拖住了。 宋达压低声音呵斥她："不要去搅扰她，让她安安生生走。 我们开车出去转转。"

　　姜明心已经六神无主，像傻子一样顺从地跟着宋达走了出去。 可是，宋达却怎么都发动不了车子，车像被牢牢钉在地上一般纹丝不动。"我后来常常想，是不是孩子独自待在家里感觉害怕，希望我们留下来陪她度过最后时刻呢？ 为什么好端端的车子却发动不起来了呢？"姜明心这样问道，我无言以对。 车子毫无缘由地出现故障，宋达也很害怕，他拉了姜明心的手，像逃跑一样，顺着别墅后面的小道一直走着、走着，不知道走了多久，也不知道走到了哪里，只晓得距离别墅愈来愈远，距离蔚蔚也愈来愈远。"蔚蔚她死定了。 我们越往前走，回去挽救她越不可能。 中途有几次，我执意要返回别墅，我想只要我们回去，孩子就还有救。 往前走，孩子必死无疑。 可是宋达拉了我的手下死劲地往前拖着走，不许我回头。"他们就那么走了整整一夜。 当他们第二天清晨回到别墅以后发现，蔚蔚已经走远，这个令他们耿耿于怀了许多年的家丑终于被消灭掉了。 他们不敢送她去火化，也不敢把她的尸体埋到别的任何地方，于是，就埋在了别墅后院的樱桃树下。

4

姜明心跟我在一起的时候，说起话来逻辑缜密、言辞精准，我常常怀疑，难道她是为逃避坐牢而在故意装疯吗？ 要么是作为电台女主持，她练就了超强的语言能力，即使沦落为疯子也依然能够出口成章？ 再或者，她是个间歇性精神病患者，每当痴醉地讲述时就会自动进入正常状态吗？ 有段时间，她反反复复给我讲到她做的一个梦，尽管这梦听起来十分诡异，还是令我感觉大有深意。 梦里的故事发生在沉沉暗夜里她正在埋葬女儿的时候："我刚刚把蔚蔚埋好，一转眼，她又从坟墓里站了起来。 埋进去的明明是个丑陋的肉团，站起来的却是一个玉净花明的女孩。 后来我才知道，蔚蔚她不是被埋在樱桃树下，是埋在我心里，我的心就是我女儿的坟场，我没有一刻安宁过，没有一刻！ 我老是听到蝙蝠的吱吱声。"

"哪来的蝙蝠？"

姜明心说："只要我回到别墅，黑蝙蝠就会从天而降，围着我家的樱桃树团团飞旋。 先是几十只到上百只，转眼之间就会飞来成千上万只。 成千上万的黑蝙蝠围在樱桃树上，令我毛骨悚然。 每一次都是，只要我逃进屋里关死门窗，蝙蝠就会瞬间消逝、踪影全无，只要我一出现，蝙蝠又会变魔法一般无中生有地横空而出。"

事情也是吊诡：蔚蔚在世时，姜明心对她住的那间顶层阁楼避之唯恐不及，能不进去就尽量不进去。 蔚蔚死后，她却像着了魔一般，每天都要去她的阁楼间坐坐，看看她的照片，摸摸她的遗物，有时候什么也不做，就那么呆呆痴痴地在蔚蔚的床上坐着，一坐就是几个小时，有时干脆就在蔚蔚的床上睡着了。宋达原本计划，把蔚蔚埋葬在别墅后院以后，他们两口子就搬离别墅，全当别墅就是蔚蔚的墓园，然而无论他怎么劝说，姜明心就是不肯搬离。他自己在市区的房子里住了一段时间以后，也因失眠，不得不搬回了别墅。没办法，只有住在别墅里，陪伴着蔚蔚的坟墓，他才能安然入睡。发现姜明心待在蔚蔚的房间里越来越久，而且像蔚蔚一样躺在床上昏睡不醒的时候，宋达担心她的精神状况，于是想办法让她出国去度假。

刚在国外住了不到一个月，姜明心就忍不住飞了回来，因为她无时无刻不听到蔚蔚杜鹃啼血般的声声召唤。在一个残阳如血的黄昏，她从国外飞回来，迫不及待地推开了蔚蔚的房门。不知为什么，当手触上那扇门时，她心里突然没来由地充满了惊悚之感，以致进去以后她战战兢兢不敢开灯。她摸索着站在黑暗之中，感觉屋里窸窸窣窣似有响动。那动静初听起来细细切切，侧耳再听却是汩汩滔滔，她吓得发根倒竖，可是，当她要返身逃离那间屋子时，双腿却被牢牢吸附在地面上，就像被浓胶粘住了那般，随即她感到有无数双小手在抓她。那些腻腻软软的小手先是抓住她的脚，然后钻进她的裤管攀爬上她的大腿，她大声尖叫起来，天花板上的白炽灯啪地自动亮起。"老天爷啊，你知道我看到了什么？蝙蝠、蝙蝠，到处都是蝙蝠。墙壁、天花板、桌面桌腿、床上床下，连吊灯绳子上都布满了黑压压的蝙蝠。"她不顾一切地往外逃去，并从外面把那滋生蝙蝠的房门锁死。她相信，如果不能及时关闭门窗，蝙蝠大军就会追踪而至，把她生吞活剥，使她变成一具骷髅。可是，尽管锁死了门窗，黑压压的蝙蝠们还是如影随形地跟定了她，不曾离开过瞬间。"它们像影子一样对我紧追不舍，不管我醒着还是梦着，无时无刻不感觉到蝙蝠的存在。"

"所以你写了自首信，还服了药，要离开这个世界？"

"活不起了。满世界都是蝙蝠，被蝙蝠逼得活不起了。"

"现在你还能看到蝙蝠吗？"

"那一天，我把信寄出去以后，回到别墅里，感觉浑身无力，就像要瘫倒一样，刚走到樱桃树下，我的腿一软，就扑通一声跪下了，在我双膝跪地的一瞬间，蝙蝠不见了。"

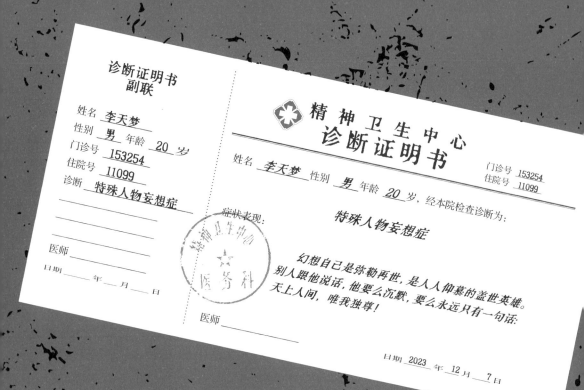

诊断证明书
副联

姓名 李天梦
性别 男 年龄 20 岁
门诊号 153254
住院号 11099
诊断 特殊人物妄想症

医师
日期　年　月　日

精 神 卫 生 中 心
诊 断 证 明 书

姓名 李天梦 性别 男 年龄 20 岁，经本院检查诊断为：

特殊人物妄想症

门诊号 153254
住院号 11099

症状表现：

幻想自己是弥勒再世，是人人仰慕的盖世英雄。
别人跟他说话，他要么沉默，要么永远只有一句话：
天上人间，唯我独尊！

医师

日期 2023 年 12 月 7 日

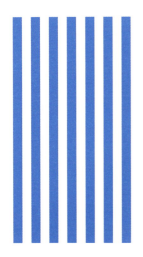

第 11 章

特殊人物
妄想症

所谓身份，只是临时性的社会标签，只有撕下社会标签，人才有可能活出真意。

1

依照惯例，住在开放病房里的患者必须有家属陪护，我的陪护人是我老公，不过，他只是按规定跟医院签订了严苛的陪护责任书，却极少出现在医院里，这是我的意思，我不需要陪护。 在开放病房，只要有人在陪护责任书上签字，病人是否当真有人陪护，医院并不认真追究。 因为可以随意出入，住在开放病房的病人会出现在医院的各个地方，院子里、球场上、花园里、走廊上，甚至可以到街上去购物或者散步，只要家属允许，医院通常不会多加干涉，而且开放病房的病人可以携带手机。 身处开放病区，使我有机会全方位多角度地观察病人，什么稀奇古怪的病例都可能遇到，我感觉大开眼界。

我住进开放病区再次做了卧底以后，关注到的第一个病人，是名叫李天梦的年轻人。 特别关注到他，除了因为他是我亲戚家的孩子，还因为他小小年纪就犯了男人们最容易犯的通病，想成为全天下唯我独尊的大人物。 具体地说，叫作"特殊人物妄想症"。 一个人没有任何背景和资源，不出现奇迹的话，没什么上升空间，几乎是一出生就注定了"什么都不是"的命运，而且至死都可能"什么都不是"。 不是就不是呗，反正绝大部分人都逃脱不了这样的命运，然而，就是有人不认命，他们把自己想象成各种各样的大人物。 当李天梦把自己幻想成弥勒再世，并对此坚信不疑时，被送到了精神病院。 他与封闭病房里那个患了偷窃症的吴芳一样，打死都无法接受自己的平凡，幻想自己会做出惊天伟业，成为人人仰慕的盖世英雄。

往往，越卑微的小人物，为自己幻想的身份越伟大，所以在精神病院里遇到怎样的"大人物"都不足为奇，有时候，去餐厅的路上碰巧遇到"亚历山大"和"拿破仑"，在开水房里遇到"小龙女"和"杨过"都稀松平常。哪怕作为病人，李天梦也病得非常普通，他幻想自己是弥勒佛，比现实中的任何一位大咖都牛逼，他完全无法接受给他做陪护的父亲是个普通的保安，多次因偷盗坐过牢、从小就抛弃了他的母亲暗里操持着最为人所不齿的职业。 由于是亲戚的缘故，当李天梦的父亲实在错不开时间时，会拜托我帮他临时看护一下儿子，于是，我就成了他那间病房的常客。 那病房里共四张床位，除了他，另外三个分别是十七岁的高中生、三十六岁的企业家和一个大二的学生。 高中生由父亲陪护，大学生由姐姐陪护，企业家跟我一样，基本没有陪护。

企业家是焦虑症患者，住院数月，病情已基本缓解，我很快洞察到，这位企业家在病情大为缓解的情况下滞留不去，是为了逃避债务。 其家族企业已负债若干亿，全部由他亲手借贷，索账者追逼得他无处可躲，于是他及时果决地发了疯。 显然，身处精神病院的日子，乃是其生涯中最为惬意之时光。"呵呵，没有债主追在屁股后头逼命，没有老爹在头顶挥舞尚方宝剑，也没有女人心怀叵测地软硬兼施，这样安宁的好日子到哪里去寻呢！ 我做梦都没想到，此生会来到这样的奇妙之地！"看他那神情，仿佛再也没有比在精神病院做病人更惬意的事情了。"只要躲进疯人院，上帝都不会再找你麻烦！ 连你本人都逃离了你自己，谁还能找得到你呢？"他不无得意地对我说。

我为了近距离关照李天梦，特意要求把我的病房调到了他的隔壁，因而很快就跟企业家熟识了。 住院前，这位企业家被每天几十上百件棘手的事务纠缠到生无可恋，某一日，在极度狂躁之下，他砸碎了办公室所有能砸碎的东西，然后跑到楼顶脱光衣服要裸跳，幸亏被及时解救，五花大绑押来精神病院。 我故意逗他："这世界上还有个好去处，比这个鬼地方好。"

"哪里？"

"寺庙。"

"做和尚？ 不行，逃得了和尚逃不了庙。"

他说得不错。"疯子"这顶桂冠才是避世盔甲。 此刻，他好端端地坐在病房门外的走廊上跟我聊天，没有人能捕捉到他，不管是债主、法官还是处心积虑的女人，都对他鞭长莫及。 躯壳还在，人却以疯子的方式隐遁起来了。 看着他一脸顽皮的坏笑，我道："你真能隐遁得了？ 我看到'你'了。"

他笑出了一脸毫无戒备的信任。 作为企业家，他在外面极少有机会这样笑吧？ 那笑从内到外，弥散出一圈圈可以嗅得到的芬芳，是内在那个"隐遁"的孩子才会发出的笑。 我忽然想起他和"老看"教授一起在医院草坪上捉蚂蚱的情景来。

2

教授是绿城大学的一位生物老师，被学生戏称为"老看"，因严重看不惯现实而抑郁住院。"老看"住进精神病院后养成个特别的爱好：捉蚂蚱。其病情轻重视捉蚂蚱的战况而定：战绩佳则心情开朗，战绩差则垂头丧气。那天，企业家很偶然地看到老胳膊老腿的"老看"正在草坪上气喘吁吁地追捕一只蚂蚱，怜悯心顿生，立刻奋不顾身地加入了追猎行动，帮他捕捉住了那只学名"中华稻蝗"、俗名"二扁担"的蚂蚱。 从此两人成为蚂蚱友，隔三差五就在草坪上齐心协力捉蚂蚱，捉到稀罕的品种时，两人就会兴奋得手舞足蹈。每每看到一个德高望重的老教授和一个掌控亿万资产的知名企业家专心致志地像顽皮的孩子一样捉蚂蚱，我就会忍俊不禁。企业家却是愈捉愈兴味盎然。在"老看"的悉心栽培下，他已差不多成了一名生物学家，对医院草坪上的昆虫如数家珍，还学会了制作标本。有时，他会整整几天埋头做标本，那股兢兢业业的认真劲儿使我恍惚觉得：这位企业家其实就是个孩子，经营企业是不得不做的人生功课，捉蚂蚱才是他喜欢的正事。他像孩子一样调皮地对我笑道："你不是法官，你捉到我也是白捉。"

我也笑了，问："你小时候玩过捉迷藏游戏吗？"

"当然玩过。你不喜欢玩吗？"

哪个孩子会不喜欢呢？后来很快长大，就不能再玩了，却还想玩，于是换个方式继续玩。难道疯子们都在跟这个世界玩捉迷藏游戏吗？所谓疯子，就是把自己弄丢的人吗？我忽然想到个词：丢人。谁没有丢过人呢？我冒昧地问出一个唐突的问题："你跳楼的时候为什么要脱光衣服呢？"

这个问题梗在我心里好久了，我在精神病院发现个奇特现象：许多疯子发病时都不约而同地嗜好脱光衣服，让自己全裸呈现，这究竟意味着什么呢？企业家吐出一个长长的烟圈，慢慢道："唉，当时什么都不可能思考，就是想脱光而已。感觉再也承受不了任何负累了，有种东西压得人喘不过气来，眼看就要窒息而死，却又不知道压迫你的到底是什么，除了把身上的衣服脱掉，没有别的办法！只能脱，不脱就要爆炸。"

"这世界上的一亿多种生物，只有人穿衣服。你说，脱去衣服，是否意味着蜕去人皮呢？"

"我没想那么多，只感觉像泰山压顶一样，受不了，必须脱！"

"疯子们总是喜欢全裸，难道说，疯子们都不想做人吗？像你这样的成功人士还嫌做人难，我们这些底层小人物怎么活呢？"

"什么成功人士？ 简直就是非人！ 非人啊，晓得吗？"

"你真说到了点子上。'成功'两个字不知道害了多少人！ 为了成为别人眼里的成功人士，现代人的非人程度已经达到登峰造极的程度，人们所说的成功，不过是名利的代称，真是荒谬。"

"人天生如此，谁不想得到名利？"

"正因为天生如此，所以才可怜。 狗天生喜欢吃屎，狗永远都不会认为吃屎是恶心和可悲的，人贪财好色，跟狗喜欢吃屎是一个德行。 在真人眼里，普通人喜欢黄金与狗喜欢吃屎没啥区别。"

"你说的真人是什么人？"

"挣脱了人性程序的人。"

"人性程序是什么东西？"

"当人看到狗吃屎时，会对狗充满鄙视，其实不是狗自己喜欢吃屎，是上帝在它的生物基因里设置了吃屎的程序。 上帝让羊吃草，让狼吃肉，让人吃名利。 表面看上去，上帝高看人，把人设计得比狗高级，事实上，谁更高级并不一定。"

"此话怎讲？"

"狗虽然喜欢吃屎，只要吃饱，就不吃了。 狗有吃饱的时候，人没有。你听过这世界上有人说自己拥有的财产足够了，已经不需要得到更多了，有这样的人吗？ 没有！ 人永远没有吃饱的时候。 所以上帝把人设计得比狗更可怜。 所谓真人，就是挣脱了上帝设置的生物基因程序的人，真人不会被上帝牵着鼻子走，不会为了世俗的成功而把自己弄成非人。"

"你说的是神仙，普通人达不到。"企业家笑笑说。

"好像也没那么高深吧？ 那些被人拿来当神敬的也都是人，敬的人多了就成了神仙。 顺则成人、逆则成仙，逆着人性往相反的方向走，就是走向终极解脱的究竟之道。"我及时兜售了从常净那里听来的理论。

"怎么反着走呢？"

"人性好贪，你偏不贪；人性多欲，你偏少欲。"

"那不是反人性吗？"

"要的就是反人性！　人性中有太多弊端需要反，不要太高看人这个物种，人的灵魂程序需要大大地升级进化。"还是常净的观点。

"听你这么说，做人好像要反着来。"

"对，就是反着来，反者道之动嘛。　一味顺着人性走，必陷入毫无出路的死循环，就像狗吃屎一样。　反着来，就会由凡人到贤人，由贤人到圣人，由圣人到至人，由至人到真人，摆脱上帝设置的人性程序，使自己脱胎换骨，不再像狗吃屎一样地活着。"

"你说的什么贤人、至人、圣人还有真人，当真存在吗？　我满眼看到的可都是像狗吃屎一样活着的凡人。"

"所以，这世界上绝大部分人都像狗吃屎一样可悲。"

"你不喜欢金子吧？"

"我也喜欢金子，但是我清楚地知道，是上帝让我喜欢金子，不是我自己要喜欢，我正在努力跟上帝的程序抗争，至少我不会因为金子把自己弄成非人。"

企业家一拍大腿："我知道疯子为啥喜欢脱光衣服了！"

"为啥？"

"人皮难揭啊！　疯子其实是想揭掉人皮，就是你说的那什么，挣脱掉上帝设置的程序。"

"不是人皮难揭，是人性难脱。"

"所以说，狗改不了吃屎。"

"人比狗高级的地方就在于，人只要努力，就可以摆脱人性的枷锁，而狗只能终生囚困在上帝设置的程序里。"

3

跟企业家同一病房的大二男生抑郁，高三男孩精神分裂。 男孩是被高考压垮的，躺在床上闭了眼睛还在背单词做奥数题，住进医院两个月了，他始终处于紧张的"备考状态"松弛不下来。 像他这样被高考"烤煳"和"烤焦"的孩子，医院里还有相当数量，最小的十三岁，还在读初中，进来没几天，妈妈略有疏忽，小姑娘溜出医院，在公园里投湖自尽了。 因为她妈与医院签有陪护责任书，小姑娘死了也便死了，跟医院没关系。 小姑娘投湖而死以后，她妈妈没过两个月就被送了进来，不过，所有熟识小姑娘的医护人员都认为，住进来的不是妈妈，还是那个小姑娘。 这个四十多岁的中年妇女，表现出来的完全是十三岁小姑娘的言行举止，时而娇娇嗔嗔，时而要花裙子，还一本正经地趴在那里写作业，这究竟是什么现象，没有人能够解释，唯一可以肯定的是，小姑娘的遗体虽然被烧掉了，有些东西没办法被烧掉。那不能被烧掉的，还将以量子纠缠的方式存在并作用于这个世界，就此意义而言，死亡似乎并非意味着生命能量的终结，当然，活着好像也并不意味着绝对活着。

李天梦活着，然而，活着的只是他的躯壳，他的灵魂早已逃逸，他像个木头壳子那样躺在床上整日闷头昏睡，无论医生跟他说什么，他要么石头一般沉默，要么永远只有一句话："天上人间，唯我独尊！"许多时候，他正躺在床上昏昏沉沉地迷糊着，会忽然坐起身子，直着脖子连声嚷叫："天上人间，唯我独尊！"他就是宁死都不肯接受自己的命运，死都不肯承认自己是平凡的小人物。 他最沉迷的一本书是希特勒的自传《我的奋斗》，就放在他的床头，他甚至真诚地告诉他的主治大夫，将来自己当了某国家的主席以后，会提拔他到自己身边工作，又对大夫解释：当某国家主席只是他累生累世中最小的职位，这个职位太普通了，他的主要职责还是打理宇宙秩序，做地球总教主。

"瞅瞅，小人物的野心有多么可怕。 如果条件许可，李天梦宁愿做第二个罪该万死的希特勒，也不甘平凡。"神出鬼没的女博士突然出现，对我说道。 我对她的诡秘行踪已不存在任何惊诧，至于她为什么也住到了开放病区，我没有兴趣去问，权当她是幽灵。 "除了该死的自大、自恋和自卑，李天梦什么都不是。"女博士道。

"请问，你的社会身份是什么？"我问。

"我什么都不是。"女博士坦然说，"承认自己什么都不是，对任何人都极其困难。 事实上，一个人无论谋得了怎样的身份，在上帝眼里，也仍然什么都不是。 什么都不是乃人的终极真相。 所谓身份，只是临时性的社会标签，只有撕下社会标签，人才有可能活出真意。 然而，人们为了谋得耀眼夺目的社会标签，哪怕把自己活成恶魔也在所不惜，虚荣是人最根本的原罪，这个罪恶的起源乃是每个人都给自己取了个名字，并把这个名字当作了自己。"女博士又开始卖弄学问。

"名字也只是社会符号而已，基本相当于汽车牌照，取名字原本为了方便，到头来名字反倒成了人的巨大累赘，不是名为人所用，而是人被名所役。 能够心甘情愿什么都不是地仅仅以人的身份活着，难道就毫无价值吗？"我说。

"为什么一定要有价值呢？ 人是一种被意义和价值绑架的动物，活该遭罪。 所谓意义与价值，求而不得、不求而得。 人总是认为，只有拼命做出某种成就，才算活得有价值，便忘乎所以地拼命折腾，到头来绝大部分行为都是没有必要的瞎折腾，其最大成效只是喂养和满足自我。 什么都不做，只是像一棵菩提树那样安详地存在，也很有价值，甚至可能比那些折腾得惊天动地的人物更有价值，比如寺庙里的僧人。"

"僧人有什么价值？"我问。

"僧人调和并改变了地球的整体能量态。 多一个僧人，地球就会少一分戾气、多一分安详；多一个惊天动地的折腾家，地球就会多遭受太多磨难。真正的僧人如同枝繁叶茂的菩提树，他的存在本身就是在滋养这个世界。 做不成菩提树，哪怕心甘情愿做一株小草，也是在滋养世界。 从地球的整体能量而言，一个像小草那样默默无闻的小人物，可能比一将成名万骨枯的所谓大人物对地球的贡献大。 小人物至少对地球无公害，大人物们一不小心就会对地球和人类造成巨大的灾难。"顿了顿，女博士字正腔圆地说，"有个叫荣格的人也跟我持有同样的观点。"

"听你这么说，我可以心安理得地做个小人物，再也不用责备自己庸碌无为了。"

"希特勒成就了惊天动地的所谓事业，他却是地球的绝对灾星。 如果没啥本事，即使像小草和蚂蚁那样活着，都比为了求取个人功名而拼命瞎折腾的所谓人物们要强得多。"

"谁想做什么都不是的小人物呢？ 无论多么卑微的小人物，都想给自己谋得个像样的社会身份，人是地球上最虚荣的动物。"

"这恰是人的自卑可怜之处，只有强过别人，人才会满足，这种永远要强过别人的妄念，是人的愚痴和罪恶，也是上帝对人的惩罚。 在强过别人的道路上，人将受尽精神酷刑，这也是人的咎由自取，人必须为自己的虚荣付出代价。 人靠着自己发达的头脑，肆无忌惮地拿万物为己所用，难道上帝会视而不见？ 享多少就得受多少，这叫享受。 在人类无所顾忌地享用万物时，万物也在反噬着人，这叫能量守恒。"

"我还是想知道，如果什么身份都没有，只是个自然人，这样的人到底有没有资格活在世上呢？ 我奶奶活了九十七岁，一辈子没有出过村，死了就埋在村里，她死了以后我才知道她的名字叫桑线。 对社会而言，她九十七年的生命就像不曾存在过一样，她是不是白活了九十七年呢？"

"不，她生了你爹，你爹生了你。"

"我爹复制我奶奶，我复制我爹，这种复制有什么意义？"

"人就是麻烦。除了人，别的物种从来都不寻找意义。如果你一定要寻找意义，那就比你爹活得更多一点！"

"活得更多是什么意思？"

"不是生更多孩子，不是积累更多财产或博取更高的地位，也不是更长寿，而是在人性之上，活出更多一点的神性出来。"

"你说的神性到底是指什么？"

"也没那么神秘和深奥，就是明白和透彻，就是把混沌的石头活成透亮的玉。如果每个人都能比上一代活得多出那么一点来，整个人类的意识就会多提升一个层级。地球已经到了能量扬升时期。事实上，唯有真正意识到自己什么都不是的时候，才能与总源头链接，让天道流经自己，就像一滴水回到海洋里那样。"

"你说的总源头是什么？"

"勉强表述的话，就是'大我'。只有把自我这个小我过滤掉，让自己什么都不是，抵达无我之境，才能与神性链接。所谓神性，其实就是大我或者高我。"

"在社会这个层面上，身份的确是个很实用的东西。"

"人不只是活在社会层面上。把毕生之精力都用来追求社会身份，这就仿佛用毕生的心血，为自己的名字镶上金边一样，太狭隘也太浪费生命了。如果人不能超越社会性，就像动物不能超越本能性一样，那是真正的可悲与可怜。"

"那你能甘心什么都不是地活着吗？超越不等于逃避。"

"真想逃避，也唯有穿越；只有穿越出来，才能超然其外；想要穿越，就得深入。 我承认我什么都不是，也接纳我什么都不是，我不瞎折腾，就以素人的身份活着。"

"什么是素人？"

"就是什么都不是。"

"那你整天都在干啥呢？"

"该干啥干啥，吃饭穿衣过日子。"

"这么说，你跟别人有什么不同呢？"

"吃一辈子饭，不尝一粒米；过一辈子河，不沾一滴水。"女博士的金句就是多。

我学着女博士的口气道："悄悄地我走了，正如我悄悄地来。 我挥一挥衣袖，不带走一片云彩。"

"说得好听，你什么不想要？"女博士刺我一句，转身就走。

诊断证明书
副联

姓名 **高三男孩**
性别 **男** 年龄 **18** 岁
门诊号 **652877**
住院号 **12056**
诊断 **校徽魔咒**

_____

_____

_____

医师 _____
日期 ___年___月___日

精 神 卫 生 中 心
诊 断 证 明 书

门诊号 652877
住院号 12056

姓名 **高三男孩** 性别 **男** 年龄 **18** 岁, 经本院检查诊断为:

校徽魔咒

症状表现:

每天都坐公交车去绿城大学买几枚大学校徽,总是用很多校徽堆砌成各种各样的模型。给想象中的哈佛大学校长打电话。

日期 2022 年 11 月 6 日

医师 _____

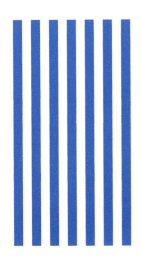

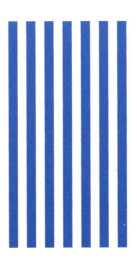

死亡的**方式**还可能有**很多种**，比如：身死，心死，脑死，**良知**死。

第12章

挂在
树上
的**家长**

1

在开放病区，我很少待在病房里，大部分时间都在院子里遛圈。有一天，我被奇特的声音吸引，来到院子最深处，在浓密的树荫里，发现一座神秘的三层小楼，几经周折才知道，那楼里住的是医院收治的"三无"人员。"三无"们都是被彻底抛弃的流浪疯子，家人把他们放逐于社会，让他们像流浪狗一样自生自灭，他们白天在垃圾桶里翻拣残羹冷炙果腹，晚上睡在某个犄角旮旯歇息，碰到运气好，被医院免费收治，可怜而又幸运的家伙就会成为精神病院的"三无"客人。

尽管庭院深深，还有隔音玻璃做屏障，仍然不时能听到从小楼里传出的号叫声和啼泣声，或者叫作狼吟虎啸声。细听之下，那是一种毫无修饰的赤裸裸的声音，粗粝而又原始，每次听到那种声音我都会哆嗦。那从他们身体最深处喷薄而出的声音，是情绪的岩浆，或者像火焰，或者就是灵魂蛋白质。这个三层小楼被铁栅栏围着，连走廊也完全被铁栅栏和钢化玻璃密封着，如同动物园里的熊舍狼宅，偶尔会看到有人像兽类那样紧紧地用双手抓着栅栏往外张望。如果医院不把他们当人，下着狠心用药，他们很快就会成为只会呼吸的活化石。不出意外的话，他们将要在这精神病院的三无病房里度完此生了。只要他们还会呼吸，政府就给他们饭吃，直到吃不动为止。

他们的出现和存在有意义吗？ 我想应该是有的。 如果人类之中注定要有一部分比例的人，必须以疯掉的方式活着，才能确保大多数人的正常，就像树上结出的果子，总有一定的数量要生虫坏掉，又或者像工厂里制造的产品，总有一部分不合格，上帝创造的人，也总有一部分注定不能正常度过此生，如果这是上帝的旨意，那么就是这些人，从人群中站出来，担当这悲剧的角色。 他们是上帝的祭品，是人类这个群体的替罪羊。

有一天，我很意外地看到一个七十来岁的老人，在小楼下面的接待室里坐着，他对面坐着的则是个四十来岁的男患者，一眼便知，他们是父子俩。可能这位父亲年龄大，照顾不了孩子，把孩子当"三无"人员送了进来。 老人死死地盯着自己的儿子，儿子目光涣散，始终不曾跟老人对视过一眼，他空茫地望着前方，目光空空如也，好像在看着什么，事实上又什么都没有看。 护士把他带来坐下，他便坐下；把他带走，他便走。 如同无人机一样。

我忍不住问那位父亲："他知道你是他父亲吗？"老人摇摇头。

我再问："你来看他，他会开心吗？"老人再次摇摇头。

我又问："既然如此，你来看他有什么意义呢？"

老人嗫嚅良久，说："我来看我儿子的相片。"我先是莫名其妙，随即明白，他把儿子那失去灵魂的肉身，当作儿子的"活体标本"。 老人的怀里抱着一只小狗，小狗不时伸出红舌头，亲昵地舔着老人的手，我感觉，这只小狗倒更像是老人的儿子。

"你是个好父亲，儿子都不认识你了，你还爱着他。"

"你爹若是患了阿尔茨海默病，不认识你了，你就不爱他了？"

抬头再次看着这座隐秘的三层小楼，倒使我想到了一则很有趣的禅宗公案：

无根禅师有一次入定三日，被人误以为已经圆寂，就将他的身体火化掉了。 过了几天，无根禅师的神识要出定，却找不到他的身体，寺里的人都听到他以非常悲切的声音自言自语："我在哪里呢？ 我的身体在哪里？"到了夜晚，无根禅师寻找身体的声音更加悲惨，闹得全寺都很不安。 无根禅师的好友妙空禅师就对寺中众僧说："今晚我就住在无根禅师的房里，和他好好谈谈。 请替我准备一盆火和一桶水，我要让他了解什么是'我'。"到了深夜，寻找身体的无根禅师又来了，悲伤地叫道："我呢？ 我的身体呢？"妙空禅师平静地说："你在泥土里。"无根禅师就钻进土里东找西寻，找了很久都找不到，愁苦地说："土里没有我呀。"妙空禅师说："可能在空中，你到虚空中找找看。"无根禅师就到空中找了一阵子，又凄切地说："虚空里也没有我，我在哪里呢？"妙空禅师指着水桶说："大概在水里吧。"无根禅师潜入水桶中，不久又哀伤地出来说："水里没有我啊，我究竟在哪里？"妙空禅师指着火盆说："你可能在火中吧？"无根禅师进入火中，还是没有找到。 这时，妙空禅师严肃地对无根禅师说："你能够入土入水，也能进入燃烧的火中，还能自由地出入虚空，还要那个浑身肮脏、处处不自由的色壳子做什么？！"无根禅师听后，猛然省悟，此后再也不吵闹着寻找"我"了。

无根禅师的身体被烧掉了，但是他的"真我"，也就是"神识"还在，而且"亘古今不变，历万劫常新"。 这些"三无"恰恰相反：身体还在，神识却弥散了。 他们算是什么呢？ 无人机？ 会活动的植物人？ 具体地说，那位老先生的儿子是死了还是活着，是存在还是不存在呢？

2

和李天梦同病房的高三男孩丝毫没有好转的迹象。 不过，随着病情的加重，他倒是出离了痛苦的折磨，因为他已摆脱现实世界，像一条逆行的深水鱼那样，愈来愈深地沉陷进他自己拟想的虚幻世界里。 看那情势，他是黄鹤一去不复返，不可能再回来了。他比企业家解脱得还要彻底，企业家是假痴不癫，躲得过别人躲不过自己，这个孩子是真癫不假，由于藏得太深、逃得太远，自己与自己也彻底失散了，就像是在玩捉迷藏游戏的时候，他一不小心掉进了无底的暗井里，没有人能找得到他身体里那个"人"了。仿佛手机里没有装芯片一样，他成了个空壳子。他的身体和声音都没有改变，然而他的人没了，他丧失了他的核心存在性。对他父亲而言，儿子已经不在了，父亲打量他的目光变得愈来愈陌生，父亲清楚地意识到，这个熟悉的躯壳里已没有自己的儿子，却又想不明白，儿子究竟去了哪里。有时候，那位父亲会下意识地喃喃自语：娃没了，娃走了！这使我想到了那句著名的格言：有的人活着，他已经死了；有的人死了，他还活着。

在独属于自己的虚幻世界里，那个高三男孩成了一位伟大的建筑师。不过，他所使用的建筑材料非常与众不同。每天下午，他都要雷打不动地在父亲的陪伴下，坐车到距离医院十几站路程的绿城大学消磨两个多小时。绿城大学是他热切向往的梦中殿堂，每次从学校回到医院，他都会买来几枚大学校徽，不让他去不行，他能烦躁到浑身哆嗦，唯一能使他镇静下来的魔咒，就是一枚枚闪光的大学校徽。日积月累，那校徽的数目竟相当可观起来，差不多装满了一只胖大鞋盒。很偶然地，他在绿城大学校门外发现了一个专门兜售徽章的摊位，各个名牌大学的校徽仿制品应有尽有，包括哈佛和剑桥，这使他如获至宝。待在病房的大部分时间，高三男孩都在摆弄自己收藏的校徽，沉醉其中，他会连续几个小时欲罢不能，他手里的校徽仿佛成了积木，他拿它们垒砌出各种各样的模型。仔细观察就会发现，他在拿校徽做建材，不厌其烦地建造一所所名牌大学，沉醉在"建造大学"的成就感里，他忙得乐此不疲。有时候他会旁若无人地在病房里给哈佛大学校长打电话，认真商讨有关合作的事宜。他在自己的世界里越活越嗨，他父亲的眉头却愈来愈凝重，有时候让人分不清楚，他们父子两个到底谁才是病人。由于能和世界顶尖的哈佛大学合作，那孩子有时会开心得狂笑不止，这时可怜的父亲总是忍不住面壁流泪。　这使我想到了一句精神病院格言：所谓"傻子"，就是自己痛苦却让别人快乐的人；所谓"疯子"，就是自己快乐却让别人痛苦的人。

　　跟李天梦同病房的四个患者中，大二男生头一个出院。　他因失恋患上了抑郁症，住院期间结识了同样接受治疗的失恋女孩，两人同病相怜，很快迸发出新的恋情，双双挽手出院。　大二男生出院以后，病房里住进来一个新患者，这个名叫吕梁的患者病得很怪：惧怕声音。"声音"对他形同毒药，要么干脆就是呼啸的子弹。　他在两个耳孔里塞满棉花，外面再包上厚厚的围巾，仍躲不过"声音子弹"对他的袭击，连蚂蚁走路的脚步声都能使他烦躁到抓狂，他睁开眼睛就会不停地抱怨："太吵了，实在太吵了！"哪怕夜深人静、万籁俱寂，他仍然被声音吵到生无可恋。

　　吕梁的妻子告诉我们，她老公原是律师，从业十多年，做得闻名遐迩，然而很突然地，他再也做不下去了，原因只有一个：太吵了！　他被莫须有的声音折磨到无处可躲，直至被送进精神病院，他始终未能在地球上寻找到一处安静的地方。　为了躲避喧嚣，他曾经住进过深山古刹、农家窑洞、荒原野岭，甚至战时留下的距离地面几十米深的防空洞，却依然被吵闹到锥心刺骨，以致"太吵了"三个字成为他习惯性的口头禅，每天会出现在其舌尖上百次，把人吵到发狂。　令人惊奇的是，他耳朵里塞满棉花，头上包着厚厚的围巾，居然还能清晰逼真地听到蚊子打喷嚏的声音。　就像苍蝇浩浩荡荡的大军势不可挡地围攻一块乳酪那样，连空气都在锣鼓喧天地吵他，甚至，在他住进精神病院以后，装在瓶子里的小小药丸都在落井下石地吵他。　子弹头一般的药丸吵得他忍无可忍时，他就会捶胸顿足地抱怨："知道药丸是什么吗？孙悟空变出来的妖精！"每次服过药后，他都会一边拿手摩挲着肚皮，一边痛苦不堪地哀叹："听听，孙悟空又在大闹天宫！"

　　谁都看得出来，吵他的是他自己。　每每看到律师先生被莫须有的声音折磨到鸡飞狗跳，企业家就会忍不住讪笑，仿佛在说："我已经找到了安宁，你还迟迟找不到，笨蛋！ 吵死你得了。"

　　仿佛要专门跟律师对着干，我静极思动，突然疯狂地渴望起喧嚣来。 自从双脚迈进医院大门，我就基本上被宣告了"社死"。 就是说，你跟社会不再发生任何关系，社会的列车在滚滚向前，你却被远远地甩在了后面，独自一人孤零零地站在社会的铁轨旁边。 我仔细地玩味着"社死"二字，心想，社死只是死亡方式之一种，死亡的方式还可能有很多种，比如：身死，心死，脑死，良知死。 既然人可能以多种方式而死去，我开始怀疑，自己究竟是否还活着。 如果我活着，那活着的依据是什么呢？

　　就在我沉湎于苦思冥想之际，高三男孩的父亲自杀了。 一段时日里，男孩沉醉于跟哈佛大学的合作事宜，甚至抽不出时间再去绿城大学买校徽了，可怜的父亲眼睁睁地看着沉醉于幻想中的儿子，就像看着天空中一去不复返的鸟儿那样。 那天，独自出门散步的父亲再也不曾回来，他把自己像只大鸟一样挂在了绿城大学的银杏树上。

诊断证明书
副联

姓名 **火龙果**

性别 **男** 年龄 **52** 岁

门诊号 **159352**

住院号 **11256**

诊断 **焚烧癖**

_____

_____

医师 _____

日期 ____ 年 ____ 月 ____

精神卫生中心
诊断证明书

门诊号 **159352**

住院号 **11256**

姓名 **火龙果** 性别 **男** 年龄 **52** 岁，经本院检查诊断为：

焚烧癖

症状表现：

爱焚烧，用弄到的打火机或火柴烧废旧报纸、枯树枝、干草梗，喜欢收藏、焚烧冥币。

日期 **2023** 年 **6** 月 **17** 日

医师 _____

上帝是生命的制造者，他则是销毁者。

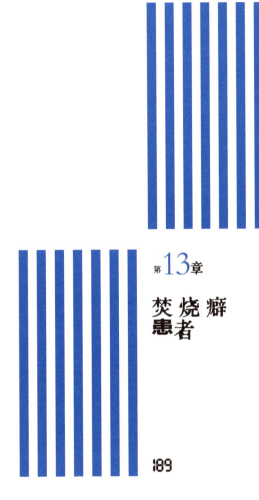

第13章

焚烧癖患者

1

　　"焚烧癖"是医院里一个独特的患者，是从业几十载的殡仪馆焚尸工。这人全身披挂着来路可疑的名牌衣物，包括名牌手表、名牌皮带和名牌领带，把自己搞得像盛装入殓般，医院里谁见了他都远远躲开。　这个患者使人怀疑，火葬场的焚尸工会把死者当作捞取意外之财的摇钱树。　众所周知，焚尸间属于极其特殊的工作重地，在那个密闭空间里，焚尸工有机会把死者全身上下搜索个遍。　住在精神病院的这个患者逮着机会就向人们发布他的奇论："死者当真需要那么好的手表吗？　罪过啊！　为什么要身穿几万块的名牌西服进炉子呢？　穷人连饭都吃不上啊！"

　　焚烧癖患者不知叫什么名字，大家都叫他"火龙果"，他的最大癖好就是焚烧，不管医护人员怎般禁查，他总能弄到打火机或火柴。　他符合所有疯子的怪异特质：在某个点上超常灵智。　火龙果想找到焚烧工具就一定能找到，他若把打火机藏起来，别人很难觅得，这是所有疯子身上最不可思议的诡异。　值得庆幸的是，他从来不烧有用的东西，被他烧掉的都是可烧之物：丢进垃圾桶里的废纸旧报和枯树枝、败叶落花还有干草梗，有时候也烧烧冥币。　医生想尽办法也禁绝不了他的焚烧行为时，只能暂时采取顺势疗法，给他指定地点让他随兴而烧。　医院的后墙角里一只废弃不用的烂垃圾桶就是他的焚烧炉。 焚烧癖发作时，他就把能捡到的可烧之物放进这只桶里焚烧，在这样深度人性化的治疗背景之下，他倒也不曾用打火机给医院制造过麻烦。火龙果坚决拒绝医院的病号服，若是强行给他穿上，他就拿打火机直接去烧，医生只好暂且妥协。 他每天都用名牌把自己打扮得衣冠楚楚，戴在他脖子上的那条领带更是闻名全医院：又宽又长，缀满亮晶晶的钻石颗粒，就是上面的钻石不知真假。

　　通常而言，疯子们表现出的症状各不相同，比如，有个患者喜欢像丹顶鹤一样单腿独立，累死都不肯双脚着地，还有个患者喜欢跟树说话，火龙果的症状最奇特，他喜欢收藏、把玩和焚烧冥币。 他的床头柜里、枕头下面以及随身穿的衣服口袋里装满了冥币，其面额动辄以亿为单位，他自觉是名副其实的超级大富豪。 火龙果有个豪华钱夹子，跟他的土豪领带一样，很荣幸地被列为精神病院的珍奇稀罕物，经常被患者们争相观赏，却从来不曾丢失过，这要归功于他的陪护———一个名叫"笑笑"的孩子。 笑笑是火龙果的同事兼养子，是他亲自从焚尸炉里抢出来的流浪弃儿。 那孩子年龄不详，身高和智商都只有五六岁模样，实际年龄可能超过十岁。 这孩子脑瓜子出奇的怪异，最大特点就是喜欢笑，他的笑声抚慰了殡仪馆的所有员工，他平日里跟火龙果睡一个屋，对火龙果忠心耿耿，来到医院，除了买饭打水，还搜集可燃物以供火龙果焚烧，他只是火龙果的"执行陪护"，替火龙果签订陪护免责书的是他的工作单位，一家殡仪馆。 火龙果三句话不离本行："死人比活人富有，人一死就会变成大富豪！"就像笑笑喜欢蟋蟀那样，他喜欢冥币。蟋蟀带给笑笑无穷的乐趣，冥币则给了火龙果最大可能的财富满足。 作为焚尸工，自己想挣到一百块钱，不晓得要付出多少辛苦："烧掉一具尸体，得奖金十元，一百块，得烧掉整整十个人。 运气差，烧不够数，就拿不到奖金。烧得多就挣得多，谁不想多烧几个？"火龙果无比真诚地感叹道。

　　"你有工资，还有奖金，也不算穷嘛。"我说。

　　"哪能比呢？ 那些死者，哪怕是穷光蛋，只要双脚踏进阴世冥天，就会成为亿万富翁，不管再穷，家里都会给去世的亲人置办豪华别墅还有小轿车，死人比活人阔气，要啥有啥。"

　　由于渴望巨额财富，火龙果成了最忠实的冥币收藏者，他常常一边得意地展示冥币上印的巨额数字，一边兴奋得眼睛发绿。 那时火龙果还没有住进精神病院，只是隐约出现了疯癫前兆的普通焚尸工，由于对冥币情有独钟，时日既久，他渐渐有些分不清冥币和人民币的区别，购物时竟会不自觉地拿冥币付账，不时招来拳打脚踢，后来，他又开始混淆生与死的界限。 作为焚尸工，他的工作恰好处于"阴阳"两界之间，死者被送进焚尸房时还是个"人"，有名字、有身份，几分钟以前，在告别厅里，成群的亲友还在对其鞠躬致敬，几分钟以后，只要他拿手指轻轻启动燃烧电钮，这个人就不复存在了。 无论多么富贵显达的人，经由他的手指轻轻一摁都会不复存在。"轻轻一摁"，那抹杀生命与存在的动作，就掌握在他的手里，这令火龙果充满了不可思议的重要感。 哪怕在医院里，他也会不时宣称："我是老天爷的助手！ 老天爷造生我造死！"

<h2 style="text-align:center">2</h2>

　　火龙果说得不错，上帝是生命的制造者，他则是销毁者。 既然所有人的生命都必将被销毁，对他这个焚尸工而言，生和死的界限也就不那般分明了。"有时候，白天被我亲手送进炉膛里的死者，夜里又会跑进我的梦里，他是死了还是没死呢你说？"频繁地出现在梦中的死者，更加使他感觉生死界限模糊不清。"有时候，刚刚还打过招呼的大活人，第二天却通过传送带送进了焚尸间。 一个活蹦乱跳的大活人，咋能说死就死，一点道理都不讲呢？ 唉，老天爷真是不讲道理啊！"

"咋不讲道理了？"我问。

"他想叫谁死，谁就得死，这是啥道理你说？　有时候，把人送进炉膛，关上炉门，伸手去摁电钮时，我会犯起疑惑来：这人真死了？　不会弄错吧？这时候，我就会把人从炉膛里抽出来，拿手去试探鼻息。"

火龙果多次对病友们讲述自己亲身经历的一幕：两个小伙子一起中煤毒身亡，当时正赶上过年前夕，其中一个小伙的父亲是处长，通过疏通关系，让儿子插队提前火化，赶在年前办妥了后事。　另一个出身贫寒，家人只能让他在停尸间挨着等过年，到大年初三上班以后，火龙果把可怜的穷小伙送进炉膛，正要摁动燃烧电钮时，那家伙突然醒了过来。　自此以后，他在启动燃烧电钮时总是特别小心，唯恐误烧了活人，几十年间他共从焚尸炉里救出过三个人，除了那个小伙子，还有个孩子和一个姑娘，那个孩子就是至今还陪伴在他身边的笑笑。"这孩子是蛐蛐化身，专门来甜我的，老天爷有眼，送个孩子给我做儿子！"

渐渐地，他的脑子彻底乱了套，以致完全混淆了现实与梦境。　循环往复地穿越于生死之间，倒是应了那句"朝生暮死"的俗语，每天对他而言都等于一生一世的轮回，他的真实生活沦为意念中的梦游，梦境则被演绎成为臆想中的真实，他就进了精神病院。　因为曾经的职业，火龙果被理所当然地视作"瘟神"，没有谁愿意跟他住同一间病房，医院只好把位居僻角的杂物间清理出来，作为他的独用病室。　作为焚尸工，火龙果心里积攒了大量无处排遣的被歧视者的怨毒，曾经的焚尸工作成为他痛快淋漓的泄愤行为："我越烧越解恨、越烧越上瘾，不烧就会心里发慌。　我亲手烧掉的那些人，活着时都比我尊贵啊！　都比我尊贵！"火龙果问我，"晓得我心里最痛恨什么吗？"

"那还用说？　肯定是你的工作呗。"

"唉，这是啥话？　那工作还是我托远房亲戚才找到的，你以为谁想干就能干？　我心里最痛恨的，是别人的尊贵！　尊贵是啥？　就是高人一等啊！"

说到这里，火龙果眉毛一扬，"就算比天皇老子还要尊贵，又能怎么着？ 断了那口气儿，就是柴火捆子，都得经由我亲手给他喂进炉膛里！"

就像许多人不能忍受喧嚣与吵闹那样，火龙果不能忍受寂静和无声。"焚尸间是世界上最安静的地方，男男女女一个挨一个躺在传送带上送进来，却没有人肯说一句话。 焚尸间这个地方，除了尸体，不会有别人进来，连最亲的亲人都不愿进来。 在这与世隔绝的地方，独自守着炉膛里的死人，那是啥滋味啊老天爷！"那种滋味当真难以想象：炉膛里面烈焰熊熊，一个个被称为"人"的有机体正在烈焰的吞噬中焚化着，无声无息而又悲壮惨烈。 火龙果亲手操作着同类的消亡，肯定特别抓狂和恐慌："好端端的一个人，头是头脸是脸，看上去又体面又尊贵，半个钟头，啥都没有了。 若是烧得快，只消一根烟的工夫。 天可怜见，这是啥道理呢？ 我想不通啊。"

面对这世界上最彻底的消亡，虚无感排山倒海，像泥石流一样兜头盖脸地裹挟着火龙果，他必须制造出足够的喧嚷和热闹，来抵制这绝望的虚无和消亡。 于是，一边焚烧遗体一边插上耳机听戏成为火龙果顺理成章的工作之必需。 彼时，炉子里死者的人生大戏已经唱完，正紧锣密鼓地进入最后的尾声，电匣子里的戏却一咏三叹，正唱到风起云涌高潮迭起，火龙果既是听戏者，又是看戏者，同时又是演戏者：他眼睛看着炉子里的戏，耳朵听着匣子里的戏，双手演绎着自己的人生之戏。 当匣子里的"假戏"覆盖掉炉子里的"真戏"，寂静的焚尸间里便出现了活色生香的人间热闹。 耳朵里陶醉着人间的热闹之戏，他就会忽略掉炉子里悲壮惨烈的燃烧，感觉自己活得有声有色，于是，"声音"成为他不可或缺的灵魂粮食。

作为焚尸工，火龙果对位居社会上层的权贵们怀着非同常人的仇恨，因而特别渴望能亲手焚烧权贵的遗体。 作为县级市的殡仪馆焚尸工，这种概率并不高，他沮丧地坦言："我运气差，没烧到过什么高官。 我烧掉的最高级别的官员只是县里的一个公安局长。 赵胖子是我的徒弟，是我一手带出来的，谁能想到呢，他运气好，上去就烧了个副市长。副市长啊，没见过吧？"火龙果在不平衡之余，对赵胖子嫉妒了好长时间："好家伙！两条万宝路、两瓶好酒，都是硬通货！话说回来，我可不是稀罕东西。"

"那你稀罕的是啥子吗？"我问。

"稀罕赵胖子的好运气！他烧的是副市长，我只烧过公安局长。天地良心，焚化公安局长以前，我把他衣服上最细小的褶皱都抻展得跟熨斗熨过一样坦坦平，还替他合上了没有闭严的眼睛，进炉子之前我把炉底打扫得干干净净，以免别人留的残灰弄脏了局长大人。烧的时候，我没有一次拿钢叉翻他的身子，让局长大人像睡着一样平躺着慢慢焚化。天地良心，这要多耗费不少油呢，我可是一点都没心疼。我心里想着，人家可是局长啊，费些油算啥？"顿了顿，火龙果又解释道，"那时候，专用的贵宾炉还没有发明出来，条件有限，我只能尽心尽意，可着自己的心伺候局长。烧完以后，我也没敢用那只平常用的撮灰斗去撮局长的骨灰，我专门用一只干净的小铁板铲出局长的骨灰。"

3

提到撮灰斗，请允许我来一段小插曲：由于在精神病院里认识了火龙果，我对殡仪馆的焚尸间产生极大好奇，出院以后，我通过火龙果所在殡仪馆的女财务的疏通，得以实现自己的愿望：趁着一个亲戚去世的机会，亲自参观了谢绝外人参观的殡仪馆工作重地焚尸间，且目睹了遗体焚化的全过程。我亲眼看到那个慈眉善目的老太太被装进橙黄色的裹尸袋里，严丝合缝地拉上拉锁，像一块巨大的压缩饼干那样，被放上遗体传送带，平稳而又缓慢地进入焚尸炉。所有的亲友都被那一道森严的铁门拦在焚尸间的外面，我壮着胆子从后门进入焚尸间。焚尸间高大宽敞。我看到的火化工是个小伙子，他轻轻地摁了一下炉子上的电钮，燃烧开始进行，小伙子走进隔壁的休息室，一边悠闲自得地翻看金庸的小说，一边慢条斯理地品享着绿茶，我则茫然无措地站在那里，心想，老太太的灵魂已经振动白色的翅膀开始袅袅地飞升了吧？　在这庄严的时刻，作为航程引领者的焚尸工，怎么可以那样漫不经心地又是品茶又是看武侠小说呢？　我忍着没吱声。

　　二十来分钟以后，小伙子来到炉子前，打开一扇很小的门，拿一根长长的铁叉随意地翻搅起尸骸来。　当我看到，他把死者的头骨、腿骨和手臂像拢柴火一样粗暴地聚成一堆时，忍不住抗议：你怎么可以把她的身体弄乱呢？

　　他奇怪地看了我一眼，说："就算不弄乱，也还是要烧成灰，这样烧得快。"

　　想一想，他说的有道理，便继续忍耐着往下看。　几十分钟以后，尸体彻底焚烧完毕，小伙子打开炉门，拿一把小笤帚把炉底的骨灰扫在一起，然后撮了出来。　我十分震惊地看到，他用来撮骨灰的居然就是大家平日用的撮灰斗。　这种簸箕形的撮灰斗用薄铁皮做成，其用途是装垃圾，怎么可以用来盛放神圣的骨灰呢？　半个小时以前，灵魂还以人的名义附着在那具遗骸上呢，我忍不住再次表达了自己的疑虑。

　　小伙子平静地望着我，问道："你认为应该拿什么来撮炉子里的骨灰呢？用双手去捧吗？　上千摄氏度的高温下，这刚出炉的骨灰烫得很呢！　再说了，拿金铲子去撮又能怎么样？"说着话，他熟练地把撮出来的骨灰倾倒在一个几尺见方的水泥平台上，均匀地摊开散热，同时把下一具遗体送进炉膛里开始焚烧。

　　这个焚尸工三十出头，戴着副眼镜，英俊帅气、文质彬彬，我不顾礼貌，冒昧地问他："你看上去好像是从心里喜欢这份工作吧？"

　　他平静地说："许多人都对我的职业选择感到不解，只有你一个人问了出来，告诉你也无妨，我喜欢直截了当。"小伙子边说话边工作，手一直没有闲着。"我曾经多次自杀，感觉活着没有任何意义，想找到一份有意思的工作非常困难，在我看来，绝大部分工作都毫无意义，我说的意义跟钞票无关。"

"有本书就叫《毫无意义的工作》，很有点意思。"

小伙子笑笑："我看过。是在国外留学时看的，原版。"

"你感觉目前的工作有意义吗？"

小伙子一边拿铁叉拢着炉膛里的"柴火捆子"，一边很认真地说："你不觉得这工作很酷吗？"

"酷？"

"是的。在这个世界上，再也找不到更酷的工作了，烧人！比最酷的网游都酷！"

"你喜欢网络游戏？"

"网游就是我的真实人生。"

"那你的现实人生算什么呢？"

"游戏而已。"

"你的朋友们，知道你的职业吗？"

"我从不避讳自己的工作，所以，几乎没有人类朋友。"

"人类朋友？"

"我有很多动物朋友。睡觉时，我的床上挤满了猫和狗，沙发上睡着羊驼。"

"做焚尸工收入不低吧？"

"我不在乎钱多少。"

"你父母不介意你的职业？"

"他们都走了，死于病毒传染。他们走了一年多以后，我才从国外回来，从殡仪馆领回他们的骨灰。我一直在想：走时他们是什么样子？是谁把他们送进炉子并收拾骨灰的？　为了找到处理我父母遗体的焚尸工，我费了太多周折，我想知道父母最后的状况，哪怕一点蛛丝马迹也行。"

"最终找到了吧？"

"找到了，他对我父母连一丁点印象都没有，特殊时期，要烧的人太多，他根本顾不得。　之后我就让自己做了焚尸工。"

"这份工作对你来说，最大意义是什么？"

"帮我抵制自杀的念头。"

"人生在世，总得找点意思吧？　不然仰赖什么往下活呢？"

"我找到了那点活下去的意思。"

"什么？"

"哲学。"

我无比惊愕，问他："请问你是从哪里找到哲学的？"

"焚尸炉里。"

小伙子对每个问题都答得直截了当嘎嘣脆，我下意识地吐出三个字："你真酷！"

小伙子说："每焚化一个人，我对生活的热爱就会增加一分。　焚尸炉彻底遏止了我的自杀欲。"

4

"老天做证，把局长的骨灰摊在小平台上等着降温时，我脱掉帽子、摘去口罩，对着小平台恭恭敬敬鞠了三个躬，整个火化过程连大声咳嗽都不敢，还要我怎么做呢？　啊？"火龙果委屈地说。

"你原本对高官显贵深恶痛绝，当真遇到一个官员时，却前倨后恭起来，这是为什么呢？"我问。

"害怕呗。 这是我平生第一次距离高官这般近。 在这以前我哪有机会接近权贵呢？ 他们就像天上的明月，我是啥？ 阴沟里的烂泥巴。 唉，有人住高楼有人在深沟，有人光万丈有人一身锈，人比人，气死人啊！"

"你还会背诗，挺有文化嘛！"我调侃道。

"啥文化？ 都是我从电匣子里听来的，我就是睡着了都没让电匣子关掉过。 只要听不到人的声音，我心里就会犯凄惶。 莫管是说啥，只要有人在说话，我就会踏实些，声音能壮胆哪。"

自从烧了个公安局长以后，火龙果走起路来铿锵了许多。 但是，哪怕成了疯子，他还是畏惧官员、畏惧富贵，畏惧所有比自己地位高的人和鬼。 他随身携带着大沓冥币，稍有风吹草动就焚烧冥币贿赂讨好，而且煞费苦心地给自己弄来一身富豪的行头："天地良心，这身名牌都是我花钱亲自买来的，我对天起誓！"

出人意料的是，火龙果在医院治疗一段时间以后，居然慢慢地好转了，还跟笑笑一起把自己住的那个杂物间拾掇得像模像样。 他嫌医院的饭菜不可口，便用电磁炉在小屋门外的廊檐下亲自做饭，虽然有违医院的规定，由于小屋地处偏僻角落，医院装作不知道。 菜香不怕巷子深，落脚在医院的流浪猫们闻见香味，都争相前来觅食，那个原本被人遗忘的荒角热闹起来。 猫咪们先是来了两三只，随后又来了五六只。 猫咪们就不愿再离开，慢慢都在小屋旁边安营扎寨，成了长住户。 于是精神病院的石头小径上就出现这样的景观：火龙果和笑笑在前面走，一群猫咪仪仗队一样在后面跟，那阵势看上去蔚为壮观。 有一次，我不无吃惊地看到，小屋里的一家人正在聚餐，用废纸箱做成的餐桌上酱牛肉和烤鸭一应俱全，还有香喷喷的黄焖鱼和油炸小酥饼，火龙果和笑笑围桌而坐，一群猫守护在旁边，每只猫面前都放着一只硬纸做的餐碟。 一问方晓得，那天是笑笑的生日。

笑笑真正的生日谁也不知道，殡仪馆就把他从炉子里爬出来的日子作为他的生日。 笑笑离开多日，馆长甚是想念，于是，便在他生日这天亲自驾车前来探望，员工们也都没忘笑笑的生日，这个捎只烤鹅腿，那个带块糕点，那摆在纸箱上的生日宴便分外丰盛了。 在猫咪们的眼里，痴痴癫癫的火龙果就是它们的猫爹无疑，笑笑作为猫哥当之无愧。

猫哥笑笑过段时间就会走出精神病院，到大街上溜达一圈，搞些小鱼烂虾回来。 那个曾经的杂物间仿佛成了精神病院的贵宾室，那个原本最僻静的角落随时都在演奏人间交响乐：笑笑银铃般爽脆的笑声，蟋蟀们倾尽全力的鸣唱，还有猫咪们的呼噜声，再加上火龙果的电唱机。 我一边听着一边想：连小小的蟋蟀都能找到自己的舞台，还有谁找不到属于自己的舞台呢？

如果说殡仪馆的焚尸间是个晦气之地，这世界上有哪一位尊贵之士最终能不到那里去报到呢？ 火龙果不是把自己活成了医院的贵宾吗？

诊断证明书
副联

姓名 **墨镜哥**
性别 **男** 年龄 _36_ 岁
门诊号 653617
住院号 11356
诊断 **身份迷失综合征**
_____
_____
_____
医师 _____
日期 ___年___月___

✿ 精 神 卫 生 中 心
诊 断 证 明 书

门诊号 653617
住院号 11356

姓名 **墨镜哥** 性别 **男** 年龄 _36_ 岁，经本院检查诊断为：

症状表现：

身份迷失综合征

不知道自己是谁，本是男性，却认定自己是
女性，整天拿身份证当扑克牌玩儿。

日期 2021 年 5 月 13 日

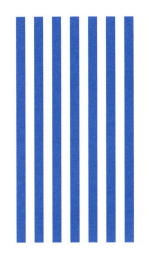
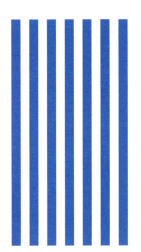

"这第55张牌是什么？"
"是时间之外的城堡，世界之外的世界。"

第14章

第55张
扑克牌

203

1

"我活得连候鸟都不如啊。"这是墨镜哥的口头禅。

一开始我认为，墨镜哥是这家精神病院里最不正常的患者，其不正常表现在：从他身上寻找不到任何"不正常"的蛛丝马迹，后来发现，看似好端端的墨镜哥其实病得相当严重：他不知道自己是谁，甚至无法确认自己的性别，这就麻烦了不是？ 在人们眼里，墨镜哥毫无疑问是个英俊帅气之男人，然而，许多时候他却从心里认定自己原本应该是个娟秀妩媚的女人，上帝一时疏忽搞错了他的性别，他才被错生成了男儿身。 未成年时，只要逮着机会，他就会穿上姐姐的裙子，把自己装扮成花枝招展的小姑娘，日久天长，认识他的人都在背地议论，说他是个不男不女的"二尾子"，当父亲因他而耻辱到企图自杀时，他开启了自己漫长的迁徙生涯。

"我活得连候鸟都不如啊！ 候鸟们迁徙时还有个固定的去处，我呢？"墨镜哥如此慨叹。 为了摆脱女人的心理暗示，做个纯粹的男人，躲开熟人的目光，他一次次地朝着遥远的异地迁徙，哪里陌生便到哪里去。 不管他迁徙至哪里，又怎般处心积虑地改名换姓，总会在劫难逃地暴露出他内心那个深隐暗匿的"女人"，搞得自己狼狈不堪，被迫再次迁徙到新的陌生之地去讨生计。 对他而言，生活永远在别处。 这样的情况反复许多次以后，连他也搞不清楚，自己究竟是谁了："我起先使用父亲的姓，然后改用母亲的姓，后来连祖母和外祖母的姓氏都用遍了，天晓得！每更换一次姓名，我都要替自己办一张新身份证，身份证不是随便可以更换的，除非找人作假。"

"假身份证能用吗？"我问。

"我说的是真的假身份证：证件货真价实，信息全部作假。"

"那到底是真的还是假的呢？"

"当然是真的假身份证啊，拿到哪里都能用。"

"拿到一个新的身份以后，你是什么感觉？"

"感觉嘛，就像重新投了一次胎。"

"如果当真能重新投胎，该多好！"我感叹。

"你也厌倦了自己？我厌倦到不能忍受时，就更换身份。"

"无论如何，总比重新投胎容易。"

"我越换越上瘾，每个身份都坚持不了三年，又想换。"

"这我就不懂了。"

"换个全新的身份，就像多活了一辈子。谁不想拿一辈子当几辈子活呢？"

我笑了："别人是死了以后才轮回，你倒好，活着就轮回。"

"活着轮回比死了轮回好。死了再投胎轮回，就把前世的经历全忘了，不知不觉中又会把前世重演一遍，演来演去，都是同一出戏，意思不大。"

"照这么说，活着轮回很好玩了？"

"至少，自己掌握着自主选择权。不过轮回几次就会晓得，换汤不换药，在万丈红尘里轮来轮去，所遇到的也无非是那些个破烂玩意儿。"

"你说的那些个破烂玩意儿是指什么？"

"权钱名利情、财色名食欲，还有怨恨恼怒烦和贪嗔痴慢疑，除了这些还能有啥？太阳底下当真没有新鲜玩意儿。"

2

那天，看到墨镜哥躲在医院的后花园里，一个人聚精会神地玩扑克牌，我悄没声息地走近，大喝一声："不许动！"墨镜哥的手一抖，扑克牌散落了一地，我这才看清，他拿来当扑克牌玩的竟然是一大沓子身份证："这么多啊！真的还是假的？"我问。

"假作真时真亦假。"墨镜哥话锋一转，"你知道扑克牌一共多少张吗？"

"54 张嘛，这个谁不知道？"

"你知道为什么不多不少，刚好是 54 张吗？"

"这个，我还真没研究过。"

"扑克牌的历史很悠久了。你说，自从扑克牌这种游戏被开发出来以后，人们玩出过完全相同的牌局吗？"

"有话请你直说，我这人笨，不爱动脑筋。"

"扑克牌最初是占卜用的，一局牌就是一种命相。"

"你到底想说什么？"

墨镜哥晃晃那沓子身份证："表面上，这每一张身份证的主人都各不相同，赵钱孙李、周吴郑王，实际上，这几十张身份证，代表的都是我一个人。一张身份证就是一世的轮回，你确认你是第一次来人世间吗？"

"这个，我还真拿不准。你呢？你是第几次来？"

"我来过无数次了。有时候是女的，有时候是男的；有时候姓张，有时候姓王；有时候是讨饭的乞丐，有时候是富家公子。一副扑克牌有多少种玩法，我就可能有多少种命运，不过总体归纳起来，也就那么几种，无非穷富，无非贵贱，无非悲欢离合，无非生老病死。看着是花样翻新又一局，其实是反复上演的老套路，要跳出上帝的手掌心还真不容易。"

"你已经玩足玩够，觉得没啥玩头了是吗？"

"哪里是我们在玩？ 别天真了，是我们在被上帝玩！ 他让我们乐，我们就乐；他让我们悲，我们就悲。 生也由他，死也由他，他拿我们像玩偶一样玩得乐此不疲，我们身陷牌局如痴如醉，你说傻不傻？"墨镜哥说到这里大笑起来，"我看每一个人都像在看一张扑克牌。 你知道身份证是什么吗？"

"不会是一张扑克牌吧？"

"上帝拿54张扑克牌做筹码来遛我们，洗一次牌就是一生，再洗一次又是一生，遛来遛去就是那54张牌，啥意思呢你说？"

"你不想再玩了？"

"我想跳到54张牌以外去玩，打破54的局限，冲向55。"

"怎么从54玩到55呢？"

"先从时间城堡里逃出来，跳到时间之外。"

"时间城堡什么样子？"

"时间城堡嘛，跟梦一模一样。 你见过小白鼠玩的爬梯吗？ 闭环型的，一共也就那么几十个阶梯，小白鼠却到死都爬不到尽头，时间城堡与此类似。"

"我怎么看不见这个闭环型的时间城堡呢？"

"小白鼠也看不见它玩的爬梯有多么荒唐，当你看到它时就穿越出去了。"

"你的意思是说，人类的处境跟小白鼠一样？"

"更糟糕！ 糟糕一万倍。"

"那怎么逃出这个困境呢？ 真能逃得出去？"

"很简单，逃到54张牌以外，去寻找第55张牌，就可以打开一个全新的维度。 其实你晚上做梦时，就穿越过 54 的局限，抵达 55，可以看见你去世多年、早已化成灰的亲人笑着跟你说话了。 站到更高的维度，再看红尘凡间这些破事，就会一目了然，哈哈大笑。"

"这第 55 张牌是什么？"

"是时间之外的城堡，世界之外的世界。"

"你说的这个维度在哪里？ 不会是精神病院吧？"我挖苦道。

墨镜哥不理会我的话："大王代表太阳，小王代表月亮，其余 52 张牌代表一年中的 52 个星期，桃、心、方、梅，代表春夏秋冬四个季节，红牌代表白昼、黑牌代表黑夜——"

我打断他问："那你说，第 55 张牌代表什么？"

"代表那个创造了这 54 张牌的总设计师。"

"那个总设计师是谁？"

"谁能跳到 54 张牌的牌局之外，谁就是。"

"你跳出来了吗？"

"很遗憾，我被卡在了夹缝里。"

3

墨镜哥整天拿身份证当扑克牌在那里玩来玩去，他的身份也时刻都在变换，他每天需要出演什么角色，取决于他当天握在手里的是哪一张身份证。早晨醒来，他做的第一件事情，就是从几十张身份证中随机抽出一张，从而确定自己当天的身份。 看着他一本正经地在那里搞笑，我忍不住说："你身份证上的信息都是你自己虚构出来的，你却搞得比真的还真，你这不是自己玩自己吗？"

"只要我能把虚构的信息变成一张法律认可的真身份证，这虚构出来的信息就是真的。"

"你怎么判断自己花钱搞来的身份证是真还是假呢？"

"去坐一次飞机就知道了。"

"你到底如何搞到真的假身份证呢？"

"哈哈，我对这一整套程序轻车熟路。连克隆人都能制造出来，一张身份证岂能把人难倒？"

墨镜哥更换身份证成瘾，曾引起公安的高度警觉，发现他没有做违法之事，才没有对他采取法律措施，而是让他到医院治疗他的"身份迷失综合征"。对他而言，改变身份由生存之必需，成为习惯性的游戏，又由游戏，演绎成了顽固的癖好："过段时间不换个新身份，我就会感觉非常烦躁，就像身穿脏兮兮的衣服需要换洗那样，一刻都不能忍受，只好金蝉脱壳，再次挖空心思替自己虚构新身份，开启新一世人生。"

"换一张身份证，就真换了人生？这不是自欺欺人吗？"

"我就是想拿一世的时间活出多世的人生，我最终的计划是从54张牌里活出来，冲到第55张牌上去，自己做自己的主宰。"

"54张也好，55张也罢，只是凭空虚构出来的一套游戏。"

"这整个宇宙都是凭空虚构出来的游戏，问题的关键在于，到底谁才是虚构者呢？为什么要像小白鼠一样听他摆布？我就是不服这个气，我要摆脱他的主宰，自己掌控自己。"

"你说的那个主宰，或者叫总设计师，除了上帝还能是谁？"

"既然上帝可以虚构包括人在内的宇宙万物，我为什么不可以虚构自己的身份证呢？我要以虚构抵制虚构。"顿了顿，墨镜哥自言自语地说，"未生我前我是谁？我死之后谁是我？上上一世我姓啥？下下一世我在哪儿？你不想把你的累生累世压缩进一张光盘里随意浏览吗？整个宇宙就是一张大光盘，过去和未来全部迭加在一起，循环往复地反复播放，没有时间、没有空间，只有此刻，无论循环播放多少次，无论播放的内容多么喧嚣，光盘里的东西从来都没有动过，寂静得就像装在盒子里的一副扑克牌。 这就仿佛是几个人在牌桌上斗得昏天暗地、你死我活，末了还是那不多不少的 54 张扑克牌。"

墨镜哥这么绕来绕去，多次使我濒临崩溃，我又忍不住想听他正经八百地胡扯八道，每当我被他绕晕想大喊大叫时，该死的墨镜哥就会平静地念出他的疯人院咒语："一切有为法，如梦幻泡影，如露亦如电，应作如是观。"奇怪的是，这个咒语一经念出来，我就会恢复平静。

"有段时间，我奔波得太过疲惫，突发奇思地决定，干脆明目张胆地做回真的女人算了。 既然别人老怀疑我不是真男人，我也因为要证明自己的男人身份弄得狼狈不堪，索性大大方方做个女人能怎么着？ 说实话，我变了那么多次身份，却始终没有改变过性别。"末了，他动情地说，"做回女人以后，我就可以找个男人靠岸了。"

说到这里，墨镜哥的脸上呈现出无限柔情："如果我能找个男人做老公，我就会顺理成章地取得妻子的身份。 只要成为一个男人的妻子，我就可以结束迁徙生涯，理所当然地被社会认领了。"墨镜哥像迷路的孩子那样，渴望被认领。 他深信，只要做回女人，被某个男人以妻子的身份认领回家，他就可以找到真正的归宿了。 他买来长长的波浪假发，戴上填了棉花的胸罩，再穿上飘逸的裙子，活脱脱成了个妖媚的女人。

事实证明，这些女性用品齐心协力地给墨镜哥换来的是他从未尝试过的新身份：精神病患者。 像许多患者曾经走过的心理路程那样，起初他死活不甘心被关在精神病院，不久就像所有的患者那样投降变节，承认并坚信自己就是病人，在医生的竭诚努力下，完成了自己的"认知治疗"。

4

在完成"认知治疗"，相信自己是精神病人以后，亲爱的墨镜哥获得了平生从未有过的安宁和踏实，不再被身份问题折磨得生不如死了。此前，如同可怜的鸡蛋，他始终挣扎在身份的夹缝里，随时随地可能以碎裂的方式被踢出局去："天晓得！我感觉自己就像个牛头马面的怪物，当我拼命努力，试图削尖脑袋跻身于某个群体时，总是狼狈不堪地打破那个群体的既定序列，成为被驱逐在羊群之外的一只可怜的黑羊。"顿了顿，墨镜哥控诉道，"九十九只羊都是白的，只有你一只是黑的，所有人都认定：你是一只黑羊，披上白袍子还是黑羊！浑身染成雪白也还是黑羊！你心里知道，你是比所有的白羊还要白的白羊，可你愣是死都入不了局！你晓得这是怎样令人绝望的困境吗？"

"你到底想要入什么局呢？"我问。

"什么局都可以。只要接纳我，让我进去就好。"

"你所说的局在哪里？"

"症结就在于，我感觉处处都是局，就是找不到入局的路径。"

"真入不了，那就不入呗，为啥非要入局不可呢？"

"不入局就没身份，没身份就不能被接纳，不被接纳就只能做一只被丢弃在羊圈之外的黑羊。"

我自嘲地笑笑："现在好了，你我都进了专门关押黑羊的特殊羊圈，好歹也算是入了局。"

被定义为"精神病患者"，墨镜哥终于找到了一种没有异议的归属感。在精神病院这个地方，既然所有的羊都是黑的，于是，黑羊也就相当于白羊了。

"你知道什么是黑，什么是白吗？"墨镜哥问我。

我嗫嚅了半天，冒出个不伦不类的句子："白天不懂夜的黑。"

"我刚开始也不懂，后来慢慢就懂了。"墨镜哥认真地说，"黑就是白、白就是黑，这要取决于你在哪里。比如我：在外面，我是黑羊，在里面，我就是地道的白羊。"

我晓得，"外面"和"里面"就像白天与黑夜一样，使用着完全不同的逻辑：在"外面"的人看来，里面住的全是疯子，对"里面"的人而言，外面才是绝对疯狂的世界。墨镜哥突然盯着我问："你是怎么被关进里面来的？"

"我跟你的情况不同。我绝对是白羊，我是自愿潜伏进来的。"

"你说这话本身就足以证明，你是一只不折不扣的黑羊！"

我忽然感到怒不可遏："去他妈的白和黑！老子就是老子，你算哪根葱？你有什么资格对我说三道四？"

墨镜哥哈哈大笑起来："你心里果真没有黑白的概念，何必大动肝火呢？身份这东西，表面上很虚，实则生死攸关。一个死掉的公安局长，能把一个焚尸工吓得双膝跪地。你真不在意身份？"

"莫说公安局长，就是地球球长，不也得喂进炉子里当柴烧？把毕生心血都用来谋取个必将破灭的社会身份，当真值得？"

"身份是什么？白花花的银子啊！你住在这里一个月少说也得几千块吧？没这几千块，你能混进这个羊圈里消消停停当一只黑羊？对了，你在外面是什么身份？"

"我什么都不是。你呢？你在外面是什么？"

"怎么说呢？我竭尽全力，耗费半生心血，始终无法给自己谋得个稍显尊贵的身份。你知道这世界上最尊贵的身份是什么吗？在一个普通村民看来，村主任就够尊贵了，可是村主任见了乡长就得卑躬屈膝，乡长见了县长又得点头哈腰，县长见了省长肯定要装孙子。身份是个链条，像食物链一样，一物降一物，每个人都是爷，每个人也都是孙子，从爷爷到孙子的身份转换只在一瞬间。说到底，爷爷和孙子是同一个身份，牛屎和佛祖没有分别。"

"地球球长见了宇宙宙长也一样得装孙子。"我道。

"这世界上只有一个人见了任何人都不需要卑躬屈膝，晓得这个人是谁吗？上帝。所以，我对任何身份都不感冒，我想一步到位，直接做上帝。"

我笑笑："咱这医院里已经有三个上帝了，他们有的自称耶稣，有的自称释迦牟尼，还有个自称弥勒佛，再加上你，刚好可以凑成一桌牌局，请问您这位上帝的别号尊称是什么？"

"第55张扑克牌。"

5

做了"第55张扑克牌"的墨镜哥在精神病院里活得越来越如鱼得水，我忍不住调侃他："你好像当真找到了上帝的感觉啊！"

墨镜哥说："这世界上有一种人，与上帝一样拥有无上的自由，视金钱如粪土，视权力如狗屎，法律拿他没奈何，他可以旁若无人地赤身走在大街上。更气人的是，他根本不知道世界上有死亡这回事，所以，连人人都害怕的死神也威胁不到他。"

"你说的那不是疯子吗？"

"是啊，就是疯子！学名叫精神病患者。"

我认真地看看墨镜哥身上的蓝条条病号服，幸灾乐祸地说："很遗憾，疯子不知道自己像上帝一样自由，就像鱼不知道什么是水一样，所以，疯子们那无上的自由对其本人而言毫无意义。"

墨镜哥也认真地看看我身上的病号服，意味深长地说道："疯子们的确不知道，但是我知道，你知道；我知道你知道，你也知道我知道，就像疯子不知道自己不知道一样，不知道自己不知道，就相当于知道。"顿了顿，墨镜哥接着说，"作为病人，我在精神病院吃得香、睡得甜，比在任何地方都自在。外面的世界实在太疯狂了，简直疯到癫。住到里面我才发现，这世界上最适宜我生存的地方就是精神病院，只有在这里我才找得到家的感觉。什么是家，家就是抵达第 55 张牌的感觉。"

"那你告诉我，第 55 张牌到底是什么感觉？"

"自由自在、天马行空，纵横八极、无挂无碍，其大无内、其小无外。"

"你说的那不是 13 点吗？"

"对。第 55 张牌指向空间之外的空间，13 点指向时间之外的时间。"

我调侃："所谓精神病患者，就是 13 点的时候出现在第 55 张扑克牌上的人。"

只要双脚迈出精神病院的大门，"我是谁？我从哪里来？我要到哪里去？"这个俗滥的"天问"就会像疯狗一样纠缠住他；只要双脚踏进精神病院的大门，他立刻就会身心舒泰。在这里，他的性别问题才不再成为问题，精神病像万能保护伞一样，覆盖掉了所有问题，对他而言，"精神病"三个字简直就是"自由"的代称。

"说实话，你喜欢待在里面还是外面？"墨镜哥问我。

我决定幽他一默，说："上帝把我虚构到哪里，我就在哪里。"

墨镜哥笑笑："你喜欢小说吗？小说是专门玩虚构的。"

墨镜哥待在精神病院里，由于极度放松之缘故，前所未有地充满妙思奇想，居然一不小心把自己客串成了"作家"。他像作家一样笔耕不辍，写出了一篇篇叫作小说的东西，他身边的每个患者都成为他潜在的作品主角，为他源源不断地提供着鲜活而又别具特色的素材，使他的灵感旺盛不竭，从而顺利谋得了住院所必需的银子，于是，他成了精神病院里自食其力的特殊患者。 医生和护士都很喜欢他，他能帮助医生做好多事情，比如编辑墙报，写表扬稿和壁报专栏，组织文艺演出和篮球比赛，作为优秀患者的代表被领导接见。 像他这样的"正常患者"在精神病院里大有用武之地，他还下得一手好象棋，哪位大夫技痒了，就会跟他杀上一盘。 作为长住精神病院且以医院为家的患者，他活得简直不要太好啦！

6

　　"你是怎么想到要写小说的呢？"我问墨镜哥。

　　墨镜哥非常认真地回答："说实话，每当虚构小说的时候，我就会觉得自己当真是上帝。 上帝虚构世界，我虚构小说，我与上帝有什么区别呢你说？"

　　"你需要挣钱吃饭，上帝不需要，这显而易见。"

　　"小说里的人物也不需要吃饭。 你的灵魂难道需要吃饭吗？"

　　"灵魂不吃饭，却并不代表它没有饥饿感。"我说。

　　"这倒也是。 灵魂如果没有饥饿感，会在里面闹腾不休？"

　　我硬着头皮问："请问你此刻说的里面是哪里？"

　　"当然是梦里嘛。 只要做过梦，就证明你的灵魂坐了牢。 所谓做梦，就是关在牢房里的灵魂，趁夜深人静出来放风时看到的情景。 你能说，你的灵魂不曾坐过牢？"

　　"你全家人的灵魂都坐了牢！"

　　"谁的灵魂不坐牢呢？ 砖垒的监狱不可怕，可怕的是自造的灵魂牢狱。有人用金钱给自己造牢房，有人用权力给自己造牢房。 自己造的牢房可结实了，没有看守，却几辈子都越不了狱。"

"你的灵魂牢房是拿什么建造的?"我好奇。

"我的牢房比谁的都结实耐坐,我这具男人的身体,就是我的牢房,所以,我天天在梦里虚构做女人的小说。 所谓梦,就是灵魂自动虚构出来的小说。 你的灵魂牢房是拿啥建造的?"

我沉默了足足三分钟,咬牙切齿地狂喊:"拿牙齿!"

墨镜哥摘下墨镜,拿手揉揉眼睛,又把墨镜戴上,用两片黑洞洞的玻璃望着我,朗诵道:"莫言下岭便无难,赚得行人错喜欢。 正入万山圈子里,一山放出一山拦。 各人都有各人自造的灵魂之牢,别笑话那些狱中的因犯:人人都是狱中客,唯有佛祖牢外坐。"

"作为狱中客,你肯定很喜欢做梦放风啦?"我挖苦道。

"当然。 一般人只在睡着以后做梦,我醒着也做。"

我暗想,那句流行于疯人院的格言说得不错:所谓疯子,就是醒着做梦的人。 于是又问:"请问你醒着怎么做梦呢?"

"很简单,拿笔在纸上虚构小说。"

"上帝虚构你,你虚构小说,那请问你的小说虚构谁呢?"

墨镜哥笑了:"巧得很! 我手头这篇小说刚好虚构了你。"

我怔怔地望着眼前的疯子,不知所措地问:"你是说,我此刻正梦游在你的小说里?"

"对。 我正在小说里设计你的命运图谱,这叫作平行世界。 人同时生活在许多个平行世界里。"墨镜哥笑眯眯地说。

"不,我命由我不由你。 你有啥资格虚构我的命运? 上帝才是总设计师,你是个十足的疯子。"

"你说得太对了。 一切都是上帝的虚构与设计。 不管你允许不允许,你确实就是上帝虚构的小人物,像蚂蚁一般渺小。 上帝是位大手笔的作家,他早已在基因图谱中设定了你的命运轨迹,你出生的时候已经携带了上帝的全套密码，你亦步亦趋地依照上帝的设计图走过你的人生，无论怎般折腾，都逃不出如来佛祖的手掌心。"

　　我再次陷入沉默，但又不甘心，于是道："上帝当真是大手笔，他虚构的一切都实实在在。你看，这长在地上的红花绿树，草坪上的流浪猫和流浪狗，件件桩桩都看得见摸得着。"末了，我又咬牙切齿地加了一句，"你那镜花水月的小说，不过是梦中梦和空中空！这个娑婆世界已经够虚幻了，何苦再幻中生幻、梦中造梦呢？你不觉得无聊吗？"

　　"什么东西能够永恒存在呢？你见过永恒吗？连地球有一天也要以冷寂的方式消解为虚无。"

　　"也就是说，整个世界的存在都毫无意义了？"

　　"难道不是吗？你我都只是上帝写在无限时空中的一个小小的字符，时光的橡皮擦随时会把我们擦得痕迹不留，一切都不过是梦幻泡影。梦幻泡影晓得吗？这话可不是我发明的。"墨镜哥言之凿凿。

　　我站起来，后退两步，直视着墨镜哥，大声宣言："既然你确认这个事情真实不虚，也就是说，确实有这么一个人存在，换句话说：所谓梦幻泡影也是真实不虚的存在。比如我，尽管是个梦幻泡影般的短暂存在，我也要紧紧地抓住生活，我决不忽略这世界上的任何细枝末节，包括一朵小花和一片树叶。"我顺手从眼前的桂花树上折下一枝花，把它举到墨镜哥的鼻子前，赌气地连声道，"你闻闻，很香，是不是？这桂花的香是真的，不是虚构的。连梦幻泡影都真真切切、实实在在。全假即是真，这可是大师说的。"

　　墨镜哥哈哈大笑起来。

　　我对他喊道："见你的鬼去吧！我有力量解构上帝的设计图谱。我可以百分之两百地告诉你，哪怕把牢底坐穿，你也变不成女人！你就是一只囚禁在你自己身体里的困兽，至死都不可能逃出性别的牢笼！"

　　墨镜哥再次大笑起来："我也告诉你吧，灵魂不分男女，性别也只是个幻象，在第55张牌里，根本不存在男女一说，也没有生死这回事。"

我落荒而逃，听到墨镜哥在后面说："开个玩笑而已，何必生那么大的气呢？ 生气这种功能也是上帝的设计，你当真解构了上帝的设计图谱，绝对不会生气。 告诉你，在我的小说里，你正准备穿上婚纱做新娘呢！"

"见你的鬼去！"我头也不回地朝他喊，跑开老远，还听到他的声音像箭镞一样追来："送你一首歌吧，很好听，英格玛《再见银河》。 哪怕跑到银河系以外，我们还会再见。"

此后好长一段时间里，我尽力躲着墨镜哥，然而，"虚构"这个词还是像癌细胞一样被他深深地植入我的脑袋里，而且持续不停地疯狂滋生：虚构、虚构、虚构，这"虚构"二字快把我逼疯了，我想尽一切办法去抵制这梦幻泡影般的虚构论。 比如，看到草坪上熟睡的小猫，我就会悄悄凑过去狠狠亲吻它一口，并对自己说：这是真的！ 不是虚构！ 哪怕我当真只是上帝虚构出来的转瞬即逝的一个肥皂泡，此刻，我在世上行，世界在我心中，我就是世界，世界就是我，如果我不茹毛饮血地去爱它，还能做什么！ 让墨镜哥去虚构身份证吧，我要爱！ 再爱！ 热烈地爱！ 爱这世界上的一切，包括绝望和苦痛，包括疯子和疯人院，也包括虚构和死亡。

墨镜哥千真万确就是个疯子，待在精神病院里，他可以无拘无束地活出"第55张扑克牌"的意境，不出意外的话，他很可能要像盆栽植物一样，成为精神病院不可移植的终生客人，精神病院就是他这条疯鱼的复活之海，这叫作"天无绝人之路，绝路也是路"。 最后一次在院里遇到墨镜哥时，我忍不住好奇，问道："在你虚构的小说里，我做了谁的新娘？"

墨镜哥摘下墨镜，揉揉眼睛，再把墨镜戴上，拿两片玻璃望着我说："你真想知道？"

"别卖关子，快告诉我！"

"一个人称墨镜哥的精神病患者。"

　　我的脸通地红了。　看来他当真是疯子无疑。　我正扭身要走，墨镜哥摘下墨镜很诚恳地用眼睛望着我说："我的爱情地老天荒、海枯石烂不改变。"

　　"你说的是里面还是外面？"

　　"第 55 张扑克牌里。"

诊断证明书
副联

姓名 _白杉女_
性别 _女_ 年龄 _33_ 岁
门诊号 _159754_
住院号 _11069_
诊断 _____
_____
_____
医师 _____
日期 ___年___月___日

✿ **精神卫生中心**
诊断证明书

门诊号 _159754_
住院号 _11069_

姓名 _白杉女_ 性别 _女_ 年龄 _33_ 岁，经本院检查诊断为：

症状表现：

　　　　　爱在夜深人静的球场上边舞边唱京戏，下雨的时候爱裸奔。

日期 _2023_ 年 _1_ 月 _17_ 日

医师 _____

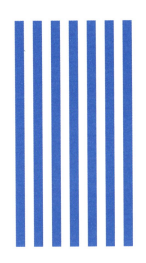

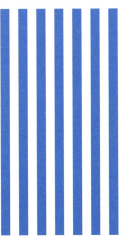

慢、恨，痴、怨、烦，嗔、怒，贪、疑、恼，都是程序的**自然**呈现……人类这个**物种**，还存在巨大的**升级**空间。

第15章

病人的
飞扬时刻

1

据我所见，精神病人们也并非始终处于疯癫状态，不疯时甚至会有卓绝之表现，他们的脑袋里仿佛都有一根非常特别的弦，这根弦是他们的"灵魂 G 点"，只要拨动这根弦，他们的生命就会绽放出炽烈华彩。

医院有个名叫"白衫女"的病人会唱京戏，平时疯得一塌糊涂，只要唱戏的兴致迸发，她就会进入正常状态，唱得有板有眼、回肠荡气。 夜深人静的时候，她会一个人在医院的灯光球场上酣畅淋漓地边舞边唱，唱到情动处如醉似痴，连树上的麻雀都能听傻。 这个女患者嗜好裸奔，不过，只在下雨的时候她才会奔，我很荣幸地目睹过她的雨中裸奔。 那一日，天气闷热得令人窒息，一个炸雷响过，狂风暴雨连天扯地，白衫女突然不顾一切地甩掉身上的衣衫，一丝不挂地向雨中冲去。 我在走廊里看到，她沿着医院小径飞快地奔跑着，雨水兜头盖脑地倾泻在她浑身上下，雨中的她美如精灵。

医院的保安很快就用武力制伏了全裸的白衫女，他们拿医生的白大褂把她兜头盖脑地包裹住，然后再拿约束带捆绑了她的手脚，给她吃药打针。 尽管把各种手段都使尽，也未能扼杀掉白衫女心中裸奔的欲望，只要遇到大雨瓢泼的日子，她还是会不管不顾地裸奔。 可以肯定，只要还在奔跑，她身体里的那只火凤凰就还活着，实在不能奔跑的时候，白衫女就会在医院的篮球场上开唱，她每唱出一句，我都感觉从她的胸腔深处往外喷吐着大团大团的灵魂蛋白。 那时天地之间只剩下她的声音穿云破雾、激越飞扬，往往在白衫女唱到最动情的时候，就会有此起彼伏的号叫声从医院的四面八方响起来，那是疯子们在以自己的方式回应白衫女。 当她唱到高潮迭起时，人神相通、天地交融，疯子们就会走到病房门外的走廊上大声号叫起来，那号叫声排山倒海、势不可当，仿若千军万马在辽阔的荒原上驰骋，那是原汁原味原生态的灵魂交响曲。

白衫女美到极致的时候，也恰是她疯到最癫狂的时候，"疯"是她生命的极端绽放，这样的绽放也极具幻灭性，所以她的主治大夫坚持不懈地用药，企图剿杀她那火山爆发一般超越常态的生命能量，把她拉回尘世。 在主治大夫看来，是"戏"把她的灵魂烧坏的，就像超强的电流熔断了灵魂保险丝一样，戏不杜绝，魔怔难抑。

不过，果真剔除了"戏魂"，这个女人的生命里还剩下什么闪光的东西吗？

2

"哈哈哈！"有个女病人经常发出令人毛骨悚然的笑声，让人听到一次就终生难忘。 很难用准确的词语来描述她那魔幻的笑声，那笑声使人心慌意乱。 我感觉她不是在笑某一个人或者某一件事情，而是在笑整个世界和所有人。 大家都对她的笑声避之唯恐不及，却防不胜防。 每次听到她的笑声，我都会怀疑，难道她发现了这个世界的终极真相不成？ 或者，她确认这个世界原本是上帝开的一个超级玩笑吗？ 听过她的笑声以后再打量这个世界，我就会产生不真实和不确定的梦幻之感，觉得自己好像沉陷在一个超级迷局里，这个迷局表面看上去逻辑缜密，没有破绽和漏洞，然而却是一个彻头彻尾的骗局。 我进而相信，不只是这个女疯子勘破了上帝的谜底，很可能许多患者也窥出了某种端倪，他们脸上都带着高深莫测的笑意。 一个患者疯得越狠，笑得就越魔幻。 有时我故意寻找可以跟魔幻女邂逅的机会，希望她能帮我揭晓世界的终极谜底，然而，每一次处心积虑地与她狭路相逢时，她总是轻蔑而又严厉地剜我一眼，然后快速走开不肯停留。 忍无可忍之下，我问女博士："那个狂笑不止的女人，她到底在笑什么？"

"笑天下可笑之人。"

"谁是天下可笑之人？"

"你、我，我们都是。"

"怎么才能确认我们不是活在超级骗局里呢？ 有时候我感觉，人类的某些行为荒谬绝伦，但是，看到全人类都荒谬得兢兢业业、理直气壮，我就茫然了。 是不是那些狂笑不止的疯子察觉到了某种端倪或骗局呢？"

"没有骗局，一切都是操盘手的设计，贪嗔痴慢疑、怨恨恼怒烦，都是程序的自然呈现。 如果操盘手换一种方案来设计人类，那人类就不会像目前这样痛苦和荒谬了。 上帝设计的这个世界虽精致美好，可是他设计出来的人类这个物种，还存在巨大的升级空间。 人类唯一明智的行为，就是竭尽全力改善操盘手的设计弊端，力求使自己接近完美之境。"

"你说的操盘手是谁？"

"操盘手有许多名字，常用的叫上帝，民间通常叫他老天爷。"

"那怎么解构上帝的设计程序呢？"

"很简单：当你愤怒时，就提醒自己，是上帝让你愤怒的，他在你的灵魂软件里植入了愤怒这个病毒程序，在你出生的时候，你就携带了这款病毒，你偏偏就是不愤怒，用一道防火墙拦截住这个病毒，使它不能肆无忌惮地攻击你的灵魂，上帝的设计就被拆解了。"

"我能拆解上帝设计的软件，那我不就跟上帝平起平坐了？"

　　"是的，你就是你的上帝，你可以重新完善自己的内在程序，就像电脑：硬件不变，但你可以拿许多补丁来修补你的软件系统。"

　　"人类的灵魂居然需要许多补丁来修补？这真是荒谬。如果人类被设计得如此漏洞百出，你不觉得人类这个物种太低级了吗？"

　　"不，这恰恰是人类的高级之所在。动物生来是什么，死去的时候还是什么，比如狗和猫，它们没有意识和能力去升级自己的版本。一个人生来如果是'人类1.0'的初级版本，死的时候却可能是'人类9.7'的中高级版本。灵魂版本的高低与年龄无关，也与任何外在事物比如财富和地位无关，一个百岁老人临终的时候，其灵魂可能仍处在最低级的1.0初级版，一个九岁的孩子却可能是8.5的中高级版本。版本越高，一个人越趋向圆满。人活在世，唯一的使命就是通过努力升级自己的灵魂版本，使自己趋向圆满，并帮助别人圆满，这恰恰是人类最伟大和最高贵的特质。所以普通人的死就叫死亡，高僧的死叫圆寂，达到圆满以后寂灭而去。"

　　"那么，人类该怎么升级自己的灵魂版本呢？"

　　"逆着人性来修正自己，发现漏洞就去修补：娑婆世界，有漏则苦，顺则成人，逆则成仙。在尊重人性的基础上超越人性，使自己无限地逼近神性。我个人认为，目前为止，地球上的人类个体所达到的最高版本应该是印度的佛陀版。"

　　"请问你的灵魂属于哪个版本？"

　　"我属于大众型的凡俗低级版。贪嗔痴慢疑，样样超标。不然怎么会沦落于此呢？不过，也无所谓。"女博士突然露出了鬼魅的笑容，背起诗来，"别人笑我太疯癫，我笑他人看不穿。不见五陵豪杰墓，无花无酒锄作田。"

　　这个世界真是奇妙，有人甚至会躲进一本书中终生不出来。医院有个名叫王天庆的患者痴迷《红楼梦》，他发疯的典型症状就是不停地高声朗读

《红楼梦》，他把自己当成《红楼梦》里的某个人物，有时是贾宝玉，有时是贾琏或贾政，走在大街上，他会时而抓住"凤姐"扇上一巴掌，时而追着某个姑娘叫"林妹妹"，住进精神病院以后他仍然痴心不改地朗读不辍。 闲着无聊时，我会坐在旁边听上一阵子，感觉别有一番滋味在心头。 王天庆就像失足跌进这本书里，再也爬不出来了。 在他眼里，整个世界就是一个红楼大观园，大观园里大小人物近千个，他都能在现实中随时找到对应者，书里的诗词曲赋他耳熟能详，他最喜欢背诵的就是那首尽人皆知的《飞鸟各投林》：看破的，遁入空门；痴迷的，枉送了性命。 好一似食尽鸟投林，落了片白茫茫大地真干净！

每次听王天庆沉醉地朗诵《红楼梦》，我都会恍惚觉得，确实像墨镜哥说的那样，在时间之外还有时间，在空间之外还有空间，每个人都活在属于自己的私人时空里。 顺便说明，本人是个严重到不可救药的"人群恐惧症"患者，只要出现在人群中，就会手足无措、如芒在背。"人群"二字对我而言如同地狱。 所以许多时候，我并不在我所在的地方，遗憾的是我不具备女博士的"遁形术"，许多时候，我必须拖着自己沉重的肉身让灵魂暴晒在各种各样的人群中，像躺在沙漠上的深水鱼一样忍受暴晒的煎熬，这煎熬带给我的痛苦无以言表，因此我万分羡慕王天庆。

表面上我跟王天庆同住在一个医院，甚至他就坐在我面前，然而我与他真正所处的时空相距十万八千里，他活在一本古书中，任谁都无法把他拉回现实，如果没有奇迹发生，他将终生沉迷在属于他一个人的"红楼之梦"中，对他而言，时间完全静止不动，空间成为一本书。 当他执迷不悟地把自己当贾宝玉的时候，我又感觉，所谓"现实与梦境"并不存在绝对界限，所有的发生都似有若无，这个世界可能当真无生亦无灭、无死亦无生，一切都是湛然长寂中的如如不动。

每次看到王天庆，我就会感到眼前的一切虚幻到无以复加，梦套着梦、空嵌着空，整个世界瞬间沦为一座如梦似幻的海市蜃楼，我本人仿佛一脚踏空，跌进了绝壁深渊的宇宙黑洞。后来我找到了一个简单有效的自救法门：当虚无感猛烈袭来时，我便到医院门口的小食摊上买一种叫"串串香"的麻辣小食品吃。这种小食品足够辣和麻，只要吃上一串，浑身的每一根神经都会被麻遍辣透，一口气吃上三五串，全身的血液就会燃烧起来。往往是，我一边吃着刚从油锅里捞出来的麻辣串，一边恶狠狠地对自己说：活着，我要活着！哪怕终究只是一片白茫茫大地真干净，我还是要活着！王天庆虽然像虫子一样，死死地钻进一本书里爬不出来，那又怎么着？不是照样活得意趣盎然？

有个少妇很怪，奶着孩子时不疯，不奶孩子就疯，只要睁开眼睛，怀里就得有个孩子奶着。问题是她患有不可逆转的不孕症，根本不可能生孩子。没有孩子，家人只能买来布娃娃给她，她整天抱着布娃娃在医院晃悠，可能她的喂奶欲太过强烈了，以致她的两只乳房心想事成地是常人的两倍，如同两只悬在胸前的酒葫芦，不过，与医院的巨无霸孕肚相比，她的酒葫芦只能甘拜下风。

"不要碰撞我的孩子，千万不要。"发出警告的是医院里一个"巨无霸孕妇"，这孕妇是精神病院的奇观：她的肚子大得就像怀了三胞胎。当她雄赳赳气昂昂地在医院巡回遛圈时，谁都会退避三舍，以免与她的高危肚腹发生碰触。有位领导来医院视察，正当领导行至楼梯上时，恰遇迎面而下的孕妇，领导主动退居楼梯之下，并伸出手臂连声道："请请请，请你先行！"孕妇走过以后，领导对院长发脾气道：眼看就要临产，还不赶快送去妇产医院，出了问题谁负责？他不知道，孕妇的肚子里连个耗子崽都没有，但她坚定不移地相信自己怀了娃娃，而且她会像货真价实的孕妇那样不停呕吐，大夫黔驴技穷地想尽办法也不能使她明白，她肚子里长的是脂肪而非胎儿，更无法把她从假孕状态里唤醒过来。

事情的诡谲就在于，只要她坚信自己怀了孕，就会像孕妇一样呕吐不止。 从她身上可以得出结论，只要相信神在神就在，只要相信有光就有光，意念的能量排山倒海。

3

我斜对面的病房住进来一个新患者。 这名患者刚被送来时，浑身上下全副武装，脚穿高腰皮靴、头戴钢盔，皮带上还别着一把模具手枪。 这个军人装扮的患者并非天生好战，恰恰相反，他是个地道的恐战分子。 他虽头戴钢盔腰佩"手枪"，却从来不上前线打仗，而是整天东躲西藏、全副武装地把自己弄得像一只袋鼠，只为自卫和防御。 对他而言，"战争"随时随地都在爆发，其最明显的标志是街上车辆的多少和人群的动向。 当然，并非每天都有"战争"，偶尔也有休战的时候。 在战争与战争之间的和平间隙里，这名恐战分子就会像侦察兵一样到处勘察敌情，他眼里的"劲敌"不是人群，而是坦克阵般浩浩荡荡覆压而来的车流。 如果车流量突然增大，每辆车都风驰电掣般地急速狂奔，那毫无疑问就是临战状态，他会像兔子般一溜烟地逃回病房，躲进他的"防空洞"里，几十个小时不露头，只要街上的车流永远汹涌澎湃，战争便持久不息。

许多时候，他不敢到大街上去，只是戴着他的望远镜，站在医院最高的那座病房楼的栏杆前，对着大街远远地瞭望，据此判断敌情和战况。 有一次，我故意和他同时出现在医院的"战地瞭望台"上，他很慷慨地把自己的望远镜借给我，让我帮他勘察敌情。 我吃惊地发现，透过望远镜远远地瞅去，车水马龙的街道当真十分"兵荒马乱"，不看不知道，细瞅吓一跳：街道上竟会有那么多急驶狂奔的车辆，仿佛千军万马在狼奔豕突。 面对钢铁的车阵和密集的"炮楼与碉堡"，"人"这种肉体凡胎的动物如同蚂蚁般可怜，面对此情此景，袋鼠男忧心忡忡地悄声问我："你知道那么多车在干什么吗？"

我如实回答："不知道。"

"忙着运送弹药！"

我沉思片刻，很认真地点点头，感觉确实很像那么回事。

"你看见树叶上写的字了吗？"他盯着高大的银杏树又问。

"什么字？"

"跑！每片树叶上都写着'跑'字，这是战友留下的暗号，敌人马上要来，必须赶快逃跑！"

袋鼠男不等我回答，丢下自己的望远镜，一溜烟地逃向病房。我站在"瞭望台"上拿着望远镜继续观察，愈瞅愈感觉确实很像是战争爆发的情状，不然，好端端的城市怎么会那般兵荒马乱呢？不管是高速路还是立交桥上，无论是大街上还是小巷里，密若蚂蚁的各色车辆叫嚣乎东西，隳突乎南北，男男女女无一例外地都装备着如同驳壳枪一样的手机，全民皆兵的"战士们"有的在发射名叫"微信"的飞毛腿导弹，有的像机要员一样在急赤白脸地喊话，各路电波在空中噼啪作响，看不见的硝烟在看不见的光纤里山呼海啸，建筑工地上随处可见的脚手架恰似高高的战争工事，整个城市如同无边无涯的巨型战场。面对如此鸡飞狗跳的人流与车阵，我心里亦禁不住像袋鼠男那样犯起了嘀咕：人们这般丧心病狂地拼命忙碌，到底是为了什么呢？我忽然想到一句民间俗语：忙得像打仗一样。只是不晓得，打来打去为哪般。

"敌人要发动进攻了，赶快逃跑吧！再迟就来不及了。"袋鼠男每天都在紧急播报战争警讯，他从病房逃至瞭望台，又从瞭望台逃至病房，吓得像兔子一样面色灰黄地钻进"防空洞"。住进医院以前，他像土拨鼠一样到处掘洞，据他父亲讲，他神不知鬼不觉地在他自己住的屋子下面，偷偷掘出了一条十几米深的"地下巷道"，如若不是意外暴露了形迹，他家的房子就要被掘塌了。 看着钻进睡袋防空洞里躲避战争的袋鼠男，我就会禁不住心生羡慕：我的内心也如他那般兵荒马乱，我也像兔子一样惶惶然不可终日，可我到哪里去寻找自己的防空洞呢？

"不需要寻找，防空洞早就有人替我们打造好了，原子弹都伤不了我们一根毫毛。"女博士幽灵般出现，胸有成竹地说道。 她就像是我肚子里的蛔虫，我想什么她都知道。

"在哪里？"我问。

女博士拿本薄薄的小书朝我一晃，即刻遁形而去，那书的封面上有三个字，我只看到"金刚"二字，为了看清第三个字，我在医院里到处寻找女博士，寻遍所有能找的地方，都没有她的身影，在我放弃寻找的时候，她又出现了，手里却没有拿那本书，我急赤白脸地问："你的金刚防空洞呢？"

"我不需要防空洞。"女博士道，"我心里没有恐怖，也没有敌人，哪里需要防空洞呢？"没等我开口，女博士又说，"你整天怕这个怕那个，你有多少害怕，就会制造多少敌人，有多少敌人，你心里就会有多少场战争，所以你需要特别坚固的防空洞。"

"你当真无所畏惧？ 那你为啥要神出鬼没呢？"

"你说得对！"女博士道，"神出现了，鬼就没有了，这就叫神出鬼没。所有的鬼都是纸老虎，是你自己胡思乱想制造出来的。 心无内鬼，不招外贼。 你定住神，鬼就跑了，有什么好害怕的？"

见我一脸迷惑，女博士又咕噜了一句："无有恐怖。 远离颠倒梦想，究竟涅槃。"

诊断证明书
副联

姓名 **食眼狼**
性别 **男** 年龄 **42** 岁
门诊号 613817
住院号 11235
诊断 _____
_____
_____
医师 _____
日期 _____年 ___月 ___日

✿ 精 神 卫 生 中 心
诊 断 证 明 书

门诊号 613817
住院号 11235

姓名 **食眼狼** 性别 **男** 年龄 **42** 岁，经本院检查诊断为：

食眼狼

症状表现：

总是瞪着眼睛大喊大叫地寻找自己的眼睛。曾经做过屠夫，从活体动物身上取出过很多动物的眼睛。

医师 _____

日期 2022 年 6 月 16 日

死亡只能相对时间而存在……人清楚地知道自己会死，这对人是上帝的惩罚。

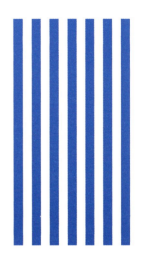

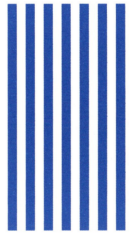

第16章

食眼狼

1

"眼睛，眼睛，我的眼睛丢了！ 谁见了我的眼睛？"

病区里不时传来凄厉的叫喊，那是食眼狼在犯病。"食眼狼"是非常棘手的患者：只要睁开眼睛，莫管是青天白日还是沉沉暗夜，他都在瞪着一双贼亮的眼睛到处寻找自己的眼睛。 除了给他服用镇静药，拿他束手无策的大夫尽量躲避他，若是被他逮着，他就会拿自己的两只眼睛直勾勾地盯着大夫的眼睛痛不欲生地泣诉："大夫，求您帮我找回眼睛吧，我的眼睛丢了！"

食眼狼曾经是个屠夫，几十载的屠夫生涯里被他宰杀的牲畜难以计数，然而，哪怕是天鹅肉他都绝口不尝，他食且只食动物的眼睛。 无论是杀猪还是宰羊，他总是随手取了那牲畜的眼珠装进塑料袋子里，拿回家去做下酒的小菜。"你吃过眼睛吗？ 晓得怎么吃吗？ 这里头大有讲究啊！"食眼狼来了兴头，就会不厌其烦地给病区的患者们讲解"食眼"的学问：先把眼睛用井水洗干净，然后放在黏土烧制的砂锅里，加数十种佐料文火慢炖："炖眼和炖肉不同，这里头功夫大着哩！"

食眼狼告诉大家，炖眼睛的时候，连他老婆都不能靠近砂锅半步，否则那砂锅里的眼睛就会"坏了本味，散了真魂"。 眼睛炖好后，他会蘸专门的调料细嚼慢品。 那调料也极讲章法：小米陈醋、小磨香油，还有十三香和芥末膏，再加上朝天椒和新鲜蒜瓣，哪样都不可或缺。

　　说起动物的肉来，食眼狼就会滔滔不绝。　单听他说话，不会相信他是个屠夫，他念过不少书，是个有学问的屠夫。　从他那里我才知道，动物身上最精粹的部分只有那么一星半点，只有懂味的人才晓得其中奥妙。　那奥妙是什么呢？　味道。　食眼狼认真地告诉我："味道是什么？　味道嘛，就是味之禅道！　食有食理，味有味道。"我吃了一惊。　一个屠夫居然在谈禅论道，看来，佛陀他老人家的教诲一点不错：不可轻视任何人。　在食眼狼看来，天上人间遍寻、水陆两界历数，世界上最精粹的美味还是动物的眼睛，可惜世人知味者甚少。"眼睛虽是好东西，还要看会吃不会吃。　吃眼睛要讲究烹煮技术、调料搭配，要吃出真味来，诀窍还在眼睛上。　晓得啦？"

　　"我没有吃过任何动物的眼睛，还真不晓得。"

　　"那诀窍只有一个：活眼还是死眼。　活眼跟死眼看上去一样，细品却是天差地别。　活眼嘛，就是从活体动物身上取出的眼珠。"

　　据食眼狼讲，从活体动物身上取出的眼睛味道妙绝，因为从活体动物身上取其眼珠时，那动物会本能地感到极度恐惧和惊慌。　动物虽不能言，却和人类同样具备喜怒哀乐各种情绪，取活体眼睛时，动物的七情六欲都会在瞬息之间凝敛于两只眼珠，那眼珠就不只是两团简单的肌肉，而是融汇了各类"情感调料"和"灵魂真味"的复合载体：苦辣酸甜，概莫能述；忧凄哀怨，千言难尽。　这才是世间之真味："世间真味不是拿油盐酱醋烹调出来的酸甜苦辣，是这由心而生的百感交集啊！　晓得啦？　心中有百感，才能舌尖品百味。　跟油盐酱醋有关吗？　油盐酱醋随处可买，心中百味千般难觅！"

2

　　听着食眼狼的叙述，我坚信他的中文系本科文凭货真价实。　可是，有个问题我想不通："像你这样满腹才学的人，为什么会拿起杀猪刀来做屠夫呢？"

食眼狼反问："那你说，同样是上帝的造物，动物们为什么要成为人的刀下亡魂呢？"

"因为人要吃肉。"

"你吃肉吗？ 请你对我实话实说。"

"吃。 当然吃。 既然上帝允许你杀猪，就得允许我吃肉。"

"你吃肉的时候有罪恶感吗？"

"全地球人都在吃肉，我为什么要有罪恶感？"

"你吃肉吃得心安理得，我这个杀猪的倒要背负罪恶，这是啥道理你告诉我？"

"我没有让你背负罪恶。"

"你拿眼睛盯着我时，就像盯着该死的杀人犯一样！"

"我确实想不通，你为啥要选择屠夫做职业呢？ 你大学毕业，读过许多书，这是你自己说的，你的职业选择应该很广泛。"

食眼狼沉默了良久，道："因为我不忍心。"

"不忍心什么？"我诧异地问。

"不忍心动物们成为刀下鬼！"食眼狼几乎是悲怆地说，"动物们为什么要做人的刀下鬼呢？ 这是上帝的意图吗？ 如果是，上帝这是啥道理？ 如果不是，那么，人是在明目张胆地犯罪吗？ 这样的犯罪为什么被允许？ 是谁赋予人这样的犯罪特权？ 这样的特权是有代价的吗？ 如果有，人能承担得起这样的代价吗？"

看得出，这是食眼狼解不开的心结。 虽身为屠夫，食眼狼却对这些大家见怪不怪的问题百思不得其解，当他用疯子所特有的天真眼睛望着我，渴望从我这里得到答案时，我只能无比同感地反问："为什么？"必须承认，许多时候，面对疯子我会感到十分惭愧。疯子们的问题往往特别天真，然而，要回答那些"天真"到荒谬的问题，几乎不可能。

"畜生们都是老天爷的孩子，我就是要杀死他的孩子！"

"你杀了成千上万吧？还不够本？老天爷怎么得罪你了？"

"老天爷既然叫生命出生，为什么又要叫生命消亡呢？我不是屠夫，真正的屠夫是老天爷，是老天爷设计了死亡，我只是替老天爷操刀的杀手。一想到死亡这件事情，我就恨不得把老天爷的眼睛取出来，放在砂锅里炖了吃掉！"

面对牲畜时，食眼狼总是一边磨刀霍霍，一边在心里暗自超度："畜啊畜啊可怜哉，你生来就是刀下菜；我不宰你有人宰，刀下无情你莫怪！"食眼狼魔怔以后就不再做屠夫了，然而，哪怕住在精神病院里，他还是会不停地念叨这段"杀猪令"，听得人心烦。"你能不念吗？"我说。

"不行啊。不念手就会抖个不停，连筷子都拿捏不稳。"

"你的手是从什么时候开始抖的？"

"那就早了。刚开始做屠夫时，我那手就哆哆嗦嗦，老打颤悠，不是捅得太偏就是捅得过浅，有时要连捅好几刀呢，挨了师傅不少骂，畜也跟着多遭了好些罪。"

"你是因为害怕才发抖的吗？"

"怕？我才不怕呢。说实话，我不怕畜们嚎叫，也不怕畜们挣扎，只怵畜们那一双眼。只要看到畜那双眼睛，我的手就会哆嗦。"

食眼狼经过长期历练，独创了一套特别屠宰术："在刀子捅进畜的要害之前，先取下那畜生的两只眼珠，然后再下刀，手起刀至、百捅百中，指哪捅哪，一刀一个准！"他把这套自己独创的屠术叫"盲宰"。他闷下心思、反复揣摩，没出几个月就练就了一手无人能抵的盲宰绝活，莫管什么畜生阿物，他都能在两秒钟之内麻利地取出其眼珠。"哪怕是一只老虎，取出眼珠以后，我都不会再心里发怵了。 没有人晓得，我有多么恐惧那一双双眼睛。
哪怕一只老母鸡拿绿豆般大小的眼睛盯着我，我拿刀的手也会哆嗦不止。 只
要取出眼珠子，最凶残的豹子也不过一堆肉。"

"你有没有碰到过很特别的动物？"

"有啊。 咋能没有呢！"

横扫万畜的食眼狼，居然会栽倒在一头行将就木的老黄牛身上。

<h1 style="text-align:center">3</h1>

"那头老黄牛老得实在做不动活了，主人把牛送来，转身快步离去，不
忍心亲眼看着替自己劳碌一生的老牛挨宰。"食眼狼还清楚地记得当时的情
景：老黄牛平静地走进屠宰场，一步，两步，三步。 老黄牛走得从容笃定，
亦走得义无反顾，好像它清楚地知晓正在走向自己命运的最深邃之处，可它
没有丝毫的迟疑与彷徨。 主人离开的时候，它的眼睛平静地凝视着主人的背
影，直到那熟悉的身影消失于远方之后，它依然平静地凝望着主人离去的方
向，没有忧伤。

"听上去，你对这头牛还满敬重的。"我对食眼狼说。

"唉，怎么说呢，牛是一头劳苦功高的牛，我是一个情深义重的人，我
有点下不了手。 可是我不下手，这头牛就能免于一死吗？ 被杀是它的命，
杀它是我的命，我必须动手，否则怎么对得起手里的刀子呢？ 刀子也有刀子
的使命与荣誉，你说是不是？"

"你不做屠夫，不就可以放下屠刀立地成佛了？"

"就算我不做，总会有人做，我不下地狱谁下地狱？"

我被食眼狼的话逗笑了："你真是个高尚的屠夫啊！"

"不！ 我比牛差远了。"就像对待德高望重的百岁老人一样，破例地，

在动刀之前他端来干净的盆子，盛上干净的井水，先仔细替那头牛沐浴净身，再把它浑身上下的每一根毛发都梳理得油光水滑，使那头老黄牛看上去威严而又端庄。

在食眼狼的叙述里，那头老黄牛自始至终都像哲学家一样沉默着，无论对它做什么，它都用平静的双眸雕塑般平静地凝望着远方，一丝声息都不肯发出来。别的畜们挨宰时都会拼命哀嚎，那嘶嚎的声音愈大，食眼狼感觉愈轻松，可是，在他早已习惯了畜们傻不愣登的嚎叫声，当那例行的嚎叫声成为不可或缺的屠宰进行曲，令他手中的刀子意气风发的时候，却意外遭遇了这头沉默如铁的老黄牛。老黄牛坚硬的沉默无声地震慑着他，使他心烦意乱、魂不守舍。

食眼狼磨磨蹭蹭，跟那头沉默的老黄牛徒然地对峙着："毫无道理地对峙过三天三夜以后我才晓得，我是在下意识地等待。"

"等待什么？"

"等待那头老牛发出哪怕一丝最微弱的声息，比如哀怜，比如愤怒，再比如无奈、绝望或者恐惧。可是，没有。老黄牛自始至终像山一样沉默着。只要老牛把沉默坚持下去，我就下不得手。不过我相信，对峙下去，不管多久，我都是最后的赢家。"

"为什么不让刀子直接出场呢？"

"在刀子出场以前，我先要在气势上打倒那头牛，这是必须的！牛有牛的荣誉，我有我的尊严，我不想欺负一头牛，也不想让一头牛小看我。我疑心，它对自己的命运早已了然于心了。"

"那又如何？"

"你想啊，如果一头牛活得比人还要明白，人将何以自处呢？不！在动刀以前，我想看到它的惊慌和绝望，否则人将怎么捍卫作为人的尊严呢？"

无声的对峙持续了整整一个星期，令食眼狼窘迫难耐，也令牛主人大惑不解：杀死一头行将就木的老牛竟然如此艰难吗？然而，食眼狼就是动不了手。他那双身经百战而又令人闻风丧胆的"神手"面对老牛瘫软如泥。

4

到了第八天的清晨，食眼狼来到牛棚里，准备不顾一切地让刀子出场的时候，看到老牛还像刚来时那样纹丝不动地站立原处，也还像刚来时那样两眼平静地凝视前方，却已溘然长逝。它愣是自己把自己站死在那里，至死都不曾发出一丝声息，也至死不曾闭上它那双默然凝视的眼眸。看着死去的老黄牛，食眼狼被恐惧震慑，不由自主地双膝一软，重重地跪倒在地上。老黄牛平静地望着食眼狼，默不作声，它那双蕴含着神秘微笑的眼睛激怒了食眼狼。食眼狼恶狠狠地说："老牛啊老牛，活豹活虎我都不怵，单怵你这头死牛不成？待我取出你的眼珠来，且做下酒小菜好生品享！"当他伸出手来逼近老牛的眼睛时，却如同遭了电击般，伸出的手竟然不由自主地退缩而回。他惊呆了："青天在上！几十载的屠夫生涯里，拥有'神手'的我在面对畜的眼睛时，何曾产生过一丝的怯懦？这到底是怎么了？是我的手失了灵气，还是这双牛眼里暗藏乾坤？"

食眼狼抬起手来疑惑地仔细察看，手还是那双手，却不晓得它为什么如此胆怯。他生气地再次把手伸向那双牛眼，那手再次触电般退缩而回："这是怎么了？难道那双死去的牛眼具有某种无形的威慑力不成？我靠近老牛雕塑般坚毅的头颅，直视那双眼睛，倏忽之间看见，那眼里有光！逼退我的正是凝聚在老牛眼睛里的那种洞穿岁月的平静之光。光啊，晓得啦？光！"

"你说的光是什么光？"

　　"光就是光嘛，就像是上帝的眼睛在直接看着你，又或者，就像是妈妈的手隔着万里长空在暖暖地抚摸你。 就是这种光。"

　　我定睛打量眼前的屠夫，怎么都不肯相信他是屠夫。 我问他："你害怕那光？"

　　"不。 我听到光对我说：原本就是这样啊，原本就是这样！"

　　"什么意思？"

　　"就是说：牛知道云在青天水在瓶。"

　　"云在青天水在瓶？ 什么意思？"

　　"就是说，原本就是这样啊，原本就是这样！ 谁能杀死这样一头牛呢？就是在那一刻我明白，我为什么要拿起刀子做屠夫了。"

　　"难道此前你一直不明白吗？"

　　"是的。 稀里糊涂做了几十年屠夫，杀死了成千上万的生灵，直到遇到那头老黄牛我才晓得，我想亲自拿刀杀死死亡。"

　　"杀死死亡？"我瞠目结舌。

　　"这些动物就是为着死亡才出生的。 比如猪，在它还没有出生的时候，已经有一把刀在等着它了，它每多长一两肉，就离那把刀子近一步，可是，猪还是源源不断地像韭菜一样出生。 它们生来就是为了迎接一把刀，于是，我亲自操刀成全它们，这样一来，我就可以打败上帝了。"

　　"你为什么要打败上帝？"

　　"上帝才是最大的屠夫。 是他创造了猪马牛羊这些注定要被杀死的生灵，他还让动物与动物互相残杀、彼此为食，他让老虎吃掉羊，让豹子吃掉梅花鹿，他才是真正的屠夫。"

　　"你打败了上帝吗？"

　　"那头牛帮我打败了上帝。"

　　"虽然你的刀子不曾出场，可那头牛最终还是自己饿死了自己。 被刀子杀死是死，饿死也是死。"

"牛没有死，是你认为牛死了。"

我望着食眼狼，感觉我的许多认知都被瞬间颠覆，食眼狼自顾说道："对牛而言，时间根本不存在，死亡只能相对时间而存在。消灭了时间，也就自然消解了死亡。对动物而言，时间压根儿不存在，所以，只有人会死，所有的动物都不会死，因为死亡必须发生在时间里，但是，上帝没有给动物设置时间概念。所以，我从来不曾杀死过一只动物，从来没有！动物不在时间里，我怎么可能跑到时间之外去杀死一只动物呢？"

晴空万里，草坪上有几只流浪猫正在悠闲自得地晒太阳，我看看慵懒的猫咪，又看看食眼狼道："请问今天是几号？我老是搞不清今夕是何年。"

"我知道你什么意思。不管今天是何年何月，对流浪猫而言，都没有意义。你去问问那只大花猫：它几岁了？"

我看着不远处那只睡得正香的大花猫，陷入了牛一样的沉默。食眼狼也看着那只猫，说："它知道自己此刻睡在一家精神病院的草坪上吗？它知道它出生于何年何月吗？"

我感觉自己被食眼狼带入一个认知的黑洞里，只能继续沉默。食眼狼接着说："你说它此刻正生活在光绪年间也好，或者生活在一万年以后的某个时代也好，生活在美国的纽约也好，生活在中国的故宫里也好，都无所谓。"

"你是说，对这只猫而言，时间和空间都是不存在的？"

"岂止是时间和空间，连'猫'这个概念对它来说也不存在，它根本不知道它是猫，它没有出生，也没有死亡。"

"那它是什么呢？"

"它就是空。"

"空是什么？"

"什么都是，什么都不是。"

"它到底生活在哪里？"

"它同时生活在美国纽约、中国故宫，还有一家精神病院里，它处处不在处处在；它从光绪年间一直活到现在，在我死去以后，它还将继续活下去，直至永远。 所以，我不曾杀死过任何动物。"

"可是，老黄牛确实死了。"

"老黄牛只是在你的头脑里死了，对动物而言，它永远存在于它的生命，没有过去，没有未来，只有此刻此时与此在。 动物们活在永恒中，不会死，只有人会死，而且，人清楚地知道自己会死，这是上帝对人的惩罚。"

"上帝为什么要惩罚人？"

"人偷吃了知识树上的禁果。"

"照你这么说，人因为知道死亡这个概念，所以必死无疑。 要想永生，就得把自己降低到动物的维度，做一只对时间浑然不觉的低等动物，这样死亡就伤及不到人了。 是这样吗？"

"不，你把方向搞错了！ 这是个致命错误。 人想从死亡里解脱，不应往下坠落，应往上飞升。"

"你说的'上'是指什么？"

食眼狼沉默了许久，低低地吐出了一个字："神。"

"神在哪里？ 是天上吗？"

"不！ 是在里面。"

"什么里面？"

"人里面。"

"那你怎么说是往上飞升呢？"

"往内入，就是上升；往外走，就是下坠。"

"照你这么说，人们都把方向弄错了？"

"是这样。"

我心说：你选择的方向太正确了，所以进了精神病院。

5

死去的老牛那双蕴含着微笑的眼睛再也不曾从食眼狼的生命里消失过，哪怕在浓稠如漆的暗夜里，那双眼睛依然在熠熠生辉、赫然凝望，令他无处可躲："大夫，求你把那头老牛赶走吧，它像死神一样盯着我，我真是受不了啊！ 求你赶走它吧。"

大夫清楚地知道，食眼狼是被自己的幻觉逼疯的，可是却没有办法帮他驱逐那双呈现于意念之中的眼睛。 在外面他触目所见，到处都是眼睛，来到医院以后他却开始四处寻找自己的眼睛。 在他忙忙碌碌四处寻找眼睛的时候，眼前始终有一双眼睛在平静地凝视着他，挥之不去，很可能，直到他自己那双眼睛永远闭上，那头老黄牛的眼睛都不会从他的眼前消失。

"你晓得老黄牛的那双眼睛是什么眼吗？"食眼狼问我。

"什么眼？"

"天眼。"

我硬着头皮问："天眼是什么眼？"

"天眼嘛，就是上帝的眼睛。"

"看来，你终究还是没有打败上帝啊！"

"我也是后来才知道，我能取出动物的眼睛，却取不出上帝的眼睛。 我死都不可能取出上帝的眼睛，上帝的眼睛遍野都是、无处不在。 动物都是上帝的孩子，人杀了上帝的孩子，上帝看在眼里，能饶过人？"

"就算饶不过，又能怎么着？ 杀戮何曾有一天停止过？"

"你睁开眼睛看看就知道了。"

"我的眼睛睁着呢，可我什么都看不到。"

　　"迟早有一天，上帝有办法让你看到。"

　　"这么说，你已经看到了？"

　　食眼狼眯起双眼，望着空茫的天边，像上帝一样说："是的，我看到了，我看到了应该看到的一切，一点不漏都看到了。"

　　"你的眼睛不是丢了吗？　你没有眼睛怎么看到的？"

　　"正因为弄丢了眼睛，所以才看到的。"

　　"你看到了什么？"

　　"我看到人们像疯了一样都在拿铁镐在地球上拼命挖掘！"

　　"是在掘金吗？"

　　"不，是掘墓。"

精 神 卫 生 中 心
诊 断 证 明 书

门诊号 944977
住院号 11079

姓名 名画 性别 女 年龄 38 岁，经本院检查诊断为：

恐月症

症状表现：

总是陷于幻想中的灾难事件。

日期 2022 年 12 月 1 日

医师 _____

诊断证明书
副联

姓名 名画
性别 女 年龄 38 岁
门诊号 944977
住院号 11079
诊断 恐月症

医师 _____
日期 ____年__月__日

第 17 章

私人上帝

247

你能**保证**
你的孩子
长大以后
不失恋，
不痛苦，
不绝望，
不恐惧，
不被人骗，
不受欺负，
不**崩溃**
吗？

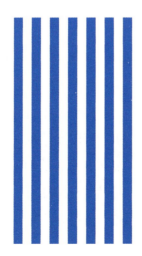

1

在病房外面的葫芦回廊里，我遇到个三十多岁的女患者，只一眼就被她深深吸引，我惊呆了，她太美了，如同一幅世界名画。 刚在距离"名画"三米开外的长椅上坐定，我的手机突然响起来，没等我摁下接听键，"噢"的一声，"名画"手捂耳朵惊恐地大声尖叫起来，她那张世界名画般的脸也在瞬息之间扭曲到狰狞可怖，她的陪护指着我的手机示意，我急忙掐断了不屈不挠的手机铃声。

精神病患者都很诡异，他们往往会被十分平常的事物惊吓到魂飞魄散，每当月圆之夜，医院里一个"恐月症"病人就会发作到歇斯底里，别人都在欣赏天空上的白玉盘时，医生和护士却要严阵以待，把她病房的窗户里三层外三层地遮住，以免月亮这个凶手偷偷钻进病房谋杀她。 既然连无辜的月亮都可能谋财害命，病人对司空见惯的手机铃声惧之若虎，也就不足为奇了。 我从"名画"的陪护那里了解到，她害怕的不是手机铃声，而是灾难性的坏消息，具体地说，她惧怕的坏消息是其儿子的"死讯"。 她儿子刚满八岁，是个可爱的小帅哥。 这孩子有次不小心掉进废弃的下水道里跌断了一条腿，饿昏在里面三天多才被发现，虽然那条小腿很快就恢复如初了，"名画"还是被这突发的意外吓疯住进了精神病院。 她再也不肯相信世界的安全可靠性，日子对她而言不只是战战兢兢、如履薄冰，更是盲人骑瞎马，夜临深渊。

据她的陪护妹妹讲，儿子失踪的三天三夜又五个小时里，她一分钟都没睡过，她分秒不停地想象和猜测的，都是可能发生于儿子身上的各种灾难性事件，由于对灾难的想象刻骨铭心，儿子失而复得以后，她的想象再也没办法停止，大脑永远卡在那致命的七十七个小时里，不再转动，她如同一条可怜的带鱼，被冷藏在那段坚硬的时间冰块里，最高明的大夫也没有能力把她从记忆的冰块里解救出来。她始终处于对灾难的幻想之中。当儿子活蹦乱跳地出现在面前时，她偶尔也会突然从记忆的冰块里钻出来，相信儿子活着，然而，这活着的事实对她而言只是一个镜头，像看电影一样，那镜头很快就会一闪而过，只要儿子离开她的视线，她立刻就会再次沦陷于冰冻状态，并苦苦挣扎于对灾难的天才之想象中，那幻想中的灾难事件愈来愈匪夷所思，使她每一天都更加坚定地相信，即将到来的灾难，必将把儿子那幼小的生命勒索而去，儿子仿若一只可怜无助的小鸡雏，防不胜防的意外灾难，恰如盘旋在儿子头顶的一万只黑鹰。

"你知道人有多少种死法吗？"她问得不屈不挠。

我一边望着空中的飞鸟，一边下意识地想象着人的死法：病死毒死吊死，烧死淹死气死……我认识一个人，只因打了个喷嚏就把脑血管震裂死去了。"死法五花八门，没人说得清吧。"我道。

"八万四千种。""名画"很有把握地说。

"总会有人再创造出新的死法来吧。"望着美丽脱俗的"名画"，我想，绝大部分人都将平庸地落入死亡之窠臼，在无限的轮回中往复，想想都无聊透顶。

"你将怎么死去？""名画"认真地问。

"这个嘛，我倒真没有想过。"

"那你现在就想。你怎么可以不想这个问题呢？"

在她不依不饶的目光逼视下，我在劫难逃地想象，自己将怎么死去呢？应该不外乎三种可能：自杀、他杀和自然死亡。 他杀和自然死亡不在掌控之中，至于自杀，我暂时还不大方便，于是道："我基本不会死于自杀。"

"为什么？"

"我爱我女儿，我不能亲手杀死我女儿她亲妈。"

脱口说出这句话来，我吃了一惊。"名画"又开口道："你能饶恕自己所犯的罪过吗？"

"我犯了什么罪过？"

"你自作主张带一个生命到世界上来，让她遭受八万四千种痛苦，这就是你所犯的罪过！"

我瞬间死机。"名画"是个神枪手，总是能不偏不倚地击中我的要害。说实话，我当真非常后悔带孩子到这个世界上来。 我幸灾乐祸地反击道："你也犯了同样的错误，我见过你儿子。"

"每当想到儿子将要悲惨地死去，我就痛不欲生。""名画"忍不住抽泣起来。 我迟疑良久，大着胆子问："你儿子，他，将怎么悲惨地死去？"

"发生火灾时被烧死，发生水灾时被淹死，发生地震时被砸死，发生瘟疫时被毒死……"

"名画"滔滔不绝地罗列着，听得我毛骨悚然。 必须承认，她罗列出来的每一种死法都有可能发生，也当真在地球上千百万次地发生过，而且每天都在持续不断地重复发生着。 给我的感觉是，上帝手握一只驳壳枪，正闭着眼睛对地球随意射击，射中哪个是哪个，能平安度过极其寻常的一天，都是万幸。

2

据"名画"的陪护妹妹讲，"名画"每天上网都不厌其烦地搜索全球当天发生的各类意外死亡事件，并详尽地分门别类记录在案，在她自制的死亡档案中，这世界每分每秒都有人在意外死亡，千奇百怪的死亡方式匪夷所思到令人发指。"名画"绝望地坚信，她那曾经失踪三天又五个小时零二十八分钟的宝贝儿子，不等长大成人，随时随地可能被某种突如其来的灾难吞噬生命，那可爱的小家伙每多活半个钟头都是侥幸，与其说她每天都在恐惧和担忧，毋宁说是在翘首期盼儿子发生意外的凶讯传来，就像死囚犯人在血腥的焦虑中等待一颗注定要到来的子弹那样。

"你知道上帝的电话号码吗？"再一次见面时，"名画"问我。

我像面对一位伟大的哲学家那样认真回答："这个，地球上恐怕暂时没有人知道。连小官员的电话都保密，若是上帝的号码泄露出来，还不得瞬间给打爆？我本人就有一万个问题要问上帝。"

"那，你知道上帝住在哪里吗？"

"这个，也不大好说。不过，有一点倒是可以肯定，他不住在月亮上。"

"上帝长什么模样你晓得啦？"

"我个人感觉吧，如果他一定要有个模样的话，大概类若一只蚊子。"顿了顿，我坚定了语气十分肯定地回答，"是的，一只蚊子。"天地良心，我绝对没有戏弄疯妈妈的意思，我说的是实话，蚊子乃是我个人的"私人专属上帝"。鉴于伟大的尼采先生很权威地宣布上帝已死，诚实的宇航员上穷碧落下黄泉也未曾寻找到上帝他老人家的神迹，目前为止，地球人各种花样的高科技也不曾捕捉到上帝的真实影像，那么，自己给自己创造或发掘一个私人定制的上帝已迫在眉睫，至少对我本人而言，没有上帝，一天都活不下去。 为了避免堕落成为杀人犯——我的主治大夫曾严正地警告我说，杀死自己也是杀人犯，会受到比杀死别人更加严厉的惩罚——为了剿灭我企图杀死自己的念头，他专门给我放了一部叫作《美梦成真》的外国电影，就是在这部电影里，我目睹了自杀者的可怕下场，于是，为了活着，我及时地拥有了自己的私人上帝，就是蚊子。 我清楚地知道，不管是谁，看到这里就会像我的主治大夫那样，确凿无疑地相信我有病。

　　是这样的，每当绝望时，只要想到或者看到蚊子，我就会慢慢安静下来，对世界生出绵绵如细流般的留恋，然后，振奋力量继续让自己活下去。我个人感觉，蚊子就是上帝的代言者。 至少，每当听到蚊子嗡嗡鸣唱时，我能感觉到上帝存在。 除了蚊子，我还能从一片树叶和一朵小花，甚或一只蚂蚁身上感到上帝的存在。 不过，还是蚊子更令我震撼。 别的不说，单单是蚊子的翅膀，就让我对上帝确信不疑。 蚊子这东西，没人喜欢吧？ 然而，就是这种人人讨厌的小东西，却也精致到难以想象。 试想，如果没有上帝，是谁设计了蚊子翅膀上优美的图案呢？ 如果不是上帝，谁又有耐心在蚊子的翅膀上设计图案呢？ 所以，看到蚊子我就能感觉到上帝的存在，以至于它几乎化身成了我的私人上帝。 遗憾的是，我费尽了口舌，也无法把自己的私人上帝分享给"名画"，使她跟我一样蒙受上帝的恩典。"名画"迫切地需要跟上帝直接通话，以缓解令她生不如死的死亡焦虑，同时又坚决不肯相信，伟大而又万能的上帝先生会是一只小小的蚊子。

　　"蚊子可以是上帝，还有什么东西不可以是上帝呢？"她问。

　　"任何东西都可以是。 癞蛤蟆和菜花蛇，土坷垃和枯树叶，还有玫瑰花和苞谷穗，包括屎橛子和四两麻，都可以是上帝。"

　　"那是你的上帝，不是我的。"

　　"你需要去寻找你的私人专属上帝！"

　　"到哪里去寻？"

　　"哪里都不需去，坐着静静地等待，就能与上帝不期而遇。"

　　"要等待多久？"

　　"或者几个世纪，或者刹那瞬间，这要看你的福分与造化。"

　　几个世纪太长，刹那瞬间又太短，"名画"不肯相信上帝会住在这么远又这么近的地方，她坚信的是，灾难就像巨大的黑蝙蝠，肯定会降临，也许就在下一秒钟。她不怕自己粉身碎骨，唯独担心儿子那个玻璃杯般晶莹易碎的小精灵出现意外。

3

　　"一二三四五，上山打老虎。老虎打不到，打到小松鼠……"在病房外面遇到"名画"时，我总是听到她在不断重复着一首儿歌，起初我以为她只是随便念念，后来才明白，"老虎"是令她忧心如焚的一大隐患，她所说的"老虎"是指汽车。"全球每天平均有三千五百人死于车祸！每天啊，这还是几年前的统计数字。""名画"痛心疾首地说。她对类似的灾难统计数字熟稔于心，比如，全世界平均每年有多少人跳楼，多少人死于瘟疫，多少人死于癌症，诸如此类的黑色数字她罗列起来头头是道，她坚信，天灾人祸在劫难逃。灾难有八万四千种，人只有一条命。她眼睁睁地看到：利剑高悬于儿子的头颅，维系那把利剑的是一根细细的发丝，既然如此恐怖的时刻迟早都要不可避免地到来，早来便是早解脱。她进而相信，被动挨打不如主动迎战，进攻才是最可靠的防御，与其听任儿子残忍地死于非命，不如采取温和的方式主动抹杀儿子的存在，以免他遭受焚心裂骨之劫痛。

　　"你看到过上帝手中的橡皮擦吗？"

　　她的问题向来刁钻古怪，刚开始我感到极度不适，后来也习以为常了。

若是疯子们能像正常人那样见了面就问"吃了吗",这个世界就太过苍白了。

"橡皮擦?"我一时转不过弯来。

"把儿子带来世界是不可饶恕的错误,我必须亲自纠正,就像拿橡皮擦抹去写错的作业那样。"

"你的想法很天才! 只是,不大容易找到那样的橡皮擦吧?"

"不,橡皮擦人手一块,由上帝亲自配发。"

"名画"言辞笃定,没有开玩笑的意思。 经验告诉我,疯子通常都不爱开玩笑,一旦开起玩笑来非同小可。 原来,在夜以继日的冥思苦想中,"名画"发现了一条很哲学的真理:灾难并非在劫难逃,这世界上有一剂灵丹妙药可以规避所有的灾祸,这剂丹药叫作"死亡"。 只有死亡才能抵制灾殃,死亡乃是上帝出于慈悲赠予人的一块"超级橡皮擦"。

"死过一次就不会再死第二次了!""名画"说。

她说得不错。 上帝能够想象出来的所有灾难,人类所能制造出来的所有祸端,都不可能再降临到死者头上了,她道出的是一条常识性的真理。 我发现,越真理越常识,越常识越真理,只是,越是想要抵达最简单的常识,越需要穿越最复杂的路径。 住在医院里的"名画"不能听到手机铃声,那声音对她无异于警报,只要听到手机铃响,她就相信灾祸已经发生。 在儿子失踪的三天多时间里,骤响的手机铃声曾导致她多次晕厥,她自此落下了"恐铃症"。 事实上,她儿子欢蹦乱跳好端端地活着,每个周末都来医院探望她。

"晓得鱼的记忆能维持多久吗?"病人的思维都极具跳跃性。

"鱼的记忆?"

　　"七秒钟！ ① 这是上帝的设计。 再长的话，鱼妈妈个个都会愁死。"

　　"为什么？"

　　"鱼的命运就是下油锅！ 鱼妈妈明知如此，还是把孩子成堆地生出来，想想看，孩子来到世界上，等待它的只有滚烫的油锅。"

　　我趁势劝导："生而为人虽苦海无边，却不必面对下油锅的危险，吃人的老虎都在深山老林里。"

　　"人自己制造出来铁老虎，满大街都在跑，城市比森林还可怕，不知道哪天就会一脚踩空，跌进猎人的陷阱里。"

　　"别自己吓自己，上帝永远是靠谱的。 如果不靠谱，太阳早就从天上掉下来摔得稀巴烂了。 太阳东升西落，已经万世千秋了，何曾出现过一点差错？ 只要太阳还在，人间就万事大吉，哪有那么多灾殃呢？"

　　"别忘了，你现在住的是什么地方！ 若是没有意外，你怎么会住到这里来？ 大门敞开着，你出去呀！ 你现在就出去！"

　　"名画"的提醒使我猛然意识到，在外面的正常人看来，我也是个不可救药的病人，几十米开外就是医院的大门，跨过那道再普通不过的大门，才是正常世界。 大门敞开着，然而，我却没有力量走出去。 如同遭遇了鬼打墙，我使出浑身的解数也走不进外面那个世界。 那个世界到处都是路，到处都是门，在没有路和没有门的地方都是门路，我愣是死都进入不了那个世界，也算是邪门。 不过，我还是嘴硬地说："我待在这儿有我个人的缘故，我是自愿待在这里的，这个你不懂。"

　　"名画"鄙夷地讥讽道："你是读书人，我哪里会懂你呢？ 不懂就是不懂，我不会像别人那样自欺欺人，住进精神病院里，还说自己是微服私访，

---

　　① 鱼的记忆并非只有 7 秒，这是一个常见的认知错误。 鱼的记忆力因种类而异，有些鱼的记忆力非常出色，能够记住长达数月甚至更久的信息。

穿一身乞丐服，愣充皇帝的新装。"

一股热血涌头，我想对着"名画"破口大骂，然而，在最后一秒钟，我听到女博士悄声对我说："要慈悲、慈悲、再慈悲。同是天涯沦落人，相煎何太急？娑婆世界，人人皆苦，生而为人，谁不可怜？可怜人何必为难可怜人呢？"于是，我豁然开朗，从一念地狱回转到一念天堂。我明白，"名画"患了严重的恐惧症，恐惧像毒蛇紧紧地缠着她，每次儿子来探望过她将要离开的时候，她总是痴痴地呆望着儿子的背影，仿佛眨眨眼睛的工夫，儿子就会万劫不复。同样作为妈妈，我何尝不操心自己的女儿呢？只是没有如她这般病态而已，可怜天下父母心啊！看着"名画"忧心如焚地焦虑，我安慰道："你不必这般揪心，事实证明：绝大部分孩子都能顺利长大。"

"长大？你不觉得那比死更可怕吗？""名画"接着说，"死是一次性终结的灾难，可以瞬间完成，长大的苦痛是炼狱一样漫长的煎熬，每个环节都可能如受天刑。你能保证你的孩子长大以后不失恋，不痛苦，不绝望，不恐惧，不被人骗，不受欺负，不崩溃吗？"不等我回答，"名画"接着道，"地球上平均每四十秒钟就有一个人因自杀而丧命。"

"名画"的统计数字总是令我头皮发麻，我忍不住道："全世界人口七八十亿，绝大部分都能安享人生。生命由上帝赠予，他的原则是送一搭一、捆绑配给，幸福必然有痛苦相伴。谁能剔除痛苦，纯粹享受生命的快乐呢？痛苦也是生命的营养，没有谁能避开痛苦。"

"谁说不能？梅米就能。""名画"道。

"梅米是谁？"

她指指草坪上晒太阳的大花猫："它就是梅米，我的猫儿子。"

"名画"的大花猫终日饱食、养尊处优，不知忧愁苦痛，亦不晓得生死困顿，哪怕跟着自己的女主人住在精神病院里，也活得怡然自得。我感觉，"名画"那荒谬透顶的恐惧症极难治愈，不出意外的话，她将长久待在这里继续她的病人生涯，可惜了一个大美女。

4

没有想到，仅过了半个月，"名画"突然宣告痊愈，只等老公从大洋彼岸飞回来替她办理出院手续了。 得知这个消息，我并不十分惊诧，灵魂疾病跟肉体疾病不同，骨头断了不经过一定的时间不可能复合，精神病人却可能因为某种契机而瞬间治愈，原因很简单，那被"卡"住的灵魂像遭遇了电击般突然一下子通透，病就好了，就像有人因为一件小事而顿悟成佛那样。 不过，治愈"名画"的不是医生，而是她养的那只名叫梅米的猫。

那是个晴朗的下午，世界看上去十分美好，"名画"像往常那样，正在医院的花园小径上安静地散步时，突然听到了一声惨叫。 她惊恐地回过头去，看到大花猫梅米被车轮碾死在水泥路中间。"名画"和自己的猫形影不离，她来住院的时候，猫也跟着她来到医院，夜里跟她睡同一张病床。 那天，不知那只躺在草坪上晒太阳的猫出于什么缘故，突然箭一般冲出草坪朝路上飞跑而去，结果瞬间毙命，从幸福的此岸到死亡的彼岸，前后不超过两分钟。

"名画"守着梅米的遗骸沉默了三天，不哭不闹、不吃不睡，然后，她在医院的桂花树下隆重地埋葬了猫尸，然后隆重地宣布自己不治而愈，可以出院了。 严阵以待的医生原本以为她要歇斯底里大爆发，准备好了缜密的应对方案，却根本不曾派上用场。 那死死压迫着她的恐惧症像雾霾一样烟消云散，她的意识天空豁然晴朗，她那卡了壳的灵魂终于越过恐惧的堤坝，开始顺畅无阻地向前行进。

"你果真不再恐惧儿子遭遇意外了？"我严重质疑。

"已经发生了，还恐惧什么？"

"发生了什么？"我吃惊地问。

"意外啊。""名画"说，"担心意外发生，比意外本身恐怖一万倍。　果真发生了，反倒不再恐惧，你说怪不怪？　梅米死后，我忽然感觉，我已经做好所有的准备，随时可以坦然迎接所有的发生。　梅米是我儿子的化身，它替我儿子死了，还有什么好怕的呢？"

"你说的化身是什么意思？"

"化身嘛，就是替身的意思。　凤凰山你听说过吧？　那山上的黄阿婆是远近闻名的女法师，我请她作法，保护我儿子。　黄阿婆让我带一只猫去见她，她作法把我儿子的魂魄迁移到猫身上，然后让我把猫带在身边寸步不离，这样，哪怕我儿子远走天涯，只要我保护好这只猫，儿子都不会发生意料。"

"很不错的主意。　不过，梅米在医院死掉，这的确出人意料。"

"不，一点都不意外。"

"难道梅米是故意撞到车上自杀身亡的不成？"

"自生自灭。""名画"对着天空呆愣了一阵子，然后像大学教授一样咬文嚼字地说，"生者必死，聚者必散，积者必竭，立者必倒，高者必堕。　这是一位大师对我说的话。　儿子那次出事后，我找了好几位大师替儿子算命。大师说：人的命，天造定，先造死，后造生。　既然梅米在我的眼皮子底下都能被撞死，看来这就是它的命，害怕有什么用呢？　怕来怕去，人最怕的只有一件事：死。　可死是注定的，该发生的必然要发生，上帝也挡不住。　为啥要为挡不住的事情害怕呢？　我永远都不再害怕了。"顿了顿，"名画"接着说，"我原计划出院后带儿子去美国，可是，跑到美国就能变成不死鸟吗？与其逃往美国，还不如逃到印度呢。"

"印度有长生不老药？"我问。

"印度人不相信人会死。"

"印度人真幸福。　他们相信自己拥有百世千代、永续不尽的生命。"

　　"名画"幽幽地道："梅米刚死的时候，我想，怎么办呢？"

　　"怎么办？"

　　"埋掉。"

　　"就这么简单？"

　　"就这么简单。梅米死了，埋掉，就这么简单。我暂时还没有死，那就活着，就这么简单。现在趁我还活着，我要回家给儿子包饺子。儿子喜欢吃我包的饺子，但我不会永远活着，趁我活着，我得多给儿子包饺子，能包一回是一回，就这么简单。"

　　"然后呢？"

　　"争取移民到印度去，就这么简单。"

　　我苦笑着想，"名画"这个大美女虽然顺利出院了，可事情并没有那么简单，这显而易见。

诊断证明书
副联

姓名 薛虹
性别 女 年龄 42 岁
门诊号 655693
住院号 12056
诊断 镜头依赖症

医师 _____

日期 ____年____月____日

精神卫生中心
诊断证明书

门诊号 655693
住院号 12056

姓名 薛虹 性别 女 年龄 42 岁，经本院检查诊断为：

镜头依赖症

症状表现：

喜欢用摄像机不遗不漏地拍摄自己的真实生活，沉迷于自拍自赏，分不清生活和演戏的区别。

医师 _____

日期 2021 年 5 月 6 日

第 **18** 章

拍
故我在
我

261

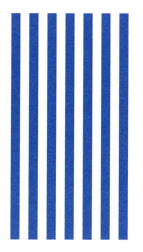

天带要生剧过因太生
人携己人，做戏把了
每个都自的本已排入戏得
生着演剧情编为深个剧真，
如痴如难唐
醉，这荒
道不可笑
吗？

1

　　"名画"出院以后，我常常想起一个名叫薛虹的女人，一个比"名画"还要漂亮的大美女。 薛虹虽没有住在精神病院里，却比这医院里住的许多人都病得严重。 薛虹的外貌得天独厚，十几岁就上镜出演电影，演到自己感觉最好的时候，却没有人再找她拍戏了，按导演的话说，她是个"超级恶性自恋狂"，无法忘掉自我进入角色。 靠着超众的颜值演了几部小戏以后，她的星途就走到了绝路。 结束演艺生涯以后，她无奈地含恨嫁人，过起了普通人的寻常日子，然而，她却落下个无可救药的"镜头依赖症"：喜欢拿摄像机事无巨细地拍录自己的真实生活场景。 在她家里，到处都是她安装的微型摄像头，只要她醒着，她的一举一动几乎都被拍录在案。 因为无时无刻不处在"镜头"之下，哪怕独自坐在自家客厅里喝一杯茶，她也要妆容精致、有板有眼，就像有亿万观众正盯着她观赏一样。 她日夜沉迷于自拍自赏，渐渐地就分不清生活和演戏的区别了。 当她丈夫无意间发现，连他们夜间做爱的过程也被偷拍存档时，再也忍受不了她，带着他们的女儿落荒而逃。 不过，离婚也未能治愈她的表演癖，她把自己永远定格在了演员的身份里，离了摄影机她一天都不能活。 照她的话说，只有被拍录下来的生活才具备人生的价值，属于"有效人生"，否则只能算是被剪辑掉的边角废料，统统属于"无效

人生"。 与晕镜症相反，她成了不可救药的"镜头依赖狂"：不上镜，等于
死！

　　我先认识的是薛虹的前夫，那时候他们还没离婚，他坚持认为妻子患了
精神病，要带她去看医生，薛虹死活不肯，他就想找个精神科专家去咨询一
下，我给他推荐了我非常信赖的名叫姚磊华的大夫。 姚大夫认为，不见到本
人，自己无法做出判断。 由于薛虹对精神病院万分抵触，她先生说服姚大
夫，把薛虹骗到饭店的包间里和姚大夫一起吃饭，让姚大夫在餐桌上观察
她。 姚大夫去给薛虹看病的时候，总是带上我，我们两个都装作是薛虹丈夫
的好朋友，四个人边吃边聊，在谈笑风生中完成看病的任务，由于从来没有
穿帮过，我就跟薛虹成了真的朋友。

　　薛虹的家里专门有个房间存放她那堆积如山的自拍光碟，大致浏览过一
些薛虹的光碟以后，我就被搞糊涂了：我感觉，人生可能当真就是一场电
影，每个人可能都是演员。 虽然说人生貌似没有剧本，仔细打量就会发现，
几乎所有人都在遵循着一个看不见的大剧本，这个大剧本的内容千篇一律，
无非吃喝拉撒，无非爱恨情仇，无非钱权名利。 要在这万丈红尘间找到一个
超越于大剧本以外的人，极其困难。

　　一想到自己忙忙碌碌、殚精竭虑，无非是上帝的剧本里一个小小的群众
演员，像提线木偶一样，终其一生，跑着可有可无的小龙套，我就备感落
寞，感觉这红尘人世重复发生的一切都无聊透顶。

2

　　"名画"出院以后，虚无感就像灵魂的癌细胞一样，再一次席卷而来，
令我生无可恋。 有一天，正当我被虚无感折磨到生不如死时，好久不见的女
博士像鬼魂般突然出现了，阴阳怪气地对我说："上帝他老人家既是宇宙众生

的总导演，又是编剧，地球的每一个生灵都在认真专注地表演着自己的角色，包括蚂蚁、蝴蝶还有尊敬的蚊子，谁都不会搞错自己的剧本，因为，剧本大纲就写在每个生灵的基因里，晓得众生表演的原生电影与银幕上的艺术电影有何不同吗？"

"别无二致。"我不耐烦地说，对女博士无所不知的读心术非常地抗拒。

"不，有天壤之别。众生表演原生电影时，不知道自己是上帝的演员，银幕上的艺术电影演员清楚地知道自己是在演戏。"

"知道也罢，不知道也罢，又能怎样呢？"

"区别太大了，天壤之别。"我故意不作声，女博士自顾道，"人世间的绝大多数人都身不由己地入戏过深，因而忘掉了自己只不过是上帝的一个小小的演员，甚至只是道具而已。不管是明星云集的好莱坞，还是我们此刻置身的精神病院，无论是美国白宫还是联合国总部，在上帝眼里，都不过是他老人家导演人间大戏所用的临时片场，所有的戏都有收场的时候，所有的演员，无论多么叱咤风云的大腕名角，哪怕是拿破仑和亚历山大，也都有下课的时候。铁打的剧场，流水的演员，人生几十载，放在宇宙的时间长河里，也不过一闪而过的几个镜头，如果上帝摁下快进键，人生百年就是眨眨眼睛的工夫。"

"你的意思是说，不能拿人生太当真？"我认真地问。

"战略上不能当真，但是，战术上必须当真！"

"既然人生如戏，这戏的剧本是上帝事先写在基因里的，人只是个道具，为什么还必须当真呢？"

"虽然表面上，每个人的人生剧情都大致相同，如同粘贴与复制一样高度相似，什么爱恨情仇，什么权钱名利，可是对每一个亲历者而言，都是惊心动魄的史诗。"

"史诗？"看看医院的大门，我有些不敢相信自己的耳朵。

"你不觉得，生命从出生到死亡，像史诗一样壮观吗？　别的都姑且撇开不说，单说这个生老病死的'生'，细思起来，就是一部伟大到难以形容的史诗。　你晓得一个人以人的身份来到世间，是多么艰难又多么伟大的事情吗？"

"那乞丐的人生也是壮观的史诗？"

"乞丐为了活下去，宁可讨饭，这恰恰体现了生命的伟大。"

"强盗和杀人犯的人生也称得上壮观吗？"

"他们为了活下去、活得好，宁可做强盗和杀人犯，你不觉得很可叹吗？　在强盗和杀人犯的心里，也存在壮观的诗意与美好，只是他们走偏了，没能把诗意活出来，就像一棵树，被霜欺雪压，没能把花绽放出来，这并不能否定生命本身的诗意与美好。"

"无论多么美丽壮观，都不过是梦幻泡影。"

"我最恨的就是这梦幻泡影四个字。　释迦牟尼用这四个字解构了一切，这是他的伟大，却也正是他的短板。"

"短板？　你是说，释迦牟尼也有短板？"

"怎么他就不能有短板呢？　他是人，不是神。　哪怕他当真是神，难道神就没有短板了？　他的确给世人提供了一味大药，所以，他本质上就是个大医生。　别忘了，是药三分毒，他提供的药，怎么可能没有毒副作用呢？"

"我可是头一回听说，释迦牟尼有毒副作用。"

"在他证明世界原本就是梦幻泡影时，的确是最有效地缓解了生而为人的诸般痛苦，但同时也解构了人作为人的伟大，以及人生的壮观与美丽。　不是吗？"

"这不是他老人家的本意吧？"

"他想让人更好地活着，而不是让人走向虚无，他的本意也绝对不是解构生命的壮观。 生命难道是能被轻易解构的吗？ 也唯有消化了他的药，才可能把生命演绎成为壮观的史诗，否则，人只能像爬虫一样匍匐在欲望的烂泥里，或者像西西弗斯一样，循环往复而又徒劳地推动着人生的巨石。 有人执着于梦幻泡影的表面意思，从而执了空，并走向虚无，这恰恰违背了释迦牟尼的本意。"

"怎么能说有人走极端执了空呢？"

"空，类似于无形无相；无形无相，不代表没有能量。 无论如何，能量是存在的，梦幻泡影本身也是能量。"

"所以呢？"

"所以，空是被实打实活出来的，也只能被活出来，否则就只是口头禅。 人生是一场真戏，电影是对真实人生的模仿。"停顿片刻，女博士接着说，"人生需要真戏假做，电影讲究的是假戏真做。"

"请问这是什么逻辑？"

"在现实人生中，只有真戏假做，在战略上不那么当真，才能不被过分代入、随时随地超越其外，从而活出更加精彩的诗意。 因此，释迦牟尼才会用梦幻泡影描述这个世界；电影必须真做，才能达到以假入真的艺术效果。"

"也就是说，真的要向假上走，假的要向真上行，然后才能恰如其分，不落这边也不落那边，笃守于中道，是这样吗？"

"还是伟大领袖总结得到位：战略上藐视，战术上重视。"

"不管真戏假戏，大部分人至多算是群众演员，如同田里的一枝麦穗。能够脱离上帝的剧本编排，活出一线独特亮光的人，比凤毛麟角还要稀见。人类的存在说到底不过是宇宙田园里的一茬茬庄稼，上帝随时可以拿八万四千种方式收割，终究是个悲凉与寂寥。"

女博士道："那又怎样？ 上帝也同时在以八万四千种方式播种！ 收割和

播种在同时发生，收割就是播种，播种就是收割，所以，没有收割也没有播种，无生亦无死。 上帝已经收割了几十亿年，这地球上仍然有八十亿人活着，至于别的众生，更是层出不穷、绵延无绝。 就拿蚊子来说吧，它的存在毫无价值，自从有人类以来，人就在想尽办法剿杀它，但是请问，蚊子被剿灭了吗？ 不可能。 这说明生命是永恒的，连有百害而无一益的蚊子都恒常不灭。"

"无死无生的是麦田，对具体的某一枝麦穗来说，意义何在？"

"一枝麦穗里面包含整个麦田，每一枝麦穗的感受都是不可替代的。"女博士盯着我的眼睛望了一会儿，"你的朋友替你吃下面包，你的肚子能被填饱吗？ 你的家人替你吃下草莓，你能品尝到草莓的味道吗？"

"说，继续说。"

"麦田里可能有亿万枝麦穗，但每一枝麦穗的感受都是独特的，也是不可替代的。 人也一样，每一个人对生命的感受都是独一无二的。 人活来活去，难道不是活个感受吗？ 除了感受，还能活什么？"女博士越说越激昂。

"在降临人间的时候，每个人天生都携带着自己要演的人生剧本，剧情已做过编排，因为入戏太深，众生个个都把剧本当了真，演得如痴如醉，这难道不荒唐不可笑吗？ 既然是演员，终归要谢幕。 谢了幕，所谓的感觉又算什么？"

"不。 没有谢幕。 我不生不灭、无死无生，我就是存在、存在就是我！ 我涵括天地、包藏万有，万事万物都是我，谁也收割不了我！ 如果不能如痴如醉地活着，怎么从现实的泥潭里活得出来、活出梦幻泡影的意境呢？ 如果我真实而又投入地活着，我的感受就是真实的，谁能剥夺我的感受呢？ 哪怕扫大街打烧饼，只要专注投入地去做，同时对扫大街打烧饼不去着相，都是伟大而又美好的。"

"谁能当真不着相？ 你能从容不迫地扫大街？"

"如果只有扫大街才能活着，我愿意，而且会扫得开心自在，把自己修炼成扫地僧，你相信吗？"女博士很认真地说完，转身要离开。 好像她的出现就是为了专门把我打捞出虚无。 然而，我无法出离虚无，正是在沉陷于虚无不能自拔的时候，我理解了薛虹对虚无的抵制。

<h1 style="text-align:center">3</h1>

患了自拍癖的薛虹，在女儿出生以后，终于有限度地"退隐"，让女儿做了镜头下的第一主角，她则兼任导演。 她女儿刚刚五岁，她为女儿拍摄的光碟已有一大堆了，那小女孩从娘肚里爬出来、拖着血淋淋的脐带就开始哇哇哭叫着"演电影"了，比妈妈上镜还早。 不过，她很快就被爸爸带走，从而结束了"被演员"的生活。 丈夫和女儿离开后，薛虹愈拍愈上瘾。 对她而言，地球就是个巨大的片场，生活就是每天上演的连续剧，在她的人生中，她时刻都是绝对女主角。 只要还能拍，她就活着；只要活着，她就要拍。 对她而言，只有拍出来的生活才能永恒，所谓永恒就是那些被定格的光碟，她坚信自己会用光碟超越上帝既定的剧本、获得永生。

"这些光碟如果坏掉或者丢失了怎么办呢？"我问薛虹。

"不怕，我找专业人员处理过，都有最安全的云备份。"

"要是黑客把网络破坏掉怎么办呢？"

"不会。 云端设置有最强防火墙。"

"好吧！ 这些资料会保存到什么时候呢？"

"永远。"

"你说的永远有多远？"

"就是，在我死去一万年以后，它还在。"薛虹陶醉地说，"想想看，一万年以后，当观众欣赏着我储存在云端里的全息影像时，会是什么感觉？"

"你为什么对一万年以后的事情如此着迷呢？"

"肉体存活的时间太短暂了，想到自己会彻底消失，我就特抓狂，能留下一点东西保存下来，就可以打败死亡。"

"把自己的人生拍录存档，制成光碟，再备份在云端里，就能抵制死亡？"

"那当然！ 我要活一天拍一天，把我的整个人生都移植到云端里，永远保存着。 我拍故我在！"

"到了永远那时候，谁来欣赏你的表演呢？ 如果没有人观看，不是白拍了吗？ 看来，'我拍故我在'还不够，'人见故我在'才算数。"我很认真地调侃。

"我有很多抖音粉丝。"薛虹回答得有信心。

"那不玩抖音、不发朋友圈，也不曾在任何媒体上留下过任何影像的人，都白活了吗？ 我奶奶活了九十七岁，连一张最简单的照片都没有拍过，她的一生是存在还是不存在呢？"

"当然不存在啦！ 你奶奶相当于白活。"薛虹很笃定地回答。

我对奶奶的感情非常深，于是，愤愤地说："一秒不少地全部拍下来，就不算白活了？ 活着的全部价值就是被人看见、被人记住吗？ 全地球人都记得希特勒，他的人生很有意义吗？"

这时，女博士突然鬼使神差地出现在我面前，莫名其妙地问："你奶奶生了几个孩子？"

"三男三女，六个。"我如实回答。

"至少有六个人会记得你奶奶，你奶奶死了以后，可以活在至少六个人的记忆中。"

"你奶奶的六个孩子又生了多少个孩子？"

"九男五女，十四个。 这十四个孩子又生了二十一个孩子，我奶奶很为她的多子多孙而骄傲。"

"就是说，你去世的奶奶最多可以活在四十多个人的心中。"

"什么意思？"

"像你奶奶这样名不见经传的普通人，只能以生儿育女的方式延续自己的生命，就是人们常说的传宗接代。 一个人最多能够被第三代人记住。 事实上，二十年就可能迭代，如果刨除重叠的部分，普通人的可忆年龄不到一百五十岁，甚至更少。 换言之，一个普通人，最多在这个世界上存在一百二十年左右，这其中有几十年还只是活在几个或几十个人的记忆中，当记得他的人全部死去，他就彻底死了，如同森林里飘落的一片树叶。"

"那一个非凡的人会活多少年呢？"我问。

"一万年不止，也可能永远不死。 只要地球和人类存在，他就活着，比如古印度的乔达摩·悉达多。 悉达多先生没有一张照片留下来，也不曾像薛虹女士那样，把自己的影像资料储存在云端里，然而，他的雕像现在遍布全球，而且还在继续不断地增加中。 瞧，我脖子上就佩戴了一枚他的玉像。"

"那你说，薛虹这个女演员会存在多少年呢？"

"她基本不存在。"

"愿闻其详。"

"一个人之所以成为自己，不是因为他的身体，也不是他留下了多少影像资料，而是因为他思想的光芒。 薛虹的思想没有任何光芒，所以相对于绝对存在而言，她的存在可以忽略不计。"

"她有个女儿，也许她女儿将来能大有作为呢。"

"那与她没有关系，灵魂是独立的，一个人只能自己生出自己的灵魂，否则就等于不存在。"

"可是，她已经把她的人生保存到云端了。"

"无论保存到哪里也还是毫无价值的无效数据。"

"那么，绝大部分人活着都是在创造无效数据吗？ 你这是在否认绝大部分人的存在！"

"绝大部分人根本不曾存在过。 一个人只有从灵魂上生出了自己，才可能在绝对存在层面上存在。"

"请问什么是绝对存在？"

"所谓绝对存在嘛，就是那个不会死的东西。"女博士道。

"别来玄的，你就说你自己是否存在吧。"

"我不生不灭、现生现灭，唯心所现、唯识所变。"

4

很不幸，"镜头依赖症"患者薛虹最后死于乳腺癌。 从她拍录的资料来看，当她把自己当作"绝症表演者"的时候，她的表演欲似乎有效地缓解了她的痛苦与恐惧，于是，她成了她的绝症的观察者和审美者，并把癌症这个致命之殇把玩成了某种程度的"行为艺术"。 连她那被切下的乳房都被她拍得惊艳骇俗，作为标本保存在特制的防腐瓶中，栩栩如生，看上去惊心动魄。

薛虹这种出格的行为曾遭到家人的强烈抵制。 因怀疑她存在精神障碍，家人多次请精神科专家姚大夫对她进行诊断。 姚大夫认为，她的身体已病入膏肓，她的镜头依赖症已无药可救，在她活着的时候，让她随心所欲地做自己热爱的事情，乃是最大慈悲。 于是家人不再干涉她的自拍行为，而且积极配合。 盘桓人世间的最后时日里，薛虹困于病榻之上的时候，每当有人到病房探视她，哪怕探视者是自己的同胞兄妹都必须提前预约，她坚持让私人化妆师先替自己精心化妆，然后才肯见客，整个会客过程都要被镜头拍录在案，她说出的每句话也依然像台词那样精致。 到了生命的最后时刻，她已经不会说话了，却拼尽全力捋捋额前的刘海，力图留下个完美无瑕的特写镜头给摄影机，使自己尽可能死得优雅美丽。

家人依照薛虹的要求，在她失去意识陷入昏迷状态以后，兢兢业业地替她拍录了她生命最后时段的每一分每一秒，作为她最后表演的"作品"。

遗憾的是，在她去世以后，连她的家人都不愿意看她的真人表演秀，她留下的大量光碟堆在她家的地下室里，垃圾一般落满灰尘。她女儿认为，妈妈至死都无法放下演员的身份，演员如果没有观众，乃是最残忍的失败。于是，当精神病专家姚大夫由于研究的需要，想从其家人手中购买那些光碟时，她女儿赠送了全部库存。

姚大夫把薛虹的"写真影像"放在医院的资料室里，每当要给自己所带的研究生讲解表演型人格障碍的典型案例时，这些光碟就会派上用场，总算没有辜负薛虹的良苦用心。不过，她生前可能从未想到过，自己无意之间做出贡献的，居然是她从未涉猎过的医学研究领域。

薛虹不辞劳苦拍出的那些影像资料最后全部毁于一场意外的大火。不知道对于这个世界而言，薛虹是来过还是没有来过，走了还是没走，存在还是不存在。或者也许，她正有滋有味地生活在云端也有可能。

诊断证明书
副联

姓名 范登高

性别 **男** 年龄 35 岁

门诊号 156759

住院号 12169

诊断 **重度精神分裂症**

医师 _____ 医师 _____

日期 ___ 年 __ 月 __ 日

精神卫生中心
诊断证明书

门诊号 156759
住院号 12169

姓名 范登高 性别 **男** 年龄 35 岁，经本院检查诊断为：

重度精神分裂症

症状表现：

因车祸失去了右腿，总妄想和右腿团圆。脑子里有一大群人时时刻刻在吵架，让他感到无所适从。

日期 2022 年 8 月 12 日

第 19 章

用
一条腿
奔向
自由王国

275

世界严确于不确中，一个处之和一是恒整个都重定没有一件定不变人东西的。

1

范登高问父亲：我的腿呢？

父亲范三成犹豫了片刻，低声说：冰柜里冻着呢。

范登高说：那就好。

范登高告诉我，当时他在骨科医院里住了三个多月。 他出了车祸，舍去一条腿，保住了一条命。 截肢时他已清醒，亲自在手术单上签的字，那时候他还没有患上该死的精神分裂症，也还没有住进精神病院，是个正常人。 然而，他却提出了个很不正常的要求，让父亲替他保管好那条被截下的右腿，一根汗毛都不能少。 父亲范三成虽然感到十二分的不解，但还是答应了。他晓得范登高的脾气，不敢违拗他。 范登高却不知道，为了满足他这个匪夷所思的要求，他老爹费了多少心思。 这条腿是他后来走向精神分裂的开端。

那条腿还算完好，是从大腿根朝下一点的位置截掉的。 不截会要命。当时范登高连人带车翻在荒郊野外的深沟里，两天以后才被发现，那条腿被挤压太久，已经坏死。 从手术室里把那条腿取出来以后，范三成就犯了难：一条血淋淋的人腿，怎么保存呢？ 按范三成的意思，随便弄个什么纸箱一装，然后埋掉，等范登高百年以后，重新挖出来，把骨头放在他的右大腿根那里，好歹落个囫囵发落罢了。 范登高无论如何都不同意父亲的意见，他不让烧，也不让埋。　人腿这东西，长在人身上不可怕，截下来离了身子，怎么看怎么叫人发怵，范三成连拿手去触摸一下都心惊胆战。　他就琢磨，一条人腿搁在眼前，为什么如此叫人害怕呢？　动物的腿一点都不可怕，拿佐料卤熟了吃起来喷喷香，他家厨房的冰箱里就随时存着猪腿鸡腿还有羊腿，三天不吃动物腿，他就感觉活得少盐没醋，他就是特别爱吃动物腿。　猪腿是腿、羊腿是腿，人腿也是腿，这腿跟腿咋就不一样呢？　这般叫人发怵的东西，怎么保存呢？　左思右想，范三成从旧货市场弄来只二手冰柜，专门盛放那条腿。他认为，用新冰柜来盛放一条废弃的腿，哪怕是亲生儿子的腿，也犯不着。腿是安置住了，把冰柜搁哪里却叫范三成又犯了难。　一般来说，冰箱冰柜之类的物什都是放在厨房里的，然而，把这只特别的冰柜放在厨房里非常不合适，对儿子的腿来说也不够尊重，当然，放在卧室里更加不妥。

　　范登高自己有套房，由于他长年外出，范三成便把房租了出去，一个月五千块钱房租。　无奈之下，范三成只好咬咬牙，牺牲掉房租，把冰柜搁那里去了。　这样一来，范登高的那条腿便独享了一套房的待遇，没办法，他必须听儿子范登高的，否则范登高会跟他翻脸。　范三成在这个世界上谁都不怕，只怕范登高。　范登高从医院出来，亲眼看到自己那条搁在冰柜里面的右腿，心里才踏实了。　他的房子在二十九楼，最高层，复式的。　范登高喜欢住最高层，跟脱离了凡间直接生活在天上似的，他想要的就是那种待在天上的感觉。　范登高发现，那条腿被保管得非常好，生动如初，不过，它再也不会像昔日那样，欢快地跑跳，悠闲自得地散步了，当然，它亦不会再像从前某些温馨的夜晚那样，被女人温软的小手摩挲爱抚了。　它凄冷孤独地待在冰柜里，如同一头被宰杀的羔羊。　简单地说：这条腿死了。

　　顺便交代一句，范登高喜欢吃他老娘烙的发面葱油饼，范三成隔段日子就来送几张。　有一次，范三成又来给儿子送葱油饼时，无意间看到范登高一边伤心流泪一边自言自语地说："死了，死了，当真死了啊！"范三成吓得赶忙问："谁死了？"

范登高答："腿！"

范三成再看冰柜里的那条右腿时，明白为什么自己会感到那般惊怵了，原来那条腿里面藏着个妖魔，那妖魔的名字叫作"死"。那么，自己不是在害怕这条腿，而是在恐惧"死神"吗？难道说，这条腿就是死神派来的信使吗？想到这里，范三成丢下焦黄酥香的葱油饼，从范登高的房子里落荒而逃。回到自己家里以后，他把冰箱里存放的猪腿鸡腿和羊腿，一股脑地全部扔掉，从此再也不吃动物腿了。所有的动物腿都让他想到范登高的右腿，想到范登高的右腿，他就会感觉万念俱灰。

范登高刚刚三十五岁，身体健壮如一头牛，在此以前，他从来不曾想到过"死"这件事情会与自己有何瓜葛，可是此刻，"死"真切残忍地呈现于眼前，触目可见伸手可及。原来，在上帝那一视同仁的眼里，自己没有任何特殊性，也不享有任何优越的特权。此前，他还认为自己是个非同凡响的雕塑家，可以享受特别优待呢，这让他十分悲伤地想到了一句古话：天地不仁，以万物为刍狗。范登高用手一遍遍地抚摸着那条死去的右腿，一边摩挲一边想：这就是"死"啊，"死"就是这般模样！它不是一个传说，而是确凿无疑的事实，它说来就来，不讲任何道理。他感到万分幸运的是，他的右腿死了，他自己还活着！范登高无比惊奇而又无比欣喜地发现：他并不在他的右腿里，腿是腿、他是他。说实话，发现这一点，他比哥伦布发现新大陆还要震惊。他庆幸地想，如果他恰好藏在自己的右腿里，后果将不堪设想！

2

自己不在自己的右腿里，腿是腿、他是他，这个伟大发现让范登高陷入了极度艰深的困惑之中，好几个月宅在家里不出门，守着那条右腿苦思冥想，结果把脑袋瓜子给想爆了，连他爹范三成他都不认识了。 范三成去给他送葱油饼时，他拿了菜刀要砍他爹，范三成只好送他去了精神病院。 住进医院以后，他还是废寝忘食地思考着他的疑问：既然不在自己的右腿里，失掉了右腿，他还是他，那么，范登高其人藏在身体哪旮旯里呢？ 问题有一大串，比如：范登高和范登高的身体之间是什么关系？ 如果身体彻底玩完了，范登高还存在吗？ 范登高是否可以和身体完全分开？ 如果可以，脱离身体以后，范登高将以什么形式存在？ 范登高恨不得像化学家拿个蒸馏器，把躲在范登高身体里面的那个真正的范登高过滤出来，装在玻璃瓶子里，来仔细地化验它的构成元素，就像居里夫人捉拿镭那个鬼精灵一样。 然而，怎样才能捉拿住范登高呢？ 他想破了脑袋也想不出答案来。

　　少了一条腿以后，所有认识他的人都仍然叫他范登高，派出所的户籍处也没有不承认他，没有因为他失去了一条腿的缘故而通知他去更换身份证。范登高就想，自己那一条健硕的右腿有三十多斤重，如果拿掉一条三十多斤重的腿，范登高作为一个人却一点都不少，那么也就是说，这条腿里面没有包含一丝一毫的范登高，只是一根和猪腿羊腿一样的肉骨头吗？ 自己这一百八十多斤的肉身跟"范登高"其人一点关系都没有啦？

　　范登高倒是肯定，人绝对是有灵魂的。 据美国医生实验发现，灵魂的重量是 21 克，基本相当于一枚鸡蛋的重量。 范登高不明白的是，难道每个人的灵魂都是 21 克重吗？ 要知道有的人灵魂很大，可以笼罩整个地球，有的人灵魂很小，连屁股大的一块地方都盖不严，为什么大号的灵魂和小号的灵魂重量相等呢？ 这不符合逻辑啊！ 难道说灵魂是气体吗？ 哪怕是气体，也要有个地方可藏啊。 既然范登高不在右腿里面，那范登高藏在哪里呢？ 难道说范登高会在胳膊里面吗？ 范登高琢磨着，藏在自己胳膊里面的可能性也不大。 想来想去，他认为，有两个地方最可疑，一个是大脑，一个是心脏。他初步断定：范登高要么藏在自己的大脑里，要么藏在心脏里。 于是问题来了：如果人藏在大脑里，那么脑死亡的人，算是死人还是活人呢？ 范登高问墨镜哥。 由于范登高和墨镜哥在精神病院住在相邻的病房，两个人就成了无话不谈的莫逆之交，经常讨论让人一听就晕的问题。

"这还用说吗？"墨镜哥道，"非死非活的植物人"。

"从法律上讲，把植物人杀死算有罪吗？"

"当然有罪！"

"如果植物人也算是人，那不是承认肉身就是人，为什么我的右腿里面没有人呢？"

"因为你的右腿死了。 如果没死，兴许里面也会有一点人，不可能一点没有吧？"

"那，张三移植了李四的心脏以后，算是张三还是李四呢？"

"当然是张三啦！ 张三只是移植了李四的心脏，大脑还是自己的嘛。"

"你肯定人藏在大脑里？ 万一心脏里面也有一点人呢？"患了精神分裂症的范登高很有把握地说，"我认为人同时藏在身体的两个地方，一部分藏在大脑里，一部分藏在心脏里。"

"证据呢？ 凡事都要有证据吧？"墨镜哥说。

3

接下来，范登高就给墨镜哥讲了一个故事，这个故事记载在《列子·汤问》里，发生在古代名医扁鹊的身上。 说是扁鹊发现，"张三"和"李四"的心脏跟各自的身体都不配套，具体地说：张三的心脏更适合李四，而李四的心脏恰恰适合张三，就好心地替这两个人互相调换了心脏，结果，伤口愈合以后，李四回到了张三家，张三来到了李四家，两个人都根据旧有的心识记忆，理所当然地把对方的家当作自己的家，把对方的妻子当作自己的妻子，但是，两个女人却不干了，都认为闯进自己家里的是一个陌生的野男人，以致闹到了衙门里。　范登高据此相信，人藏在心脏里。

"植物人的心脏完好无损，却没有任何意识，这足以证明，心脏里面没有人，只是一团肉，跟猪心鸡心差不多。　你喜欢吃辣炒猪心吗？　和青椒一起，炒熟以后再淋上少许白酒加陈醋，妙极了！　你吃过这道菜吗？"墨镜哥问。

"如果心脏里面没有人，是什么在决定人的性格和特质呢？　大脑吗？有的人大脑极度发达，却是不折不扣的人渣！　人渣，晓得吗？　人渣通常都拥有极度聪明的大脑，大脑不是构成一个人的重要元素。　心脏里面应该有点人，不然，为什么老百姓会说有的人心肠好，有的人心肠歹毒呢？"范登高对辣炒猪心毫无反应，突然眼睛一亮，问道，"人不会是藏在肠子里面的吧？要晓得，肠子像口袋一样，刚好可以装东西。"

"肠子里装的是屎！　你脑袋进水了吧？"

"那你说，人到底藏在哪旮旯里呢？"

墨镜哥被问得溃不成军，气急败坏地骂道："藏在你娘的脚里！"然后就不管三七二十一，把范登高赶出了自己的病房。　他连续两天两夜不吃不喝不睡觉，掘地三尺地思考范登高提出的那些令人抓狂的问题。　有一天大半夜，他正瞪着两只猫头鹰般炯炯有神的大眼睛陷入深度思考的时候，范登高像梦游症患者一样闯进他的病房，又问了他两个丧心病狂的问题："张三被完全彻底洗了脑以后，还算是张三吗？　一个人虽然没有移植心脏，却像俗话所说的那样变了心，不再是原来的灵魂了，他还算是张三吗？"

墨镜哥被问得愣了一下，又愣了一下，还没有反应过来呢，范登高又抛出了一个更加气人的问题："一个人的心性可能永远保持恒定不变吗？"没等墨镜哥开口，范登高自问自答道，"绝对不可能。　为什么呢？　我自己随时随地都在改变想法，有时候，我后一分钟的想法跟前一分钟刚好相反，事情就是这般邪门儿。"墨镜哥的脸色越来越难看，范登高根本不理会墨镜哥的态度，继续自说自话："既然人的心性时刻都在变化，你今天见到的张三，跟昨天的张三还是同一个人吗？ 到底是什么因素决定了张三是张三，我范登高就是我范登高呢？"

墨镜哥绝望地望着范登高的脸，沉默了两分钟以后，一拳打上去，范登高的鼻子就开始血流如注了。 吃了一记重拳以后，范登高的脸肿得像发面馒头一样，嘴唇也裂开了一道口子，好几天不能说话，不过，这并不影响他夜以继日地苦思冥想。 过了七天七夜，当他嘴唇上的口子差不多长好，勉强可以开口说话的时候，他在第一时间狗改不了吃屎般地冲进墨镜哥的病房，抓住他的衣领，像是要把他勒死一样宣布："我想明白了，决定范登高是范登高的，既不是范登高的大脑，也不是范登高的心脏，更不是范登高的右腿，而是范登高的脸！"

墨镜哥用力挣脱范登高的魔爪，问："你是不是吃错药了？"

范登高得意地说："每一次，当别人需要验明我的身份时，总是让我出示身份证，我仔细研究了一番，身份证上最关键的信息就是一个人的脸。 我就是根据你的脸识别出你来的，我女朋友就是根据我的脸识别出我来的，脸决定了张三是张三、李四是李四，你是你、我是我。"

墨镜哥不耐烦地说："别再装哥伦布了！ 真正的人藏在大脑和心脏里，你却通过脸来确认一个人的身份，这不是胡闹吗？ 如果一个人整了容或者干脆易了容，怎么办呢？ 再说了，如果两个人长得一模一样，比如双胞胎，怎么通过脸确定他们的身份呢？ 一个人既然没有藏在腿里，怎么可能藏在脸上呢？ 腿和脸不都是肉长的？ 他大舅他二舅都是他舅，猪脸肉和猪腿肉都是猪肉！ 如果一个人的脸被烧伤了，他还是他吗？ 如果承认一个面部严重烧伤的人还是这个人，那就证明：人不可能藏在脸上。 你个傻斑鸠，还真拿自己当哥伦布呢！"

4

范登高被骂得一愣一愣的，愣了好几愣以后，很认真地问："那你说，到底是什么决定了我范登高就是我范登高，而不是你墨镜哥呢？"

沉默了三分钟后，墨镜哥苦大仇深地说："猪都晓得，是DNA。"

"这个我早就想到了，还用你说？这是全地球通用的身份辨识方法，但是，我的右腿里面也包含了我的DNA数据，为什么我的右腿不是我呢？既然包含了我的DNA数据的右腿不是我，说明我的DNA不能决定我是我。DNA只能辨识肉身，而人并不在肉身里，既然我肯定不是我的肉身，那么，到底什么决定了我是我呢？"

墨镜哥直愣愣地盯着范登高的脸，严肃地问："你是谁？"

"我是范登高。"

"是谁给你取了这个名字？"

"我爹范三成。"

"他为啥给你取名叫范登高？"

"我妈正在干活时，把我生在了俺村的一块高地上，我爹由此得到了灵感。"

"你想，要是你妈刚好把你生在河滩里呢？你爹就可能给你取名叫范河生，范登高只是个偶然的假借之名，你根本不是范登高，范登高是信手拈来的一个偶然的闪念，就像给汽车挂个牌照一样，别再拿一个牌照说事了！再者，全中国名叫范登高的人肯定不止你一个吧？细查起来，恐怕十个八个都不止。据不完全统计，中国重复使用频率最高的一个名字是'张伟'，共计二十九万人，想想看：中国有二十九万人都叫张伟，这意味着什么？就是说，你必须超越二十九万人，才能使自己的名字获得些微的存在感。事实上，即使不重名，百分之九十九点九九的名字也都将彻底消失。 如果你不能在这一生之中，做出惊天动地的非凡之事，你的名字就会完全被淹没掉，就像水滴淹没在海洋里一样。 你估计，你这一生能活得像拿破仑那样惊天动地吗？"

范登高不假思索地回答："拿个鸟仑！"

墨镜哥循循善诱："也就是说，范登高这个名字从一开始就注定了要彻底消亡，从本质上讲，范登高这个人根本不存在，只是太平洋里偶尔冒出来的一个转瞬即逝的小水泡而已，所以，你不必再打破砂锅问到底了，糊里糊涂混他几十年就完了。 对历史来说，你我都是注定要被忽略不计的角色，所以，我们最明智的做法是，像局外人一样，悄没声息地躲在历史的缝隙里，想吃肉就吃点肉，想喝酒就喝点酒，咋高兴就咋活，让英雄们在那里瞎折腾就行了。"

"你是说，历史都是由英雄们创造的？"

"不。 历史上几乎所有的灾难都是由英雄们创造的，这个世界不需要英雄。 英雄们如果能甘心做个普通人，世界会太平太多，所以，做个普通人就是英雄壮举。 问题是，普通人都像你这样死不瞑目而又不自量力地不甘普通。"

范登高死不开窍地争辩道："不把事情弄明白，我咋着都活不高兴。 我寻思着，就算砂锅被打破了，总还有几块砂锅片的吧？ 我范登高这么一个大活人，难道当真连块砂锅片都不是？ 我就是想弄清楚，砂锅被打破以后，砂锅片去了哪里呢？"

墨镜哥斩钉截铁地回答："根本没有砂锅，哪来的砂锅片呢？"顿了顿，又恶狠狠地重复一遍，"没有范登高，也没有砂锅！ 万物皆是空性。 肉眼所见，皆是幻相。 你、我还有砂锅，都不存在，至多就是一场梦而已，赶快找个凉快地方待着去吧，别再烦我了！"

"既然没有范登高，那我是谁呢？ 就算地球上有二十九万个范登高，那我也是这二十九万其中一个，跟其余的二十八万九千九百九十九个都不一样，我爹只认我一个人是他的儿子，别的二十八万九千九百九十九个都不是，所以对我爹而言，我是独一无二的存在。 这个不是别人的我到底是谁呢？"范登高死不瞑目地问。

"你就是个彻头彻尾的王八蛋！ 明白了吧？"

墨镜哥说着话，伸出拳头来又想揍范登高，范登高吓得一溜烟地逃跑了，从那时候起他的脑袋就彻底乱了套。 他认为人是一种严重不确定的存在，整个世界都处于严重的不确定之中，没有一个人和一件东西是恒定不变的。 或者干脆，根本没有一个所谓的"我"存在，"我"这个字是一个彻头彻尾的大骗局，要么就是上帝的障眼法，人却为了一个"我"字奔波终生，把自己累得像驴子一样，太他妈白痴了。 一想到"我"根本不存在，范登高就变得异常安静起来，像石头一样，坐在那里半天都不动弹。 墨镜哥看到他这样，就问："你这是搭错了哪根筋？ 咋说蔫就蔫了呢？"

范登高也不说话，从地上捡起一片树叶，对墨镜哥说："你能不能给这片树叶取个名字？"

"树叶就是树叶，还取什么名字呢？ 树叶就是它的名字。"

范登高指指眼前的树："那你说，这棵树上有多少片叶子？"

"你这是又犯邪了是不是？ 咋净说胡话呢？"

范登高像自言自语一样说："表面看，这棵树上的叶子不计其数，本质上只有一片叶子。 整个森林里也只有一片树叶。 表面上，每一片树叶都各不相同，本质上，所有的树叶都一样。"

"那又怎么着？"

"表面上，树叶枯了又绿、绿了又枯，本质上，树叶无枯无绿、无死无生。"

"继续发表你的奇谈怪论！ 继续！"

"如果有那么一片树叶，给自己取了个名字叫范登高，认为自己是独一无二的存在，非要出人头地，活出与众不同的名堂来，创造属于自己的丰功伟绩，这是不是很可笑？"

"你这个类比不成立。 与树叶相比，人毕竟是更高级的生命。"

"很可能有一种更高级的生命存在，在这种高级存在看来，人其实也跟树叶一样呢？ 人这种生命当真很高级吗？ 无非吃喝拉撒睡，还能折腾出啥花样来？ 对无限的时空来说，人的一生当真比树叶更长吗？ 左右不过一个瞬间而已。"

墨镜哥被深度代入，陷入沉默不说话了。 范登高低下头来，盯着一只蚂蚁直直地看着，墨镜哥仔细看过去，发现那只蚂蚁正倾尽全力，在搬一块比它的身子大好几倍的面包渣，范登高看了一会儿，嘿嘿地笑了起来。

"你笑什么？"墨镜哥问。

"这只可怜的蚂蚁肯定认为自己在做一件非常伟大的事业。 它终生全部的事业就是面包渣，它却认为，为了一块面包渣，把自己累死也是值得的，而且意义非凡！"

"所以？"

"所以，很可能，有个天人蹲在云彩里，正在偷偷地笑人类呢！ 在天人看来，人类可能也像蚂蚁一样，花费毕生之心力，竭尽全力地搬动着一块面包渣。"

"天人在哪里？ 快醒醒吧！ 要不然，你的脑袋要爆表冒烟了！ 虽然所有的叶子都是叶子，但是，这一片叶子跟那一片叶子终究是不同的，就像我是我，你是你，每个人都独一无二。"

5

"一个捉摸不定的人，生活在一个捉摸不定的世界上，去度过捉摸不定的一生，这太让人抓狂了！"之后的日子里，范登高常常这样叹息。 抓狂之余他病得越来越严重，按医生的话说，就是患上了重度精神分裂症，通俗地讲，就是他的脑子里面有一大群人时时刻刻都在吵架，令他感到五马分尸般地无所适从。

"好端端的一个人，为啥就分裂了呢？"他爹问医生。

"因为他的腿离开他的身体，跟他闹了分裂。"医生道。

一想到那条跟他闹了分裂的右腿，范登高一分钟都不愿在精神病院待下去了，他要回家与他的右腿团聚。 他爹想，兴许他和他的右腿团聚以后，脑袋就不分裂了，他在精神病院住得越久，分裂得越厉害，干吗要给医院白送钱呢？ 于是就给他办了出院手续，让他回家了。 回家以后，范登高看上去倒是当真不怎么分裂了，整天坐在家里守着他那条被截下来的右腿，还跟那条右腿整天整夜地说话聊天唠嗑子，见了他爹却是一言不发，沉默得如同生铁疙瘩。 原本，范三成打算趁范登高住进精神病院的时机，自作主张地处理掉那条该死的右腿，医生却认为，这样做可能导致范登高的过激反应，引起可怕后果，范三成才没敢动它，结果，它代替自己成了范登高他亲爹！ 出院回到家以后，范登高做的最重要的一件事情就是，为那条右腿塑造一颗脑袋，并做成一件完整的雕塑作品。 范登高是个雕塑家，且小有名气，他唯一的遗憾是，迄今为止未获得过重量级的奖项。 他曾经铆足了劲想拿个大奖，此刻他对获奖已经毫无兴致。 皮之不存，毛将焉附？ 既然连他本人都是太平洋里冒出来的一个转瞬即逝的小水泡，获奖算什么呢？ 此刻，他只为他的右腿而工作，这将是他此生斯世抱着最纯粹的动机做的一件最纯粹的雕塑作品。

为了安心工作，范登高关闭了所有的通信工具，让自己潜下心来，精雕细琢地创作。 他首先创作的是范登高的脑袋。 不过，严格说来，这项工作不能完全算是"创作"，他是依照自己的真脑袋来雕塑这颗假脑袋的，用一句不大恭敬的话讲就是"依葫芦画瓢"。 实际上，对待这项神圣的艺术工作，范登高比任何时候都更加专注，正因为特别专注，他欣喜地发现了一个比哥伦布的新大陆还要新大陆的事实：自己活着！ 能够证明自己活着，这对范登高来说是一件非同一般的事情。 在此以前，范登高有许多时候无法确认自己是否活着，他老觉得自己处于半死不活或非死非活的状况，如同会移动的植物人，或者要么就是一台被外力操控的无人机，只是按照既定的程序做着既定的机械运动，只是"被活着"。 由于这种"无人机"状态的长期持续，他常常被折磨得要死不活。 范登高生活中的一切都平平淡淡，对一切都毫无感觉，就是名副其实的行尸走肉。 许多时候他都在考虑，与其这样半死不活地干耗着，干脆让自己彻底死掉不是更痛快一些吗？ 但是，一直以来，他始终不曾遇到契机来完成从生到死的质变跃迁。

现在，他的右腿先于他本人，勇敢地把"死亡"这一行为进行到底，果断而又决绝地结束了半死不活的状态，从而以死亡的方式彻底激活了他剩余的那部分生命，才使他感知到了"自己活着"这一明晰的事实，这对他而言，简直如同再生一般。 此刻，活着的范登高在雕塑一个死去的范登高，"死去"和"活着"是如此的泾渭分明，这很好！ 他再也不用为生死问题纠结了。

6

范登高花费了三个月来雕塑"范登高的脑袋"。 从来没有一件作品让他如此痴迷过。 完成了脑袋的雕塑工作以后，范登高就把那条右腿从冰柜里取出来，剔除上面的有机组织，做成干燥的骨头标本。 他用石蜡雕塑出来一双伸展开来的手臂，然后把手臂安装在那根腿骨的顶端，再把脑袋安装在上面，整个雕塑作品完成以后，呈现一个巨大的十字架状。 具体说来是这样的：那条右腿金鸡独立，上半身由手臂、脖子和脑袋构成，整个造型就像一个人展开双臂稳稳地单腿独立在地上，活脱脱就是个"人体十字架"，他给这个十字架取了个名字叫"登高居士"。

范登高自己也没有想到，自己雕来塑去，创造出来的居然是一个"人体十字架"，而且越看越像十字架。 由于亲手雕塑出来了一个人体十字架的缘故，范登高走在大街上，看到的每一个人都成了一个十字架。 许多时候，他自己都会不由自主地站在自己的屋子里，展开双臂，把自己默默地站成一个十字架。 他在心里想：原来，每个人都是一个会移动的十字架啊。 只要合拢双腿、展开双臂，人就是一个活脱脱的十字架。 他进而想，上帝把人设计成十字架的形状，这是什么意思呢？ 难道人生来就要像耶稣那样，被钉在十字架上赎罪和殉道吗？

雕塑工作结束以后，范登高常会不由自主地陷入迷离与惶惑之中：活着的范登高终有一死，而雕塑的范登高永远都不会死，然而，恰恰因为不会死，所以它永远也不可能活。 那么，死亡难道是生命所必需的背景吗？ 他忽然真切地感觉到，死亡原来是如此慈悲的一件事情。 上帝他老人家真是煞费苦心啊！ 如果它不设计死亡这个程序，生命将何以显现呢？

昂首挺立的"登高居士"一头漂亮潇洒的齐肩长发，下巴上还留着蓬勃葳蕤的大胡子，脸上呈现出一副高深莫测的表情，一瞅就是个酷毙了的艺术家。 诡异的是，这位金鸡独立的大胡子艺术家头部看上去像真人一样，连脸上的肌肉纹理都鲜活而又生动，仿佛只要跟他打一声招呼，他就会冲你哈哈大笑起来，甚至，你递给他一支香烟，他就会津津有味地抽起来，连眼神都深邃而又犀利，仿佛能够直接穿透人心，然而，下面的那条腿却分明就是一根白骨，完全保持原生状态，上帝把它创造成什么模样，它就是什么模样。

上半身看上去是活的，下半身则是死的，一根白森森的真骨头上，顶着一颗高度仿真的假脑袋，这让范登高觉得，自己同时生活在"阴世"和"阳间"两个界面，这很奇妙，亦很诡异，就像自己跟自己捉迷藏一样，又好像是他的一条腿已经踏进了阴世冥天，另一条腿还在万丈红尘里到处颠簸。

幸好范登高位于二十九楼的家是套复式结构的房子，现在，范登高"弟兄"两个分住在那上下两层房里面："登高居士"住在楼上的客厅里，范登高自己睡在楼下。 范登高是个不大讲究物质享受的人，他睡的那张席梦思床已经用了好多年，破旧不堪、吱呀作响，在许多个辗转反侧的漫漫长夜里，范登高都恨不得拿把斧头劈了它当柴烧。 此刻，这张破床在范登高的眼里也不再那么面目狰狞了，无论怎么说，自己活着！ 自从认定自己活着以后，范登高对活着以外的事情完全无所谓，哪怕睡在猪圈里，他也不会多么在意了。范登高曾经有过若干个女朋友，自从被截去一条腿以后，他的最后一任女友也走掉了，理由是她无法让自己接受半个男人。 范登高认为她说得很有道理，自己的确只剩下半个人了。 值得告慰的是，范登高觉得，作为"半个人"的他，比以前活得还要有滋有味，而且吃嘛嘛香，连三块钱一瓶的啤酒喝起来都透心爽。 他对自己说：哥儿们，豁出劲头去，好好地活吧！ 只要暂时还没有被烧成一把灰，就得加倍地活！

7

范三成对儿子范登高在家里保存那条右腿的做法早已忍无可忍了。 他以为儿子从医院出来以后，会依照自己的心愿处理掉那条腿，没想到他不但一意孤行地保留着，还匪夷所思地替那条该死的右腿配置了一颗活灵活现的脑袋，这十足就是恶搞！　每次到儿子的家里去，一看到那个金鸡独立的妖孽，范三成就会气得七窍生烟。　第一次看到那家伙时，他被吓得差点跌倒在地。"那家伙"虽只有一条白骨森森的腿，却比儿子范登高还像范登高。　只长着一条腿的范登高笑眯眯地望着他，仿佛在说："老爷子，我是你儿子，你怕什么呢？"范三成疑惑地看看那个长在腿骨顶端的脑袋，竟有些分不清孰真孰假，只好软硬兼施地哀求儿子，让他把那个妖孽赶快处理掉。

　范登高认真地告诉老爷子，那不是妖孽，是他大哥。　范三成气得火冒三丈，恨不得把那个妖孽拖出房门扔到楼下的垃圾桶里去。　有好几次，范三成刚要动手，却吓得像触了电般把手缩了回来。　那颗脑袋上的两只眼睛直愣愣地望着他，像是在挑衅，又像是在嘲笑他，他甚至不敢跟那颗脑袋上的两只寒光凛凛的眼睛对视。　他感到奇怪，真的羊眼他吃起来连眼睛都不眨，这双假眼倒叫他心惊胆战。　他暗想，只要那条该死的右腿在儿子家里待一天，他权当没有这个儿子，就让儿子拿那条死去的右腿当爹敬着吧！

　范三成不晓得，他的儿子此刻正在偷偷谋划着一个离家出走的方案。　出走是一定的，出走以后要到哪里去呢？　他被这个念头折磨得神思恍惚。　按说，他的日子是别人孜孜以求也难以得到的：在市文联担任着雕塑家协会副主席的职务，享受公务员的待遇，拿一份数目不菲、旱涝保收的工资。　名和利对他来说差不多唾手可得，然而，范登高比任何时候都清醒地意识到，再也不能待在这毒药一般的安适里了，必须走！　那种巧克力般甜腻腻的安适感具有巨大的麻醉性，既然一只脚已经沦陷进去，那另一只脚还会坚持太久吗？　他必须以最快的速度出发，在自己变成一具白骨以前，逃向远方。　也就是在这个时候，范登高突然醍醐灌顶：他最终想要逃离的，其实就是"范登高"这个名字！　他刚出生，父亲就以家长的名义，把"范登高"三个字不容商量地强加到他的头上，然后，这三个字便开始以各种名目绑架他，令他窒息难耐。　此刻他已经被弄得支离破碎只剩下半个人了，难道还要继续听凭摆布吗？ 不，他要摆脱这三个字，奔向自由王国！

　　范登高的名字最后出现在人们的视野里是在一个大型雕塑展上。 在展览大厅里，范登高那条白骨森森的右腿连同那颗高度逼真的脑袋一起，被作为"雕塑作品"摆放在展台上。 参赛作品千姿百态，这并不出乎人们之意料，然而，没有一件作品能像范登高的作品那样，真假参半、生死相契。 作为独具一格的作品，其名字也十分独特，就叫《白骨观》。 这件怪异的作品吸引了众多参观者的目光，那条长了脑袋的白骨腿自然也成了人们议论的焦点。从事物的本质出发，那条腿是真的，但是作为一件雕塑作品的构成部分，它却显而易见是赝品，因为那个腿骨不是范登高亲手雕塑而成，而是上帝的杰作。 那只长在真腿上的脑袋是"假的"，但作为雕塑作品，它却货真价实。

　　评论家们对这件独特的作品兴奋地大发议论，并写出了连篇累牍的文章发表在报刊上，题目也千奇百怪，不过，其关键词也不外乎"真假"与"生死"，"逃离"和"等待"，"永恒"和"瞬间"，"现实"与"荒谬"，以及"死亡"和"十字架"，诸如此类。 那些文章都各显其能地炮制了许多生僻词语，看上去高深莫测云天雾地，最后，正如人们所预料的那样，这件名叫《白骨观》的作品获得了本次雕塑大赛特等奖。 范登高却从头到尾不曾露面，仿佛人间蒸发了一般。

8

　　看到范登高逃离"范登高"，奔向自己的自由王国，我心里充满了羡慕和嫉妒，然而，哪里才是我的自由王国，怎样才能像范登高那样向着自由狂奔而去呢？ 活了半辈子我才晓得，我真正想要的东西就是两个字：自由！范登高只有一条腿，都能奔向自由，我有健全的两条腿，却被拴得牢牢的，这让人情何以堪！ 正当我愁肠百结的时候，消失了"百年"之久的女博士最后一次出现在我的面前，像既往那样阴阳怪气地说道："逃得了和尚逃不了庙。 你以为，范登高当真能逃得脱？ 越跑得远，越逃不脱；真想逃得脱，必须回来。 只要他还在往外逃，他就永远逃不脱。"

　　看到久违的女博士，我再也按捺不住内心的疑惑，直截了当地问她："你到底是谁？ 是真的还是假的？ 在你离去的日子里，我就不敢想到你，一想到你我就会陷入最黑暗的梦魇之中。"

　　"有话直说！"女博士像无赖一样嬉皮笑脸。

　　"你整天神出鬼没，来无影去无踪，医生说你是我幻想出来的假人，现实中你根本不存在！"

　　"那你认为我是否存在呢？"

　　"我早就被搞糊涂了。 有时候感觉你是真的，有时候又相信他们的话，感觉你是我幻想出来的影子。 或者要么你是我的梦中之人？ 难道我是活在一场持续的白日梦中吗？"

　　"你此刻能感觉到我的存在吗？"

　　"我正在跟你说话呢，这还能假？"

　　"也许你此刻正在做梦呢？ 你做梦时知道自己在做梦吗？"

　　"做梦的时候肯定不知道，只要醒来就知道了。"

　　"那你现在是醒着还是梦着？"

　　"当然醒着啦！"

　　"既然醒着，你为啥拿别人小说中的人物较真呢？"

　　"你说的小说人物是谁？"

　　"当然是范登高啊，你以为是谁？"

　　"范登高不是小说人物。 听墨镜哥说，范登高在这医院住着时，他们是病友。"

　　"墨镜哥是谁？"

"你真不认识他？ 就是那个写小说的病人。"

"亏你还知道他是病人！ 一个写小说的精神病人，他连自己是谁都弄不清楚，他的话你也信？ 范登高是墨镜哥幻想出来的人，墨镜哥是个靠幻想虚构自己身份证的人，照医生的话说，我是你幻想出来的影子人，那，你是谁幻想出来的东西呢？"女博士问。

"我是真实存在，跟幻想无关。"

"不，你是你爸和你妈幻想出来的人物。"

"不故弄玄虚你会死吗？ 你咋就是不说人话呢？"

"某年某月的某一天，你爸和你妈动了个情欲之念，于是，一番云雨有了你。 也就是说，你的存在来自一个念头。 试想，那年那月那一天，你爸和你妈如果没有动那个情欲之念，你在哪里？ 你又是谁？ 你会存在吗？ 所以，整个世界都是幻相，连你本人都是无中生有的幻影，你有什么必要质疑我的真与幻呢？ 整个世界都存在于上帝的小说里，你还以为你是真实存在呢！ 你跟范登高一样都是被虚构出来的。"

我大声抗议道："不，我是我妈生的！"

"要不你直接去找范登高本人问问，口说为空，眼见为实。"

"既然范登高是虚构出来的小说人物，我到哪里去找他呢？"

"只要你想见他，立刻马上就能见到。"

果真，范登高立刻马上就出现在了我的眼前，我看到他时，他正在他那套复式楼里认真地烙着葱油饼。 我一边闻着葱油饼香喷喷的味道一边打量范登高，直截了当地问道："咦，范登高，你不是奔向海角天涯，去寻找自由王国了吗？ 怎么又回来了？"

范登高说："到了海角天涯以后我才知道，自由不在外面。"

"那你说，自由王国在哪里？"

"自己的最深处。"

"自己的最深处在哪里？"

"束缚在哪里，自己就在哪里。"

"人们总是习惯到外面去寻找，认为跑得越远，离自由越近。"

"这个世界上最远的距离，就是自己和自己的距离。"

"那你说，心里的那个海角天涯到底有多远？"

"脑与心有多远，它就有多远。"

"怎样才能抵达内心的那个海角天涯呢？"

范登高笑笑："这个，实在太难了。"

"为什么？"

"因为过于简单。"

"请你别像女博士那样故弄玄虚好不好？　你晓得我没文化！"

"我没有故弄玄虚。　越简单的，难度越大；越距离近的，越难以抵达。一个人最终所能抵达的最遥远的地方，就是自己，抵达自己只需要一念之转，事情原本如此。　这一念之转，要多简单有多简单，要多难就有多难。"

"那你寻找到自由王国了没有？"

"当然寻找到了。"

"既然找到了，你为啥还守在家里烙葱油饼呢？"

"正因为找到了，所以我才会守在家里烙葱油饼。"

"自由王国难道就是一张葱油饼吗？"我忍不住笑起来。

"对我而言，确实如此，一张葱油饼里含着整个宇宙仙境。"

我看看范登高的表情，感觉他不像在调侃，于是说："其实，我也非常想像你那样，放下一切，逃到真正的天涯海角去。　请你直接告诉我，怎么才能抵达那个全宇宙里最美妙的自由仙境呢？"

"在你放下执念的那一瞬，你就抵达了。　你一直就厮守在你的宇宙仙境里，从来不曾离开过，只是你不知道而已，在你和你的自由仙境之间，只隔着一个念头。 你哪怕周游了整个宇宙，最终抵达的，只能是你自己。 然后，你回到家里守着自己，不慌不忙和全心全意地——"

"干什么？"

范高登又重复了一遍："不慌不忙和全心全意地——"

看着像电脑死机般卡在那里的范登高，我大声质问："不慌不忙和全心全意地干什么？ 快说！"

范登高腼腆地笑笑，认真地说："烙葱油饼。"

我望着范登高，感觉他在耍我，范登高却推心置腹地说："我在外面流浪了好几年，也没能找到我想要的东西，后来，身无分文之下，又被迫回到了家里。 在我杳无音信的那几年，我的父母相继都走了。 只有在烙着葱油饼的时候，我才能感觉到他们的存在。"

看到范登高如此伤感，我不好意思地转移话题道："你那条保存了好几年的腿呢？"

"我把它烧了。"

"你怎么舍得？ 你爹活着时，你不是怎么都不肯烧吗？"

"我爹被烧掉了，我妈被烧掉了，铁拐李也被烧掉了，我也终将被烧掉，有啥舍不得？"

"你说的铁拐李是谁？"

"就是那个借尸还魂的铁拐李嘛，八仙之首，没听说过？"

"什么借尸还魂？ 没想到你连八仙这么离谱的事情都相信。"

"怎么离谱了？ 八仙都实有其人，个个有血有肉。 铁拐李是个修道的大帅哥，他的元神离开身体去周游世界的时候，他的身体被人烧掉了，他回来以后找不到身体，情急之下，看到了一具刚死的尸体，那个死者生前是个瘸腿乞丐，铁拐李也不嫌弃，就借这具丑陋的瘸腿尸体还了魂，所以他就成了八仙之首铁拐李。"

"这个借尸还魂的铁拐李跟你有什么关系？"

"每个人都是暂时借尸还魂，一副借来的臭皮囊，有甚舍不得？ 整个人都要烧掉，还差那一条腿？ 所以就烧了。"

"你说的不错，终究都要被烧掉。 那你说，拖着这具迟早要烧掉的臭皮囊活着有什么意思呢？"

"借假修真呗！ 来，别想那么多了，还是尝尝我的葱油饼吧。 我出去晃荡了那么多年，上天入地，听说哪里有高人就到哪里去寻道，最终发现，人来到世界上不是为了探索意义，而是为了爱，爱永远比探索意义更重要。就是为了探索所谓的意义，我甚至错过了为父母送终的机会，肠子都悔青了，不要想那么多，还是努力去爱吧。"

"爱什么？"

"爱葱油饼，爱一切。 命运给什么，就爱什么。"

"依我看，还是得探索、得求道，不然哪有能力去爱呢？ 若是不明道，再香的葱油饼吃起来都味同嚼蜡。"说着，我正要去接范登高递过来的香喷喷的葱油饼时，突然听到一声刺耳的猫叫声，我睁开眼睛，发现自己睡在精神病院的一棵大树下的木头长椅上，两只猫正在树上打架。

我睡眼惺忪地朝四处打量，连个人影都没有：没有范登高，也没有女博士，更没有葱油饼。

精神病患者们的脸美到惊心动魄，那才是真正赤裸的人脸。那些外表正常的脸，就是不折不扣的面具。

第 20 章

当画家
来到
灵魂浴场

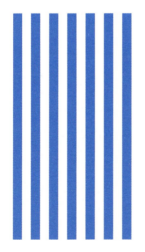

1

没想到我会在医院里看到郑路雨。

郑路雨是宋家悲剧的制造者，导致少女宋蔚蔚由痴恋到疯魔的罪魁祸首，也是我此前的熟人。遇到他以前，我原本打算出院，郑路雨出现以后，我又坚定了做卧底的信念。事实上，在看到郑路雨出现在医院的第一个瞬间我就准备好了"手术刀"，并在心里磨刀霍霍地对自己说：我要像庖丁解牛一样，一层一层地剥开他的灵魂画皮。此后发生的事实证明，我留下来没有离开医院是个英明的决定，郑路雨作为一个臭名昭著的"猎手画家"，极大地满足了我的灵魂探险欲。

郑路雨并非毫无良知，他在国外听说了宋家的事情以后特意赶回来，先去狱中探望了宋达，从宋达口中得知我和姜明心住在同一家精神病院，便来找我，希望我能陪他去看望住在封闭病房里的姜明心，却被姜明心愤怒地一口回绝了。之后郑路雨天天来医院，倒不为探视姜明心，而是替精神病患者们画肖像，他如获至宝般地感叹："精神病患者们的脸个个美到惊心动魄，那才是真正赤裸的人脸。外面那些正常人的脸，就是不折不扣的面具。"他每天沉醉于替疯子写生画肖像，写生的间隙里，我会和他坐在医院的连椅上抽烟唠闲嗑，他挂在嘴边的名言是："美能拯救世界，美就是全部意义和价值！"不过，他对美的理解很特别，我发现，出现在他笔下的女人往往丑到惊世骇俗，然而，恰是在那势不可挡的浩荡大丑里，他捕捉到的却是极其罕见的独异之美。他特别喜欢给女人画肖像，如果把他的美女肖像图罗列出来，足可以办一个大型画展。他笔下的美女初看之下令人惊悚，仔细品味才会发现，个个美到勾魂摄魄。在他的"美人图谱"系列作品中，最使我感到匪夷所思的是一位"骷髅美女"，他用画笔捕猎到了惊世之美。那种美难以言喻，却又石破天惊。必须承认，在看到他的骷髅美女图以前，我从来不知道，"美"具有如此超绝的巨大魔力，我忍不住问："你为什么会对一具骷髅如此兴味盎然呢？"

"我喜欢女人的身体。"大画家回答得直言不讳，"所有神造的天籁美物，都不能企及女人的身体之美，女人的身体是美之巅峰。在禅者眼里，美女就是枯骨，我在枯骨上也能看到美女。"吐出长长的烟圈以后，郑路雨突然问，"你知道那枯骨上的血肉去了哪里吗？"我愕然地望着他，他却并不忌讳，更加突兀地问道："你见过蛆虫蚕食人体的场景吗？"

我惊悚地摇摇头："那种发生在坟墓里面的事情，怎么可能见得到呢？"我想，人死以后，人身上的那几十斤肌肉组织也无非两种结果：要么被烧掉，要么被吃掉。被送进焚尸炉里烧掉的情景我亲眼见过，放在天葬台上被秃鹫吃掉的情景我也算见过，我还真不曾看到过蛆虫啮食人体的场景。

画家没有理会我的话，自顾说道："有段时间，我被那个骷髅美女所吸引，日夜都在想象着美女被埋进坟墓里逐渐化为白骨的情景。上帝做证，我的想象并非空穴来风，我曾经亲眼见过蛆虫围攻人身的惨烈，那样的惨烈令我铭心刻骨。"

据郑路雨讲，那被虫蚁围攻的死者是他邻居家十六岁的孩子。谁也不曾料到，眉清目秀的少年如此刚烈，因受了母亲的一顿羞辱，气极之下竟然喝掉了半瓶农药。赤日炎炎的酷暑盛夏里，刚刚死去十几个小时，家人还未曾来得及替他做好墓穴，蛆虫的大军已经迫不及待地披挂上阵了。在郑路雨的组图中，蛆虫的大军从孩子的肚腹内部滋生，争先恐后地冲出体外，锣鼓喧天地攻占着他的肌体之城堡。鼻孔、耳朵和口腔都成为"虫军"的通渠大道，它们肆无忌惮地出出进进、蚕食瓜分，如入无人之境，家人情急之下，拿出白布把男孩兜头盖脑地缠裹起来，于是，男孩就变成了一只巨大的白虫。"男孩下葬以后，好长一段时间里，我的眼前始终顽固地晃动着那只被生白布缠裹而成的巨大白虫。为了摆脱它的阴影，我创作了几十幅作品，每幅都以男孩为题材。"郑路雨沉醉地抽了几口烟后问，"你知道虫蛆疗法吗？"

"还真没听说过。"艺术家的脑袋比疯子还不可捉摸。

"泰国有一种人工培育的药蛆，把它们放进病灶，它们就可以吃掉人体内坏死的组织。认识了这种药蛆以后我想，白虫们把死者的身体蚕食掉，那是在度化死者吧？它们干干净净地剥离死者沉重的肉身以后，死者的灵魂就会脱颖而出，变成蚕蛾飞舞起来，直逼无限云端了。虫子是在替灵魂驱除负累，灵魂就是展翅欲飞的蚕蛾！所谓死亡，可能就是摆脱肉身桎梏的再生之旅。"

抽了几口烟以后，画家像哲学家一样得出结论说："爱就是死，死就是生，生就是爱。"顿了顿，又问，"你看到过我画的蚕蛾欢爱图了吗？"

我说："这个不用看图。我奶奶喜欢养蚕，我观察过蚕蛾欢爱的过程。交配对蚕蛾而言，既是生命的高潮，也是死亡的礼赞，它的一生由蚕而茧、由茧而蛹，最后冲出茧壳，化蛹为蝶，每一个阶段都是生命的蜕变与升华，冲出茧壳的雄蛾和雌蛾只要一息尚存，就会竭尽全力地疯狂欢爱。"

郑路雨接口道："只有目睹过才会相信：那样的欢爱才真正堪称要死要活、不管不顾。欢爱过后，雄蛾当即就地死亡，雌蛾产下卵子，完成生命的繁衍，悲壮地追随雄蛾而去，用它们弱小的身躯吟唱出可歌可泣的生命交响曲。"

"向蚕蛾致敬！"我故作调侃，心里却是电闪雷鸣。

2

亲历邻家男孩生命毁灭的过程后，画家郑路雨开始关注起死亡这个课题，进而研究起动物们的欢爱细节。也是在这样的研究中，他发现了"死"和"爱"之间的紧密联系："起初刚发现这个事实的时候我吓坏了：这世界上许多动物都以交配作为生命的最高峰，交配即预示着死亡，这以死亡为代价完成的欢爱恰恰又预示着新一轮生命的诞生。在动物身上，欢爱、死亡与生命，这三者像链条一般紧紧联结，而且环环相扣、缺一不可。完成欢爱当场死亡的动物，有工蜂、大马哈鱼，还有我们最常见的萤火虫，这些动物拼却一死也要顽强地寻求欢爱的机会，明知道爱就是死，也丝毫不会退缩。"

画家笑笑，"最毒莫过妇人心，这句话指涉的是女人，实际上在动物的欢爱之举中却体现得最为真切。"画家又笑了笑，"请不要误会，我完全没有贬低女性的意思。千真万确，完成交配即刻死亡者多为雄性，雌性动物往往心狠手辣、薄情寡义。那种名叫黑寡妇的雌蜘蛛实在歹毒无比，向它求爱的雄蜘蛛稍不称意，就可能被它毫不犹豫地像面包一样即刻吞食掉，尽管如此，雄蜘蛛依旧会大义凛然、前赴后继，头一个求爱者被血淋淋地刚刚吃掉，第二个又会毫不犹豫地冲将上去。对雄蜘蛛而言，生命存在的价值就是交配。先出生，然后一天天成长壮大，再然后，处心积虑地寻找交配时机，最后，在交配的婚床上壮烈牺牲，成为爱人的腹中美食。刚开始我怎么都不能理解，心说：上帝创造出这样的白痴生灵来到世界上，究竟用意何在呢？后来我慢慢领悟到，这恰恰正是生命的壮美。雄蜘蛛心甘情愿牺牲自己，就是为了生命的延续。为了生命的延续，小小的生物们简直不择手段，相对于母螳螂来说，黑寡妇蜘蛛几乎可以算作温良贤淑的好女人呢！"

郑路雨打开电脑，让我目睹了比黑寡妇蜘蛛更加心狠手辣的母螳螂的"恶行"，我吃惊地看到：母螳螂选中自己的情郎以后，一边与之交配，一边津津有味地啃食其脑袋，体能补充与做爱消耗一时齐发，美妙欢爱和残暴虐杀同频进行。 交配刚拉开帷幕，母螳螂先下嘴为强，先大刀阔斧地咬掉爱人的头颅，然后一边欢爱一边享用美食：下体不管不顾疯狂欢爱，嘴巴鲜血淋漓吞食啃啮，情欲快感和口腹满足此激彼发、恶与美相得益彰，那情那景才真叫作惊心动魄！ 我一边流着冷汗观看一边想：手挥大刀的母螳螂可能深深地懂得，欢爱的满足一旦抵达，即预示着厌倦，这是女性在劫难逃的命运。因此，它爱得霸道，亦爱得狠辣决绝，爱谁就把谁吃掉，疯狂欢爱和大快朵颐两不耽搁，欢爱完毕之时，爱人的躯体已葬身己腹，爱情的结晶亦踏踏实实孕育于体内，雄螳螂压根儿不存在移情别恋的机会，因为已经化作雌螳螂的腹中美餐！ 这样的爱情才叫作"绝爱"！ 看来小小的动物比人来得痛快。 我仿佛看到，英姿飒爽的黑寡妇女士和母螳螂夫人一边潇洒地挥舞爱情砍刀，一边对着扭捏作态的人类哈哈大笑。 不过，科学家得出的结论相当令人扫兴：母螳螂如此歹毒并非缘于爱情，只为孕育。 它在交配伊始率先吃掉爱人的脑袋，为的是破坏其脑神经抑制功能，以便使其精液能够更加充分地被自己的身体接纳，从而保证新生命的孕育，那雄螳螂被咬掉脑袋以后，下体还会继续拼命抽动，从而悲壮地完成新生命的缔造。

郑路雨忍不住感慨："我相信，上帝拿这小小的生灵演绎出如此绝唱，只为了向世界昭示生命的伟大。 如果没有生命，宇宙的存在有什么意义呢？"

"应该说，没有人这种具有感知能力的生命的出现，宇宙有什么意义呢？ 人才是一切的出发点，没有人的观察和感知，所有的存在都相当于不存在。"我忍不住为人辩解道，仿佛是，那些小小生物表现出来的悲壮大大地挫伤了我作为人的尊严。

"是啊，人就是存在的终端，人就是上帝的显示器和代言者，或者干脆直接就是上帝的化身。"

3

坐在精神病院的草坪上，抱着郑路雨的手提电脑一幅幅地欣赏着他的画作，我感到自己正在接受不折不扣的"艺术疗愈"。他的艺术兴趣很奇特，在他的作品里，大量呈现的是奇奇怪怪的动物交配图。我冒昧地问："为什么你对动物的欢爱之事情有独钟呢？"

郑路雨坦然回答："你不觉得这些小小的生灵非常伟大吗？有时候，它们简直伟大到厚颜无耻！"郑路雨点燃一支香烟，一边吞云吐雾，一边津津有味地讲着小生灵们那令人称奇的无耻行径："为了得到欢爱之机，确保雌性怀上自己的种脉，雄性动物们使出的鬼花招真是堪称卑鄙无耻，就说雄性臭虫这阿物吧，简直就是不折不扣的色鬼加流氓。蝾螈你知道吗？看上去就像壁虎一样的小东西，猥琐到让人无语，比最无耻的男人都不要脸得多。"画家大笑着说，"我不是在替男人开脱，雄蝾螈干的那勾当男人当真干不出来：为赢得交配机会，它不惜伪装成雌性勾引它的情敌，等情敌累到精疲力竭时，它才会撕掉面具，与自己心仪的蝾螈姑娘大肆缠绵。呵呵，小家伙们也懂得以其人之法，还治其人之身，运气糟糕的话，它遇到的可能也是一只伪娘，活该他自作自受！"郑路雨又笑了笑，"还有些小生灵的交配招数奇葩到令人难以置信，我常常想，只有上帝才能设计出那样的工具和招式，我心悦诚服地承认：上帝是个名副其实的鬼才，他的设计鬼斧神工，非人力能及！"

令画家郑路雨拍案叫绝的是一种雄蜻蜓："想象不到吧？这种蜻蜓的生殖器内天生携带着一只小钩勺，这只小勺子不是为了钩杀雌性，而是为了将其他雄蜻蜓的精液从雌蜻蜓的体内掏掘出来，以便留下自己的种子。 瞅瞅这德行！"弹掉一小截烟灰以后，郑路雨说："蝴蝶，形貌够美丽了吧？ 也不是什么好东西！ 尤其是雄蝴蝶，为了防止配偶被其他雄蝶染指，欢爱过以后，它会分泌出一种特殊物质，将雌蝶的生殖孔堵住。"郑路雨重新点上一支香烟，总结道："事实证明，与人类相比，那些小生灵对待爱情义无反顾到舍生忘死，许多动物为了终生只有一次的欢爱，情愿以搭上性命为赌注，过把瘾就死！"

"你活得也足够痛快嘛！"

画家皱皱眉头，现出少有的严肃："目睹喝农药自杀的男孩被蛆虫疯狂围攻，对我的影响实在太大了。 男孩被埋掉以后，我连续多日夜夜噩梦，梦见白色的蛆虫像千军万马向我围剿而来，我几乎被该死的梦魇折磨致死。"

"命中注定，人的肉身终将成为蛆虫的盛宴。"我忍不住恶毒而又自嘲地哈哈大笑起来。 心想，蛆虫是这世界上最卑贱的生物，偏偏，自称为万物之灵长的人类的肉身，最终却要败给最卑贱的蛆虫。 无论怎般国色天香的一身好肉，最终都是蛆食，上帝的设计不只是吊诡，简直就是天大的讽刺。

见我笑得张狂，郑路雨也笑了，恶狠狠地说："自那以后，我开始变本加厉地热爱女人的身体，爱到敲骨勒髓。 我把女人的天赐之美化作颜料倾注于笔端，直到那夺魄之美定格在画布上，才会暂时忘却蛆虫的叫嚣。"

郑路雨是为着蔚蔚的死特意从美国飞回来的，可他绝口不提蔚蔚，只一心沉醉于替疯子们画肖像，难道，宋蔚蔚的生命还不及这些陌生病人重要吗？ 我心怀疑惑。

4

这一天，郑路雨又在精神病院的廊道上捕捉到了一张疯子的"裸脸"，他有些欣喜地问我："你知道他叫什么名字吗？"

我笑笑："名字只是个符号，真有那么重要？"

"为了这个符号，有人不惜把性命都搭上呢。我有次出差，不小心把所有的证件丢掉了，愣是被关在机场治安处，直到单位派人来做担保，才把我认领出来。在那段时间里，我没有任何办法可以证明我是谁。那时我才明白，名字就像一把钥匙，它打开的是一个人的整个人生小宇宙。"

"并不是每个人都想拥有名字，况且，一个人当真能拥有名字？只是暂时使用而已，名字的有效期非常短暂。地球上目前生活着八十亿人，曾经在地球上活过的人口是这个数字的十三倍，这千亿人中，有几个人能把名字留下来？除了名垂青史的极少数人，千亿中的其余所有人都终将失去名字。远的不说，请问你知道你爷爷的爷爷叫什么名字吗？郑路雨这个名字虽然印在你的身份证上，你当真以为你能拥有这三个汉字？在时间的长河里，你也必将弄丢自己的名字，就像李朝阳处心积虑所希望的那样。"

"李朝阳是谁？"

"你正在画的病人，一个千方百计想要摆脱自己名字的人。"

李朝阳病得很奇怪，他害怕自己的身份证以及和身份证相关的所有信息，他最初发病的表现是：处心积虑地想要销毁和藏匿自己的身份证，只要发现一丁点有关他本人身份的信息，他就会崩溃发作。他不能去银行取钱，不能乘坐飞机和火车，凡是需要出示身份证的事情，他一概规避，好像是，他要以没有身份的身份活下去。如果有人不小心叫到他的名字，他就会如临大敌一般发作起来，住在精神病院里，大夫和护士也只能叫他"5 房 13 床"，简称"513"。他家人曾经试图帮他改名换姓，申请办理一张新身份证，无论替他取什么名字他都坚决不要，让他自己替自己取名字，他亦不肯，他就是坚决拒绝拥有名字，好像是：只要拥有名字，就需要承担一份罪责，他坚持要以"谁都不是"的身份苟且偷生于人世。他以疯子的逻辑天真地认为，只要没有名字就万事大吉，连上帝都拿他没奈何。

"在他身上一定有很特别的事件发生过。"郑路雨断言。

"医生也这么认为，但是，没有任何人能以任何方法知道，他到底以李朝阳的名义做了什么事情，导致他必须放弃名字。"

"既然没人知道，他害怕什么呢？"

"起初我也这么想：没人知道的事情，就等于没发生过。"

"从法律的角度而言，就算有人知道的事情，找不到证据，也相当于不曾发生。"

"不，李朝阳的病说明了，只要是人做过的事情，就不可能没有人知道。"我反驳道。

"你这话太绝对，有些罪犯就是能把案子做到天衣无缝。"

"哪怕是所谓的完美犯罪，只要是人做的，仍然有人知道。"

"谁？"

"作案者自己。"

郑路雨沉默良久，说："这倒也是。除非脑壳坏掉，一个人永远清楚地知道自己做了什么，没办法自欺。"

"一个人对存在做了什么，存在就会对他回应什么，宇宙是全息的。当别人不知道时，仅仅意味着做了恶事可能侥幸免除法律的讨伐，而法律只是最低一级的惩处，法律之上还有个天道，法律可能存在诸多漏洞使人有隙可乘，天道绝对无漏。所以，无论李朝阳把自己改成什么名字，他都没有办法不知道自己所做的事情，只要他知道，这件事必然对他产生影响，他在劫难逃，这叫天刑，他出现在精神病院，就是最好的佐证。"

郑路雨笑笑："两眼一闭，万事皆休，就可以不知道了。"

"这话只是自欺欺人，存在没有那般好糊弄！人的两眼闭上了，存在的眼睛不会闭上，自己做过的事情，会以灵魂基因的形式刻在自己的灵魂芯片上，下一世还会携带而来，并对其产生极大的影响，这就是人们常说的'业力'，万般带不去，唯有业随身嘛！"

"你所说的业力，到底是什么意思？"

"就是一种存在于意识最底层的驱动力，像魔咒一样，牵引着人的行为与命运，使人要么走向福、要么走向祸。直白地讲，就是命运的深层势能。这是存在的微妙设计。表面上，每个人都是独立自主的，实际上，每个人都是被业力操控的一台肉体计算机，这计算机的芯片时刻都被自己的念头与行为刻写着，刻写和携带在灵魂芯片上的信息，就是业力的源头。"

"存在、存在！存在跟你有半毛钱的关系吗？你就是太不接地气了，才会把自己整进精神病院里！"郑路雨忽然失态地数落道。

"谁能逃避存在，谁又能欺骗存在呢？你能存在于存在之外吗？不然，你为什么从美国飞回来？难道是法律把你强行召回来的不成？"

"照你这么说，根本就不需要法律了。"

"法律是最低一级的约束。"

"被判处极刑也算低级？"

"极刑只是消灭了一个人的肉体。如果他是报复欲极强的人，而且没有悔过之心，极刑只能使他下一世更加疯狂。"

"怎么对灵魂进行升级改版呢？"

"农民在种麦子的时候，通常都不会拿自己上一季收的麦子当麦种，而是花钱去专门的种子公司购买麦种，买来的麦种是经过专家精心研发出来的，它祛除了现有麦子中不好的基因，有意识地培养了其良性基因，会使麦子一代更比一代强。"

"人跟麦子有可比性吗？"

"人比麦子高级三万倍，麦子能这样从基因深处升级迭代，人反倒不存在灵魂的升级吗？难道说，一个婴儿纯粹就是个肉团团，他出生的时候，根本不携带任何灵魂基因，当真就是一张白纸、一个肉体空壳，这可能吗？"

"你究竟想表达什么意思？"

"婴儿出生的时候，表面上一无所知，实际上他是有灵魂的，他的灵魂绝对不是一张白纸，而是像电脑芯片一样，灵魂芯片上携带着海量的信息，这些信息基本上决定了他的人生和命运。你以为，有的人像你一样成为画家，有的人成为建筑师，这是纯粹的偶然吗？"

"你这不是宿命论吗？"

"宿命绝对存在，但，命之外，还有个运，命运是可以改变的，就像麦种可以升级一样。"

"如果能把你说的那个天生携带的灵魂芯片打开，把上面刻写的信息直接激活，小孩子们哪里还需要从 ABC 学起呢？"

"ABC 只是知识和技能，是必须重新学习的。灵魂携带的不是知识和技能，而是基因密码。这些基因不会像知识那样被直接提取，但是会被不知不觉地活出来。就像是一棵杏树长着长着就结出了杏子，而不会结出桃子；一株玫瑰长着长着就开出了玫瑰花，而不会开牡丹花。江山易改禀性难移，说的是人。酒鬼下一世想要不做酒鬼，必须具备极高的觉知性，否则成为酒鬼的可能性超级大。"

"这么说，一个婴儿长着长着就成了酒鬼，另一个婴儿长着长着就成了歌唱家，都是命中注定的事情啦？"

"肯定有命中注定的因素。如果能够有意识地祛除不好的东西，发挥好的基因，扬长避短，人的命运就可以得到升级性的改版了，否则，只能是恶性循环式的迭代复制。"

"照你这么说，一个人所做的一切都会携带进灵魂种子里，世世代代伴随着自己。"

"除非有意识地去清理灵魂种子，否则很难超越。"

"怎么清理？"

"像农科所的育种专家那样，把灵魂芯片上那些不好的基因一点一点地清除干净，然后再把那些优势基因发扬光大，使灵魂的种子代代升级、向好而生。"

"你说的好像是，如果灵魂是一台电脑的话，要设置最强杀毒软件，清理掉暗藏的黑客病毒，再重做系统，把自己的灵魂 CPU 升级到最高版本，然后人生运行起来就可能相对顺畅一些，命运也会好一些。"

"差不多是这个意思吧，直白地讲，就是修行。"

"我一向认为，修行都是出家人的事情。"

"不。 所谓修行，就是时刻修正自己的念头与行为。 每一个人都需要通过修正自己，从而升级灵魂版本，使自己走的时候，比来时更接近神性一些，这是人来到世界上唯一值得做的事情。 唯有如此，人也才配得上被称为人。"

"一个坚决拒绝名字的人，究竟是什么状况呢？"郑路雨问。

"你是指李朝阳吧？ 我认为，他做了不好的事情，尽管没有别人知道，但是他自己无法忘掉，他天真地认为，只要摆脱名字，就可以摆脱那件事情了。"

"拒绝名字肯定要被社会开除出局，名字首先是社会符号。"

"所以，李朝阳只能作为病人以 5 房 13 床的名义住在医院里接受治疗，直到他认领自己的名字，才能回归社会。"

"他如果一辈子都拒绝认领呢？"

"他的拒绝对社会无效，他的所有证件都在佐证着他的名字。 哪怕他当真摆脱掉名字，也摆脱不掉属于他的业力：万般带不去，唯有业随身。 无论他有没有名字，叫什么名字，他造的业力，都会始终影响并作用于他。"

郑路雨突然笑了起来，意味深长地说："想摆脱名字，移民到另一个国家就可以了。"

我望着他，忽然恍然大悟："那，你在美国不叫郑路雨吧？"

"在那个陌生的国度，我的名字只是几个字母组合成的音节：Luyu，我用几个英文字母覆盖掉郑路雨，郑路雨便与我无关了。"

我望着眼前这个美国名叫"Luyu"的男人，忽然感觉他跟"513"一样可怜。 每次看到"513"坐在走廊上呆呆地抽烟，我就会想，他所有的挣扎都是徒劳。 如果他当真做了见不得人的罪恶之事，他就会受到上帝设置在人的内在的那个"天刑机制"的惩处。 郑路雨把自己变成了美国的"Luyu"，当真就能忘记他曾经做过的事情吗？ 一个名叫宋蔚蔚的妙龄少女因为他而发疯致死，这件事情天知地知神明知，他郑路雨哪怕变成"Luyu"又岂能不知？ 如果他真能做到不知，他千里迢迢地飞回中国，天天泡在这精神病院里干什么呢？ 在我看来，他用画笔捕捉到的每一张疯子之脸都是宋蔚蔚，连他自己都没有察觉到，无论他在画谁，他都在画宋蔚蔚，宋蔚蔚以死亡的方式拷打并占据着他的灵魂，他此生都将无法摆脱，这跟他叫什么名字没有关系。

5

在滞留国内的那段日子里，郑路雨除了最必要的走亲访友，绝大部分时间都泡在精神病院里写生，像上班一样，早上来晚上走，他笔下已经出现了一系列的"疯子脸谱"写生图，每每捕捉到一张新的因极度扭曲而充满"艺术特质"的面孔时，他都如获至宝。 对郑路雨而言，那些患者都是难得的灵魂模特。 面对这些可怜的"模特"时，他心里当真没有一丝悲悯吗？ 我相信，在艺术之上，一定有一道炫目而又温暖的亮光存在，没有那道亮光的照耀，艺术终归不过是一种技艺，再炫目的技艺也还是技艺。

有一天，当郑路雨又对我大谈绘画技艺时，我撇开他那貌似高深的技艺，质问他道："自己对自己不认账，那账就会被存在抹杀掉吗？　一个人就算逃到月球上，当真能摆脱自己的良知之眼？"

郑路雨漫不经心地说："为了逃避罪责，有人变性、有人易容，这一切都只能糊弄别人，要糊弄自己，还真没那么容易，人皮当真难披啊。"

"唉，怎么说呢？　跟疯子们长期朝夕相处，我感觉，'人'就是个未完成的生命存在体，比动物略高、远比神低，人这种生灵处在神与动物的中间状态。　正像尼采说的那样：人是一根绳索，系在超人与动物之间。　人处在这两端之间，终生都在苦苦挣扎。　老顽童说得不错：人在这万丈红尘里变本加厉地瞎倒腾，无非花样作死而已。"

"老顽童是谁？"

"你饶了我吧，我懒得说他。"

"什么情况？"

我苦笑一下："情况嘛，是这样的：老顽童是这医院的一个长期病号，已经住进来快十年了。　十年以前他就忧心如焚地断言，地球快要被人活活地折腾死了，地球万一死掉，人类怎么办呢？"

"是啊，这的确是个难题。"

"于是他就把自己愁疯掉了。　哪怕住进医院，他也能在青天白日听到地球呜呜咽咽的哭泣声，他认定地球已经奄奄一息，如同砧板上的鱼，单等着被人类开肠破肚下油锅了，而人类发明出来的所有高科技产品，都被他简单粗暴地用四个字概括为'花样作死'。　他一个人躲在角落里日复一日地钻木取火，他的梦想是通过钻木取火回到原始社会去。　他的主治大夫想尽办法要他明白，无论他的钻木取火术多么高超，都不可能再回到原始社会，只能与时俱进地生活在这个花样作死的美好时代里。　可他坚定地相信：只要自己肯努力，就一定能够完成逆向穿越，成功回到不作死的远古时代。"

"我完全同意老顽童的看法！"

我两眼直勾勾地盯着郑路雨，严肃地问："你在美国生活多年，见多识广，你说，上帝把人这种严重病态的生物放到宇宙间，究竟是什么意图呢？是不是像老顽童认为的那样，人一直忙着在花样作死，唯独把完成自己作为人之存在这个最首要的命题，给忘到九霄云外了呢？"

郑路雨回答："你说的一点不错。人类已经花样作死到登峰造极的程度，自己快要把自己玩完了。"

6

郑路雨的确是个美的狩猎者，哪怕一鳞半爪的美他都能紧抓不放。他甚至猎获过一个美丽超凡而又超级搞笑的颅骨，这个颅骨在地下的泥土里待得太寂寞了，居然自己从坟墓里跑了出来，被郑路雨逮了个正着。郑路雨判断不出那只颅骨在地下沉睡过多少年，也不知因了什么缘故而暴露在光天化日之下，只能判断出它的性别是女人。它从土里出来，不可避免地被填满了泥土，耳朵和眼窝里、鼻孔还有口腔中，但凡呈现窟窿孔隙的地方，全被泥土塞满。有泥土的地方，自然有生命萌芽绽放。在那个偶然的春天里，郑路雨偶然之间邂逅那只颅骨时，它的每个孔窍里都开满了姹紫嫣红的花朵，以致郑路雨误以为那是一只被弃置在荒草之间的"花篮"。郑路雨被这只"头颅花篮"深深地吸引，于是，把它捡起来带回自己的画室，创作出了一幅幅曼妙的作品。从郑路雨的画作来看，颅骨的两只耳朵里开着花，眼睛、鼻子和嘴巴里也都开着花，甚至，在颅顶小骨缝隙里也盛开着妖娆的花朵。花朵们红黄粉白、鲜艳欲滴，于是，那只头颅骨就成了十足的"花冠"。我想，那位无名死者决然不会想到，自己的颅骨被埋葬许多年之后还能够重见天日，而且以这样浪漫的姿态重现人间。

"你不愧是一位猎艳高手！连死去多年的美女都逃不脱你的眼睛。画了那么多幅头颅花冠图，你不会是爱上了那枚头颅骨吧？"我忍不住调侃。

　　"嘿，还真是爱呢。你想啊，一个人，死了那么多年以后，丢掉身躯，单独让脑袋戴满鲜花从泥土里钻出来，那样热烈地绽放在荒郊旷野里，这是怎样的浪漫啊。我喜欢浪漫的女人。女人必须浪漫，必须的。"

　　"你说的不错。如果一枚埋在地下的颅骨都如此地热爱生活，活着的人有什么理由拒绝生活呢？活着就是一切，生命就是王道。哪怕作为人所不齿的疯子而活着，也应该不顾一切地欢庆。除了欢庆生命欢庆爱，活着还有别的意义吗？"我忽然孟浪地大笑起来，记忆中有许多年之久不曾这么笑过了。

　　"我是在蔚蔚疯癫以后，才意识到，我眼里只有美，反倒被美蒙蔽了双目。人总是这样，哪把剑最锋利，必伤于哪把剑。我能从枯骨上发掘到美，唯独看不到美后面那活生生的人。也是到这时我才明白，为什么我只是个画匠，成不了真正的艺术家：我眼里没人，我把自己的人活没了，我就是一架无人机啊！"在精神病院写生期间，郑路雨绝口不提宋蔚蔚，这是他第一次说出"蔚蔚"这个名字。我错愕地抬起头来，看到他热泪盈眶。他显然是不愿意让我看到他的失态，装作在看空中盘旋的鸽子，漫不经心地说，"庸常的凡俗之美不能满足我的审美贪婪，我想要捕捉的是最炫目的极光之美。极光是一种魔光，当人的双目被美的极光攫住时，不可能不盲视，这道理很简单。然而愈简单的道理，愈需要付出惨痛的代价才能领悟到。也许，临死的时候，一个人所能领悟到的最高真理恰是最简单的常识。可是，谁能相信呢？人人都想当然地认为自己了悟常识，却不知道，最简单的常识才是最难抵达的真理。"

　　天空有鸽哨响过，郑路雨望着头顶盘旋的鸽群说："蔚蔚疯掉以后我才意识到，我从来没把女人当人。在我的眼里，女人只是我发掘美的资源载体。我贪婪地拿画笔把美的精灵捕捉到画布上以后，女人就跟我毫无关系了。你知道毫无关系是什么意思吗？"

　　我闭上眼睛，从心底深处体味着"毫无关系"这种绝望，良久，才道："也许人类必须做好准备，做宇宙的绝对孤儿。我们已经离家太远，跟一切都毫无关系了，甚至，我们跟自己也毫无关系，这已经出离悲惨，不足为奇了。"

　　灵魂深处的某一根弦似乎被深深地触动了，郑路雨说："毫无关系是这个时代所有人的存在真相，可蔚蔚她不认这个账。"

　　"不。不是她不认账，是她的灵魂温度太高，还不曾冷却到冰点以下。她还在傻傻地相信爱情，她的灵魂还没有被钙化，这就是她的全部悲剧之所在。"

　　"在床上相遇的只是彼此的身体，两个人完全陌生。我不曾对宋蔚蔚那个人了解丝毫，也压根不打算对她做任何了解。一个小姑娘，有什么好了解的？我感兴趣的只是她那少女的胴体，连那一点兴致也很快就消散净尽了。"

　　郑路雨不断地抬头向天空望去。鸽群还在空中盘旋，我盯着鸽群，恍惚感觉，它们不是鸽子，是蝙蝠！是的，蝙蝠的灵魂此刻就依附在鸽子的羽翼上，它们此刻就是蔚蔚的蝙蝠。蔚蔚被作为疯子孤零零地锁在自家别墅顶楼的时候，陪伴她的只有窗檐下的蝙蝠。听到蝙蝠啾啾，她木雕般的脸上就会露出惊喜的微笑，她的灵魂和蝙蝠是相通的。是不是，蔚蔚知道把她的血液点燃成熊熊烈焰的郑路雨，此刻就坐在精神病院的桂花树下，才会在我们的头顶徘徊不去呢？

没有激情的荡漾，身体同木头，无论多么美的形体，都毫无生命可言……美就是艺术的良知，美可以拯救世界。

第 21 章

你不觉得
整个世界
是个残忍的
笑话吗

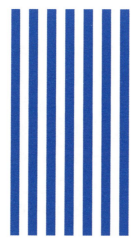

1

"女人的身体究竟是什么？ 我真的懂吗？ 蔚蔚疯掉以后，我开始认真琢磨这个问题。"憋了多年以后，郑路雨再次提到蔚蔚，"我相信没有人比我更懂美。 就像最精密的解剖学家那样，我以几何的原理拿画笔解剖着走进我画室的每个女人，我热爱女人的身体，没有哪个男人比我更能领略女人的身体之美。"

第一次，我以蔚蔚的眼光来打量郑路雨，发现大画家郑路雨还像先前那样，长发婆娑、眉须仙逸。 单看那冉冉飞舞的须发，他十足就是一头生猛的猎豹，细瞅他的眼睛，却又似童话里的麋鹿。 当豹子和麋鹿凝集于同一个男人身上时，这个男人不可能不成为女人的致命之蛊，蔚蔚这孩子毫不设防地一头扎进去，溺毙于他深不可测的孽缘幽潭，并非偶然。 郑路雨把话题艰难地转移到眼前的肖像写生上，"我非常喜欢观察人脸。 在外面那个正常世界里，女人的脸被化妆品和美容手术破坏了，原生态的人脸已经寻觅不见了。"令他始料不及的是，精神病人的脸一丝不挂地自然赤裸着，直截了当地呈现出人的原生特质：情欲、绝望、贪婪还有丑恶，也包括天真、无知和愚痴。 他断言："所谓疯子，就是无意识地让人的本性自然充分、夸张浩荡地真实流露，不再懂得粉饰与掩盖的原生态之人，像羊羔一样，个个都是上帝最初的孩子。"

　　来到精神病院的郑路雨，感觉自己无意之间闯进了"灵魂裸浴"的海滨浴场，"疯子"随处可遇，他们或站或坐、或行或卧，有的神思迷离，有的出神入魔，个个都是绝佳的灵魂模特，他们泰然自若、物我两忘，比专业模特更加地天然去雕饰，自己只需像抓拍那样拿画笔去捕捉就行，那都是原汁原味的原生态灵魂标本。"是的，我就是个猎手，专门捕捉美。 来到世界上，不管怎般有权有势，如果眼睛看不到美的存在，等于白活。"郑路雨坦言，"女人成全我的作品，我完成女人的美。 女人的美必须借助于男人的创造才能完成，这是我的真理。 没有激情的荡漾，无论多么美的身体都形同木头，毫无生命感可言。 经过激情的震荡，生涩木僵的肌体才会喷发出生命最原始狂放的张力。 把女人的激情点燃起来，燃烧成冲天的烈焰，这无关情色，而是艺术的最高道德！"

　　"按照你的道德观，艺术可以高于生命和良知啦？"

　　"美就是艺术的良知，美可以拯救世界。"

　　"却拯救不了一个少女的生命。"我言外有意。

　　"每个人都有独属于自己的命运，每个人也都必须臣服于自己的命运，疯癫有疯癫的美。"

　　"上帝啊！ 你从蔚蔚的疯癫里看到的居然是美吗？"

　　"就艺术的角度而言，疯癫的确有无可比拟之美。"

　　"艺术、艺术，艺术难道就是你的生命吗？"

　　"不！ 艺术高于我的生命！ 为了艺术，我可以强暴嫦娥！"

　　"这种丧心病狂的艺术，灭绝了也罢！"

　　"我倒是希望自己疯癫，从而摆脱把我死死攫住的痛苦。"

　　"你，一个唐璜，也有痛苦？"我毫不掩饰自己的讥讽。

　　"我无时无刻不被痛苦围剿着。 如果我不能创造出具有永恒生命力的艺术，那，我来地球一趟不是无效行为吗？ 你、我，所有此刻活着的人都要死，一个都逃不脱！"说到这里，郑路雨哈哈大笑起来，笑声里弥漫着穿骨入髓的绝望，令人毛骨悚然。"每个人都要死。 死是什么？ 就是你明明活生生地存在着，却把你瞬息之间化为乌有。 上帝为什么要开这样的玩笑呢？他创造了我们，然后再毁灭我们。 一想到会死，我就想不顾一切地疯狂创造。 创造，晓得吗？ 唯有创造才能超越死亡。 如果能够创造出永恒的艺术，哪怕强暴女娲又如何？"

"请你不要再说这种无耻之言！ 女娲是我们的母亲，上帝听到了会扇你耳光！"

郑路雨冷笑两声，道："我母亲创造了我的生命，可是她死了。 如果我能创造出永不磨灭的艺术，就能使我母亲的生命获得意义。 我要从精神上重新创造出我的母亲，唯有如此，她才能获得永生。 为了母亲的永生，我可以为所欲为！"说完这段话，郑路雨又下意识地冷笑两声。

2

我突然之间再也不能忍受郑路雨的冷笑了。 自从和他在精神病院相遇以后，他每天都要冷笑几十上百次，无论是抽着烟的时候还是聊着天的时候，甚至在沉默发呆的时候，他都会突然莫名其妙地冷笑出声。 此刻，我忽然忍无可忍地爆发了："请不要再冷笑了好不好？ 你究竟在冷笑什么呢？ 真是受不了！"

郑路雨死死地盯着我的眼睛，然后又习惯性地冷笑了两声才说："你不觉得这整个世界都是个残忍的笑话吗？"郑路雨又哈哈大笑起来，面孔扭曲得变了形，"我母亲是世界上最好的女人。 五十岁不到，就得了绝症，她自己却不知道。 每一天，看着笑眯眯的她，我就会偷偷地想，这个女人很快就要死掉！　死神正在一步一步地逼近她，然后，把她带到遥远而又陌生的地方，我不能陪在她的身边，她必须一个人上路。　她要去的那个地方究竟在哪里？有多远？"郑路雨望望远方的天空，接着说，"我母亲做的红烧肉特别好吃，我吃遍了全世界的美食，没有一样能赶得上母亲做的红烧肉。　有时我一边吃着一边就会偷偷地想，这个女人快要死了。　这个会做红烧肉的女人，就要变成一把灰了，亲手把她送去烧成灰的人就是我！　这太滑稽了。"说到这里，郑路雨又哈哈大笑起来，"你是不是觉得我很傻？"

"我感到的不是傻，是疯狂和绝望。"

"事实上，和别人在一起的时候，我时时都在竭力抑制自己，不让自己突然笑出声来，我总是会忍不住想要大笑起来，有时候会把别人吓一跳。　比如，我在街上看到一个特别美的女人时，就想大笑，知道为什么吗？　很简单：她的美会使我立刻想到，她有一天会死。　上帝创造出这尤物，然后再让她死掉，你不觉得这很可笑吗？　每一次在殡仪馆里参加熟人的葬礼时，我都会忍不住想要大笑。　你不认为死是最大的一个笑话吗？　我就是觉得，上帝设计出'死'这样一款游戏，实在太滑稽可笑了。　这款游戏会把最美丽、最庄严和最神圣的东西解构成虚无。　既然上帝能随心所欲地创造与毁灭，我为什么不能强暴嫦娥和女娲呢？"

"你凭什么说，上帝是随心所欲的？"

"如果上帝是认真严肃的，为什么会有地震和瘟疫？　如果没有经过上帝的允许，惨绝人寰的灾难可能发生吗？　因为上帝创造了疯癫，才有了精神病院；因为上帝创造了死亡，我妈才会死。　上帝是个天才、恶棍加无赖。　还是尼采牛逼，敢跟上帝直接叫板：他不满上帝的设计方案，于是果断地宣布了上帝的死亡。"

"结果，上帝让他疯掉了。"我调侃道，"爱因斯坦对这个世界研究了一辈子，最后得出结论：上帝不会掷骰子！"我严肃地说。

　　"什么情况？"郑路雨下意识地问。

　　"爱因斯坦认为，上帝所做的一切自有章法，连一片雪花都不可能落错地方！ 他绝对不掷骰子！"

　　"你的意思是说，疯癫的应该疯癫，死亡的应该死亡，地震和瘟疫都是不可避免的必然啦？ 不不不！ 当我看到地震把整个城市吞没时，孩子在几十米深的地下撕心裂肺地哭喊却得不到救助，我还是想狠狠地诅咒上帝。 同样，当上帝允许希特勒的集中营存在，当上帝允许南京大屠杀发生时，如果可能，我还是想亲手宰了上帝这个丧心病狂的老流氓！"郑路雨说得义愤填膺。

　　"上帝其实知道世人的苦痛与绝望，也知道他所创造的世界存在巨大的漏洞，所以他派了几个人像医生一样，帮他来缝补这个世界。 我说的是事实。 像释迦牟尼、耶稣还有穆罕默德，他们都是来给世界打补丁的天医。"

　　"世界的漏洞真能缝补得了？"

　　"缝一点是一点，缝了总比不缝强。"

　　"你认为，这些天医当中，谁的医术最高明？"

　　"当然是释迦牟尼啊。 他用一套无比缜密的逻辑证明，整个世界只是个幻相，痛苦和绝望又从何谈起呢？ 色即是空，空即是色，无生亦无死，一切都不过是梦幻泡影，痛苦从何而来呢？"

　　郑路雨冷笑道："要我说，老释他这叫瞪着大眼说瞎话。 如果无生亦无死，他是谁？ 又从哪里来？ 现在他在哪里？ 据我所知，他不是被毒蘑菇毒死的吗？ 他如果没有出生过，又怎么可能被蘑菇毒死呢？ 他千辛万苦地创造出这套理论的目的，如果不是为了纾解世人的痛苦与绝望，有什么意义呢？ 他的理论在他构筑的体系之内环环相扣、密不透风，堪称人类伟大的精神城堡，但是，跃迁到城堡之外，那就是不折不扣的海市蜃楼。"

　　"他本人也告诫过世人：如果把他的这套理论体系当真，恰恰违背了他的初衷。 他的城堡在我看来就像一座灵魂防疫站。 注射了他研发的'灵魂疫苗'，人类可以最大限度地缓解甚至免除包括死亡在内的各种痛苦，然后好好地去热爱这个世界，这才是他的根本宗旨。"

"想不到，你的研究领域还挺广。"郑路雨笑笑说。

"因为我的痛苦比谁都深，我想寻找灵丹妙药，来解脱自己。"

"老释给出的这味药，对你不管用吗？"

我突然想起了女博士此前说过的话，于是直接照搬过来说："这味药好是好，别忘了，是药三分毒。 他苦心孤诣地证来证去，根本目的只有一个，让世人少一些痛苦和绝望。 但是，世人往往忘记他的宗旨，抓住一个'空'字不放，从而否认存在，却不明白，堕入空道也是执着。 而且，执空比执有更可怕。 宁可执有如须弥山，不可执空如芥子许。"

"不过，我们把世界当作一场大梦的话，面对那些难以避免的痛苦时，心里的确会多少好受一些。"

"我想，老释的目的正在于此。 说来说去，他就是为了让人在世界上能够好过些，绝不是要否定世界的存在，他的根本着眼点还在人身上。 哪怕这个世界当真就是一场梦，也是人在做这场大梦。 谁是做梦者呢？ 当然是人。 人才是一切的根本，否定了人的存在，一切都将毫无意义。"

"他也承认，人生原本就是一枚苦瓜，这个事实没有办法改变。"

"在三维空间里，无论多么伟大的理论，都不可能把一枚苦瓜变成甜瓜，最多只能让苦瓜吃起来不那么苦而已。"

"也有人命好，生来就掉在福窝里，人家的人生不是苦瓜，而是一只比蜜糖还要甜的大甜瓜。"

"再甜的人生，也终有一死，死这一关左右是逃不脱的。 一个人的人生越甜，死对他来说就越痛苦。 穷人轻死，富人恋生，要生生地丢下富贵荣华的人生，那简直就是在穿心剜肉。"

"所以呢？"

"所以说，站在三维空间来看，生而为人，人人皆苦，人生就是一枚苦瓜。"

"你在医院里住了这么久，面对这枚苦瓜，你寻找到的灵丹妙药是什么？"

"很简单，把这枚苦瓜切成细丝，拿盐腌渍过，加上小米陈醋和芝麻香油，这样弄来弄去，苦瓜吃起来非但不苦，还消热败毒、清爽可口。"

"也就是说，苦瓜还是这枚苦瓜，一切的诀窍只看你怎么去吃它了？"

"某种角度而言的确如此。 不过，这不是最究竟的事实，只是三维世界的浅表事实。"

"你说的'究竟'二字，到底是什么意思？"

"就是最彻底、最通透。 简单地说，就是终极。"

"那最究竟的事实是什么？ 你所谓的三维世界又是什么？"

"蚂蚁你不会没见过吧？ 蚂蚁生活在二维空间里，世界对它而言只是个平面存在，它看不到第三维空间，即立体空间的存在。 人很伟大是吧？ 也只不过相对蚂蚁这种平面生灵而言。 人生活在立体的三维空间里，而这个世界是多维度的存在，还有四维、五维以至多维度的空间存在。"

"别搞得这般复杂行不行？ 我晕！"

"听好了，我要告诉你一个有史以来最好的消息。"

"别卖关子，我已经洗好耳朵了！"

"我们原本以为，苦瓜就是苦瓜，除了拿油盐酱醋来烹调它，它本身不会改变。 好消息是，我们的态度和看法，当真可以使它本身变甜变香，不需要油盐酱醋这些外力相助。 但凡需要借助于外力的解决方案，都不可靠，因为外力非自身所能掌控，最究竟的解决之道，是从人的内在做功。"

"你对着一枚苦瓜说，亲爱的苦瓜，你变甜吧。 然后它就变成甜甜的香瓜啦？"郑路雨挖苦道。

"科学证实，世界其实就是那只薛定谔之猫，那只猫是死是活由观察者决定，同样，世界是苦瓜还是香瓜，由人决定。 人苦瓜苦，人甜瓜甜。 就根本而言，人与世界原本一体、人瓜不二：人就是瓜，瓜就是人。"

"照这个推理，世界并非由上帝创造，而是由每个人自己创造的啦？ 那只猫好伟大啊！"

"不是猫伟大，是薛定谔先生伟大，他揭示出来的是一个前所未有的真相：世界不是由上帝掌控的，上帝早已把这个掌控权下放到了人的手上，是人类不愿对自己负责，人类是时候担当起自己的命运了！ 这个真相让人类醍醐灌顶。 人类的心智应该度过童年期，向成人的高度发展了。 尼采并没有说错，那个创造世界的上帝确实已经死掉，每个人自己就是自己的上帝，自己的世界由自己创造。 人类必须齐心协力，来共同打造这个世界，不能再把罪恶和责任推给上帝了。 犹太人的集中营不是上帝的创造，是人在造孽；南京大屠杀不是上帝导演，是人在犯罪！ 人类的世界千真万确由人类自己创造而成，自己就是自己的上帝！"

"照你这么说，太阳和月亮也是由人创造的啦？"

"虽然我知道你在偷换概念，但是，这句话同样成立。 你想啊，如果宇宙中没有人这种具有高度感知力的生命，太阳和月亮对谁而存在呢？ 有了人的感知，才有了太阳和月亮。 五百年前王阳明先生就说过，心外无物。 难道说，面对地震和瘟疫这些重大灾难，人类当真完全无辜吗？ 人类把自己洗脱得太清白了好不好？ 自因自果、自作自受，作啥受啥，作多少受多少，人类必须为自己的行为负全责。 人就是天、天就是人，天人原本合一，把人和天对立起来，是人的最大愚痴，所有的灾难都由此发端。"

"所以，对我而言，艺术创造就是一切，我用画笔和颜料在画布上创造属于我的世界，美就是我的世界！"

3

看郑路雨的画作就可以发现，哪怕单单因为一个女人的脚踝生得美，他也会去激发那美。 当欢娱的激情涤荡在每一条血管里时，连女人的脚踝都会生动起来，仿佛每只细胞都在猎猎有声地狂歌劲舞，这样的奇迹在郑路雨的画作中随处可遇，如同暗夜闪电一般，令人惊悸地洞见灵魂深处的一道道精神风景。 看着他的画，我忍不住慨叹："看上去，你画的一只手或者一只脚也具有独属于自己的灵魂。 此前我一直认为，人的肉体就是一团肉，里面不存在一丝一毫的灵魂，你的画作使我感觉，肉体其实是有形的灵魂，灵魂可能是无形的肉体，灵肉原本就是一体。 你口口声声不受任何控制，其实你也在被一种力量死死地控制着，只是你意识不到而已。"

"是吗？ 那你告诉我，是什么东西在控制我？"

"美！ 美就是控制你的暴君！"

郑路雨说："身处精神病院里，我感觉哪怕一把木头椅子也具有丰富的灵魂。 如果连一把木头椅子都有灵魂，人那有血有肉的身体怎么可能没有灵魂呢？ 精神病院是个奇特之地，在别的地方我极少能产生这种强烈的灵魂存在感。"

"这有什么好奇怪的？ 在别的地方，人的灵魂都被死死地屏蔽着，这里恰恰相反，灵魂不管不顾地从各种桎梏里冲杀出来，呐喊、呼唤、号叫，那无声的声音铺天盖地响彻云霄。 只要走进这精神病院，哪怕看到一只耗子，我都能感觉到灵魂的存在。"

郑路雨有些茫然地说："人人都认为灵魂驻扎在身体里，身体是灵魂的宫殿，我对此严重质疑，如果是这样的话，灵魂到底住在身体的哪个部位呢？灵魂的体积有多大？ 它有形状和重量吗？ 它是液体还是固体？ 它大致长什么模样？　我最终发现，身体并非灵魂的宫殿，恰恰相反，身体只是灵魂的果核。"

"你说的'果核'是什么东西？"我问。

"你不会没吃过桃子吧？　桃子的果肉里面包裹着的那个硬硬的核，就是果核。　身体嘛，就是这个类似果核的东西。"

"如果人的肉体是一枚被果肉包着的果核，那灵魂是什么呢？　难道就是果肉吗？"我坏笑着挤挤眼睛。

郑路雨自顾说道："非也。　果肉有限制、有边界，但灵魂是无限制无边界的。　灵魂可以以身体这枚果核为中心，向周边四方无限地弥布延展，以至与整个宇宙等大并且同在。"

"灵魂跟宇宙等大并且同在？"

"是的，灵魂跟宇宙等大并且同在。"

"哈哈，那不就是说：我即人人，人人即我；我即万物，万物即我。　说来说去，还是天人合一。　你能跟范登高聊聊就好了。"

"范登高是谁？"

"一个雕塑家，患了精神分裂症，他一直在打探灵魂的下落。　对了，你曾经给灵魂画过像吗？"

郑路雨呵呵一笑："许多时候我都在想象着，灵魂就像一只鸽子，生着一双白色的翅膀，长着小女孩的脸，像蒲公英一样，可以漫天飞舞，也可以钻进人的一个小小的细胞里，可以穿墙越壁，也可以遨游八极，它的翅膀上生有浓密细小的羽毛，那每一根羽毛被风轻轻一吹，就会在瞬息之间变幻成千百万只小鸟一样的精灵。　它会缩起来变得如一粒芥菜籽那么小，也会膨胀起来变成喜马拉雅山那么大，它能藏身在一粒豌豆里，也能绽放成一朵玫瑰花，如果它愿意，它可以像空气一样布满整个宇宙，也可以现形成为这世间的万事万物，比如一棵树或一只猫，一粒小石头或一枚杏。"

　　我打断郑路雨，学着他的腔调调侃道："它有时像妖精一样隐身在一根头发里，有时候又如蜻蜓一般倒悬在一滴露珠上，它其大无外、其小无内，恰如芥子纳须弥；它无处不在，又无所不是，我心即宇宙、宇宙即我心。"

　　郑路雨很认真地回答："你说得对。我妈死了以后，我拿死亡这件事研究了十几年，才略微开了一点窍。我一直画不出灵魂的形状，后来才意识到，这世间万事万物无不是灵魂的化现。"抽了几口烟以后，郑路雨接着道，"好长的时期里，我怎么也想不通：单单描摹女人身体的某个局部，哪怕一枚颅骨，我都能画到妙绝，而描画完整的女人时，那呈现于画布之上的女人总是僵硬呆板。在权威们眼里，我始终只是个画匠而非画家，这你也知道，那些权威始终不肯承认我的艺术价值，我无论如何都勘不透这其中的渊薮，直至出了蔚蔚事件。"

4

　　郑路雨的话题再次迂回到蔚蔚身上，但马上又绕了出去："说实话，除了类若极光的炫目之美，我此前对'人'完全盲视。我看不见人，美把美背后的人遮蔽了，我彻底忽略了人本身的存在。这是一个哥儿们让我明白的。"

　　据郑路雨讲，他看到过一个人，由于不小心触电，四肢都被高压电流烧焦，剩下的躯干部分只能像胖冬瓜那样躺着："我和胖冬瓜是好哥儿们，去看望他的时候，他背着医生跟我要香烟。我惊奇地看着他，不敢相信他居然还是个人！可他确确实实还是个人。像别的四肢健全的男人那样，他喜欢抽烟喝酒，我把点燃的香烟放进他嘴里，让他美美地过了把瘾，他偷偷享受香烟时那种满足的笑容我至今难忘。一个人，变成了一只大胖冬瓜，却还会那样满足地笑，这令我一想起来就血脉偾张。我就琢磨：既然四肢都被烧焦了，'人'却还在，'人'究竟躲在哪根神经里呢？我由此时常想起我们老家的一句土话：‘没人了’！"郑路雨习惯性地冷笑两声，"你还别说，某些方言俚语初听起来土得掉渣，仔细品味，会叫人吓一大跳。‘没人了’！平日里听惯了不觉得怎么着，见过那个烧焦了四肢的哥儿们以后，感觉这三个字实在传神！‘没人了’！你仔细品品。"

"所谓没人了，不就是说人死了吗？有啥好品的？"

"不。不是你想象的那般简单。在我们老家，谁若是告诉你，‘张三他爹夜黑没人了’，就是说，张三他爹昨夜已驾鹤西去，他的肌体可能完好无损地躺在床上，连一根汗毛都不曾少，只是‘人’没了。人没了，就是说，人从躯体里逃逸了。那具躯体里没人了，并不等于说，没有这个人了！这个人一定还以某种形式存在于某个地方。"郑路雨很认真地说。

"英雄所见略同。"我调侃。

"这么说吧，人就像是一缕看不见的轻烟，它的一部分可以聚拢在身体里，也可以从身体里弥散或逃逸到任何地方。比如此刻，你的身体正待在中国的这家医院里，但是，你如果突然想起了太平洋彼岸的美国纽约，你的灵魂当下立刻就到纽约了，于是，自由女神的形象就会逼真地出现在你的脑海里，没有任何时空障碍，也不用乘飞机坐轮船，所以，灵魂像轻烟一样不受限制，却比轻烟还要精微。轻烟会受阻，比如被装在密闭的瓶子里，灵魂不会被任何东西阻障，当然，也不会被死亡所阻障。"

"也就是说，从根本上讲，人不会死亡，是吗？"我问。

"如果一缕轻烟不会死，如果‘人’这个概念不是指那团肉的话，人就不会死。但是，附着灵魂那缕轻烟的硬件，我是说躯体，可以不断变换，一个硬件用得久了，必然磨损到不能再用，于是，需要更换。越粗糙的，越有形；越精微的，越无形。灵魂类若轻烟，却比轻烟更精微，精微到无形无相。"

"灵魂既然无形无相，怎么确证它的存在呢？"

"你承认'悲伤'这种东西的存在吗？"郑路雨问。

"当然承认啊，我常常感到无比地悲伤。"

"当悲伤这种东西在你的心里产生并且涌动时，你的眼泪就会不由自主地流出来，是这样吗？"

"的确如此。有时候，心里刚一酸，泪水就会溢满眼眶。"

"但是，你能把悲伤这种东西提取出来，放在试管里，来称量它的体积与重量吗？"

"如果悲伤可以从身体里抽取出来放进试管里，那么，爱这种东西就也能抽取出来，像输血一样注入人的身体里。"

"我个人认为，像悲伤和爱这种东西，就是灵魂的体现。它没有重量也没有体积，没有味道也没有形状，甚至无迹可寻，但是，它千真万确地存在。我们无法把悲伤提取出来，却可以看到实实在在的眼泪，有形的眼泪就是由无形的悲伤创造出来的，悲伤就是一种无形的能量。迄今为止，科学家都无法让机器人自然流泪，一个最笨的人，都比一个最精密的机器人伟大两万倍，因为，最笨的人都会流泪。"

"那你说，当人的肉体死亡，人的那缕灵魂从身体里逃逸以后，到底去了哪里呢？"

"该去哪里去哪里，有的朝下坠，有的往上飞。"

"什么情况？"我学着郑路雨的腔调问。

"身体报废以后，人肯定要从身体里逃逸而出，这毫无疑问。这就像是你住的房子塌了，你肯定要离开它，购买新的房子去住。是买都市里的花园别墅，还是买乡下茅舍，这要看你的购买力如何，也就是你活着时积累的资本多寡、性质怎样。如果你的灵魂携带了太多的情绪，它就是黏浊滞重的，会朝下堕；如果它是芬芳轻盈的，自然就会往上飘逸。朝下，去往不太好的地方；往上，当然是好去处。"

"这朝下和往上，指的就是人们常说的地狱和天堂吗？"

"我认为，也可以这么理解，但是不够准确和透彻。"

"请问，天堂究竟在哪里呢？"

"在每个人的心里呀。三十三重天外天，九霄云外有神仙；神仙本是凡人做，只怕凡人心不坚。"抽了几口烟以后，郑路雨接着说，"最可悲的是，一个人的身体好端端地活着，人被活没了，他成了一座肉体的废墟，就像没住人的鬼城一样。鬼城，晓得吗？我生生地把自己活成了一座空荡荡的鬼城！"郑路雨的表情越来越痛苦，"把十七岁的宋蔚蔚拉上床的时候，她根本不知道，我早已把自己活得片甲不留，只剩一座鬼城了。轻狂地一把火点燃蔚蔚的灵魂时，我甚至不曾意识到自己在做什么。在我眼里，她就像一只刚刚长熟的蜜橘，尽管色泽鲜艳，对我而言，也只是一枚时令水果而已。"

盘旋在精神病院半空中的鸽群看上去愈来愈像蝙蝠，郑路雨盯着那群"白蝙蝠"漫不经心地问："哪来的这么多鸽子？"

"白会长养的。"

"白会长是谁？"

"这医院里住的一个病人。"

"什么情况？"

"情况嘛，无可奉告。"

"帮我交给姜明心吧。"郑路雨把一沓子美元装进信封里递给我说。那是他最后一次来精神病院写生。自始至终，姜明心都坚决拒绝他的探视。临走时，他问我："你知道我画的那幅头颅花冠图叫什么名字吗？"

我认真地想了想说："是那个从泥土里钻出来的长满了花朵的颅骨吗？我看应该叫'孟浪弥天'。"

郑路雨道："不，叫'蔚蔚'。"

诊断证明书
副联

姓名 白会长
性别 男 年龄 __ 岁
门诊号 622356
住院号 11468
诊断 绝望症
_____
_____
医师 _____
日期 ____年__月__日

精 神 卫 生 中 心
诊 断 证 明 书

门诊号 622356
住院号 11468

姓名 白会长 性别 男 年龄 __ 岁，经本院检查诊断为：

绝望症

症状表现：

把自己当医生，喜欢用棺材疗法给人治病。

医师 _____

日期 2021 年 5 月 6 日

只在你身体里，在场的只是你的身体，不在场的是你的觉知。太多杂念使你走神，你的生命凝聚度特别低。

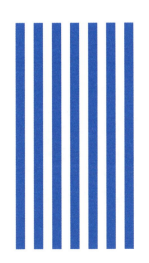

第22章

棺材疗法

1

"你的熟人中有自杀的吗?"

在医院最大的那棵桂花树下时常坐着一位白发老者，和他形影不离的是一群鸽子和一只鹅，鸽子们如同听话的小学生，大白鹅则像女教师一样很尽职地守护着鸽群。若有人被鸽子吸引来到树下，老者就会问出这个突兀的问题。作为曾经的预防自杀协会会长，自杀是他关注的唯一话题。"自杀协会"是人们的通俗化解读，协会的真正名字叫"天堂自助游"。"你知道九月十日是什么日子吗?"如果你对第一个问题沉默以对，白会长就会抛出第二个问题，并主动给出答案:"世界预防自杀日。"若干年前，白会长就是在九月十日这天成立了自己的协会，是一家民间组织，单从字面理解，其功能相当暧昧，绝大部分人看到这个名称，会误以为是一家协助他人自杀的机构，而这正是白会长的良苦用心之所在:"真正想自杀的人都像地下特工那样隐藏极深，赴死的决心越坚定，表面看上去越镇静，必须想方设法诱蛇出洞，才能救助到他们。"简单地说，"天堂自助游"这个协会的职能是，把躲在暗处意欲赴死者招揽进门，不动声色地实施灵魂疗治，使其怀着喜悦之心将生命进行到底。不过，协会所采用的主要救治措施惊世骇俗，叫作"棺材疗法"。

白会长孜孜不倦地反复告诫人们：当不明就里的绝望者在协会的帮助下，完成全部程序，最后躺在棺材里面静待死神降临时，等来的却是像婴儿一样从"棺材子宫"里再次诞生的盛况。很显然，他的协会属于一家"心理治疗所"，专门免费治疗"绝望症"。作为研究自杀问题的民间专家，哪怕以患者身份住在精神病院里，他也不忘抓紧时机搜集个案资料，以期完成上帝赋予自己的独特使命："当今时代，绝望症的凶险不亚于恶性肿瘤，全世界每年有近百万人死于自杀，平均四十秒钟一个，未遂者更多，是其数倍！就在我说话这当口，又有一个人在地球的某个角落成功杀死了自己，还有数个傻蛋也同时干了这件蠢事，只是暂时没有得手。"看到我对他的话题略有兴趣，白会长紧接着抛出了第三个问题："你有望远镜吗？你使用过望远镜吗？"白会长问得不屈不挠。

"当然。那是我在本城体育场观看刘德华演唱会时买的，早不知扔哪儿去了。"

"上帝有一架多功能远程望远镜，能看到全宇宙的任何事物，包括我们脚下的这朵小黄花。看！花瓣上这只小蜜蜂翅膀上的小花纹，上帝都看得一清二楚。你见过苹果树吗？"白会长的思维再一次跳跃。

"当然。苹果树嘛，有啥稀奇？"

"地球就是一棵苹果树。"

必须承认，疯子的想象力远超上帝。"这么说，人类就是这树上结出的苹果啦？"

"你说对了！自杀者就像树上的苹果一样，每过四十秒钟就落下一只：扑通、扑通！这声音折磨得我牙疼！每四十秒钟一个啊，日日夜夜、无止无息。"

2

　　我侧耳细听，感觉精神病院万籁俱寂，并无苹果坠地之扑通声。 望着我茫然的表情，白会长忍不住喟然长叹："这世上的人十之八九有耳听不见、有眼看不见，又聋又瞎！ 你晓得，每当我治好一枚生虫的苹果，心里有多受用吗？ 可惜，被他们给取缔了。"

　　被取缔的是他创办的天堂自助游协会。 在成功运作三年零八个月以后，协会被无条件取缔，白会长也被绳之以法：正在接受治疗、还未完成最后程序的一个因失恋而决意自杀的姑娘，就在协会的工作室里自杀成功，酿成了无可挽回的恶性事件。"天地良心，协会自从创办以来，只有这一次治疗失败，令我痛悔终生！"白会长掩面叹息一声："这世界上的许多事情必须反其道而行之：自杀者都具有超常的逆反本能，别人越劝，他越想死。 想死？好吧，我成全你！ 叫你死得心满意足。 反者道之动嘛！"

　　求死者只要寻进门来，白会长都会十二分配合，把每个环节都做到无可挑剔，比真的还认真，以期达到出奇制胜和绝地重生的治疗效果。 然而，一不小心弄假成真，那姑娘躺在协会作为治疗道具的"棺材"里自杀而死，破了白会长的棺材计："那个棺材是经过特殊处理的道具，相当于医疗器械，只是外观假借了棺材造型，我的目的是唤醒生命。 棺材是做什么用的，晓得吗？"

　　"亲爱的白会长，这个全地球人都晓得。"

　　"问题就出在这里！ 当全地球人都晓得并且坚信不疑的时候，就需要大大地质疑了，绝大多数时候，真理只有极少数人才能洞察，棺材也可以做子宫用，这是本人的重大发现。"

　　我沉默了，感觉白会长可能罹患严重的"棺材钟情症"，据他自述：作为医疗器械，他们在棺材里设置有非常隐蔽的输氧孔，自杀者完成既定程序、如愿以偿地躺进棺材里以后，工作人员会依照科学标准调节输氧量。自杀者可以真切体味到因缺氧造成的濒死感，初尝死亡的临界滋味。濒死感逐渐加剧到既定程度时，工作人员向棺内输入特殊的致幻剂，使他们在如梦似幻的迷离状态中，回顾人生的重大事件，就像回放电影那样，使求生欲在死亡这剂猛药的重击下迅速激活。老百姓讲的是"不见棺材不落泪"，他们的信条是：置之棺材而后生。

"不只对自杀者如此，你也需要躺进棺材里被重启。"白会长指着我的鼻尖严正断言。

"我？"

"你！"

我下意识地在心里默念了两遍"2+2＝4"，耐着性子道："亲爱的会长，我好端端地活着，我的生命无须被重启。"

"不！"白会长十分肯定地断言，"从生物学意义上讲，你确实活着。你活着的标志只表现在生理性地呼吸而已，而且，你的呼吸度极浅。你感觉到过自己的呼吸吗？你倾听过自己的心跳吗？你触摸过自己的灵魂温度吗？事实上，你只是活在最浅表的生物学层面上，你的灵魂在很大程度上处于衰竭渐冻状，甚至是濒死的昏昧麻木状，你像机器一样，依照惯性机械地运行着，很多情况下，你严重地不在场。也就是说，你并没有充分地活着，你充其量只是百分之五十地活着，你的生命绝对值非常低，不是一般的低！你需要躺进棺材里接受唤醒治疗，以便重启生命。"

我哈哈大笑道："治疗我的什么病呢，亲爱的白大夫？"

"什么病？重度不在场综合征，生命 pH 值过低症，还有灵魂渐冻症。"顿了顿，白会长痛心疾首地像连珠炮一般责问道，"你的身体里有多少你？你由哪些成分构成？剥离掉社会塞给你的大杂烩，还剩下多少的你？

你确认你存在吗？ 你的灵魂元素是什么？ 你是独一无二的品牌机，还是东拼西凑的组装机？ 你灵魂芯片上的底层数据是你自己写进去的，还是上帝设置的源代码？ 你的生命运行模式是自主性的手动驾驶，还是无意识的自动驾驶状态？"

听着他的一大堆"专业术语"，我感到头皮发麻，必须承认：他在专业上也算是训练有素。 白会长作为精神病患者被迫住进精神病院以后，理所当然地把自己的病房当作自设的"心理诊疗室"，坚持自发地给人治病，而且大喜过望地发现：在精神病院这个地方，自己的专业技术大有用武之地。 他像变色龙一样，因地制宜地把自己的身份由"白会长"自觉转型为"白大夫"，在住进医院的第一时间，就迅速完成了对每个病人来说都是重大难题的"身份确认"。 所谓身份确认，用俗话来讲就是"我是谁"。"我是谁"这个问题对正常人来说根本不是问题，对精神病患者来说，却是个非常致命的问题。 许多患者之所以住进精神病院，就是因为无法笃定地认知自己是谁。 比如：有的患者认为自己是上帝，有的认为自己是弥勒佛，还有人认为自己是鹦鹉，最可怕的是，有一类患者认为自己谁都不是，他们找不到任何证据来确认自己的核心存在，这一类患者，有可能走向灵魂解离，即，以活着的方式死去，以存在的方式逃逸。

像白会长这样身穿蓝条条病号服的患者，却煞有介事地拿自己当医生，这相当吊诡，但是，根据"顺势疗法"，让自己穿上病号服伪装成患者实乃工作之必需，于是，他理所当然就是一个"故意身穿病号服用来取信于患者的医生"，这是白会长自我确认的身份。 在医生眼里，他是个需要治疗的疯子；在我的眼里，他是个有料可挖的灵魂案例；在他家人的眼里，他是个丢人现眼的笑话；在他曾经的朋友和熟人眼里，他是个可悲而又可怜的失败者；在上帝眼里，他是自己的一件终将被销毁的作品；在殡仪馆的焚尸工眼里，他是一捆待烧的柴火。 有时候，要在众多身份里敲定一个身份，让这个身份覆盖掉其他所有的身份，占据绝对优先的核心和霸主之地位，从而确立自己的核心存在性，这相当重要。

在精神病院里，许多患者都有自我设置的身份，比如电影明星、打入敌人内部的特派员，还有总统夫人之类。患者们都对自设的身份坚信不疑。医生为了治疗的策略起见，通常也阶段性地默认其身份，并煞费苦心地予以配合，借此寻找治疗的契机。和白会长同病区有个"国民党特务"，白天黑夜埋头收取密电码，小护士每次都要扮作特务接头的模样，先报口令，后对暗号，若是对不上，就无法成功地把药片送进他的嘴里。有个刚毕业的小护士由于被他怀疑为内奸，每次送药都被可恶的国民党特务气得哭鼻子，在忍无可忍之下辞职而去。小护士可以甩手而去，主治医生不能叛变，每次查房，尊敬的大夫除了装扮成贼头贼脑的特务，还需察言观色，掌握足够翔实的敌我机密情报，才有可能进入疯子的精神王国，从而破译其灵魂密码，最终达到迫使其投诚皈依的目的，整个治疗过程比打一场仗都艰难。大夫查房时若是有不知情者听到正经八百的医患对话，一定会当场傻掉：

医：昨天夜里收到了什么情报？

患：电台遭到严重破坏，需要重新设置密电码。

医：那什么时候行动呢？

患：我也在待命。

医：你还是趁空服了药，先躺下休息为好。

患：这时候还敢放松警惕？刚才那个蓝衣女人十分可疑！

医：她只是个清洁工。

患：不！她很可能是个便衣。

医：还是先服药吧，体力不支也会影响战斗。

患：你能保证这药丸里没有敌人的定时炸弹？

3

长期身处精神病院，亲眼看着总统和特务出出进进、上帝和耶稣轮番登场，许多时候我会恍惚感觉自己好像在梦游。 通常来说，人们在网络游戏里才能模拟的穿越行为，对精神病人来说根本不费吹灰之力，想把他们拉出虚拟的世界回到现实，比死都难。 有时候，看着一个把自己当盖世英豪的患者坐在医院的走廊上发呆，我会搞不清楚，到底应该把他当传奇还是当病人。无论别人把他当笑话还是当传奇，对他都没有丝毫的影响，他根本就不鸟别人。 患者们虽无奇不有，把自己当医生的病人却只有白会长独一位。 白大夫痴心不改地抓住每个时机要替人治病，包括院长大人也不放过。

"我患了什么病？"当白会长又一次缠着院长大人要为他治病时，院长苦笑着问他。

"全医院就数你病得最严重：你分不清死者和活人，把一个个活鲜鲜的生命慢性治死，你所掌管的不是一家医院，是活死人墓。 你不是医院院长，是墓园园长。 不过，这还不是你最严重的病。"

院长笑笑，镇静自若地问："那我最严重的病是什么？"

"眼病。 晓得吗？ 眼病！"

这次，院长实在压抑不住自己的朗声大笑，把白会长的鸽子都惊飞了："说实话：我别的器官倒是多少都有些毛病，但是两只眼睛都是 5.0 的视力，你说气人不气人？"

"可是，你却什么都看不到。 你是个典型的睁眼瞎！ 如果你的眼病不能立即治好，这医院将永远都是活死人墓园。 让鲜活的生命生生地在活人坟里发霉，这是上帝都不会饶恕的罪过！"白会长抑制不住地痛心疾首起来，"你的视力 5.0，那你告诉我，在此光天化日之下，你在你的眼前看到了什么？"

这已经是第一百次了，日理万机的院长躲闪不及地被拦截在医院的便道上，被迫接受白会长的现场治疗。 白会长顽固不化地认定：整个精神病院里，院长大人病得最严重，若不首先把他治好，一定会贻害无穷。 出于崇高的道义情怀，他对院长围追堵截，千方百计地要优先为院长医病。 事情明摆着，若要一劳永逸地摆脱他疯狂纠缠的强行治疗，只有将计就计地豁出去奉陪到底了。 于是，院长降尊纡贵，很认真地往自己的眼前瞅瞅，很认真地回答这个把自己当医生的疯子："杨树！ 我看到一棵高高的白杨树。 莫非，在白大夫您看来，这不是一棵杨树不成？"

"杨树后头呢？"

"车。 轿车。 一辆黑色奥迪小轿车。 难道，在白专家您的火眼金睛里，这是一头黑蛮牛不成？"

"轿车后头呢？"

"锅炉房。 精神病院的锅炉房。"

"锅炉房后头呢？"

"楼。 医院的办公大楼。"

"楼后头呢？"

"墙。 围墙。 医院的后围墙。"

见院长执迷不悟，白大夫又拐回头来启发：

"围墙里头呢？"

"楼。 大楼。 精神病院的办公大楼。"

"楼前头呢？"

"锅炉房。"

"锅炉房前头呢？"

"轿车。 一辆黑色豫 A 牌照小轿车。"

"轿车前头呢？"

"杨树。 一棵高高的白杨树。 实实在在不折不扣的白杨树。"

他们两个，一个患者和一个院长，你望着我、我望着你，听上去好像在谈禅论道，实则如同唇枪舌剑的决斗，两个回合下来，白会长的脸都急红了，忍不住气急败坏地号叫起来："你再看看，你的眼前到底是什么？ 你再看看！"

院长瞪大眼睛往眼前瞅去，看到的还是一棵不折不扣的白杨树。 心下暗忖：莫非白疯子产生了幻觉，把白杨树看成妖魔鬼怪？ 跟疯子恋战没甚意思，还是想办法脱身为妙，回头吩咐医生不动声色地下狠药猛药，不怕治不服他，一个疯子胆敢嚣张至此，决不可心慈手软。 于是，假意换了温软的口气道："白大夫，我眼力不济，请你告诉我，我的眼前是什么？"

白会长气得朝地上吐了口血，振聋发聩地喊道："你的眼前是什么？ 我，一个人！ 一个大活人！ 大活人啊！ 你什么都看得到，唯独看不见人。 你是专门治病救人的，偏偏眼里看不见人！ 你的眼病非常严重！ 作为院长，只要你一刻看不到人，这医院就是一座黑暗的活人墓！"

白会长说到这里，忍不住像孩子般号啕大哭起来。 他哭得那样痛心，以致院长不得不像哄孩子一样投其所好地安抚道："请你告诉我：拿什么治疗我的眼疾呢？ 不会是你的棺材吧？"

"你的病太严重，棺材治不了，你需要很特别的眼药。"

"莫非这很特别的眼药只有你白会长能发明制造？"

"不，这活人墓里到处都是，到处都是啊。 这眼药乃是世界上最珍贵的灵丹妙药，在这医院里比任何地方都容易觅得，只可惜，你有眼看不见。"

"啥？"

"泪。"

"累？"

"眼泪！"

"你说的是眼睛里流出来的泪？"

"千真万确，眼睛里流出来的泪！"

院长的笑声响彻云霄："哈哈！我的医院连续多年被评为先进，奖杯锦旗摆满两间大屋子，我的患者在医院里其乐融融，我这医院里别的不缺，只有眼泪是稀罕物，你说气人不气人，尊敬的白大夫？"

"正是太多的奖杯遮住了你的视线。作为精神病院院长，你看不到眼泪，这足以证明你已病入膏肓，连上帝的眼泪也治不了你。我必须用棺材疗法唤醒你，这是上帝赋予我的神圣使命！"

"上帝太有眼力了，安排您在这里。不出意外的话，您将在我这座活死人墓里颐养天年，直至终老，我对此很有信心，不知您意下如何？"

"我将鞠躬尽瘁、死而后已，在这里战斗到最后一息！"

生命不息战斗不止的白会长既然连院长大人都要治疗，当然不会放过如我这般的小人物。我决定将计就计，跟白会长展开一场"治疗与反治疗"的游戏，反正闲着也是无聊，谁说跟疯子玩游戏不是活法之一种呢？于是，当白会长一意孤行地坚持要治疗我的"不在场综合征"时，我很认真地逗他道："凭什么说我不在场呢？尊敬的白大夫，您亲眼看到了，我此刻就坐在您面前。"

白会长沉默片刻，道："但凡是自杀者，大部分都活得很在场。活是被死出来的，死是被活出来的，你当真相信自己活着吗？"

我大吃一惊，没想到白会长的眼光如此犀利。千真万确，许多时候，我会迷离惶惑地寻找不到自己活着的证据，感觉自己像机器一样"被活着"。白会长继续毫不手软地连连狙击，"在场的只是你的身体，不在场的是你的觉知。太多杂念使你走神，你的生命凝聚度特别低。不是一般的低！比如此刻，你心里正转动着一千个杂乱的念头，那乱麻交缠的念头像蚂蟥一样蚕食着你的心，你敢把此刻啃噬你的念头罗列出来吗？ 敢不敢？ 你闭上眼睛往内看，瞅瞅你心里蠕动着几多杂念纷飞的蚂蟥？ 蚂蟥！ 见过吗？"

蚂蟥嘛，它们贼溜溜地爬到人身上，把吸盘钻进肉里不动声色地使劲吸血。 想到阴险的蚂蟥，我忍不住依照白会长的指令，默默地闭上眼睛，努力把自己的意识凝聚起来，强迫自己高度在场，去认真清点那些蚂蟥般的念头。 刹那之间，感觉杂念的蚂蟥蜂拥而出，将我团团围困。 它们盘踞在我的心里，横冲直撞、狼奔豕突，我何曾有一刻摆脱过它们的纠缠！ 我的心简直就是虫蛇遍地的荒野丛林，我何曾有一刻占领过自己的灵魂高地！ 想到自己一直在行尸走肉地活着，我忍不住苦涩地笑笑。

白会长也笑笑，慢条斯理地说："只有躺进棺材里，才能让灵魂净身出户，像婴儿一样重新诞生。 棺材就是一架灵魂杀毒机。 你平常使用电脑吗？ 你的电脑里装有杀毒软件吧？ 铁疙瘩电脑需要杀毒，灵魂更要杀毒。棺材是最好的灵魂杀毒机，你不想试试吗？"

我发现，自己不自觉地愈来愈被白会长的"棺材论"所蛊惑，被疯子逆向治疗，进而策反成功的事例并非不存在。 这医院里有个姓魏的大夫，愣是在自己主治的一个患者的撺掇之下，毅然决然地脱下白大褂，跟那个绰号螃蟹的患者一起去尼泊尔远途灵修，黄鹤一去不复返了，谁都不明白，螃蟹这个疯子用什么法子策反了医院里最得力的干将魏大夫。

4

必须放下白会长，先说说魏大夫。

要说魏大夫，又得先说乌鸦。 魏大夫在精神病院工作了十多载，以深谙"外星语"著称整个精神病学界。 众所周知，许多精神病人像外星人一样，使用的语言都是自己独创的"小语种"，地球人极难与他们对得上话，魏大夫是个奇才，他与天上的鸟雀都能无障碍沟通。有段时间，精神病院的老槐树上来了一群身穿黑衣的不速之客，大名鼎鼎又臭名昭著的乌鸦先生。到了夜深人静之时，黑衣先生们就会发出阴森恐怖的叫声。精神病患者大多神经过敏，乌鸦又素有报死鸟的不祥之名，一些患者听到乌鸦的叫声便会情绪失控，于是，院长命令保安驱逐那些不请自来的黑衣客人。保安们手持弹弓，频频地向乌鸦扫射，乌鸦们前赴后继，愈驱逐来的愈多，那棵老槐树最终被黑衣先生全盘占领，整个精神病院笼罩在黑色恐怖之下。这时候院长先生也不敢再贸然行动了，怀疑乌鸦群聚现象是某种灾难的先兆。医院人心惶惶。

院长决定，把那棵老槐树连根拔除，让瘟神自动离开。然而，事到临头，谁都不愿亲自动手对乌鸦实施暴力，乌鸦已成为某种神灵之象征，触犯神灵的事情，谁敢做呢？院长灵机一动，给魏大夫下了一道强硬的命令，让他想办法跟乌鸦沟通，使它们尽速搬离。院长的逻辑是：魏大夫既然能跟操"外星语"的病人对话，自然也能跟乌鸦谈判，乌鸦的鸟语应该不比疯子们的外星语更难破译。魏大夫接受任务以后，只要稍得空暇，就会来到那棵老槐树底下，絮絮叨叨、念念有词，似在跟乌鸦苦口婆心地谈禅论道。不过，"谈判"进行了好一段时间，没有任何成效不说，魏大夫反倒提出一个荒唐透顶的建议，让院长带领全院职工到树下给乌鸦道歉。院长火冒三丈地质问魏大夫：精神病院何罪之有，要向该死的乌鸦道歉呢？魏大夫跟乌鸦谈判出如此丧权辱国之条约，简直是个卖国贼！院长盛怒之下，决定采用火攻策略，要把乌鸦烧成肉串！魏大夫苦苦哀求，才使院长打消了火攻之计，自己单枪匹马，继续跟乌鸦艰难谈判。又过了一段时间，谈判终于大获成功，乌鸦们扶老将雏、和平撤离，连一个钉子户都没留下。当院长问及谈判成功的经过时，魏大夫平静地说，面对乌鸦，自己不讲道理、不提条件，自始至终只是诚恳地表示歉疚而已。

院长哪里肯信？问道："只是道歉吗？别的没说什么？"

"只是道歉。"魏大夫很肯定地回答。

"怎么道歉？"

"反反复复地念叨：对不起，请原谅。 谢谢你。 我爱你。"

"医院到底做错了什么，要向乌鸦道歉呢？"院长十分困惑。

魏大夫说："乌鸦跟人类一样，也是上帝的造物，它本身并没有过错，从头到尾都是人类在误解和伤害它们。"

院长还是想不通，它们为什么单单要跟精神病院过不去呢？

魏大夫道："乌鸦到精神病院安家落户，说明咱医院是个灵异之地，毕竟，这里聚居着太多灵异之人，人杰地自灵。 乌鸦乐意来，是看得起咱，咱医院是怎么对待它们的呢？"

院长沉思片刻，也不得不承认，精神病院实乃奇人聚集之地，因而灵气浩荡，不时地，就会有匪夷所思的灵异之事发生，这次乌鸦来落户，显然大有深意，于是道："照你这般说辞，咱医院应该把乌鸦敬作座上宾啦？"

"这种鸟很神！ 哪怕当座上宾去请，人家也未必肯来，它们有自己的意愿和选择。 人类总是把自己的意志凌驾于万物之上，狂妄到可笑的地步，除了深表歉疚，别的还能做什么？ 事实证明，乌鸦非常通情达理，说走就走了。"

魏大夫除了治疗病人，还治疗医院的病树病草病石头，下水管道渗水他认为是管道生了病需要治疗，灯管不亮，他认为是电路生了病需要治疗。 他治疗的方法很简单：灯不亮，就对着灯念叨："对不起，请原谅。 谢谢你。 我爱你。"管道漏水，就对着管道念叨同样的话。 说来也是神，他一念叨，电灯和水管大半都会恢复正常，维修工问他什么道理，他答："电灯和水管感到孤独了，想撒个娇而已，对它说句温存话就好了，就像拿手拍拍小狗的脑袋那样。"既然跟石头和瓦块都能心心相印，患者当然不在话下，魏大夫最大的特长就是善于突破精神病人的严密防御，进入他们的世界，从内部瓦解他们固守的精神城堡，把他们像俘虏一样牵着从城堡里拉出来，成功地与社会联网并轨。

谁能料想到呢？ 魏大夫背叛神圣白大褂，居然中了疯子的反间计，掉头投诚过去，共同上演了医患联手穿越疯人院的话剧，跟疯子一起逃奔尼泊尔去了。 这真让人感慨。 我忽然想到庄子的妙言：藏世间于世间，躲天下于天下。 也许，逃离社会的唯一方式，当真就是让自己沉潜到社会的最深处吗？ 这样想着，我便让自己继续与白会长玩游戏，权当他就是社会。

5

白会长再次向我诚恳地介绍他的棺材疗法时，我没有逃避，而是煞有介事地问道："亲爱的白会长，您极力倡导棺材疗法，才会对棺材情有独钟的吧？ 莫非棺材给过您什么好处不成？"

白会长郑重其事地问："你吃过棺材板菜吗？ 肯定没有！ 棺材板这道特级土菜，有机会品尝的没几个人。"

"棺材板菜？ 不会是您杜撰的吧？ 简直骇人听闻！"

"据我所知，全中国经营这道菜的独此一家，在闽南小镇上，由台湾引入内地以后，经过精心改造而成。 经营这道私家土菜的，是个白眉白须的老中医，他的私家菜厨只经营这一道菜，赚的钱能买好几栋大楼，他是把这道私家特级土菜当药卖的。"

"不用说，这道菜肯定别具风味啦？"我讥讽道。

"最初吸引我的倒不在菜味。"白会长很奇怪地表现出述说的艰难，"那方方正正的小棺材端端正正地摆在菜案上，盖得严丝合缝，看上去说不出什么感觉，我就是想揭开看看。"

"里面装的是什么？"

"装的什么？"白会长点燃香烟吸了两口，"嘿嘿，那睡在棺材里的，可能是一只乳鸽，也可能是肥嫩的野兔崽、鹌鹑，甚至可能是一条盘作团状的小蛇，一色的珍稀野味！"顿了顿，又道，"更稀罕的是，那些装在棺材里的野物都是囫囵个儿活着拿来做菜的，不像通常那样，先宰杀，再煎煮烹炸。"

"人吃活物的事例古已有之吧？"

"这道棺材板菜跟古今中外的吃法都大不相同。装进棺材里时动物还活蹦乱跳，打开盖子吃时就异香扑鼻了！野家伙们装进棺材前吃的都是啥，晓得吗？"

"不会是王母娘娘的仙桃吧？"

"比仙桃都主贵！人参、冬虫夏草还有何首乌，哪样不比仙桃主贵？这算是极品棺材板，要提前几个月预订，下单子的个个都是有来头的各路大佬！对通常的食客，野物们进棺材前吃的通常都是玫瑰花瓣、金银花蕊、银杏果子和新鲜茶叶之类，那野物在棺材里拉出的屎都是千金难买的大补稀罕药，刚巧做原汁原味的天然汤料。"

"您越说越离谱了！"

"动物粪便可入药，这可不是我杜撰。望月砂晓得吗？野兔粪便；夜明砂晓得吗？蝙蝠粪便；还有五灵脂、龙涎香、白丁香和虫茶，听上去冠冕堂皇，都是动物粪便。燕窝你肯定晓得喽？"

"这个倒经常听说。离我家不远的酒店就有燕窝粥卖，八百块一盅。"

"那么便宜，假的！燕窝主贵在哪里？金丝燕的唾液而已。燕子唾液蝙蝠屎，也不是谁都有口福享受的。"

"没想到您老还是美馔专家。"

"不。我只对棺材板这一道菜感兴趣！"

"为什么要把动物活着装进棺材里做菜呢？杀了再做不行？"

　　"万万不能杀，一杀就坏菜。 这道菜妙就妙在不见刀血。"白会长又猛吸几口香烟，慢慢道，"动物跟人一样具有喜怒哀乐，拿刀杀它时，它的愤怒与惊恐，还有痛苦和绝望，都会在瞬间被最大限度地激发出来，释放在全身每一个细胞里，在所有这些恶劣情绪中，被激发出来的最可怕的情绪是仇恨。 仇恨！ 晓得吗？ 作为上帝的造物，它悠然自得地生活在天地之间，却要平白无故地面对一把明晃晃的屠宰刀，它怎么可能不心生仇恨呢？ 仇恨就像砒霜一样，瞬间弥漫进血液里，哪怕那肉是顿顿吃人参果长出来的，这菜还怎么吃？ 那不等于直接吃毒吗？ 人人都晓得化肥农药毒，殊不知，愤怒、绝望和仇恨是比农药还要厉害千百倍的剧毒！ 为了保障动物的灵魂纯净无毒，这道菜万万不能见刀血，必须活做。"

　　"灵魂纯净无毒？"

　　"听说过狂犬病吧？ 狂犬病毒为什么无药可解？ 那是因为极度愤怒和仇恨才生出的灵魂病毒，迄今为止，全地球对狂犬病毒都束手无策，可见，人在拿动物做盘中餐时，保证其灵魂纯净无毒，十分紧要。 现在有那么多人生癌，晓得为啥吗？"白会长的逻辑严重超出我的思维边界，对他提出的任何问题我都不敢再贸然作答。 他自问自答道，"毒蛊！ 癌就是毒蛊，就是仇恨啊。 人这种动物真是可怕，连龙肉都敢吃！ 人看着是在吃肉，其实是在吃毒，人吃进体内的愤怒、痛苦还有绝望和仇恨太多，才会生出各种千奇百怪和闻所未闻的综合征。"

　　提到"综合征"，我立刻头皮发麻起来。 自从沦落进倒霉的精神病院，我见识了太多刁钻古怪的综合征，各种综合征层出不穷地大量涌现，这说明，人类这个物种已经把自己活得颠倒错乱以至变异了。 地球上的许多物种都在变异，人所吃的绝大部分食物都已经发生基因变异，人怎么可能不变异呢？ 科学家们都在殚精竭虑地研究高科技，却从来不肯花心思对"人"本身稍做研究，这不是舍本逐末吗？ 人已经变异成非人了，人却浑然不觉。

有个衣食丰足、拥有三层楼房的男人，突然，从他的楼房走出来，先是睡进猪圈，后又固执地钻进鸡棚里，拉都拉不出来，送进医院以后被精神科专家诊断为"第欧根尼综合征"：这个患者因遭遇巨大内心挫败，导致产生极端的自我否定心理，认为自己乃百无一用之废物，只配睡进垃圾桶里，甚至连猪圈和鸡舍对他都太过奢侈了。 还有个农民工患者，从施工的脚手架上掉下来摔破脑袋后，住进医院治疗了三个月，脑袋外伤治好以后，他莫名其妙地忘掉自己说了三十多年的方言土语，开始一本正经地说起普通话来，这可吓坏了深山旮旯里的乡亲们，他爹忍无可忍，气得刮了他十来个肥墩墩的耳光子，并且大骂："我叫你扑通！ 你生就个土里刨食的泥疙瘩，装神弄鬼，惹得全村人笑掉大牙，羞死仙人哪你个狗日的龟孙！"还是村主任见多识广，认为他摔坏了脑壳才造成"扑通病"的，他爹听从村主任建议，把他押送到精神病院，被专家诊断为"外地口音综合征"。 每当听到精神科专家匪夷所思的专业命名，我总是忍不住对他们肃然起敬，并为他们不曾从事充满想象力的艺术事业而惋惜。 我正沉湎于各种"综合征"，神思恍惚之际，白会长突然很认真地问："你喜欢吃肉吗？"

　　望着白会长，我像患了"耶路撒冷综合征"一般无力作声。 我不是素食主义者，尤喜猪肝鸡心之类的动物内脏，几十载下来，我吃掉的动物内脏恐有一大箩筐了，那些猪心牛肺和鸡肝里蕴藏了多少"绝望"和"仇恨"啊！ 想到此，我忽然一阵心悸，几个极具创意的菜名像野蘑菇般从我的脑际丛生而出：爆炒绝望、香辣仇恨、酱焖痛苦、油炸恐惧、干焙愤怒、清炖焦虑……那么，我其实是一株拿病毒喂养出来的"人菌"吗？ 我故作镇静地转移话题道："不管怎么着，天天渴饮玫瑰露、饥食桂花瓣的动物老爷们终归要死在棺材里，然后才能成就那道棺材板菜，总不能像现吃猴脑那样，生吞活剥吧？"

　　"死是一定的，关键是怎么个死法。 好死还是歹死，具有云泥之别，这道菜的成败全在于此。 你晓得它们是怎么死的吗？"

怎么死的呢？ 我心下暗忖：即使不动刀枪的好死，又能好到哪般去？ 美国的人道宰鸡法也难逃苦痛：先拿二氧化碳把鸡熏昏，再倒挂割喉。 还有普遍通用的电麻屠宰法：先被电麻，再杀出温柔一刀。 只要不是素食者，谁不是天天"油炸仇恨"果腹、"酱闷绝望"充饥？ 把"痛苦"和"绝望"拌上油盐酱醋煎煮烹炸以后，那吃进嘴里的究竟是啥子阿物，不敢细琢磨。

"幸福死。"白会长笃定地说。

"幸福死？ 亲爱的白会长，您真幽默。"我再次大笑起来。

"不是我要幽默，确实是幸福死。 一定要幸福死，必须得幸福死，否则这道菜就会完败无疑。 不过，它们的死不叫死，叫涅槃。"

"幸福地涅槃？ 有意思。 野生动物们幸福地涅槃在棺材里，然后让人大快朵颐，天才创意啊！"

"你知道装载动物的棺材板拿什么做材料吗？"

"刚开始我就想问，一直憋着没好意思开口。"

"最初是成熟的老南瓜，后来花样翻新：冬瓜、葫芦、椰子、木薯，都可拿来用。 最常用的是专门培育的特型老南瓜。 先把南瓜肚子掏空，放进适量特选的佐料，然后把活的野物装进去封上口。 那野物在里面把佐料吃完后，不迟不早，恰好就到了涅槃时刻。 佐料里有一味药材，野物吃过后会立刻产生如梦似幻的极度幸福感，于是，亲爱的动物老爷们就在这生平不曾体验过的极致快乐中幸福地仙逝，没有丝毫的惊惧和苦痛，那被激发到最高意境的幸福感，才是这道菜不可或缺的猛料。"

"拿'幸福'做调料烧菜，我倒是首次听说，单是听着就大饱耳福！ 若是能在超市里随时买到幸福这款调料，烧菜煮饭时，随用随取，还不得把人幸福死？"

白会长很认真地问："你喜欢吃你妈做的菜吗？"

"当然！ 怎么可能不喜欢呢？"我忽然被钻心的惆怅攫住了心。 我妈腌制的小香椿，那是真好吃啊！ 可我知道，终有一天，我会再也吃不到妈妈的小香椿了，那一天迟早要来，在劫难逃。

　　"妈妈烧的菜里有一味独特的调料，走遍全宇宙都买不到。"

　　"我晓得，这味宇宙难觅的调料叫母爱，那是世界上最好的一味灵丹妙药，千金难买。"说出这话来，我百感交集。

　　"妈妈烧的菜吃了比野蜂蜜都暖胃。"白会长道，"幸福这味调料被煲进汤里，可想而知，这道菜就非同凡响啦！"

　　"棺材板听上去不好，应该叫红烧幸福或梦中涅槃。"我道。

　　"拿来做棺材板的南瓜也不是普通南瓜，是那个开私家菜厨的老中医自己在山上种的，刚成形就要装进特制的四方形弹性网套里，到成熟时就成了四方的棺材状，最紧要的是：必须在野外生长足够长的时间，个个都吸纳到足够的天地精华，醇香似酒，和野生动物放在一起拿糯米酒煨熟，仿若半虫半草，既非荤非素又亦荤亦素，其味妙绝，虽人有百口而难言其一。"

　　我在心里偷骂一句，酸酸地问："为什么要让南瓜长成棺材状呢？ 这不是变态吗？"

　　白会长朗声大笑起来，"这样一道贵到丧心病狂的私家菜，哪个能吃得起？ 自然非官即富两类人。 他们为什么要花费天价来吃这道菜呢？ 除了满足口腹之欲，最大的心愿还是希望能借助灵异之气，继续升官发财。 棺材者，官财也，要的就是这个口彩！"

　　这一次轮到我纵声大笑了："哈哈，闹了半天，还是落进个俗不可耐的套子里！ 什么仙风道骨的老中医，江湖混子一枚！"

　　白会长双手一拍："你说对了！ 他们要吃的就是这江湖味儿。 这老中医是个易经大师，那些江湖大佬无论遇到了多么大的劫难，来吃过这道棺材板菜以后，都能逢凶化吉、迎刃而解。"

"这道菜里究竟藏了什么奥秘呢？"

"奥秘嘛，说出来很简单，叫'置之死地而后生'！"

6

"我就是想不通，再怎般非同凡响，也不过一道菜而已，为什么吃过一道菜，就能使人置之死地而后生呢？"我问白会长。

"这么说吧：吃这道棺材板菜的人，个个差不多都已经堕落成非人。 他们的胃肠早已被酒肉污毒得形同粪窟，满脑子装的都是升官发财梦，哪怕最纯正的极品燕窝吃进肚子里，也如同倒进垃圾桶里一样，菜不是关键，关键的诀窍还在于唤醒一个人的内在本真，人活了，清水煮白菜也是极品。 一句话：菜不是问题，人才是问题的关键。"

"叫我说，那道菜的名字应该叫'故弄玄虚'！"

"不，在菜单上，它的正式名字叫'绝处逢生'。"

"也就是说，来吃这道菜的，都是人生走到绝处的人啦？"

"不，来吃菜的都是糊涂蛋。 当他清醒过来意识到，自己才是一道正宗棺材板菜的时候，他才算是吃到这道菜的精髓了。"

"什么意思？ 您越说越玄乎了，亲爱的白会长！"

"我的棺材疗法就是从那道菜里得到的启示：头一次，看到躺在南瓜棺里的小动物，我就想：像这样幸福涅槃的尤物毕竟是极少数，人却无一例外地要睡进棺材里成为一道棺材板菜喂给土地吃。 人吃地一世、地吃人一口，谁能逃得过被吃的命运呢？ 人最终都是一道棺材板菜。"

白会长煞费苦心地环绕地球两圈半，最终仍落脚到自己的棺材疗法上，这就叫上穷碧落下黄泉，万法归一。"亲爱的白会长，我承认完败于您的智慧。 但是，要唤醒生命，未必非棺材不可，您对棺材这阿物有点偏执了吧？"

"不！一个人只有躺进棺材里真切体验到濒死感，才会杀死盘踞在灵魂里的毒蛊。灵魂毒蛊比癌更可怕，非棺材这道猛药不能治。"稍顿，白会长突然问，"你的熟人中有猝死的吗？"

"怎么可能没有呢？脑出血、心脏病，多了去！"

"你见过那些猝死者，有谁从坟墓里爬出来，专门处理生前某一件要紧事体的吗？哪怕地球球长死掉，地球也照转不误。棺材疗法就是对死亡的仿真模拟，以期达到使生命高度在场的疗效。"

我沉思片刻，很认真地问："请问对什么东西高度在场呢？"

"对当下的一切。"

一听到"当下"二字我就晓得，白会长又要开始活在当下的老生常谈了，我不耐烦地说："开饭的时间快到了。"

"你中午吃什么饭？"白会长不依不饶。

在精神病院，吃饭通常有两种方式，要么吃食堂的大众配餐，要么自己提前报饭吃小灶。"刚巧，我今天中午报了小灶，白米饭外加醋熘绿豆芽。"我说。

"白米饭是家常便饭，还需要报小灶？"白会长问。

"大食堂做出来的米饭太糙，小灶还能吃，贵一块钱而已。"

"那，吃米饭的时候，你通常都在想什么？"

我戏谑道："我一边吃着一边想：只要多花一块钱，就能吃上一碗小灶甜米饭。"

"瞅瞅，因为专注于区区一块钱，你就完全忽略掉了米本身的存在。若是你的心被一百万占据了，还不得把整个宇宙都忽略掉？你知道一粒米是什么吗？"

一粒米是什么呢？面对如此善辩的疯子，我不敢妄言，心下却暗忖：白会长可能当真是个医生？ 如果他是医生，医院里那些冠冕堂皇地派药给他的白大褂算什么呢？ 白会长发现我在走神，道："你能在一粒米里吃出天堂来吗？ 就你目前的状况而言，显然不能。 如果你的生命感高度在场，你就会发现，一粒米就是整个宇宙，宇宙就是一粒米。"

我把身子坐正，看看小学生模样在草坪上踱步的鸽子，认真地沉默着。白会长看我似乎动了心，开始认真地给我讲述他的棺材疗法：自杀者被诱上门以后，他的工作室会在极其隐秘的情状下，量身营造适宜的个性环境，使其最大限度地身心放松，从而把胸腔里的苦毒倾倒出来，实现灵魂排毒。 在排毒过程中，白会长会把其既往经历的主要事件趁便存储在本人的"资料库"里，作为下一步进行催眠治疗的使用材料。 治疗进行到最后环节，当自杀者躺到棺材里进入催眠状态时，就会在工作人员的强力暗示下，如同被摁下了"回放键"的录放机那样，自动回放自己的"人生电影"，其求生欲就在这种"拟死"模式下被重新激活，就此意义而言，他的棺材的确具有"子宫"之功能。

"既然穿帮是最后的必然，何不一开始就言明呢？"我问。

"我曾经试验过，如果刚开始就对自杀者言明意旨，他们往往掉头而去，即使勉强留下，治疗效果也会大打折扣。 真死和假死，那体验会一样？棺材是一剂猛药，只有猛药出场，才能达到起死回生的疗效。 在整个过程中，我们绝不能让自杀者发现破绽，这是很重要的治疗策略。 只有体验真死，灵魂才会高度在场。 没有当下现场感，一切都无从说起。 如果自杀者知道棺材是假的，就不会高度在场。 如果不能活在现场，哪怕活一百岁也还是不曾真正活过。"

白会长一再强调的"在场感"，使我高度怀疑：在既往度过的大部分岁月里，我根本对生活不曾在场。 这种怀疑令我相当沮丧，但是，我不能沉溺于沮丧，否则又会对此刻"不在场"。 据白会长回忆，在例行的"死亡仪式"循序渐进的过程中，那个酿成恶性事故的姑娘多次哭到几近晕厥，白会长认为此乃治疗取得显著效果的最佳明证，经验告诉他：对死亡仪式愈投入的自杀者，被唤醒的求生欲愈深刻。 姑娘对每一道仪式都配合得天衣无缝，其实心里早已打定了主意：要把"为爱而死"的决绝当作最后的"行为艺术"。 因势在必死，她才对每一个细节都务求完美并绝对投入，单是用作背景音乐的"天堂进行曲"，她就左挑右拣，试播了几十首，最终敲定为琼英·卓玛的《十一面观音根本咒》《度灵》和《绿度母心咒》三首曲子，并特别要求：在她躺进棺材正式启动"天堂之旅"以后，要把琼英·卓玛的这三首曲子循环播放至少三遍。 一般而言，对自杀者最后提出的特别要求，协会都会尽量满足。 谁知，三遍乐曲循环完毕，她的生命已告不治：她在棺材里悄悄服下剧毒造成暴亡，致使白会长被拘。

获释后，白会长为弥补过失，把原先的"天堂自助游"更名为"再生坊"，把那个用作治疗道具的特制"棺材"摆放在工作坊最显眼的地方，有人求上门来，他便和助手一起为其提供全套治疗。 这套流水线治疗作业像先前一样，包括最后的欢送宴会、隆重的告别仪式、美轮美奂的安魂乐曲、温馨动人的出发现场诸般程序。 白会长本人在取得心理治疗师的执业资格以后，正式申请了心理诊所的营业执照，名正言顺地挂牌营业。 与别家心理诊所不同的是，他只采用"棺材疗法"这一独门偏方，且专意治疗"灵魂衰竭症"，即，以体验死亡的方式唤醒生命。 遗憾的是，绝大部分人不能理解，直白浅陋地把其工作坊解读为"替活人举办葬礼"。

的确，从形式上看，其工作坊就是在"替活人举办葬礼"，虽然棺材还是他的主要道具，程序却完全不同。 过去，接受治疗的人都是意欲结束生命的自杀者，他们在躺进棺材的时候，千真万确地相信自己即刻就要死去，通过真切地体验死亡，从而获得新生。 之后，前来躺进棺材里体验死亡的不只是自杀者，更多的是行尸走肉的"活死人"。 这些"活死人"虽身体活着，其灵魂却已濒临死亡，他们没有任何办法可以激活自己，却也没有勇气杀死自己的肉体，于是，被迫让白会长用棺材道具和一场仿真葬礼来使自己重获新生。那些上门要求为自己举办葬礼的人，绝大部分都是对生命绝望和疏离、厌倦和冷漠，感觉活得无力无奈无意义、生命陷入疲软无温状态的"僵尸人"。经过一场葬礼的涤荡，他们的"生命欲"就会被重新激发点燃，感觉"就像从母亲的子宫里重新诞生"一般。白会长则由此被誉为"活葬治疗师"。

"以您的经验论，哪些人需要做活葬治疗呢？"我直白地问。

"灵魂低温患者。"

我不解地耸耸肩膀。白会长解释道："肉体有温度，灵魂同样有温度，肉体怕发热，灵魂怕发冷。灵魂低温就像身体发高热一样，也会严重危及生命。如果灵魂温度低过冰点，人的精神就会处于冻结状态，走向绝望，类似于灵魂渐冻症。"

"有道理。只可惜，这世界上没有测量灵魂温度的水银计。"

7

把白会长推进疯狂深渊的是一个名叫周成的人。自杀者通常多患"灵魂绝症"，但这一次，找上门来求助的周成，却是生了癌的肉体绝症患者。那时，白会长愈来愈处境堪忧：为活人举办葬礼，本身已够荒谬，还要免费，简直双料疯子。其家人在百般阻挠无效之后，先砸了他的工作坊，又烧掉了他的棺材道具，最后干脆把他本人也赶出了家门，并抢占了他用作诊疗所的门面房。这时候，他已花光手头能掌控的所有资金，助手们也在重压之下弃他而去，昔日风光无限的大企业家，沦落为流浪街头的穷光蛋，不过，哪怕做了穷光蛋，他眼里也看不见钱："我是见过钱的人！见过钱的人，眼里不装钱。 眼里有钱的人，莫管揣多少票子，也还是个穷骨头！ 穷是一种病，晓得吗？ 一个人若是穷病侵了骨，挣多少钱都治不好，要活到死挣到死，至死钻不出钱眼子。 眼里没钱的人，身无分文也可能活得像个大富翁。 贫穷感是一种病，世界上最难治愈的绝症病，必须用棺材疗法才能治愈！"白会长恳切地说。

"你说的是匮乏症，我明白。 有人身无分文，却丝毫不感觉匮乏，有人腰缠万贯，却无时无刻不被贫穷感折磨得像饿死鬼一样两眼发绿。"提到匮乏症，我忽然想到了医院的一个女患者。 这女人患上了一种"吃不饱"的怪病，需要不停歇地持续进食，她从来没有感觉到饱的时候，家人为禁绝她贪食，把吃的东西都锁起来，实在找不到食物时，她便偷着吃树叶、报纸和一切能找到并可嚼碎的东西，蚂蚁和蚯蚓之类活虫子也照吃不误。 她的两只眼睛望着人时，仿佛在无声地乞求："饿，给些吃的吧，我饿啊！"有人看她实在可怜，就悄悄塞东西给她吃，她哪怕吞下一头小乳猪还是喊饿，其实，真正饿的不是她的胃囊，而是她的"感觉"，按医生的说法就是"顽固性匮乏综合征"，通俗地讲就是"不满足症"。 导致她产生这种严重"不满足症"的原因是，她想要的太多，最糟糕的是，她想要的某些东西，哪怕拼尽她毕生之心力，她也不可能得到。 所以，她总是感觉饿、饿、饿，看那情势，她可能终生都吃不饱了。 也正是通过这名女患者我才知道：饥和饿是两回事，饥的是肠胃，饿的是头脑，饥很容易对付，饿却可能几辈子都难以治愈。

"你见过三号病区那个吃不饱的女病人吗？"我问白会长。

白会长叹口气道："怎么没见过？ 在这整个医院里，我对她印象最深，一看到她，我就会想起我那死去的爹。 可怜啊，我爹就是个吃不饱。"我吃惊地望着白会长，他表情肃穆地接着道："我爹受了一辈子穷，临到老了，我想：得可着劲儿让他老人家活得心满意足才好。 衣食住行不用说，啥好我给他买啥，后来，买啥他都不再稀罕，我就直接给他钱。 刚开始是几百几百地给，看他不满足，就几千几千地给，瞅他那眼神，好像还远远不够，我就成万成万地给。 心想：一个七八十岁赋闲在家的小老头儿，能有多大的胃口呢？ 我就不信满足不了他！ 嘿，老头儿倒是毫不含糊：我给多少他要多少，我给得紧他接得急。 起初我不明白他要那么多钱干啥子用，后来才晓得：他心里那只名叫贪婪的野兽被我无意间激活了，给多少都不够它塞牙缝儿！"

"你不给不就得了？"

"不给？ 哼，饿兽已经睡醒，张着牙、咧着嘴，嗷嗷直叫，得不停地喂钞票给它，不喂不行了！"白会长苦笑几声，"唉！ 你没见过我爹那副贪馋相！ 一见我进门，他的两只眼睛就会直盯着我的手，紧张得气儿都喘不匀实，活脱脱就像苦等一块肉骨头的饿狼。 有时候，我若是给钱迟了些，他会焦急到仿佛随时可能晕厥过去，满脑门子都是汗。 看他那样不要命地稀罕钱，我怜悯地想：他稀罕就给他，权当买他个喜欢，也算是我做儿子的一片孝心。"

"反正他不买东西，钱也带不到坟墓去，到头来还是你的。"

白会长笑了："我当初也这么想。 可是，他老人家有个怪癖：喜欢把钱成沓子码放着，一分都不往银行里存。 他很可笑地认为：存进银行就有可能要不回来了，自己放着随时看得见摸得着才踏实，就像看着地里成熟的苞谷穗子那样。 嗐，这可坑苦了我！"

"放着就放着，只要不招贼惦记，大不了损失几个利息而已。"

"嘿嘿，贼倒是不惦记。 我原本想：他日子不多了，我豁出去尽着满足他，好歹叫他死而无憾喜欢个够，撑到顶能怎么着？ 头几年一直是我给多少，他要多少。 后来，我吃不消了，钱被他大把地压在那里，而我需要它随时流动，没法子，只好颠倒过来：他要多少，我给多少。 我想看看他的胃口到底能有多大。"

白会长再次苦笑起来，我道："你好歹是个房地产开发商，应该不会被老爷子难倒吧？"

"倒也真不曾被难倒过。不过，他老人家若不是及时被招进天堂，我就遭殃了。哈哈，说来不怕你笑话：老爷子八十三岁患了痴呆症，啥都不认识，唯独只认识钱。像顽劣的孩子一样，给钱他才吃饭，若是不给钱，拿铁钳都撬不开他的嘴。他寸步不离，死守着钱柜，每天一遍又一遍不厌其烦地数钱。说来也是奇：他糊涂到连自己姓啥名谁都不记得，数起钱来却分毫不差。成箱子的百元现钞，少一张他都能发现，然后寻死觅活闹得鸡犬不宁。他变得像个恶魔般六亲不认，连他最疼的孙子都甭想从他手里哄出一分钱来，钱比他的心头肉都金贵，那副贪馋的嘴脸叫人看着实在恶心！"

"应该找医生解决，他这是病。"

"许多医生都看过，没法子。钱对他来说已成了杜冷丁，他上瘾太深，戒不掉。医生说，这是他早年匮乏太严重造成的反弹，除了继续服用钞票这味药别无良策。"

"你也算对得起他老人家了。"

"你知道饿死鬼长什么模样吗？"

"民间传说而已，哪有什么饿死鬼？"

"我原先也不相信，我爹使我相信，人人心里都藏着一只饿死鬼，大小不同而已。有的像狗，有的像狼，还有的如同老虎豹子一般凶猛残暴，可怕啊！"

我笑笑："为什么每个人心里的饿死鬼大小不同呢？"

"很简单：你喂它越少，它长得越小；它吃得越多，个头就越大。所有的饿死鬼都永远吃不饱。"

"你爹身体里的饿死鬼有多大？"

"刚开始也不过如同一只藏在地洞里的耗子，一点面包屑就能吃饱，我亲手拿成沓子的钞票喂养它，把一只耗子喂成了大象。"

"那，你身体里有没有藏着饿死鬼？"

"当然有！　我又不是神仙。"

"个头多大？"

"不大不小，像猪那样，肥肥壮壮，而且是头繁殖力极强的肥猪婆，会生一窝一窝嗷嗷待哺的猪崽娃。　可怕啊，若是猪崽们个个都长成饿虎和大象，还不得把我给活活地嚼吃了？　后来，我一横心，把它们全部屠宰掉，半只都没剩。"

"那你说，我身体里喂的那只饿鬼有多大？"

"我估摸着，也就一只绵羊大小吧？　羊是食草鬼，算你侥幸，若是养一只食肉鬼，够你受用。"

我叹口气道："羊也要天天吃草呢，都不是省油的灯。　再说了，鸡也好、羊也罢，尽管吃得少，却一样没有饱的时候，只要睁开眼睛，鸡的两只爪子何曾停止过刨食？"想到这里，我突然感觉上帝对人特别黑心，把人设计成永远都吃不饱的可怜虫！　上帝给人吃的东西，也就是钱权名利情这么几个玩意儿，人愣是稀罕得没个够的时候，这世间没有任何一种动物像人这般永远吃不饱、要不够。　生而为人，谁不在忍受这吃不饱和要不够的天刑？真是可悲！

白会长笑笑："所以，我从来不羡慕任何人。"

"你说的是任何人吗？"

"是的，任何人！　哪怕是地球球长我都不羡慕。"

"夸张了吧！"

"作为一个地球人，你知道地球在宇宙中的位置吗？"白会长自己报出了地球的详细位置，"拉尼亚凯亚超星系团，本星系群，猎户臂，古尔德带，本地泡，本地星际云，太阳系第三环形轨道，地球。"

"然后呢？　你想说明什么。"

"我相信，如果当真有个人做了地球球长，从人性的大概率上讲，他极有可能痛苦不堪、焦头烂额，因为，他会梦想着步步高升，先升到太阳系第三行星星长的位置，然后，做本地星际云云长，本地泡泡长，古尔德带带长，猎户臂臂长，本星系群群长，最后坐上拉尼亚凯亚超星系团团长。"

"这就完了？"

"不，他还会梦想着冲出拉尼亚凯亚超星系团，在更高层面谋得一官半职。　所以，人其实很可怜，因为，人永远不会满足，做官的，想要做更高的官；经商的，想要更多的钱；贪色的，想要更多的美女。　你见到过已经得到满足的人吗？"

"请问你满足了吗，亲爱的白会长？　请你实话实说，你是否也有想要而得不到的东西呢？"

"当然有啊，否则我早就成仙了。"

"尊敬的白会长，请问此刻你想要什么呢？"

"我想当咱这家精神病院的院长。"白会长哈哈一笑，"人只要活着，就有想要而得不到的东西，所以，人很难真正幸福，你到街上去做个问卷调查，几乎没有一个人感觉心满意足，一旦抵达了一个欲望的目标，下一个更高的目标马上就会自动生成，生而为人、永无餍足，我爹就是个实证。　所以，不需要羡慕任何人。"

"这话太绝对了吧？"

"当然，极少数在寺庙里修行的高僧大德除外。"

"既然如此，你也不需要为你爹感到遗憾。"

"说实话，我爹也曾经幸福过。　刚能填饱肚子那几年，每月能吃上两次肥膘肉，他就幸福得两眼放光。　开始吃钞票以后，他才慢慢嚼光了最后一点幸福的残渣。　我是罪人，我亲手拿钞票败坏了他的幸福，最终还直接索走了他的老命。"白会长猛吸几口烟，"我爹最后弥留人世的那些日子，为哄他吃饭，我无奈之下只好花钱买伪钞给他。我不断购买伪钞，引起了公安的注意，有天深夜，他们持枪破门而入，老爷子看着黑洞洞的枪口，吓得瘫倒在地不省人事，被我妈掐着人中唤醒以后，发现钱被全部没收了，当场气绝身亡。"

"他老人家再也不会感到饥饿，也算享福去了。"

"享福？想得美！他这样死去，来世还是个吃不饱，不知哪一世，他才能把自己修饱呢！"

"修饱？"

"吃是吃不饱的，越吃越饿，要想从匮乏感中解脱出来，获得真正的满足，只能靠修行，吃是吃不饱的，把地球囫囵个儿吞下也不会饱。"

"上帝造人时，直接把饿死鬼放进了人的基因里，怪不得人。"

"所以，人人都需要治疗。"

"怎么治疗？"

"躺进棺材里接受我的棺材疗法。"

"亲爱的白会长，请问您本人是否需要治疗？"

白会长哈哈大笑起来："表面上，我的棺材疗法是在治愈别人，实则我真正想要治愈的，是我自己。我承认我现在是个穷光蛋，但绝没有贫穷感，我是见过钱的人！我挣过的钱，海了去！说来也是奇，唉，钱挣得越多越快，我越感觉活得没意思。啥门道都试过，啥乐子也都找过，吃喝嫖赌玩个遍，我愣是死活感觉没意思。没意思，晓得吗？也是一种病，发作起来不可救药！后来就不想再活了。什么都没意思，还有啥子活头嘛！那时节一心只想死。别人看我活得好端端，我就是一心想自杀。活得没意思，还活着干吗！我自杀一回，被救起一回；再自杀，再被救。那叫一个巧！专门设计都未必会赶上那样的巧事。就好像上帝专门派人偷偷地盯着我一样，愣是死不成！"

　　鸽群在天空盘旋几圈以后，落在院里的一棵老树上，徘徊树下的鹅老爷气恨地看看树上的鸽子们，趔趄着膀子试了几试企图也飞上树去，可惜身子笨拙，望树兴叹之余，引颈长鸣起来。

8

　　顺便说说这位想上树的"鹅老爷"吧。

　　"鹅老爷"原是一个姓赵的病人的心爱之物。姓赵的病人乃一家知名企业的大老板，生意做得风起云涌，但是有那么一天，正在办公室埋头日理万机之际，赵总莫名其妙地发起愣怔来，眼睛直勾勾地呆望着天花板，呈现出一脸翻江倒海的生死疲劳来。再然后，他睥睨着眼睛，像外星人刚刚落脚地球村那样，瞅瞅满屋子等待着请示汇报的副总们，像昏睡五百年恍然初醒一般，拿万分陌生的目光打量着办公桌上的电话、电脑以及堆积如山急待处理的文档文案，突然，毫无来由地对着满脸狐疑的副总们狂吼起来："滚蛋！统统给我滚蛋！马上给我滚蛋！立刻给我滚蛋！"等大家惊慌失措地滚蛋以后，他反锁房门，一口气砸了所有砸得动的物什，正当他要一把火把自己和办公室同时点燃时，人们破门而入把他押到了精神病院。

　　这之后，赵总丧失掉语言功能，"滚蛋"两个字成为他的万能致辞，他什么人都不见，就像扔一团手纸那样，把自己呕心沥血经营起来的庞大企业和整个世界卷巴卷巴，一脚踢进猪圈里当作烂南瓜喂给猪吃，自己专心专意只守着一只大白鹅发呆充愣。他以不变应万变，拿"滚蛋"两个字像机枪一样对付整个世界。医生说：该服药了。他道：滚蛋！护士长被逼急了，逗他说：要地震了！他道：滚蛋！他老爹气恨不过，愤怒地对他喊：你娘死了！他大义灭亲地照样奉送两个字：滚蛋！他唯一没有发出滚蛋指令的，只有这位鹅老爷，赵总把它当老太爷养了十二年，视若自家亲爹一般，以致他亲爹跟这只鹅老爷势不两立。 鹅老爷有个怪癖：哪怕山珍海味都一概不尝，单只爱吃赵总亲自嚼烂的馒头。 赵总哪怕忙到焦头烂额，也要抽出空暇亲自替它嚼馒头，不辞劳苦地替它嚼了十二年的御用馒头，哪怕住进精神病院，也不弃不离地带着它，一日三餐替它嚼馒头。

天有不测风云，鹅有旦夕变故。 这只鹅在精神病院遇到白会长以后，愣是背信弃义，投靠至白会长门下，睬也不再睬赵总一眼，死心塌地跟在白会长的屁股后头，像他最忠实的奴仆一般，尽职尽责地替他看护着那群白鸽。赵总拿它当亲爹，它却拿白会长当亲爹。 赵总怎么咽得下这口恶气呢？ 他想尽一切办法，希望这只鹅能够回心转意，跟他重修旧好。 然而，任他百计千方，这只鹅不为所动，死不悔改地跟定白会长。 赵总无奈找白会长理论，白会长道："你带它走呀！ 我也没有拦着它是不是？ 你马上带它走!"然而，那只鹅宁可整夜守在白会长的病房门口，哪怕饿得半死，愣是尝都不肯再尝赵总替它嚼的馒头。 赵总的狂躁症随之加重了好几分，哪怕谁都不招惹他，他也会对着空气怒吼：滚蛋！ 滚蛋！ 滚蛋！ 他妻子气得见了那只鹅就骂忘恩负义、白脸奸臣，什么难听骂什么，全医院的医生和护士也都对这只鹅没有好脸色，而且替它取了个绰号叫"叛徒鹅"。 这只千夫所指的叛徒鹅任人褒贬，坚持大义凛然地我行我素，气得赵总把进口药都治不掉的口头禅"滚蛋"两个字奇迹般地忘掉了，见了人就絮叨："我到底做错了什么啊？做错了什么!"而且见谁就跟谁诉苦，一天几趟去缠主治大夫，要他替自己讨公道。 大夫实在不耐烦了，气恼地劝训他："左不过一只连话都不会说的大笨鹅，又不是天仙美女俏佳人，至于吗？"赵总心如刀绞："可恨就可恨在它不会说话，你不知道它心里到底在想什么，就这么一声不吭背叛了我，投靠了万恶的白疯子，搁谁谁不伤心呢！ 啊？ 世界上还有比我更倒霉的人没有了！ 啊？ 愣是被一只鹅生生给抛弃了！ 我养了整整十二年的鹅!"

赵总一心想要弄明白，鹅到底为什么要抛弃他。 那时魏大夫还没有跟名叫螃蟹的疯子跑掉，赵总抱着孤注一掷的决绝，对魏大夫死缠烂打，请求懂得鸟语的魏大夫跟鹅谈心。 他坚信，魏大夫既然能跟乌鸦谈判成功，就能说服一只鹅回心转意。 魏大夫拗不过他的执着，答应跟鹅沟通，并很快发现，问题的症结可能与一个墙洞有关。

墙洞很小也很隐蔽，又被杂草掩盖着，极难被注意到。 魏大夫发现，那只鹅很奇怪，只要经过这个小小的墙洞就会神色异常，有时故意在墙洞附近像贼般踯躅徘徊，到了没人的时候，还会从垃圾里叼来碎馒头之类的食物，趁人不备往墙洞里送。 这只鹅虽是赵总带进医院的宠物，但医院规定：晚上睡觉时，宠物一般不准带进病房，这只鹅便经常自己在院里散步，而它散步的地点总在墙洞附近。

事实上，住在精神病院的患者中有一部分对整个世界和人类都感到刻骨的绝望，他们往往把自己仅存的感情扭曲地寄托在某种动物身上，否则极有可能自杀，因此，医院特许自杀风险极高的病人带宠物住院，因为宠物就是他们的精神寄托，通常来讲，一个真心热爱宠物的人，患精神病的概率会比较低。 医院里最受大家喜爱的是一只名叫"崇拜"的小狗，它的主人是一个特别渴望被崇拜却从未得到过崇拜的中年男人，这只小狗不只是取名"崇拜"，而且会用动作表示崇拜。 只要对它发出"崇拜"指令，它就会马上举起前肢作举手崇拜状，有时连医生见到它也会开玩笑地指令：来个崇拜！ 它就赶忙恭敬地对医生表示崇拜。 医院里人人都能得到它的崇拜，人人都喜欢它。

医院最令人惊惧的是个名叫"艳平"的男病人，他养了一条蛇做宠物，与这条蛇须臾不离地黏在一起，像连体人一般形成"人蛇共同体"。 因为他随身养着一条蛇的缘故，他在人们眼里便成为蛇之化身，比蛇还要恐怖，被家人强制住院以治疗其病态的"恋蛇癖"。 因担心蛇去人亡，造成恶性医疗事故，医院不敢贸然强行捉拿藏在他身上的那条蛇，只得依照通常的顺势疗法，权且允许他"与蛇共生"。 在收他入院时，院方请专家专门鉴定过，他身上寄居的那条蛇确系无毒，不过，他还是被安排在医院的隔离病房，出入受到严格限定，以免蛇惊吓到别的患者。

这条宠物蛇就叫美女蛇，其学名叫玉斑锦蛇，由国外进口，身价昂贵，堪比豪门千金。 这位"美女"遍身碧绿，像一根刚采摘的青豆角一样鲜翠欲滴，主人对它的昵称就叫"豆角"。 医生查房时，娇贵的豆角小姐被临时关进盒子里，只要医生转身离开，其主人就会迫不及待地把它放出来，或装在衣服口袋里，或当作手镯环在手腕上。 虽然大家都相信豆角小姐十分温柔善良，不携毒也没有攻击性，但还是对其退避三舍，不料，医院有个名叫阿三的孤独症孩子对美女蛇一见如故，如同久别重逢般相见恨晚，腻在艳平的病房里不肯离开。

艳平的病很常见，被医生命名为"宠物癖"。 入院前，其妻用尽手段，想把"蛇情敌"击溃，最终自己落荒而逃，完败于它。 艳平先生誓与豆角小姐共存亡，须臾不肯离弃，看那情势，怕是要"生则同衾眠，死则同穴居"了。 豆角小姐仿佛是他的魂魄，只要离开他一小会儿，他就会浑身哆嗦、牙齿打战，像发了毒瘾般。 艳平的前后两任妻子皆因不愿与美女蛇同床共榻而愤然离去。 阿三那个孤独症孩子竟然对豆角小姐一见如故，两个人跟美女蛇难解难分，就像天生的一家人那样。

9

依照通常的看法，阿三生来就像个外星人，与地球人井水不犯河水。 若是有谁听到他跟妈妈的对话肯定要当场疯掉：

阿三，你饿了吗?

火车。

阿三，别把衣服弄脏了。

火车。

阿三，快看那只大白鹅！

火车。

阿三会用"火车"两个字对付一切问题。 他所说的"火车"究竟指代什么，只有上帝知道。 除了"火车"，他还有许多别的日常用语：比如，他会连续多日只说一个词"希达"（音译），饭是"希达"，睡觉是"希达"，肚子疼也是"希达"，这个万能的"希达"需要其父母想破脑袋像拆解密电码一般去破译。 他生来就活在自己的世界里，那个独属于他的世界比铜墙铁壁更坚固。 谁能想到呢，专家们呕心沥血也未能攻破的堡垒，一条小小的豆角蛇居然轻而易举就钻了进去，双方亲密无间，不存在丝毫阻碍。

据阿三父母讲，自从爬出娘肚子，阿三不曾有一次响亮地笑出声来，永远机器人般面无表情，然而，每当他与豆角蛇忘情地玩耍时，却会不时发出咯咯的笑声，使其父母十二分地惊诧：那条蛇跟孩子仿佛天生心有灵犀，阿三让它做什么它就做什么，彼此好像在投胎以前就认识一般。 那孩子因与蛇交好，很有可能走出全世界都难以攻克的自闭顽症，令专家们摩拳擦掌，把"宠物疗法"作为研究孤独症的专门课题，列为医院的重点科研项目，豆角小姐也成为整个医院的"名人"。 敝人虽对蛇恐惧至极，还是忍不住好奇斗胆对蛇主人进行了"专访"：

"为啥豆角蛇，不，豆角小姐，那么听孩子的话呢？"我问艳平。

"豆角知道孩子真心喜欢它。"

"它是怎么知道的？"

"谁真心喜欢你，你会不知道？"

"孩子为什么一点都不怕蛇呢？"

"你为什么怕蛇？"

"蛇有毒，会咬死人。"

"你怎么知道？"

"这是尽人皆知的常识。"

"尽人皆知就是事实吗？ 孩子不这么认为。"

"为什么？"

"孩子心里根本没有毒这个概念。 要把这些观念灌输进他的头脑，比心脏移植还要困难。 蛇在他眼里很可能跟他一样，也是个孩子。 当然，这只是我的推测，也许蛇在他眼里是别的什么也有可能。 连'蛇'这个命名也只是一个符号，豆角小姐不是蛇，它是它自己，孩子看到的不是概念中的蛇，蛇看到的也不是被定义为孤独症的儿童，他们看到的都是上帝本来的造物，就这么简单。"

艳平说得不错。 还没有见过蛇以前，我已经对蛇产生了太多的成见，比如蛇是魔鬼撒旦的化身。 由于自闭的缘故，这些成见穿不透孩子的知觉之墙，于是，蛇跟他亲、他跟蛇亲，蛇知道他、他亦懂蛇，没有畏惧、没有怀疑，只有最原初的信任和爱。

"那，你为什么爱蛇呢？"我再问艳平。

"蛇爱我。"

"你怎么知道蛇是真心爱你的呢？ 它又不会说话。"

"它会抚摸我！"

"可是，豆角没有手啊，怎么抚摸你呢？"我问。

"不，它其实就是一根女人的手指头。"

我瞠目结舌地望着这个被定义为精神病患者的男人，呆若木鸡。 必须承认，他的想象力非常奇特，哪怕想破脑袋，我都不会把蛇想象成女人的手指头。

"可它毕竟是一条蛇。 离开它，难道会死吗？"

"离开豆角小姐，也许死不了，我会感觉冷，非常冷。"艳平低声呢喃，"还在妈妈肚子里时，我就感觉到了那种刺骨的寒冷。"

"妈妈的肚子应该是世界上最温暖的地方吧？ 那是上帝为胎儿设计的宫殿。"

"不，我在里面感觉到的是寒冷。"

"你能记得吗？ 那是一种怎样的寒冷？"

"那种冷，就像，就像一只明晃晃的铁钳子。 那只铁钳死死地夹住你透明的心脏，就像夹碎鸡蛋黄那样，把你戳破、捣烂，拖拉出热乎乎的被窝，扑通一声丢进垃圾桶里，再拎出去倒进恶臭的苍蝇堆中，然后，被野狗叼走啃吃掉。 就是这样的冷。"

我听得毛骨悚然。 可是，这样残暴猛烈的寒冷是从哪里来的呢？ 艳平似乎读懂了我的疑问，平静地说："小时候，我爸无数次痛斥我，当初根本不该让我妈把我这个孽种生下来！ 我妈和我爸都相信，我就是他们的灾星。自从怀上我以后他们就开始无休止地吵闹，其间好几次，他们决定把我打掉。 有两次，我妈已经躺到了手术台上，医生的产钳也已经探了进去，由于阴差阳错的缘故，刮宫手术被迫取消。 一次是由于手术医生突发心脏病，一次是手术室突然停电。 最终，天灾战胜人祸，我还是侥幸逃脱铁钳，九死一生来到了人世间。 你不觉得人间很冷吗？"

"有时候也会感觉寒冷，不过，太阳出来就好了。"我搪塞道。

"有了豆角小姐，我就不冷了。"

虽然我不尽认同艳平的看法，不过自此以后，我对蛇这种上帝的造物不再那般惊怵了。 一根女人的手指头，有甚好怕的？ 我进而想：如果蛇是女人的手指头，那只大白鹅在赵总心里又是什么尤物呢？

10

赵总的大白鹅喜欢趁着夜色独自在院里散步。 它一溜达，就会到墙洞这边来，魏大夫由此断定，墙洞里面大有文章。 然而，蹲下身子仔细打探多次，却什么都没有发现。 当他故意躲开，远远地观察时，鹅又会往里叼送食物。 经过蹲点守候，魏大夫终于发现，那墙洞里面藏着一只很小的狗，只有鹅出现时，小狗才敢把毛茸茸的小脑袋怯生生地探出来，其余的时间，它都不声不响地藏在墙壁深处，连头都不敢露。 墙洞里冷冰冰的，又黑又暗，整天待在里面肯定非常难受，魏大夫试图把小狗唤出来，使了许多法子诱惑都不行，小狗听到一丁点动静就躲，似乎对洞外的一切都畏之如虎，唯独对鹅没有敌意。 一只小狗为什么要日夜躲进墙洞里不肯出来呢？ 魏大夫凭着职业敏感推断：小狗的心理受到过严重伤害，可能患上了恐惧症。 联想到鹅对赵总的突然背叛，他找到赵总的妻子不动声色地打探，挖掘到一个细节。

此前的某一天，不知什么缘故，赵总的躁郁症又发作了，妻子带着鹅陪他在医院的草坪上散步时，碰到一只流浪在此的狗妈妈带着自己的小狗在草坪上睡觉，赵总不小心踩到了一坨狗屎，突然怒火万丈，飞脚朝狗妈妈踢去。 狗妈妈被踢中要害疼得惨叫，他仍不解气，又狠命拿脚去踹狗，左脚踹累换右脚，直到狗妈妈不再哀嚎为止。 而狗妈妈之所以宁愿挨踹也不肯逃开，是为了拼命保护自己的宝宝。 赵总的妻子说，每次丈夫发作，她都感觉像经历噩梦一般，不敢劝阻。 丈夫好不容易平静下来以后，她急忙带他回病房休息，并未特别留意狗妈妈和它的孩子。 直到此刻在魏大夫的提醒下她才回忆起来：也就是从那时候开始，鹅的性情开始巨变，先是对他们两口子不理不睬，紧接着又绝食，不再吃丈夫嚼的馒头，再然后，遇到白会长和他的鸽子以后，它决绝地离开丈夫，投奔了白会长。 她始终认为是神神道道的白会长对鹅使了魔法，骗取了鹅的信任，从来不曾想到过，鹅是对她丈夫寒了心。

魏大夫分析，作为动物，鹅与小狗具有天然的亲缘关系，赵总残忍地当着鹅的面对狗妈妈施暴，无异于杀鸡给猴看。这行为极大地伤害了鹅的感情，它的离开绝非"背信弃义"，而是对赵总的暴行忍无可忍、心有余悸。赵总口口声声说自己养了鹅十二年，事实证明他对鹅只是作为私有物占有，绝非发自内心之爱。如果他真心爱鹅，就不会当着鹅的面残杀小动物。鹅离开他，是他咎由自取。

很显然，目睹赵总暴行的小狗受到了严重的刺激，很可能留下终生无法愈合的精神创伤。因为对整个世界都产生了恐惧心理，它才会钻进巴掌大的墙洞里不肯再出来。一直以来，都是那只鹅在关心小狗，每天不弃不离地叼送食物到墙洞里给小狗吃。魏大夫通过进一步调查得知，狗妈妈当时即惨死于赵总脚下，保洁工第二天发现后就地掩埋了它。这只小狗从那时开始，已在墙洞里生活了好几周，哪怕夜深人静时分，也不敢走出墙壁一步，只有鹅出现时，它才敢试试探探地把小脑袋探出墙外片刻，而且还在杂草后面躲躲闪闪，稍有风吹草动，即刻躲进墙洞深处，把自己变成了穴居的"小壁狗"。

为了治疗小狗的恐惧症，魏大夫每日三次，像做功课一样，虔诚地蹲在墙脚，一遍遍地对着墙洞念叨："对不起，请原谅。谢谢你，我爱你！"不管他怎般念叨，小狗就是死活不肯出来。魏大夫伤心地说：小狗对墙壁外面的世界再也不敢相信，很可能终生生活在墙壁里。面对这只小壁狗，魏大夫痛心疾首，他认为精神病医院出现罹患恐惧症的"壁狗"，乃是医院的耻辱。于是，他郑重其事地给院长提议，让医院关注这只患了恐惧症的小狗，以及出现在医院里的所有流浪动物。院长认为，真正患心理疾病的乃是魏大夫本人，而非小狗。倒是赵总夫妇，真心诚意地向小狗道歉，同时也谅解了鹅的背叛行为，并和白会长成为莫逆之交。因两人化敌为友、相谈甚欢，赵总高兴之余，开出了一张支票捐赠医院。　不过，他特别申明：如果医院接受捐赠，必须同时接受一个条件，同意白会长把自己的病房当作治疗室，用棺材疗法给志愿者免费进行唤醒生命的治疗。

事实上，自从作为患者住进医院以后，白会长从未间断过这种治疗，他又不肯收取患者一分钱，对患者和医院都有利无弊，医院得了赵总的捐赠，心照不宣地默认了赵总的条件，于是，白会长如愿以偿地成为包装成患者身份的"白大夫"，医院特批他享用单间病房作为特殊诊疗室，使他可以对志愿者进行生命疗愈。　彼此皆大欢喜。

那只大白鹅得到平反昭雪，成为人们心目中英勇悲壮的鹅，白会长对它十分敬重，真诚地称它为"鹅兄"。　这位鹅兄自觉替白会长掌守鸽群，若是有谁胆敢加害鸽子们，它就会拼死护卫。　鸽子是白会长在外面时精心饲养的，他被关进精神病院以后，这群鸽子也跟着他来到医院。　精神病院虽戒备森严，却也挡不住鸽子的翅膀。　它们晚上栖身于院内的梧桐树梢，白天在草坪上踱步，既不占用医院的病房，也不吃医院的禄粮，病人们看到安详自在的鸽子，也都油然而生怜爱之意，院长没有理由像对待乌鸦那样驱逐它们，于是，这群自愿跟来的鸽子、大白鹅和白会长，再加上那只"小壁狗"，成为医院里最特殊的组合，也成为别具意蕴的独特风景。　吃食时，小壁狗把毛茸茸的脑袋钻出墙洞并张开嘴巴，鹅伸长脖子，直接把食物叼进它的嘴里。　鸽子们则在一旁站岗放哨。　它们和睦相处、其乐融融，仿若天使降临于伊甸园，谁若有幸亲眼看到此情此景，都仿佛直接领受了上帝的祝福一般。　魏大夫用尽办法也没能把小壁狗的恐惧症治好，他本人却被医院公认为精神病患者被迫停职，后来，他脱下白大褂，跟自己正在治疗的一个绰号螃蟹的患者一起到尼泊尔远途灵修去了。

"为啥会想到养鸽子呢？"我对白会长提出了最后一个问题。

"说起这些鸽子，其实还跟自杀有关。　我几次寻死几次被人救，好像是老天爷睁着一双无所不在的眼睛牢牢地盯着我。 我幡然醒悟，听到老天爷对我说：你还不到死的时候，你要亲自救下至少一百条人命，这是你此生必须完成的使命。 至此，我终于找到了活着的意义：用开发房地产挣来的钱，成立一个私人机构，专门救助自杀者。 自杀协会成立以后，经我的手共救下了二十一个人，至今都好端端地活着。 救一个，我收养一只鸽子，再救一个，再收养一只鸽子。 看，就是那群白鸽。"

不曾想到，第二十二个自杀者出现时，白会长遭遇了自己的滑铁卢。 这一次，找上门来的就是那个名叫周成的癌症晚期患者。 他要求白会长帮他死，是真死！ 他再也不能忍受病痛的折磨了，只想尽快解脱。 白会长破例帮了他，那人仙逝以后，白会长被送进了精神病院。

"天地良心，帮人赴死，那不是我的使命。"

"为什么最后真帮了呢？"

"必须帮。 换作是你，你也会帮。"

"你是怎么帮他的？"

"什么都不做，只是陪着他。"

"当真什么都不做，就只是陪着他？"

"如果我做过什么，早就又被关进牢里了。"

"请问，你说的'陪着'，是什么意思？"

"陪着就是，怎么说呢？ '陪'的意思就是：捧出肚子里那颗滚烫滚烫、烫得就像刚出炉的烧饼，或者就像烤山芋那样的一颗心，让那颗滚烫的心软软地暖着他、热乎乎地偎着他，让他感觉死丝毫不可怕。 就像是一个孩子在外面玩累了，天也快黑了，太阳正在往山下走去，红彤彤地露着半拉脸，霞光万道啊，每一块云彩好像都在噼啪作响地燃烧着，脚下的土地仿佛都铺上了耀眼夺目的金子。 那个玩够的孩子就踩着金光闪闪的天路，迎着霞光万道的火烧云，欢喜无量地往家里奔去。 他知道妈妈在家里等着他。 等他回家的妈妈笑得像花朵一般好看啊，他欢喜地笑着向妈妈的怀里奔去——这，就是我所说的陪着的意思。"

听白会长这样说，我眼里忽然涌满了泪水。我走的时候，谁会这样陪着我呢？

院得，只到病人的脸，基以，这人体剩少

医待，见一张人的脸，我就可断定，这个的里下灵魂。

在里久了，要一人本断定，个的里下灵魂。

第23章

好好
抚摸
这个
世界

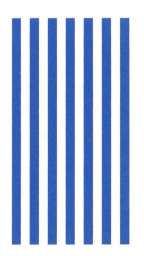

1

由于药物刺激，李天梦变得愈来愈胖，却依然面无表情、形同木雕。 他整天躺在床上，空洞的目光直直地仰望着天花板，给我的感觉是，他人虽在这个世界上，灵魂却已弥散于高空缈远处。 在精神病院亲身观察和体验了这么久，我愈来愈认定，所谓精神病，尤其是精神分裂症，就本质而言，大多属于"灵魂失联综合征"。 在"分裂"以前，"失联"已经在暗中发生，这个"失联"的过程可能相当漫长：就像蛇蜕皮一样，灵魂从身体里一点一点蜕离和逸出，一寸、两寸、三寸，蜕出了头，蜕出了脖子，蜕出了心，终于，灵魂脱壳而出，像断线的风筝般义无反顾地向高空飞去，把身体像空空的蛇皮一样丢弃在地面上。 在医院里待得久了，只要见到一张病人的脸，我就基本可以断定，这个病人的身体里还剩下多少灵魂。 比如，有的人能量大，有的人能量小，有的人身体里蕴含的灵魂多一些，有的就少一些，有的灵魂频率极高，如同眩目的极光或高压强电流，有的频率低到可以忽略不计。 那些灵魂频率高的人，当你跟他接触的时候，会感到如沐春风，被强烈地激发；那些灵魂含量很低的人，则让人感到简陋无味，甚至窒息。 在精神病院，打眼一瞅就能明白，有的人已经成了空空如也的壳子，一丝灵魂都没有了，类若"无人机"，其目光完全空洞，已经跟自己也跟整个世界彻底失联。

随着社会的快速发展，精神病人的数量有上升的趋势，抑郁症患者更是日益增多，而且年龄越来越趋向低龄化。能够走进精神病院求医的只是患者中的少数，有的患者更干脆，直截了当一跳了事。在精神病院挂号处挂号的人越来越多，队伍排得越来越长，专家号稀缺到一号难求。有的家长为了给孩子挂个专家号，会在凌晨一两点就到挂号处排队。医院开始执行实名挂号制。有人开始从激增的精神病人数中发现巨大的"商机"，甚至，有的房产开发商都开始转行投资精神病院，精神病院越来越多，成为"朝阳产业"。有的私人精神病院的院长对人的精神和灵魂一点都不关注，他们只看重商机，在商业模式的操作下，有些精神病院越来越红火。有的医生除了给病人开药以外，难有别的作为，有的家长把患病的家人送进医院，目的就是为了使病人顺利服药。通常而言，精神病患者很少承认自己有病的，通常都不配合服药，家属无能为力的时候，只能把病人送进医院强制服药，医院在这方面更有经验。病人服药以后，也无非是不再情绪失控，本质问题并不能得到解决。当病人在医院里经过长期服药，渐渐地习惯药物并且依赖上药物以后，就可以回家长期服药了。给人的感觉好像是，精神病院就是灵魂消防队。当病人的灵魂大厦起火时，精神病院负责拿药片帮病人熄火，至于灵魂大厦的重建工作，则需要全社会之力，仅凭医院往往无能为力。

在医院深入观察了那么久，对病人的各种状况我已司空见惯且见怪不怪了，继续待下去意义不大，是马上出院，还是留下来做义工，尝试着悄悄地为自己的心理治疗生涯继续做准备呢？说实话，我不顾别人异样的目光，顶着巨大的压力，以病人的身份深入精神病院这么久，真正的目的还是想做心理治疗师。这是我的梦想。我最崇拜的心理治疗师是欧文·亚隆，他是我仰望的巨星和偶像，我甚至梦想着出院以后去拜访他老人家，成为这位大师团体治疗小组中的一名成员，从而近距离地领略他那丰盛的灵魂。为了实现这个愿望，我已经开始仔细地阅读叔本华的著作了，但是我又怀疑，这个想法是否脱离现实太远了呢？ 就在我有些犹豫不决时，突然接到了心理治疗师姚大夫的电话，并惊喜地得知，姚大夫在两百公里以外的凤凰山上，利用废弃的农家宅院新建了一所精神康养园，那里山清水秀、环境优美，是一个在精神病院住过的女老板出资创办的。 听到这个消息，我二话不说，立刻办理出院手续，奔赴凤凰山。 去了以后才知道，这位女老板我认识，名叫焦艳丰，她投资创建的这个康养园与精神病院一样，面对的都是精神和心理出现问题的病人，但这里的治疗方式却与精神病院大相径庭。 我和焦艳丰在同一家精神病院的封闭病房里待过，算是病友，我还清楚地记得，这位女老板患了手机综合征，其梦想是拥有自己的私人停机坪，没想到，她从病人摇身一变，成了院长。

<h2 style="text-align:center">2</h2>

尽管事先发挥了最大的想象力，当亲眼见到院长焦艳丰，我还是非常震惊，此时的她与住在封闭病房时相比，判若两人。 她脸上那掩饰不住的安详、喜悦与满足，颠覆了我对精神病的认知。 此前在精神病院目睹到的事实使我坚信，精神疾病极难治愈，绝大部分需要终身服药，想要病人完全康复几乎不可能。 看到焦艳丰的现状，我改变了看法。 作为重度躁狂症患者，她能恢复到比病前还要好的状态，真是奇迹。

焦艳丰承租的这个荒村名叫米山村，原本居住着几十户村民，政府兴建新农村，在山下的镇子上盖了社区楼以后，村民陆续搬离，小山村渐趋荒芜，只剩下寥寥几位死也不肯上楼的老人，悲壮地厮守家园。 老人们都在七十岁靠上，他们在山上出生，又在山上变老，如同长在山上的古树，宁死不肯被移植。 山民搬离后留下多处空宅，焦艳丰出资把整个米山村都承租了，然后进行简单的改造，就成了别具一格的康养基地。 前来接受治疗的患者们分住在各个农家小院里，像农民一样自己动手、丰衣足食，焦艳丰就居住在其中一家宅院里。 这座宅院由石头垒筑，三孔窑洞虽粗陋，却结实古朴、别具风味，院子更是宽敞阔大、浓荫蔽日，番石榴和银杏树参差错落，鸡舍和狗窝和平共处，蓬勃婆娑的老槐树上白花累累、芳香四溢，树梢上喜鹊啁啾，一幅安详恬淡的景象。 住在这样的院子里，我才真正找到了家的感觉。城里的高楼大厦无论怎样豪华，都像宾馆一样，不是家。

焦艳丰在城里时开豪车住豪宅，手里提的包包都要几十万，此刻，如同地道的村妇，她日出而作、日落而息，侍候稼穑、喂兔养鹅，闲来无事，便和几位老人坐在村头大树下剥毛豆、唠闲嗑。 令我惊诧的是，这位大老板居然学会了织毛衣，一天到晚毛线不离手，我问她如此勤奋是要织给哪个心爱之人时，她笑言：自己只是在"做功课"。

"织毛衣功课"是她在极度煎迫之中摸索出来的心理疗愈良方。 也是此刻我才知道，焦艳丰几年前之所以住进精神病院，是患上了严重的"瞎折腾综合征"，这病最明显的症状只有一个字：闹。 不折腾就会死。 其病症以"热闹"为表象，而"闹"恰恰是孤独的极致表现。 在她既往的那个富商圈子里，焦艳丰是最"闹"的女人，只要睁开眼睛，她就会马不停蹄地张罗折腾。 谁能相信呢？ 这位恨不得给宇宙重新排序的女老板，居然是个躁狂症外加孤独症的双重患者。 她承认，那时她无时无刻不剔骨入髓地感受到穷凶极恶的孤独。 孤独像十二万八千只饥肠辘辘的春蚕，一刻不停地啮咬着她的灵魂，令她生不如死。

"你会织毛衣吗？"焦艳丰从毛线团上抬起眼来问我。

"千针万线的，感觉那工程浩大到不堪忍受。"

"我以前也这么认为，上手以后却再也丢不开了。 只有织着毛线，心里才不那么荒芜，我感觉自己不是在织毛线，是在缝补。"

"缝补什么？"

"心。"

"你的心，难道需要缝补？"

"漏洞百出啊，如同一张烂鱼网。"

焦艳丰摩挲着手里的毛线团，梦游似的说："必须像陀螺那样一刻不停地旋转，一刻都不敢停。只要停下来，就会迎面遇到那个茫然的自己，就像站在一口深井的边沿，看一眼都心惊胆战。除了拼命折腾，你能拿什么来躲避心里那口深不见底的暗井呢？"为了排遣愈演愈烈的孤独感，焦艳丰必须变本加厉地折腾。折腾各种叫不出名堂的名堂，却把这种折腾当作冠冕堂皇的"事业"。当她把能折腾的玩意都折腾遍以后，孤独和茫然却有增无减，于是她又患上了一种叫作"无感症"的怪病，对一切都毫无感觉，如同橡皮人，连亲爹遭意外暴亡她都生不出悲伤。她从父亲的灵堂里溜出来，连一分钟都没有停，直接约男人上床。那一刻，她感觉特别想跟男人放浪形骸地交媾，除了恶狠狠地交媾，她不能用别的任何办法来抵制死亡这个超级玩笑。然而，破天荒地，她居然无论如何都无法冲上快感的巅峰。男人像斗牛士一样带着她一次次地冲浪，她一次次在濒临巅峰的临界点无奈地跌落。但无论怎样不遗余力，哪怕男人拿烟头烫她，拿绳子捆她，拿刀片划她，她都毫无感觉，"感觉"那东西愣是从她身上溜走了。为了找回"感觉"，焦艳丰想尽了所有的办法，唯一稍微奏效的是，让男人拿长丝袜勒紧她的脖颈，当她愈来愈濒临窒息、真切地亲吻着死神时，才能勉强感觉自己"活着"。

3

令焦艳丰感到绝望的是，只要找到些微活着的感觉，孤独感和虚无感又会疯狗般伴随而来：天空地空，万事皆空。睁开眼睛是空，闭上眼睛还是空。就在她即将被无处不在的空无感鞭挞致死时，偶然的某一夜，她守在自己空荡荡的家里瞪着空荡荡的眼睛发呆时，忽然听到了一声哀号，那声音哀号不绝，仿佛在对她喊着："救我，救我，快救我！"她循着声音找去，在自家楼下的墙角发现一只母猫和它刚刚生下的五只猫崽。焦艳丰喜极而泣，把它们小心翼翼地抱回家，让它们睡在纯羊毛毯子上安心歇息，自己手忙脚乱得像侍候产妇那样，又是煎鸡蛋又是炖鱼汤，忙活得四脚朝天。焦艳丰那穿骨剔髓般的孤独和虚无感居然自动缓解，以致她坚称，那些猫崽是从她自己的肚子里孕育而生的。

"你除了能生出猫崽，还能生出什么来？"我笑笑。

"想要什么就能生出什么，整个世界都可以从心中生出来！"

猫崽娃们被层出不穷地陆续生了出来，焦艳丰的家里成了猫的天堂。她每天为猫煮食洗澡、清理餐盘，如同慈爱的猫妈一样。猫儿猫女们饭来张口，整日游手好闲只顾谈情说爱，勤奋地大猫生小猫，小猫再生小猫，没过多久，邻居们就不胜猫患了，于是焦艳丰从城里搬至米山，和她的猫儿猫女们过起了世外桃源的日子，我到小山村拜访她时，她的猫族成员已衍生至四十九只。

猫咪们到了小山村如同到了伊甸园，吃饱了肚子没事干，不是卧在花丛里打盹儿，就是躲在树底下跟麻雀捉迷藏，焦艳丰走到哪里都有成群的猫咪尾随其后，就像跟脚的孩子一样亦步亦趋。无论猫咪怎样淘气，她都无限宠溺。有几十只猫咪安家落户，荒村也不再那般荒芜了，仿佛旧的农户搬离，猫咪成了新入住的村民，女老板焦艳丰则成了当之无愧的村长。女村长和她的猫民们形影不离，晚上睡觉也要同榻共枕，猫咪们夜里争先恐后地爬上她的床，钻进她的被窝，或者拱进她的鞋子里，最多的时候她的床上挤睡过十四只猫。猫的繁殖力很强，仿佛只是眨眼之间，大大小小的猫咪就遍布荒村的各个角落，女村长背着双手在羊肠小道上踱步时，猫咪们前呼后拥，有的为她伴驾，有的替她开道，女村长动情地说："没有猫咪陪伴，人就会被冻死在这荒凉的世间，你相信吗？"

"上帝知道人间荒凉，所以创造了太阳。"我故作轻松地调侃。

"你知道人心长什么模样吗？"焦艳丰又问。

我暗忖，这个大老板怎么变得像个哲人一般，难道是养猫养邪乎了？ 传说猫是哲人的象征，看来此言非虚。 于是反问道："什么模样？ 不就是一枚桃子的模样吗？"

"你说的是心脏，我说的是心！"

"喔。 那你说，人心长啥模样？"

"脑袋圆溜溜、身上毛茸茸，心就是猫，猫就是心啊！ 流浪在世间的每一只猫咪都是一颗死不瞑目的流浪之心。"

焦艳丰每日与一大群"流浪之心"相拥相伴、耳鬓厮磨，晚上睡觉时，她怀里搂着猫，枕畔卧着猫，爬上床的猫力争往她的怀里拱。 亲近不到她的小猫咪如同没娘的孩子般啼泣。 为了让小猫咪们尽可能亲近到她，焦艳丰把自己的十数双鞋子整齐地排列在床榻周围，小猫咪们把脑袋拱进鞋肚子里才肯入睡。 每次进城去，她都要购买几双肥胖的棉拖鞋带回来，放在地上给新出生的猫崽做睡袋，她则每天轮换着穿那些鞋子，以便小家伙们能在鞋肚里嗅到她的气息。

除了猫，这小山村里最让焦艳丰心疼的是村里的一只小绵羊。 羊是顾七爷家养的，顾七爷的三个儿子都搬到县城居住，他和顾七奶死活不肯离开荒村，儿子们无奈，只得听之任之。 顾七爷闲来没事养着几只羊，谁知，好端端的，他家的一只羊就魔怔了。 这只美丽的小白羊平日里温温顺顺，像小姑娘一般害羞，平白无故地，它的脾性突然大变，它倔强地站在顾七爷家的南墙角，整日冰冷着一双藐视万物的眼睛，像哲学家一样直愣愣地瞅着天上的太阳发愣，对谁都不理不睬。 顾七爷无奈，只好找焦艳丰讨主意。 自从焦艳丰承租了这个村庄以后，她就成了这里的名义村长，其村民包括七位行将就木的老头老太太，八只羊、两头猪，以及几群鸡鸭鹅和几十只猫，还有天空中来来去去的小鸟。

焦艳丰围着那只怄气的小白羊转了两圈半，得出个结论：这只羊患了抑郁症。她对疑惑不解的顾七爷解释说："抑郁就是心患了感冒，发烧咳嗽，偶尔打喷嚏。"顾七爷疑惑地问："我咋没听见它咳嗽呢？"焦艳丰说："它是在心里咳嗽的，你听不见。"村长给出的解决方案是，让两位老人仔细反省，检讨自己有没有亏待这只羊，或者偷说过它的坏话。如果有，就诚心诚意向它道歉。老两口认真反思，没有找到对不起小白羊的地方，村长只好亲自出马来对这只抑郁羊进行心理治疗。

她蹲在小白羊面前，问它："小羊啊小羊，你告诉我，你到底在生谁的气哩？"小白羊石头疙瘩一般毫无反应。焦村长道："你拿别人的错误惩罚自己，这是何苦来着？"那只羊还是直愣愣地瞪着两只冷漠如霜的眼睛，对村长的话置若罔闻。焦村长又道，"你真不愿说也便罢了，谁都有说不出的心事。我心里也装着满肚子的委屈呢，不是我不想说，是我不能说。"

心理治疗进行至此，焦村长忽然觉得自己比小白羊还要憋屈，羊生闷气是因为不会说话，自己长着一张巧舌如簧的嘴巴，却是有口难言，想到这里，她忍不住婆娑着泪眼，把手抚摸在羊身上，拿手当刷子替它轻轻地梳理起羊毛来，谁知，这一梳却把自己梳进了不能自拔的深渊。焦村长告诉我："你晓得吗，刚开始我只是为了安慰那只小白羊，当我的手指触摸到羊毛深处时，忽然感觉羊毛是世界上最好的东西，就像妈妈的怀抱一样，手指抚摸着羊毛让我心里格外熨帖，我的手指禁不住贪婪地吞食起这热乎乎的柔软，越摸越想摸、越摸越欲罢不能，两只手上仿佛刹那间开满了砰砰蹦跳的星星花，一朵两朵五百朵，这种手指开花的感觉我从来不曾感受过啊，我从来不知道，用双手抚摸羊毛会令人如此幸福！"

4

焦村长在小白羊的身上摸啊摸，刚开始她用的是一只手，后来两只手都摩挲到了羊身上，再后来，两条腿也不由自主地跪下，几乎把小白羊拥进自己的怀抱里。"上帝居然创造了羊这种生灵，还让它长出这么柔软的羊毛来给人抚摸。 人呢，刚好有手可以用来抚摸，而且，人手上足足生了肉乎乎软绵绵的十根手指头，可以尽情尽兴地抚摸羊毛，你说，事情咋就这般地凑巧呢？"焦村长问我，"你不觉得上帝创造出羊这种生灵是件很好的事情吗？"

"我嘛，倒是真没有特别的感觉，不过羊身上生有羊毛，这的确很好，可以剪下来做羊毛织品，我有好几件羊毛衫呢。"

"你用手抚摸过长在羊身上的羊毛吗？"焦村长问我。

"还真没有，主要是城里根本没有羊。"

"你一定要摸摸呀，不然白长了一双手。 你晓得上帝给人创造两只手是为了派什么用场的吗？"

"抢、夺、抓、拿！"我顺嘴说出了一串张牙舞爪的词。

"上帝给人两只手，是为了让人拿它去好好抚摸这个世界！"

焦村长望着眼前的空茫，梦游似的说："上帝把世界创造得如此精致，哪怕一根羽毛、一只贝壳都精致到呕心沥血，不拿手去抚摸，简直是白痴般的浪费，也辜负了上帝的良苦用心。 想想看，上帝把每一只昆虫都创造得那般别具匠心和一丝不苟，不偷工不减料，你以为这很容易做到吗？ 你自己试试看？"

看我似乎无动于衷，焦村长冲我咆哮："你必须抚摸世界！ 抚摸！ 晓得吗？ 抚摸！"

焦村长对世界的抚摸是从抚摸那只患了抑郁症的小白羊开始的，她一边抚摸着小白羊，一边痛哭流涕，冷不丁一抬头，发现大颗大颗的泪珠正从小白羊的眼睛里滚出来，她愣怔片刻，便深深地低下头，像给那只羊鞠躬一样。 流泪必是伤了心，她伸出手轻轻替那只羊把泪珠小心拭去，然后站起身预备离去："莫管是一个人还是一只羊，只要还有泪珠能流淌出来，都应该给予足够的尊重。 流泪是世界上最神圣的事情啊，当一只羊流泪时，哪怕魔鬼也应该自觉退避，让它酣畅淋漓、无所顾忌地流。"焦村长如是说。

5

自从落户到小山村，焦村长还爱上了山上的山楂树。 到了秋天，山楂树上挂满结疙瘩连串子的山楂，山楂红得仿佛能喷出沸腾的鲜血，看着满树如火如荼般猎猎燃烧的灼红，她常常半晌半晌地呆坐着苦思冥想：山楂怎么会那般触目惊心的红呢？ 那红是从哪里来的？ "红"难道仅仅是一种颜色吗？是谁创造了如此炽烈到令人眩晕的红呢？ 山楂树生长在土壤里，那红就来自土壤吗？ 焦艳丰捧起一把黄土在手掌心里仔细观察，再拿手指把黄土捻成细细的粉末反复揉搓，未曾发现任何神奇之处，然而，确定无疑，这未见任何神奇的土壤里愣是滋生出了灼灼夺目的山楂之红。 土壤看似普通，里面一定蕴藏着巨大的秘密和神迹，虽然这神迹只有上帝知道。 再把双脚踩踏在土地上的时候，她竟感到诚惶诚恐，她感觉，自己与山楂树、与黄土地还有猫和羊，竟是脉息相通、气韵交融。 常常，她会不由自主地走到山楂树前，虔诚地屈下自己的双膝，甚或匍匐下自己的整个身躯，让自己五体投地与大地久久地合而为一。

如同饮酒一般，焦艳丰对山楂的红深深地痴迷和沉醉着，并由此蔓延开来，她又在荒村的岭坡上发现了遍地的神迹，那神迹弥布荒村的每一寸土地和每一种存在物：一块石头，一片树叶，甚或一缕微风，都让她聆听到神灵的呼唤。 她惊奇万分、仿若初识，而她之前竟然完全视而不见充耳不闻，她感到自己活得太过马虎了，几乎像瞎子般盲目，什么都不曾真正看见过。 趁着死亡的黑蝴蝶不曾遮蔽她的双眸，她要像刚出生的婴儿一般，张开"天目"，把这古老而又精致的世界仔细地看个够。 她从城里专门买来显微镜、放大镜和高端相机，像外科大夫那样，每天带着她的各种装备蹲在荒村的岭坡上寻觅着上帝的神迹，哪怕一只小虫子，都能令她泪流满面。"猫妈妈和小白羊刚开始就是猫和羊吗？ 不，它可能做过一块土坷垃、一块石头、一棵小草，或者河里的一条鱼和一只蟹，一世世地轮转、一世世地投生，在我与它们迎面相遇时，它们刚好托生成了一只猫和一只羊，而我刚好是个人，到了下一世，不知道谁是谁呢！"

我忍不住调侃："你来到荒村，就像来到了宇宙的中心一样。"

"不，不是宇宙中心，而是整个宇宙。 这小小的荒村就是整个宇宙神迹的缩影，你信不信？ 荒村就是世界，世界就是荒村。"顿了顿，焦艳丰接着感慨，"猫就是羊，羊就是树，树就是我，我就是一枚山楂，山楂就是世界，世界就是一朵花，一朵花就是宇宙乾坤最伟大的神！"

我打断她的慷慨激昂，问："你的私人停机坪建好了吗？"

"建好了。"

"在哪里？"

"在我心里，要多大有多大。"

6

昔日的老板焦艳丰好像当真成了个哲学家，只要见了面，她就会问我一些很哲学的问题，搞得我都有些怕她了，有一天，再次被她逮住以后，她开口就问："你晓得人是什么吗？"

"人嘛，应该就是一枚山楂。"除了调侃，我无话可说。

"你说对了！"焦艳丰激动地望着我，又问："那，你晓得山楂是什么吗？"

我决定幽她一默："山楂嘛，它的名字叫红。"

"那你说，红是什么？"

"红嘛，就是天上的红太阳。"

"红太阳又是什么呢？"

焦艳丰不依不饶，我只好不屈不挠："红太阳嘛，它的名字叫作光。"然后，我以攻为守反问道，"光是什么，请告诉我好吗？"

焦村长意味深长地望着我，仿佛要拿她的目光穿透我的整个身心，良久，才十二分笃定地回答："光，就，是，爱！"吐出这几个字来，她仿佛披肝沥胆一般，顿了顿，再一次郑重其事地说道，"是的，爱就是光，光就是爱。 你知道地球为什么会绕着太阳转吗？ 因为爱。"

"亲爱的村长，自从你来到荒村后，你一会儿像个科学家，一会儿像个哲人，一会儿又像个女巫，你这是中了哪门子邪呢？"

焦艳丰不理会我的话，庄重又沉痛地接着说："地球爱太阳，它绕着太阳转啊转啊，不知道转了多少亿年，无言无语、无声无息，它爱太阳，它没办法不绕着太阳转。 月亮的心也够固执的，它绕着地球转啊转啊，也不知道转了多少亿年，不声不响、不止不息，那动力也只有一个：爱。 整个宇宙都在传播同一个信息——"

"爱！"我抢着说。

"是的，爱。 爱是宇宙间唯一的密码和真理。 地球在对太阳说，我爱你。 月亮在对地球说，我爱你。 太阳在对万物说，我爱你。 于是宇宙间有了生命，所有的生命和存在都只佐证同一件事情：爱。 七星瓢虫是爱，狗尾巴草是爱，宇宙间所有的一切存在和发生都在共同传达着同一个简单而又万古长存的永恒信息——爱。"

　　我目不转睛地盯着焦艳丰，感觉她既不是老板，也不是村长，而是个不折不扣的诗人。

对所遇到的每一种……都要仔细观察，用眼睛看、用耳朵听、用鼻子嗅、用手触摸，让全身每个细胞都参与其中，去激发并唤醒感知……

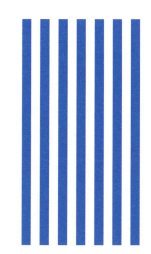

第24章

遍地
都是
向日葵

1

焦艳丰亲手种下第八十一棵山楂树的时候，我带着李天梦和姜明心来到荒村，做了米山的临时村民。 我看到，焦村长的康养园还没有完全建好，姚大夫就带领一批精神治疗师先行入驻，对患者进行开放式的自然生态康养治疗。

姚大夫认为，把精神病患者关在城市狭小密闭的空间里，单靠药物治标不治本。 因为担心安全问题，精神病院封闭病房的患者被严加监控，就像密封在真空里一般，灵魂处于无氧状态，怎么可能有利于康复呢？ 让患者回到大自然，像植物一样落地生根，与土地和万事万物从根基处链接，让破碎的灵魂借助生命本身的力量实现自我疗愈。 姚大夫倡导的具体做法是：忽略患者的症状，让他们像健康人一样在安全、轻松而又开放的环境里自由自在地活动，采用无为而治的"劳动疗法"和"生活疗法"，不着痕迹地使患者在自然和生活中潜移默化地成长。 除了专业治疗师，姚大夫还聘请了当地一些富有经验的农民做"疗愈师"，负责教患者们种地、做饭、缝针线、养家禽。在这里患者不穿病号服，医生也不穿白大褂，大家都像村民那样自己动手、丰衣足食。 征得李天梦父亲和宋达本人同意以后，我作为专职陪护，带着李天梦和姜明心来到姚大夫的农庄康养园进行"生活疗愈"，实际上就是跟着顾七爷干农活。

我们来到时正赶上棉花成熟的季节，遵照姚大夫的安排，我们每天都跟着顾七爷去地里采摘棉花，在姚大夫的治疗方案里，这叫作"采棉疗法"，也没什么理论说教，就是认认真真地摘棉花。李天梦、姜明心还有我，三个人都从来不曾接触过长在地里的棉花，看到棉花都既兴奋又新奇。尤其是李天梦，他采一朵棉花握在手里，反复抚摸端详，然后再拿棉花在脸上轻轻摩挲，喃喃地叫棉花"妈妈"。"妈妈，妈妈！"我也采一朵棉花握在手里仔细地端详，愈端详愈感觉惊奇和陌生："棉花"两个字我三岁时就在画册上见过，五岁就能写得横平竖直，我身上常年穿的大都是纯棉的衣服，我自以为对棉花司空见惯，但真正采一朵地里土生土长的棉花握在手里才知道，自己从来不曾真正认识过它。它怎么会这般的洁白、柔软和温暖呢？它的模样是谁设计的？又是谁把这天才的设计以实物的形式真切地呈现于大地之上，让人可以得而衣之呢？难道说，神知道人需要棉花做衣服，于是就创造了它吗？我捧一朵棉花在手心里对它说：棉花，棉花，你是上帝昭示的神迹吗？我听到上帝说：我在！我在！我在啊我的孩子！于是，我在棉花苞里真切地抚触到了上帝。

在姚大夫的指导下，我每天带着李天梦、姜明心和大家一起"看字识图"，这叫"体验疗法"。姚大夫要求，对所遇到的每一种事物，哪怕一枚野果和一只小瓢虫都要仔细体察，用眼睛看、用耳朵听、用鼻子嗅、用手触摸，要让全身的每个细胞都参与其中，去激发并唤醒感知，就像幼儿园的孩子那样。不同的只是：孩子们对着纸上的图画识字，我们倒过来，对着纸上的字来认识实物的"图"。每天清早，天际露出第一道晨光时，我们就出门了，我们站在小山峁上看着太阳一点点升起，然后披着满身的霞彩行走在山道上，目睹万物蓬勃、聆听百鸟唱鸣，如同沐浴在最伟大的宇宙交响乐中。世间万物都在同频共振并深情呼应，血液在身体里汩汩流淌，灵魂在长空中纵情翱翔，那感觉仿若仙人。　从山岽上回到农家小院以后，我们自己动手做饭烧菜。　做饭这样的事情，此前对我和姜明心而言完全是浪费时间的负担，此刻却成了一项极其重要的疗愈技术：从亲手到地里把菜摘回来，用桶从井里打水，在山坡上捡回烧火的柴火，到最后饭菜做好装进盘子里端上桌，姚大夫不准许我们有一丝一毫的马虎。　我们亲自从石磨上磨面，亲自从鸡窝里拾回热乎乎的鸡蛋，亲自到邻村的豆腐作坊去买回刚出锅的热豆腐，哪怕是一棵瘦葱在我们手里都变得十二分珍贵，那吃进嘴里的每一粒米都令我们感慨万千。

　　这种"做饭疗法"由村里的黄阿婆手把手教我们，当姜明心在黄阿婆的指导下，经过多次失败，成功地亲手烙出一张又焦又香的葱花饼时，居然幸福得哭了起来。　此前她对烙饼根本不屑一顾，她操心的都是具有宏大意义和价值的冠冕堂皇之"事业"。　此刻，"意义"和"价值"已无从谈起，"事业"早就灰飞烟灭，吃饭穿衣活下去成为唯一的信念。　姜明心捧着她亲手烙出的那张焦香酥脆的葱油饼一遍遍地对我哭诉："蔚蔚从来没有吃过我烙的饼啊，我没有给蔚蔚烙过一张饼！"我默默地想，若是姚大夫的农庄康养园早日成立，蔚蔚她还会被埋在樱桃树下吗？　每天吃过午饭后，我和姜明心遵照医嘱，坐在门前大树下跟着"大嫂治疗师"编织毛线手套时，李天梦就会跟顾七爷去放羊。　"针线疗法"主要针对女患者，由村里的大嫂教我们织手套、纳鞋垫、钩花边还有打毛衣，这些被丢弃的女红重新复活过来，让我们心静如水又爱不释手。　李天梦很快跟顾七爷家的羊处出了感情，夜里干脆睡在顾七爷家，和羊羔羔们腻在一起难分难离。

　　我和姜明心除了做饭和织毛线，得了空暇就会去小学堂。　姚大夫在山上开办了一间小学堂，还给小学堂取了个名字，叫"核桃树学屋"。　这个学屋实际承担着类若"治疗室"或"病房"那样的功能，只是完全换了方式。　学屋坐落在村头老核桃树下，屋顶是用秫秸和着麦秸苫起来的，一走进去就会嗅到庄稼特有的香甜。 说是学屋，也没教多少"学生"，由于绝大部分患者家属暂时不能接受这种无为而治的自然疗法，不敢贸然把病人交来这里。 殊不知，人身安全有时恰是以"灵魂死亡"为代价换取的。

2

学屋的头一个本地学生是姚大夫捡回来的。 那天姚大夫到十几里以外的镇子上去赶圩，在圩上遇到个没人要的傻孩子，便带了回来，试着教他识字，居然很见成效。 这消息传出去，很快，荒村就出现了五六个公家学堂里不肯要的孩子。 这些孩子都住在距离荒村不远的村落，家长听说荒村有人教残障孩子识字，就迫不及待地把孩子送了过来。 学生不多，却年龄悬殊，最大的学生十七岁，名字挺雅致，叫罗白，我们都管他叫"萝卜"。 萝卜同学的智力跟三岁孩子差不多，其余的孩子不是缺胳膊少腿，就是脑瓜不够灵光，有个孩子倒是智力正常，可是都十几岁了，个头还不到一米，大家管他叫"小土豆"，另外有几个轻微精神分裂症患者，是从医院带过来的。

村头的老核桃树遮天蔽日，有几百年树龄了，树下的屋子原是做仓房用的，我们把它打扫干净，搬进去几块石板和树墩，桌椅板凳就齐全了。 学屋的课堂没什么规程，也没有钟点，太阳爬出来一丈多高时开始上课，太阳打着哈欠要回家睡觉了，学屋跟着散学，若是哪天太阳躲在被窝里偷懒不出勤，学屋也跟着休课，大家都跑到野地里淋雨捏泥巴玩。 虽只有十几个学生，核桃树下的小学屋却是热闹非凡，附近村庄的那几个孩子上学来的时候，有的牵一只半大牛犊，有的带来两只小羊羔。 山里的庄户人家活路赶得紧，孩子到学堂念书时顺便把牛羊带出来吃草是顺理成章的事情，可以让大家顺便与动物亲近，这叫作"动物疗法"。 如果哪天跟来的动物比较多，大家干脆不上课，带着牛犊子和羊羔羔们去山坳子里吃草。 牛犊子和羊羔羔都很温顺，毛茸茸的眼睛看上去可爱极了，大家会情不自禁地把脸贴在小牛的肚子上，或是把头埋进羊毛里，这种身体与身体的亲近对患者而言，绝无仅有，他们把脸贴在小牛暖暖的肚子上就不舍得离开了。 在姚大夫眼里，莫论年龄大小，所有的患者都是孩子，只有在温暖的呵护之下，才会让灵魂慢慢长大。 课休的时候大家也会唱唱歌，歌是顾七爷教的："两只老虎，两只老虎，跑得快，跑得快，一只没有耳朵，一只没有尾巴，真奇怪！ 真奇怪！"

许多时候，我和姜明心也会加入学生的队伍，跟着顾七爷学本事。 顾七爷根据时令的变化，适时地教大家一些农事常识和农活技巧，比如，春天到来时，便教大家种南瓜，这叫作"种南瓜疗法"。 姚大夫的疗法几十上百种，完全地因地制宜和因势利导，不受任何理论桎梏，出现在视线之内的所有事物都是他治病的"良药"，他连一堆牛粪和一只蜜蜂都会物尽其用，南瓜当然不会例外。

南瓜是一种非常耐旱的作物，只要巴掌大的一抔土，它就能生根发芽，拖出长长的秧子，再结出好多个愣头愣脑的大南瓜来。 南瓜和萝卜白菜一样，是乡下人的主菜，吃起来顶饥挡饿，还有个好处是耐放，可以长年累月地放着都不会坏，越放越甜。 整个春天里我们都在种南瓜，好田块用来种庄稼，在一些长不成庄稼的边角余地里顾七爷才舍得让我们种南瓜，南瓜一点都不生气，种在哪里就长在哪里，能拖多长的秧就拖多长的秧，能结多大的果就结多大的果，从来都不偷懒。 附近的几个孩子遵照顾七爷的嘱托，有的从家里带来铲子，有的带来小铁镐，"萝卜"年轻力壮，负责挑水，顾七爷一边讲解，一边手把手地教，怎么挖坑，怎么点种。 种子埋下去，过了没几天，顾七爷带大家来一看：咦，那些小家伙像调皮的马猴虫样，从土里拱出，生出嫩嫩的苗芽来了。 大家小心地给那苗芽浇了水，又捡来羊粪蛋蛋给它们施肥。 又过了段时间，苗芽长成了核桃那么大的叶片，那叶片不断变化着，一天一个模样，终于，从嫩绿的藤蔓上开出了金黄色的小花朵，花的清香引得蜜蜂围着它们团团地打着转转。 等蜜蜂采完了蜜，花朵慢慢衰败以后，肥嘟嘟的小南瓜便像婴儿一样，张着小嘴儿探头探脑地长了出来。 大家看到自己亲手埋下去的种子结出了可爱的果实，都兴奋得手舞足蹈。 因为许多南瓜都种在偏僻的犄角旮旯里，种下以后就把它们忘了，南瓜呢，也不抱怨，还是默默地待在角落里暗暗长着个头。 某一日，我们出来打柴采药的时候，无意间与它们遭遇，就像邂逅了多日不见的好朋友一样，抱了南瓜回家。

收获了南瓜，春天就慢慢地谢幕，日子转入另一乐章，山里的日子舒缓有致，像是写意的水墨画，又像是悠久而又古老的歌谣。 在姚大夫的授意下，顾七爷的课程也按季节的变化而编排：春天教孩子们种南瓜，到了秋天，他则带着孩子们漫山遍野遛红薯。 红薯在城里是粗食，在山里却是主粮。 山里雨水少，世世代代总是缺墒，种了别的庄稼不肯好好长，便种红薯。 红薯跟南瓜一样耐旱，到了秋天进到山里，放眼望去，遍野都是绿腾腾的红薯秧。 红薯又跟南瓜不一样：南瓜的果结在外面，红薯的果埋在土里，霜降以前，是一定要起出来收回家去的。 起红薯要讲究技巧，一不小心就会把圆滚滚的囫囵红薯铲烂碰伤，遛红薯就轻巧得多。"遛"是"寻觅"的意思，就是在收获了一遍的红薯地里再寻找一遭，把遗落在土里的红薯刨出来。 每当我和姜明心从土里遛到一只胖红薯出来，都会高兴得大喊大叫，跟捡了金元宝一样。 顾三爷说，藏在土里没有被大人挖走的红薯，都是小淘气，它们故意躲起来，是为了跟人捉迷藏。 它们都是有耳朵的，能够听得见，只要唱着歌儿来唤它，它们就会出来。 歌儿很好学，是这么唱的："胖红薯，你出来，我替你寻个花奶奶；花奶奶，鼻子大，张开嘴巴没有牙。"

土地是块宝，里面什么都有，只要不偷懒、不惜力，就会刨出好东西来。 遛红薯的间隙，顾七爷也教我们一些农事知识，碰到什么他就教什么。看到地垄间长的一棵药材，顾七爷就告诉我们，这药材叫什么名字，能派什么用场，怎么采摘、怎么保存，没过多少天，我们就认识了许多药材：毛大丁、七七芽、灰根和兔耳草，还有头顶一颗珠。 一个季节下来，我们采挖的中草药就有一大篓子了，姚大夫托人把药材带到城里的药材店卖了，买回来糖果巧克力，大家吃着自己用劳动换来的好东西，甭提多开心了。

　　山里的日子跟城里到底不一样。 城里没有四季之别，屋子里永远是不冷不热的恒温，城里也没有白天和黑夜的区分，耀眼的霓虹灯遮蔽了星星、淹没了月亮，山里的日月星辰还是一如既往的明亮。 北风开始呜呜咽咽时，冬天就来了：燕子飞到温暖的南方，兔子和松鼠们都藏进树洞里不肯出来，连一向不怕冷的蛇也盘作一团进入冬眠，地里的庄稼已经全部收获，忙活了几个月的土地终于歇息下来，可以美美地睡个长觉了。 这时候，姚大夫便把大家召集进学屋，学一些书本上的知识，或是讲一些好听的故事。 虽是寒冬，学屋却暖烘烘的，角落里生着炉子，炉子里燃着柴火，散发出一种草木才有的很好闻的味道，在炉膛的灰烬里，埋着遛来的红薯和花生。 红薯一点一点地焙熟，香味便丝丝缕缕地弥漫出来，溢满了整个学屋。 大家坐在自己的木墩上，聚精会神地听故事，这个"故事疗法"是大家最喜欢的活动，每个人肚子里都装了许多动听的故事，大家听完了一个还想听第二个，怎么听都听不够。

3

　　山里人都懂得靠山吃山的道理，祖祖辈辈生活在山里，衣食用度都从这山里得来，只要认真寻觅，总会有意外收获。 冬天虽然看上去万物萧条，仔细寻觅就会发现，一些被遗落的果子还挂在枝头上，经过了风霜和寒露，色泽更浓，吃起来味道也更甜了。 还有一些坚果，也因熟透风干而跌落，有的藏在草丛里，有的躲在石头缝隙里，捡回来，就会派上各自的用场，没有人捡，它们就化作种子，悄悄钻进土里，在来年的春天生出小小的苗芽来，开始生命的又一轮历程。

大家捡得最多的是橡子。 橡子就是橡树上结出的果实，橡子成熟以后有指头肚那么大，坚硬饱满，算盘珠子一般圆润，捡回家里可以用麻线穿起来，挂在脖子上当饰品，也可以磨成面，做成橡子凉粉，或是烙成橡子饼、蒸成橡子糕。 橡子做出来的食物味道佳、口感好，还能降血压，就是在捡橡子的时候，孩子们捡到了那只獾。 小家伙像猫崽一样，可怜巴巴地躺在崖壁下的草丛里，看上去快要死了。 它是不小心从崖壁上跌下来摔伤的，顾七爷让孩子们把獾抱回小泥屋，挨着屋角的炉子给它垒个小窝，它就有了个温暖的家。

獾崽跌伤了腿，不会走路，孩子们烤了红薯和野果子来给它吃，它像个乖宝宝一样，吃饱了肚子便抱着脑袋，憨态可掬地躺在窝里睡觉，没过多少日子，它就成了孩子们的朋友，孩子们出去玩的时候也抱着它。 它的腿伤慢慢痊愈，能走路了，孩子们来上学的时候，它总是走到路口，远远地迎着孩子们。 有一天，当孩子们从家里来到学校时，却发现小家伙不见了，寻遍了周围能够藏身的每一丛草窝，都没有找到它，便伤心得哭了起来。 顾七爷告诉孩子们说：獾崽回家找妈妈去了，它出来这么久，一定是想妈妈了。 孩子们听了顾七爷的话，才止住了眼泪，不过，每当到野外采果子时，大家总是有意无意地寻觅着，希望能再次邂逅可爱的獾崽。 好长一段时间过去，他们没有再遇到过獾崽，却意外结识了一位猴妈妈。 人们看到它的时候，猴妈妈抱着一只小猴子，蹲在柿树上，正吃着红灯笼样的柿子果呢。 已经是冬天了，树上的柿子少得可怜，只剩下零零星星的三五颗，这对猴子而言，已是难得的珍肴了。 小猴子看上去毛茸茸的，十分讨人喜欢，孩子们很想跟小猴子玩耍，可是猴妈妈一直抱着它，不肯放它下来，孩子们灵机一动，生出个主意：拿出猴子爱吃的坚果和橡子，放在柿树下面，然后躲起来，等了一阵子，猴妈妈经受不住美味的诱惑，从柿树上爬了下来。 可能是饿极了，猴妈妈放下孩子，顾自捡了起来，一边捡一边吃，似乎忘记了小猴子的存在。 孩子们趁它吃着东西的时候，冲出来抢走了它的孩子。 然而，把小猴子抱到屋里才发现，那只小猴子是死的。 这时猴妈妈已经追到门口，孩子们把小猴子抱出去，还给了猴妈妈。 猴妈妈把自己的孩子紧紧地抱在怀里，怜爱地拍了拍就离开了。 以后，孩子们又在林子里遇到过猴妈妈几次，每一次猴妈妈都抱着自己那已经死去的孩子。 猴子是很聪明的，应该知道自己的孩子死了，它那么固执地抱着，是不舍得丢弃。 天气越来越冷，猴子想要寻觅到食物愈来愈难了，孩子们便在它路过的地方放下一些坚果，希望它能吃得饱一些。猴妈妈吃饱了肚子，会默默地坐着，眼睛里满是忧伤和无奈，让人看了心酸难禁。 顾七爷很想把它的孩子接过来，替它掩埋进土里，努力了几次都不成，只好随它去了。

什么事情都不做的时候，姚大夫和顾七爷便领着大家晒太阳。 太阳红润着一张圆圆的脸，像剖开的南瓜一样悬挂在半天空，我们望着它，它也望着我们。 这时的太阳如同一位慈爱而又安详的老奶奶，她一边笑眯眯地看着我们，一边伸出长长的手臂轻轻地抚摸着我们。 在山上，我最喜欢的是触目可见的向日葵。 顾七爷带领大家种南瓜的时候，我口袋里装着大把的葵花种子，走到哪里便播撒到哪里：路边、地沿，还有崖畔。 只要遇到巴掌大的地方，我就会播下几颗向日葵种子。 到了这时节，漫山遍野都是黄澄澄的向日葵，不管长在哪里，也不管高低壮瘦，它们全都仰起结实的脸盘，义无反顾地向着太阳，再向着太阳，永远地向着太阳。

后记

在长达十数年的时间里，我身上背负着各种可怕的标签，在精神的灰色地带，独自默默地探索着灵魂的幽微出路。必须承认，有太多的时候，我是沮丧和忧郁的：反复的自我否定，反复的退缩和质疑，再加上在劫难逃的被挖苦、嘲讽与打击。如同独自撑着一叶扁舟，行进在茫无边际的汪洋大海里，没有灯塔和路标可以参照，时日既久，我甚至丧失了与人链接的勇气和能力，唯有对着电脑用文字吐露心声，否则，我可能早就自我毁灭了。

自己起初写出来的那百万字的文字，到底是什么东西呢？事实上，我已经完全不敢联想到"文学"这档子事了，感觉自己离经叛道、荒谬绝伦。与其说我是在写作，毋宁说是在自救，如同溺水者，我在拼尽全力往岸上爬，想要放弃的念头随时随地都存在。

出于求生的本能，当我怀着惶恐不安的心情，在自我封闭了十年以后，鼓足勇气，走出自己的"精神洞穴"，像抓住最后一根救命稻草那样，把自己的文字交给河南文艺出版社的碎碎老师时，我万万没有想到，她会给予我最大程度的肯定和接纳，甚至是赞赏。可能，连她本人也不曾意识到，她的肯定对我而言，有多么的珍贵和重要。由于严重的社交障碍，把文字交给她并委托她全权处理以后，我就重新回到了自己的“洞穴”里，没有再去见过她一次，也几乎没有再联系过她。因为，对自己的文字，我几乎不抱任何奢望：那难道不是别人眼中的笑话吗？文学在我心中太神圣了，在任何时候都不能被亵渎。

2024 年 9 月 25 日晚上，我突然收到了碎碎老师的微信，让我提供地址，她要寄出版合同给我。同时，她发了好几段非常严谨端庄的文字给我，对我的文稿给予高度的评价，她的赞誉之辞太过隆重和盛大，我甚至不好意思复述出来，就像穿惯了粗布衣衫的村妇，不敢穿上昂贵的丝质旗袍一样。然而，我还是情难自禁，给一个文友发短信说：“今天是 2024 年 9 月 25 日，我要铭记这个日子，今天我好开心、好开心、好开心。”

不过是出版一本书，竟表现得如此夸张，至于吗？！不，对我而言，那不是出版一本书的问题，而是我走出精神洞穴，在苦苦地挣扎了十年以后，涅槃重生的标志。二三十万字的文稿，文字又极其艰涩，碎碎老师居然自己亲自动手，从头到尾、精心精意地重新打磨了两遍，她付出的心血已远远超出编辑的职责，因为，她不是在公事公办地走程序，而是在用她的一颗滚烫之心，用她的人文精神，用自己的编辑含量来改进和提升这本书。正像她在给我的微信中所写的那样：“深度参与这个书稿，是对它的关注和偏爱。也是不能自已的沉湎……感谢你的高度信赖。让我有机会体验见证一部好书稿走向更好、更完善的历程。”

碎碎老师没有因为几十年如一日地做编辑工作而对文字产生钝感和麻木，她的敏锐仍然如同锋利的刀刃一般，能够精准无误地切中肯綮。看到她评价《精神病院手记》的溢美之

406

辞,我不只是深深地感动,还由衷地赞佩:在面对书稿时,她不只是高度在场,还全身心地参与其中。碎碎老师这样对待书稿,不是她跟我本人有什么特殊的关系,事实上,在长达十年的时间里,我也跟她断了联系。不过,在我爬上岸来的第一时间,我重新联系的第一位老师就是她。因为我知道,她不会嘲笑我,她的灵魂是有温度的,她不会对我冷漠以待。作为一名资深编辑,她有情怀、有格局,而且灵魂深邃,精神视野辽阔,尤其珍贵的是,她温暖的爱意和强大的亲和力,给了我太多的力量和勇气,使我始终保持正信正念,敢于藐视任何的打击和误解,把自己呕心沥血的文字呈现出来,使它像萤火虫一样在黑暗中顽强地飞翔,给迷失的心灵以微光的引领,使它们迎来黎明,看到光彩夺目的太阳。

感谢碎碎老师,向文学致敬。

傅爱毛

日期 <u>2024</u> 年 <u>9</u> 月

编后记 灰烬与火焰的辩证书

　　手机上，还保存有 2024 年 9 月发给爱毛的信息，那是我初步处理完她书稿后的第一感受，当时有一种完成一桩大事的喜悦和快感，作为编辑，好像从她的书稿世界中一时还拔不出来，很多感触不能自抑，喷之欲出，就一股脑发给了她。照录如下：

　　9 月 25 日 17:48

　　很喜欢这部小说，感觉它石破天惊，喊出了独属于你的生命呐喊。也是对世界、对人类生命的诘问。非常有价值。

　　9 月 25 日 18:26

　　你能写出这样的作品，太伟大了。我很佩服这样的写作！！！

　　9 月 25 日 20:57

　　谢谢你对修改的支持和认可。感谢你的信赖。非常开心你能这么宽容大度。

　　这些天把书稿认真处理了两遍，感觉处理完善了。

也是对它全面的深度的打磨。应该也是出于对这部个性独特的书稿的偏爱和高度认同。感觉自己深深地沉陷进去了。

你写得很有思辨性。很多对话非常精彩绝妙,振聋发聩的地方非常多,数不胜数。给人的代入感很强。

设计的女博士这个角色很妙,便于与"我"——小说的叙事者,展开种种深度对话,把对社会与生命的种种思考引向深入。令人击节。

通过"我"和女博士,把一系列千奇百怪的人物和人生,串起来,前后溶为一个有机的整体,叙事技巧很棒,可以感觉到你的用心。故事性、可读性与思辨性在这里较为完美地统一,很能给人以小说阅读与人性勘探上的心理满足。

你塑造的一系列人物形象,切中这个时代的种种症候,发人深省。有些是对时代病的放大和夸张,但是也都能让人接受,夸张得又有它的合理性和可能性。很多黑色幽默让人应接不暇。

这是一部生命力充沛,富有激情,个人情感的投入度非常高、非常浓烈的作品。对读者来说,读完这样的作品,会感觉从里到外都被深彻冲洗拷问了一番,像被飓风席卷。对人生、对生命,会有不一样的认识。

可以想象你对这部作品的巨大投入,所付出的心血。我对此非常敬重,非常感佩。这是一部多么独特和难得的作品!

书出来后,我们要认真开个研讨会、分享会。非常值得！

9 月 25 日 23:20

这两年我也听了不少心理学方面的课程。对此挺感兴趣。年纪大了，难免经常甚至每一天，想到生死的问题。所以看你的书稿特别有共鸣。

本来想和你一口气说完书稿的事，中间孩子打电话让我给他送东西，到他学校去了一趟，前后用了一个多小时。所以下面再接着向你汇报和反馈。

9 月 25 日 23:55

书稿修改反馈：

（此处略去 518 字）

所以，对内文做的两遍修改打磨，就是针对以上问题做的。这样修订之后，感觉它更具光彩，更耐读，更经得起读者检阅。

深度参与这个书稿，是对它的关注和偏爱。也是不能自已的沉湎。这种感觉也是让人欲罢不能呢。

感谢你的高度信赖。让我有机会体验见证一部好书稿走向更好、更完善的历程。

以上这些，本打算今天打电话和你直接交流的，后来因为要发你改后的目录，就索性打了一段又一段。这样也好，可以留下点印迹，要是打电话日后就无法打捞了。这就是文字的好。

感谢你给我们这么好的一部作品！

爱毛回复我的信息，几乎每一条都很长，带着她热气腾腾的情意与简直要胀破她胸腔的浓烈感受。在这本书里，读者肯定会感受到这位写作者自我生命的投入，对她笔下每一个人物掏心掏肺的融入、体察与拥抱。她的情绪和感受那么饱满、充沛，如惊涛拍岸般迸发，我担心会不会太消耗她了，但又感觉，那是她的自我燃烧，如飞蛾扑火，如雪花奔向大地，如落红化作春泥，如一块黑铁奔向火炉要被炽烈的火苗舔舐，她的身心在这样的写作中涅槃。

　　我真羡慕她有这样的写作状态，这也体现了我心目中写作的神圣意义。

　　这是一部个性独特、内蕴深厚的长篇小说，表达了作者对社会、对时代、对我们的生命状态和精神世界，非常深彻的观察和全方位的思考。爱毛看到越来越多的人"病了"，如何面对我们的精神困境，生命的意义与价值到底在哪里？唤醒我们每一个人面对自我、面对社会问题的觉察和警醒，获得更多对生命的省察与自觉，让自己的身心更好地安适，是她创作这部长篇小说的初心。这部小说的写作方式——作者以自己的生命和精神深度介入的方式和所呈现的内容，在当代小说创作中可谓石破天惊。

　　小说中的"我"，是故事的亲历者，也是叙事者，通过"我"这个精神病院的灵魂侦探，精神病院的整个世界向我们洞开。作者最后给予那些小说人物、那些难以彻底治愈的精神病患者的出路，一是对万事万物的爱，通过爱救赎一切；二是通过"劳动疗法"和"生活疗法"，让他们回归生活的本源，找到生命的本真，这个药方不无乌托邦色彩，但也不失为一种生命救赎的可能,具有值得尝试和实践的现实价值。

可以想象爱毛对这部作品的巨大投入。她对种种现代病的沉痛观察和感同身受,她发现每一种残缺灵魂身上的光芒与价值,她深邃的悲悯之心,非常令人动容。在这个喧嚣而浮躁的时代,这些非常值得我们敬重,也很令人感佩。从这个意义上说,这是一部难得一见、不可替代的作品。

在收到这部书稿前的十年间,我几乎没有任何她的消息,她像是从文学队伍里消失了。没想到十年后她捧出这样一部作品来。这或许是只有她才能写出来的作品,是独属于爱毛的小说。真不愧是爱毛!

爱毛每次和我联系,都非常地客气、谦逊、恭谨,有一种不相信自己、自我怀疑的收缩,也会有从我这里得到回应与理解之后的热烈和快慰。她好像从没主动给我打过电话,都是发信息,她发来的那些文字,滚荡、浓烈,有时候让我感觉,好像一个小小的事都会给她带来巨大的消耗。其实我很希望她能随意一点、放轻松一点。很多人心目中的爱毛,可能都是内向的,自我封闭,不善与人打交道,有点笨拙,总是对自己充满负面认识,自己把自己弄得很灰暗。我常常会希望她能改变,比如能变得自信、绽放,又能随意、松弛,放开一些。但转而又会想,非要改变吗?就像卡夫卡,就像普鲁斯特,就像艾米莉·狄更生,如果他们改变了,还会有属于他们独特气质的作品吗?如果改了,成为一个幸福、合群而平庸的"正常人",爱毛还能捧出这样的作品来吗?

或许,于写作者而言,只要是能激发他们写作感受与状态的,都是富有价值的,是令人敬重的。所以,我热爱并敬重这样的爱毛,一半明,一半暗。一半是海水,一半是火焰。一半在燃烧,噼噼啪啪,一半是灰烬,无声无息。

碎碎

日期 2025 **年** 4 **月**